Claudia Seidel
Evas Aufbruch

AF202214

Das Buch

Lüneburg 1957: Die zwanzigjährige Eva hatte nie wirklich die Chance, ihre eigenen Lebensträume zu verfolgen. Seit dem allzu frühen Tod ihrer Mutter war sie vielmehr damit beschäftigt, sich um ihre beiden Geschwister zu kümmern. Zum Glück ist ihr geliebter Freund Ulrich stets an ihrer Seite. Doch als die einst florierende Saline ihres Vaters immer schlechter läuft, kann Eva nicht länger nur dabei zusehen.

Gegen den Widerstand des Patriarchen Heiner Benningsen beginnt sie, ihre eigenen Ideen für einen modernen Salzhandel durchzusetzen. Doch ihre Suche nach neuen Vertriebswegen stößt auf Ablehnung. Und ausgerechnet jetzt muss Ulrich Lüneburg verlassen und bittet sie, ihn zu begleiten.

Kann sie ihre Familie und die Saline für eine gemeinsame Zukunft zurücklassen oder muss sie getrennt von Ulrich ihr Glück in Lüneburg finden?

Die Autorin

Claudia Seidel hat nach einer Bankausbildung die Richtung gewechselt und Soziologie und Komparatistik in Hamburg und Berlin studiert. Nach vielen Jahren in Führungspositionen im Verlagswesen ist sie jetzt als Autorin und Autorencoach selbstständig. Wenn sie nicht am Schreibtisch sitzt, genießt sie das Wendland oder übt Achtsamkeit auf der Yogamatte. Sie lebt mit ihrer Tochter in Hamburg.

Claudia
Seidel

Evas
Aufbruch

Das Aroma des Salzes

Roman

Deutsche Erstveröffentlichung bei
Tinte & Feder, Amazon Media EU S.à r.l.
38, avenue John F. Kennedy, L-1855 Luxembourg
Oktober 2023
Copyright © der deutschsprachigen Ausgabe 2023
By Claudia Seidel

Umschlaggestaltung: bürosüd⁰ München, www.buerosued.de
Umschlagmotiv: © Lukasz Szwaj © ziviani © Tartila © Elena Odareeva
© KOBE611 © Sina Ettmer Photography / Shutterstock;
© Shelley A Richmond / ArcAngel
1. Lektorat: Kanut Kirches
2. Lektorat und Korrektorat: VLG Verlag & Agentur, Haar bei München,
www.vlg.de
Gedruckt durch:
Amazon Distribution GmbH, Amazonstraße 1, 04347 Leipzig /
Canon Deutschland Business Services GmbH, Ferdinand-Jühlke-Straße 7,
99095 Erfurt /
CPI books GmbH, Birkstraße 10, 25917 Leck

ISBN 978-2-49671-397-8
e-ISBN 978-2-49671-396-1

www.tinte-feder.de

1.

Mit dem Brief in der Hand eilte Eva Benningsen durch das Siedehaus, vorbei an den sechs großen Pfannen, in denen ein halbes Dutzend Arbeiter mit nacktem Oberkörper das Salz rakelten. Weißes Gold, dachte Eva, wenn sie das mal der Bank erklären könnte! Stöhnend nahm sie sich das Chiffontuch vom Hals und fächelte sich damit Luft zu. Kühlung aber verschaffte auch das nicht. Sie vergaß einfach immer, wie heiß es hier drinnen war. Knapp vierzig Grad, und damit noch deutlich wärmer als draußen, und da herrschte an diesem Julitag schon eine brütende Hitze. Sie nickte dem Siedemeister Gerd Gellersen kurz zu, der den Heizer antrieb, mehr Torf und Kohle in den Ofen zu geben, damit das Feuer kontinuierlich durch die Wärmetunnel schießen konnte. Außer dem Bullern und Zischen des Heizkessels und dem regelmäßigen Schaben der Arbeiter an ihren Rakeln war es für eine solche Anlage recht still im Siedehaus. Und das war das Zweite, was Eva gern vergaß. So oft war sie einfach nicht in der Saline, was Fluch und Segen zugleich war. Den Gang heute allerdings hätte sie sich gern erspart.

»Na, Herr Gellersen, morgen wieder Bahlsen?«, fragte Eva. Einmal im Monat wurde das Backwarenunternehmen beliefert, und es durften nur die gröbsten Salze mit der Zweierkörnung in die Säcke verladen werden. Die Lüneburger Saline war zu Recht stolz darauf, diesen Kunden noch immer mit ihren reinen weißen Salzen überzeugen zu können.

»So ist es, Fräulein Benningsen«, erwiderte der Siedemeister und hob die Hand zum Gruß. »Wie schön, Sie auch mal wieder hier in den heiligen Hallen zu sehen. Diese Ehre wird uns viel zu selten zuteil.«

Eva lächelte. Sie mochte den alten Gellersen. Er hatte das Herz am rechten Fleck und war die Seele der Saline, seit sie denken konnte. Sie hatten Glück gehabt, dass er im Krieg nicht einberufen worden war. Die Arbeit an den Eisenpfannen und im Kohlestaub hatte ihren Tribut gefordert, und Gellersen war im wahrsten Sinne des Wortes schwach auf der Brust. Was ihn jedoch nicht davon abhielt, tagtäglich erneut seinen Dienst an der Sole anzutreten. Geheiratet hatte er nie, seinen heiligen Bund hatte er mit der Saline geschlossen. Und den würde auch erst der Tod scheiden.

»Ich gelobe Besserung, Herr Gellersen, ich verspreche es!«, erwiderte Eva und lief weiter an den zwanzig Meter langen Pfannen vorbei, einen Gang entlang, bis sie zur Verpackungsstation kam, in der fünf Näherinnen den ganzen Tag damit beschäftigt waren, Jutesäcke zusammenzuschneidern, die, versehen mit dem Logo »SALINE LÜNEBURG«, zu den Abpackstraßen gebracht wurden, wo sie mit dem jeweiligen Salz befüllt wurden. Um in das Büro ihres Vaters im ersten Stock zu gelangen, musste Eva zwangsläufig durch die Näherei, und natürlich waren ihr auch die Frauen hier längst vertraut. Eine von ihnen, Edda, hatte neulich einmal zwei Tage gefehlt, hatte ihr Vater erzählt, weil ihre Tochter Lotte an Diphtherie erkrankt war. Eva grüßte die anderen mit einem Kopfnicken und ging hinüber zu Eddas Arbeitsplatz. Wieder fielen ihr die wunden, rissigen Fingerkuppen auf. Wie oft schon hatte sie ihren Vater gebeten, weiße Vlieshandschuhe für die Näherinnen zu besorgen, aber der hatte immer abgewunken mit dem Argument, dass die Frauen das nicht wollten. »Sie sagen, sie haben dann nicht mehr das richtige Gefühl für den Stoff.«

Tapfere Frauen, dachte Eva. Sie legte Edda eine Hand auf die Schulter, die unter der Berührung zusammenzuckte. »Nicht erschrecken, Edda. Ich wollte nur fragen, ob es deiner Kleinen besser geht«, sagte Eva freundlich.

»Danke, Fräulein Benningsen, dass Se sich erkundigen«, erwiderte die junge Frau verhalten. Sie schien im wahrsten Sinne unangenehm berührt, und Eva fragte sich, ob es daran lag, dass sie in den Augen der Arbeiterinnen die Juniorchefin war. Was de facto nicht stimmte. Da brauchte man ja nur mal ihren Vater zu fragen. Dennoch war es Evas Ansicht nach langsam an der Zeit, dass die Menschen für das respektiert wurden, was sie waren, und nicht ihrer Rolle gemäß behandelt wurden. Insbesondere die Frauen. Aber das schien in dieser jungen Republik noch in weiter Ferne zu liegen. Sie nahm die Hand weg und Edda atmete kurz auf. »Stelln Se sich vor, erst hat der Doktor dem Lottchen Pferdeblut gespritzt. Wegen der Diphtherie. Und dann hat er ihr Penicillin gegeben. Jetzt schläft se den ganzen Tag, aber das Fieber ist runter.«

»Er hat ihr Pferdeblut gespritzt?«, fragte Eva überrascht. Sie hatte noch keinen Diphtheriefall in der Familie gehabt.

»Ja, also nicht so pur, verdünnt, aber angeblich macht das, dass die Krankheit sich nicht weiter ausbreiten kann. Und mir ist wurscht, ob Pferd oder Schwein, Hauptsache, dem Lottchen geht's besser.«

»Wahr gesprochen, liebe Edda. Das freut mich zu hören.«

Um nicht die eine Arbeiterin mit besonders viel Aufmerksamkeit zu beschenken, ging sie auch noch zu den

Tischen der anderen, lobte die geraden Nähte, bewunderte die hübsche Bluse der jungen Regina oder die neue Frisur von Hede. Dann aber sah Eva hinauf zu dem großen Fenster im ersten Stock, wo ihr Vater, der Salinendirektor, sein Büro hatte. Sie spürte das Briefkuvert heiß zwischen ihren Fingern. Als ob sie sich gleich daran verbrennen würde. »Na, auf geht's«, sagte sie zu sich selbst und nahm mit klopfendem Herzen die erste Stufe.

* * *

»Eva, Kind, was machst du denn hier?« Heiner Benningsen schaute von dem großen Auftragsbuch auf und nahm sich die Brille ab. Er wischte sich einmal über das Gesicht.

Müde sah er aus, fand Eva, aber ihr Anliegen duldete keinen Aufschub mehr. Sie legte ihm den Brief mit dem roten Poststempel der Oberfinanzdirektion auf den Schreibtisch. Die Wut, die eben in der Näherei ein wenig verflogen war, kam nun zurück.

»Was ist das?«, fragte ihr Vater und sah sie so irritiert an, als hätte er noch nie ein gräuliches Kuvert der Stadtverwaltung gesehen.

Eva seufzte. Wie konnte ihr Vater sich nur so den Realitäten verschließen? »Papa, du hast ganz sicher auch schon mehrere dieser Briefe bekommen. Sie unbeantwortet in der Schublade zu deponieren, macht es doch nicht besser.«

Sie legte ihrem Vater eine Hand auf die Schulter, doch der sah nicht einmal auf.

»Das ist eine an mich adressierte Zahlungserinnerung«, fuhr sie langsam fort, »begleitet von einem persönlichen Schreiben des Oberfinanzdirektors von Lüneburg, Dr. Wolfgang Wiedenthal, in dem er mir unmissverständlich klarmacht, dass eine weitere Zahlungsverweigerung der überfälligen Salzsteuer für die Monate April bis Juni nicht hinnehmbar ist und ernsthafte Konsequenzen haben wird.«

Heiner Benningsen ließ die Schultern sinken. »Ach, Püppi, was belastet dich der Mann denn mit solch einem Unsinn?«

Eva zerriss es das Herz, zu beobachten, wie ihr Vater sich immer mehr in seine Welt zurückzog. Aber sie musste stark bleiben. Es ging nicht nur um die Saline, es ging auch um ihre Familie. »Nenn mich nicht Püppi, Papa. Du weißt, dass ich das nicht mag«, erwiderte sie. »Und nun erkläre mir doch bitte, warum du die 2 346 Mark noch immer nicht bezahlt hast.«

»Deine Mutter hat dich auch immer Püppi genannt«, murmelte er, und sein Blick schien in eine andere Zeit zu driften. »Und ihre Augen haben genauso geleuchtet wie deine, wenn sie wütend war.«

»Papa! Ich meine es ernst. Wenn du so weitermachst, sind wir in einem Jahr bankrott!« Eva verkniff sich die Bemerkung, dass ihre Mutter sie zuletzt »Püppi« genannt hatte, als sie acht gewesen war. Kurz vor ihrem Tod.

Beim Wort »bankrott« zuckte Heiner Benningsen kurz zusammen. »Eva, mein Kind, du bist zu ernst, machst dir viel zu viele Sorgen. Das sollst du nicht. Salz bedeutet Leben. Das weißt du doch. Wenn du weinst, enthalten deine Tränen Salz. Wenn du über eine Blumenwiese läufst, ist es das Salz in deinen Muskeln, das dir Kraft verleiht. Wir Menschen sind umspült von Salz. Wir brauchen es. Wir bestehen daraus. Das weißt du doch. Was für ein Unfug, zu sagen, dass das, was so essenziell ist für uns, zum Bankrott erklärt wird.« Heiner nahm seine Brille und besah sie sich wie einen Käfer, dessen Nutzen er nicht erkennen konnte.

»Papa!«, versuchte Eva es erneut. »Das ist ja alles schön und gut, aber unsere Sole ist nicht die einzige auf der Welt! Wir arbeiten nicht mehr profitabel, verstehst du das denn nicht? Zeig mir die Kontenblätter, und ich schaue, wo wir vielleicht etwas abzweigen können. Wir müssen die Steuer zahlen, sonst pfändet Wiedenthal schneller, als dir lieb ist. Vielleicht sollten wir auch stärker auf die Gewerbesalze setzen, die unterliegen keiner …«

Eva fuhr zusammen, als Heiner Benningsen mit der flachen Hand auf den Tisch schlug. »Es reicht, Eva!« Ihr Vater erhob sich nun schwerfällig von seinem Stuhl und stützte die Fäuste auf den Schreibtisch. Unter seiner rechten zerknitterte der Brief. Seine Gesichtszüge hatten sich verhärtet. »Ich habe dich nicht gebeten, dich in meine Geschäfte einzumischen. Genauer gesagt wünsche ich es auch nicht, dass du dich so altklug zu etwas äußerst, von dem du nichts verstehst. Du hast das Salz noch nie verstanden. Du hast es einfach nicht im Blut! Also bitte tu nicht so, als könntest du mich, *mich*, belehren, wie man eine Saline zu führen hat, die jahrhundertelang das Wohlstandszentrum dieses Landes war und die meine Eltern und Großeltern und Urgroßeltern bis zurück ins dreizehnte Jahrhundert so erfolgreich geführt haben, dass diese unsere Stadt zur mächtigsten Wirtschaftskraft der Hanse überhaupt wurde! Unser Salz, Evchen, regierte die Welt von Skandinavien bis hinunter nach Frankreich. Und du willst mir sagen, ich soll mich bei einem Verwaltungslakaien anbiedern, um … was genau zu erreichen?«

Eva schüttelte den Kopf. Es war immer dasselbe. Egal, wie sie es anstellte, sie war nur die Tochter, eine Frau noch dazu, und damit in seinen Augen nicht in der Lage, die tiefe Verbindung des Salzes mit ihrer Familie nachzuvollziehen, die nach Meinung ihres Vaters schon Garant genug war, um sie alle zu schützen. Dabei verstand sie etwas von Zahlen, hatte mit ihrer Freundin Helga schon oft Ideen ausgesponnen, wie sie die Saline wieder auf Vordermann bringen konnten. Einfach ein Salzkreuz vor die Tür zu stellen, das vor Fäulnis und Verderben bewahren sollte, reichte doch nicht!

Eva zog den Brief unter der Faust ihres Vaters hervor und hielt ihn ihm vors Gesicht. »Zahl bitte einfach die Steuer, Papa, und danach sehen wir weiter. Kannst du das?«

»Natürlich kann ich das. Was glaubst du denn? Ich gebe es sofort an Fräulein Meinert weiter. Die wird sich darum kümmern. Sonst noch was?«

Eva musterte ihren Vater. »Gönn dir mal einen Tag Pause. Du siehst erschöpft aus«, sagte sie einlenkend.

Heiner Benningsen ließ sich wieder auf seinen Stuhl gleiten. »Passt schon«, antwortete er und rieb sich die Augen.

»Und versuch nachher, pünktlich zu sein. Es gibt noch mal den Schmorbraten vom Wochenende«, verkündete Eva und lächelte ihrem Vater kurz zu.

»Wie könnte ich mir den entgehen lassen?«, erwiderte er versöhnlich. »An meiner ältesten Tochter ist eine Sterneköchin verloren gegangen.«

Eva hob kurz die Hand. »Was nicht ist, kann ja noch werden«, meinte sie. »Dann also bis um sieben, Papa.«

Müde verließ Eva die Siederei durch den hinteren Lagerausgang. Die Arbeiter sollten ihre besorgte Miene nicht sehen. Immer endeten die Diskussionen mit ihrem Vater so, in einem Waffenstillstand ohne Frieden.

Eva beschloss, noch eine Runde durch den Kurpark zu laufen, bevor sie wieder nach Hause gehen und ihren Aufgaben nachkommen würde. Vielleicht spendeten die Bäume wenigstens etwas Kühle. Die Hitze, die den Norden seit Tagen im Griff hatte, wollte einfach nicht nachlassen. *Wieso habe ich ihm den verdammten Brief überhaupt gebracht,* schalt sie sich und ging den Weg in Richtung Ententeich entlang. *Soll er die Saline doch in den Ruin treiben! Was geht es mich an, wenn er sowieso nicht auf mich hört?*

Aber Eva kannte die Antwort. Inge, die Mutter von Evas bester Freundin Helga, hatte die Ersatzmilch angerührt und ihr das gerade mal eine Woche alte Menschenbündel in den Arm gelegt, als ihre Mutter den letzten schmerzerfüllten Laut von sich gegeben hatte. »So Evchen, jetzt bist du an der Reihe. Du musst nun gut auf deine Schwester und deinen Bruder aufpassen.«

An diesem Septembertag im Schicksalsjahr 1945 endete Evas Kindheit. Ein Jahr später hätte ihre Mutter das Kindbettfieber vielleicht überlebt, aber zum Ende des Krieges gab es keine Medikamente mehr, nur noch Gebete.

Eva, selbst erst acht, hatte das schmatzende Baby angeschaut und es von dem Moment an gehasst. Wie konnte dieses hilflose Etwas ihr die Mutter stehlen? Und nun auch noch ihr eigenes Leben? Obgleich sie wusste, dass Karla nichts dafürkonnte, hätte sie sie am liebsten genommen und in einem Salzfass die Ilmenau runtergeschickt. Vielleicht wäre die Mutter ja doch noch zurückgekommen, wenn das Baby erst weg war.

Aber die Schwester blieb und die Mutter war tot.

Die auffordernden Blicke auf der Beerdigung hatten sich ihr ins Gedächtnis gebrannt. Einerseits voller Mitleid, was diese arme Familie erleiden musste. Aber gerade in Evas Richtung war da immer auch diese ruckartige Kopfbewegung nach oben gewesen, als wollte jeder ihr zeigen: »Na los, Mädchen, nun aber Kopf hoch! Du hast eine große Aufgabe zu bewältigen.«

Die ersten sechs Jahre hatte ihre Großmutter noch bei ihnen gewohnt und zumindest den Haushalt geführt. Aber auch sie starb, im Sommer '51, ob an einer Krankheit oder an gebrochenem Herzen, das wusste man nicht zu sagen, denn sie hatte vor ihrer einzigen Tochter schon den Mann im Krieg verloren.

Verantwortung kannte Eva also. Besser als alles andere. Und sie drückte wie ein viel zu kleiner Schuh.

Eva wollte sich gerade auf eine der Parkbänke setzen, als sie ein Lachen hörte, das ihr vage bekannt vorkam. Suchend sah sie sich um, konnte erst niemanden entdecken, und als sie schließlich die roten Locken bemerkte und die Frau erkannte, war es zu spät, sich wegzudrehen.

»Hey, Evchen. Was machst du denn hier? Musst du nicht zu Hause sein?«, kam die von einem Lachen begleitete Frage. »Oder hat Papa dir mal Ausgang gegönnt?«

Eva schluckte. Gisela Richter. Ausgerechnet. Sie wirkte nicht ganz nüchtern und war untergehakt bei einem Mann, den Eva glaubte schon mal gesehen zu haben, aber sie wusste nicht mehr, wo.

»Hallo, Gisela.« Mehr brachte Eva nicht heraus. Der schlanke Mann in dem eleganten Leinenanzug musterte sie interessiert. Seine blauen Augen jagten Eva einen kalten Schauer über den Rücken. Sie senkte den Blick.

»Wir haben so lange nicht geplaudert, Schätzchen«, redete Gisela weiter, »und im Moment«, sie presste sich seitlich an den Mann und gab ihm einen Kuss auf die Wange, »habe ich auch keine Zeit. Aber du kommst doch bestimmt zum Stadtfest übernächste Woche, oder? Ab neun gibt's bei uns im Hotel Rock 'n' Roll. Da musst du dabei sein!«

Eva nickte nur kurz, ohne einen der beiden anzusehen. Sie wollte einfach nur weg.

»Willst du mich deiner Freundin nicht vorstellen?«, ertönte die erstaunlich dunkle Stimme von dem Mann an Giselas Seite.

»Oh, selbstverständlich, entschuldige … Das hier ist also«, in theatralischer Geste verneigte sich Gisela vor Eva, »die große Eva Benningsen, Tochter des Salinendirektors und Inbegriff deutscher Tugendhaftigkeit, da sie seit dem schmerzlichen Tod ihrer Mutter aufopferungsvoll die Familie versorgt.«

Eva spürte, wie sich hektische rote Flecken an ihrem Hals ausbreiteten.

13

»Danke, Gisela, ich glaube, das reicht. Ich stelle mich lieber selbst vor«, sagte der Mann kühl und löste sich aus dem Arm, um mit einem freundlichen Lächeln auf Eva zuzugehen und ihr die Hand anzubieten. »Rainer von Seefeldt, angenehm.«

Erschrocken blickte Eva kurz hoch. Jetzt wusste sie, woher ihr der Mann bekannt vorkam. Rainer von Seefeldt war der Geschäftsführer der »Kali und Salz« und damit der größte Konkurrent ihres Vaters. Was machte der denn in Lüneburg? Kali und Salz saß in Kassel! Eva reichte ihm ihre Hand. »Eva Benningsen«, erwiderte sie beherrscht. Bevor sie die Finger zurückziehen konnte, hatte er ihr bereits einmal kurz mit dem Daumen über den Handrücken gestrichen. Die Berührung traf sie wie ein elektrischer Schlag. Irritiert sah sie erneut auf, konnte in seinem Gesicht jedoch nichts anderes erkennen als dieses gleichmütige Lächeln. »Ich geh dann mal wieder«, meinte Eva. »Viel Spaß euch noch.«

Sie drehte sich um und versuchte, ihren Schritt nicht zu beschleunigen. Hinter sich hörte sie Gisela und Rainer von Seefeldt lachen. »Wir sehen uns, Schätzchen!«

Eva hatte Gisela noch nie richtig leiden können. Sie war mit Ulrich in eine Klasse gegangen und damit eine Stufe über ihr gewesen. Ihr Vater führte das Hotel Wellenkamp in Lüneburg, eine der besten und alteingesessensten Adressen am Platz. Damit hatte Gisela schon immer ein gewisser Hauch von Glamour und Savoir-vivre umgeben, für den sie selbst nichts konnte, den sie aber gut zu inszenieren wusste.

Eva kannte einige Jungs, denen Gisela mit ihren roten Locken, dem sinnlichen kirschroten Mund und den grünen Augen das Herz gebrochen hatte. Und einige Mädchen, denen sie versucht hatte, den Freund auszuspannen. Eva war eine von ihnen, denn im letzten Schuljahr, das inzwischen gut drei Jahre zurücklag, hatte Gisela es offenbar auf Ulrich abgesehen gehabt. Jeder wusste, dass zwischen Eva und Ulrich kein Blatt passte, und das war für Gisela Anreiz genug, es zu versuchen, solange sie noch Zugriff auf ihn hatte. Dabei ging sie recht subtil vor, bat Ulrich um Hilfe in Geometrie, weil er das doch so gut konnte, stand plötzlich mit einem Platten wie zufällig vor seiner Tür und ließ sich von ihm nach Hause fahren, machte abfällige Bemerkungen über seinen Ziehvater und leckte damit seine Wunden. Wann immer Eva Ulrich darauf ansprach, wiegelte er ab und erklärte, dass sie Gespenster sehe und er an Gisela nichts finde. Eva jedoch meinte in seiner Körpersprache andere Signale zu erkennen. Nicht dass sie viel dagegen hätte sagen können. Schließlich waren sie ja nur allerbeste Freunde, Eva und Ulrich. Helga hatte Gisela trotz allem immer verteidigt. »Was erwartest du denn von einem Mädchen, dem immer nur eingebläut wird, die Männer zu beeindrucken, bevor sie verblüht, weil sie sonst nichts wert ist? Glaub mir, ihre Mutter ist eine Hyäne und der Vater geht dauernd fremd. Wo soll sie es denn hernehmen?«

Doch Eva fand, dass die Kinderstube allein keine Entschuldigung für schlechtes Benehmen war. Schon gar nicht, wenn es wie ein Sack voll Schlangen daherkam, die ausgerechnet in ihrem Leben herumkrochen.

2.

»Karla, hilfst du mir, den Tisch zu decken?« Eva hielt der kleinen Schwester die handbestickten Stoffservietten hin.

»Schon wieder die ollen Dinger?«, maulte Karla. »Können wir die nicht endlich mal wegtun? Es gibt so schöne Papierservietten.«

Eva warf ihr einen strafenden Blick zu. »Nein, das können wir nicht. Die hat Mama gemacht.«

Dabei hatte Karla ja recht. Acht Stück hatten sie noch davon, wobei zwei bereits Mottenlöcher zeigten und alle inzwischen einen leichten Gelbstich aufwiesen. Der kam einfach mit der Zeit, wenn man sie nicht in die Kochwäsche geben konnte. Trotzdem liebte Eva diese mit Rosen, Blaubeerblüten, Lavendel und Rosmarinzweigen bestickten Stoffquadrate. Sie gehörten zu den wenigen Erinnerungen, die sie an ihre Mutter noch hatte. Wie sie abends im Schein der Stehlampe den im Stickring befestigten Stoff aus dem Korb neben dem Wohnzimmersessel genommen und sie gefragt hatte: »Na, Evchen, was nehmen wir uns heute vor, die Blüten oder die Stängel?« Und je nach Motiv hatte Eva sich für das eine oder andere entschieden. Manchmal ließ ihre Mutter sie auch auf ihren Schoß krabbeln und selbst ein paar der Kreuzstiche sticken. »Du weißt ja schon, wie es geht: immer von links unten nach rechts oben, und zurück von rechts unten nach links oben, siehst du?« Und mit ihren kleinen Fingern hatte sie mühsam nach dem Loch geprokelt und jedes Mal stolz aufgeblickt, wenn sie es gefunden hatte. Nein, diese Servietten hätten ihr schon zwischen den Fingern zerfallen müssen, damit sie sie ausrangierte.

Eva ging auf ihre kleine Schwester zu und nahm sie in den Arm. »Im Grunde hast du ja recht, Karlchen. Aber ich hänge einfach dran.«

Karla wand sich aus der Umarmung. »Schon gut.«

Sie hörten den Schlüssel in der Tür. Es war Viertel vor sieben. »Ist das Curt?«, fragte Eva.

»Glaube ich nicht. Der ist schon den ganzen Nachmittag unterwegs. Kommt bestimmt nicht vor zehn zurück.«

Eva zog die Stirn in Falten. Seitdem ihr Vater den zwei Jahre jüngeren Curt mehr oder weniger gezwungen hatte, ab August eine Ausbildung zum Sprengmeister im Salzbergwerk Grasleben zu machen, hatte sich der Bruder noch mehr zurückgezogen. Eva verstand ihn. Curt las Lyrik. Er malte. Er war viel zu empfindsam für so einen harten »Männerberuf«. Einen Dichter sollte man nicht zum Soldaten machen. Aber wie so oft hatte niemand etwas gegen die Strenge des Vaters ausrichten können.

»Mhm, das duftet wieder so gut.« Ihr Vater steckte den Kopf durch die Küchentür. »Da sind ja meine Mädchen. Und wo ist Curt?«

»Unterwegs«, antwortete Eva knapp.

Heiner Benningsen zog die Brauen zusammen. »Seit wann macht hier eigentlich jeder, was er will?«

Sofort lief Karla zu ihrem Vater und schmiegte sich an ihn. »Ach, Paps, nicht böse sein, wir sind doch da.«

Er tätschelte ihr den Rücken. »Ist gut, mein Schatz, ich weiß ja.«

Eva stellte die Schüsseln auf den Tisch. Der Dampf der Klöße schlug ihr dabei ins Gesicht. »Lasst uns erst mal essen.«

Schweigend nahmen sie ihre Mahlzeit ein. Eva überlegte, ob sie von der Begegnung mit Rainer von Seefeldt erzählen sollte. Sie fürchtete das nächste Gewitter. Aber da ergriff Karla schon das Wort.

»Ich hab dich neulich mit deinem Schatzi gesehen.«

Eva erstarrte in ihrer Bewegung. »Was?«

Mit einem Beifall heischenden Blick sah Karla zu ihrem Vater. »Mit Ulrich. In seinem Volkswagen.«

Eva zerschnitt das Fleisch mit dem Messer. »Aha, und?«, fragte sie und bemühte sich, nicht zu zittern.

»Papa mag nicht, wenn du ihn triffst«, meinte Karla kokett.

»Nun, Karla, ich denke, das kann er mir getrost auch selbst sagen, denn einen neunmalklugen Dreikäsehoch mag hier auch niemand. Aber wo wir schon mal dabei sind …« Eva legte ihr Besteck auf den noch halb vollen Teller. »Ich habe keinen Hunger mehr und bin außerdem verabredet, mit meinem *besten Freund* …« Eva stand auf, kratzte die Essensreste in den Mülleimer und stellte ihren Teller in die Spüle. »Du bist heute mit dem Abwasch dran, Karla. Schönen Abend noch …« Ohne auf das scharfe »Eva!« ihres Vaters zu achten, eilte sie nach oben in ihr Zimmer.

Sie lehnte sich gegen die geschlossene Zimmertür und atmete mit klopfendem Herzen dreimal tief durch. Warum musste es immer wieder zu Streit kommen? Und warum hackten sie immer wieder auf ihr und Ulrich herum? Er war nicht ihr »Schatz«. Er war ihr Freund – seit dem Tag, als er kurz nach dem Tod ihrer Mutter nach Lüneburg zu seinem Onkel und seiner Tante gekommen war, den Privatbankiers Möreke. Seine Eltern hatten ihn gegen Kriegsende aus Berlin in Sicherheit bringen wollen und waren selbst bei einem der letzten Bombenangriffe ums Leben gekommen. Also blieb er, sehr zum

Unwillen seines Onkels, der keine Gelegenheit ausließ, ihn zu demütigen. Warum, das wusste niemand. Auch ihr Vater stand Ulrich ablehnend gegenüber. Mehrfach hatte sie ihn deshalb schon gefragt, was er denn eigentlich gegen ihn einzuwenden habe. Die Antwort war stets dieselbe: »Er ist kein guter Umgang für dich. Wenn schon ein Möreke, halte dich an Lothar.«

Lothar war der leibliche Sohn der Mörekes und zwei Jahre älter als Ulrich. Aber Lothar fehlten der Charme und der Witz, den Eva so an Ulrich mochte. Oder sogar liebte?

Eva trat an die gedrechselte Kommode aus heller Eiche, die seitlich zum Fenster stand und über der ein großer Spiegel hing. Langsam zog sie sich Bluse und Hose aus und betrachtete ihren Körper: Ihre Haut war hell, fast durchscheinend, ihre Taille gut sichtbar, ohne dass ihre Hüften ausladend wirkten. Ihre Schlüsselbeine stachen deutlich hervor, und an dem linken hatte sie ein großes dunkles Muttermal, das sie als Kind immer gehasst hatte, von dem ihre Mutter jedoch stets behauptet hatte, es sehe aus wie ein Schokosplitter und solle sie immer daran erinnern, wie unwiderstehlich und süß sie war. Mit der Hand fuhr Eva sich die Kehle hinab hin zu dem Tal zwischen ihren Brüsten. Sie waren weder klein noch groß, aber den BH, den sie trug, hätte sie nicht gebraucht, um sie in Form zu halten. Vorsichtig strich sie darüber, um eine Empfindung wahrzunehmen – doch da war keine. Sie dachte an die flüchtige Berührung durch Rainer von Seefeldt und schüttelte sich vor Unbehagen. Aber was wäre wohl, wenn Ulrich sie einmal so streicheln würde? Ebenso gelassen wie sinnlich? Und wenn er nur sie dabei meinte? Eva spürte eine leichte Hitze in sich aufsteigen, und zum ersten Mal sehnte sie sich anders nach ihrem langjährigen Freund. Sie wünschte sich, er würde sie als Mann berühren und ihren Körper sanft erkunden. Rasch wandte sie sich ab, ging zum Schrank und holte das zartblaue Javanaisekleid heraus. Es passte gut zu ihren Augen und den blonden Haaren. Und es würde Ulrich sicher gefallen.

»So schweigsam heute?«, fragte Ulrich schließlich, als sie nach zwanzigminütiger Fahrt bei den Elbtalauen angekommen waren. Die Sonne ging langsam unter und warf ihren orangenen Schein auf den stolzen Fluss, aber es hatte sich noch kaum abgekühlt. Diese Landschaft am Ufer der Elbe mit den weiten Wiesenflächen und den teils dünenartigen sandigen Aufwerfungen war schon seit jeher ihr Rückzugsort gewesen. Fernab und unbehelligt von ungebetenen Beobachtern lauschten sie dem Gurgeln des Flusses, sahen den Strudeln beim Auftauchen und sofortigen Verschwinden zu, tranken Schaumwein und aßen Weißbrot mit Käse oder schlenderten einfach gemächlich den Uferweg entlang.

Eva nahm einen Stein und versuchte, ihn über das Wasser zu ditschen, doch er ging direkt mit dem ersten Aufprall unter. »Was soll ich dich damit langweilen, es ist ja doch immer dasselbe. Immer diese verfluchte Saline beziehungsweise der verfluchte Starrsinn meines Vaters. Nichts kann man ihm recht machen, und Karla schüttet regelmäßig Öl ins Feuer.« In welches genau, behielt Eva an dieser Stelle für sich. »Er hört einfach nicht zu. Ich hab ihm schon hundertmal erklärt, dass wir Förderbänder brauchen, um das Salz zu den Abpackstraßen zu bringen, und nicht diese umständlichen Karren. Auch das Rakeln per Hand ist von vorgestern. Was das an Zeit und Arbeitskraft kostet! Selbst die Pfannen müsste man abschaffen. In Stade arbeiten sie schon längst mit der Vakuumverdampfung. Dafür benötigt man viel weniger Energie als beim Einköcheln in den Pfannen. Und was passiert, wenn ich all das anführe? Dann habe ich keine Ahnung, bin wieder bloß ein dummes Frauenzimmer, das die große Salztradition der Stadt nicht versteht und die Geschichte der eigenen Familie, die so berühmt war für das Salz, mit dem die Heringe konserviert wurden, erst recht nicht.« Eva hatte sich in Rage geredet. »Heute Morgen musste ich ihm mitteilen, dass er schon wieder die Salzsteuer nicht gezahlt hat.«

»Hat er nicht? Warum nicht? Steht es wirklich so schlecht um die Saline?« Ulrich legte einen Arm um Eva, doch sie wand sich heraus.

»Das glaube ich nicht, aber Papa hat einen neuen Brennofen bestellt, der mit Heizöl betrieben wird und nicht mehr mit Kohle, und ich vermute, die Anzahlung hat ihn kurzfristig in Zahlungsschwierigkeiten gebracht.«

Ulrich nickte und beobachtete eine Gruppe Graureiher, die sich auf einem Feld auf der gegenüberliegenden Elbseite sammelte. »Wusstest du, dass diese Vögel in der Antike mit dem Phönix verglichen wurden?«

»Was?« Eva pulte einen Halm aus ihren Sandalen.

»Die Reiher.« Mit konzentriertem Blick fixierte er das andere Elbufer. Eva sah die Strähne, die ihm über die Stirn fiel. Aus der Ferne hörte man das Brummen einer Erntemaschine. Eine Staubwolke kündigte den Traktor an, bevor man ihn sah. Die Reiher hoben ihre Köpfe, lauschten offenbar den Geräuschen, nahmen Anlauf und erhoben sich dann mit gestrecktem Hals und kraftvollen Flügelschlägen majestätisch in die Lüfte. »Sie wissen immer genau, was sie als Nächstes tun müssen, überstürzen dabei aber nichts. Und genau wie dem Phönix wird ihnen zugeschrieben, dass sie das Verborgene ans Licht holen, um daraus etwas völlig Neues zu schaffen. Ich finde das bewundernswert.«

Eva legte Ulrich eine Hand auf die Schulter und lachte kurz auf. »Ich schweigsam und du philosophisch. Wir sind ja zwei echte Spaßkanonen.« Mit diesen Worten drückte sie einmal kurz seinen Arm. Mit einem »Autsch« machte Ulrich einen

Schritt zur Seite. Erschrocken sah Eva ihn an. »Was war das denn?«

»Nichts. Alles in Ordnung.«

»Na, offenbar ja nicht. Zeig mal her«, erwiderte Eva und öffnete die obersten Knöpfe von Ulrichs weißem Leinenhemd, um die Schulter freizulegen. Zum Vorschein kamen zwei große Blutergüsse. »O mein Gott!«, murmelte sie und legte sich die Hand vor den Mund. »War *er* das wieder?«

Ulrich gab einen verbitterten Laut von sich. »Wenn er sich mit Worten nicht zu helfen weiß, langt er eben zu.«

»Worum ging es denn diesmal?«

»Hast du mitgekriegt, dass die Adenauer-Regierung beschlossen hat, die Banken von Reparationszahlungen und entgangenen Pensionsleistungen der unter den Nazis entlassenen jüdischen Mitarbeiter freizustellen? Mein Onkel hat das natürlich lautstark begrüßt, woraufhin ich ihn gefragt habe, ob er das der Witwe vom alten Silberstein auch so fröhlich ins Gesicht sagen würde. Du weißt ja, dass in der Bank auch drei Juden gearbeitet haben, die er '39 allesamt an die Luft gesetzt hat. Zwei haben sich ins Ausland abgesetzt, glaube ich. Aber Silberstein haben sie eingezogen und in ein Arbeitslager gesteckt. Dort ist er an Typhus gestorben, wenn sie ihn nicht doch vergast haben. Wer weiß das schon? Darauf meinte er, ich solle mal nicht so freche Reden schwingen, sondern mich lieber als Soldat bei der Bundeswehr melden, wozu gebe es denn seit einem Jahr die Wehrpflicht, und meinen Dienst am Land leisten, in dem ich mich ja ganz bequem eingerichtet hätte. Meine Antwort, ich würde ganz sicher keine Waffe in die Hand nehmen, um Faschisten wie ihn zu verteidigen, hat ihm wohl nicht gefallen. Wäre Lothar nicht dazwischengegangen, wer weiß ...«

»Ach, Ulrich, das tut mir so leid. Woher rührt nur immer diese Wut gegen dich? Ich verstehe es nicht. Früher oder später musst du deine Konsequenzen ziehen«, ereiferte sich Eva.

»Das werde ich auch, und zwar auf meine Art. Auf die Art der Reiher …« Ernst sah er sie an. »Im Juni lege ich die Anwaltsgehilfenprüfung ab, Eva. Und dann bin ich weg. Keinen Tag länger werde ich es in diesem Muff und Filz hier aushalten. Und ich bitte dich noch mal: Komm mit mir, Eva. Für dich ist das auch nichts. Das musst du doch erkennen.«

Eva seufzte. Schon wieder dieses Thema. Immer, wenn es irgendeinen Vorfall gab, kam er darauf zu sprechen. Weggehen aus Lüneburg. Nach Hamburg oder Berlin. Aber wie sollte sie? Sie *konnte* ihre Familie nicht im Stich lassen. Wer kümmerte sich denn dann um Karla? Oder ihren Vater? Die Saline? »Du weißt, dass das nicht geht, Ulrich. Ich bitte dich. Wir haben so oft darüber gesprochen.«

»Das haben wir. Und genauso oft hast du mir erzählt, wie gern du Französisch lernen möchtest, ein halbes Jahr nach Paris gehen, Lehrerin werden. Ist es nicht so? Damit kannst du auch nicht ewig warten! Du wirst nächstes Jahr einundzwanzig. Dann kann dir niemand mehr vorschreiben, was du zu tun hast. Nimm dein Leben in die Hand, Eva. Es tut sonst keiner.«

Eva streichelte Ulrich über die Wange und sah ihn an. Ulrich war nicht im klassischen Sinne schön, eher herb mit seinen großen blauen Augen und seiner leichten Hakennase. Auf der Wange hatte er eine kleine Narbe, die angeblich von einem improvisierten Schwertkampf mit seinem Cousin Lothar herrührte, Kaminschaufel gegen Schürhaken. Der Schürhaken gewann, Ulrich hatte die Schaufel. Seine Lippen waren voll und damit sinnlich, aber vielleicht ein wenig zu groß. Das braune Haar trug er kurz, akkurat seitlich gescheitelt und gegelt, aber eine widerspenstige Tolle fiel ihm doch immer wieder in die Stirn. Und auch sein Körper war weder nur athletisch noch ausschließlich feingliedrig. Ulrich hatte von allem etwas, als ob sich der Herrgott bei der Verteilung der Attribute nicht hätte entscheiden können und ihm von jedem etwas mitgegeben hatte. Und Eva mochte alles daran. »Ich weiß, Ulrich, aber ich kann nicht.«

»Doch, Eva, du kannst. Was soll denn sonst aus uns werden?«

Einen Moment herrschte Schweigen. Diese Frage hatte sich Eva auch schon häufiger gestellt, aber weil sie keine befriedigende Antwort gefunden hatte, auch immer wieder beiseitegeschoben.

»Heirate mich, Eva.« Ulrich fasste ihre Hände und zog sie etwas enger zu sich heran. Aus der Ferne hört man das eindringliche »Chräik, chräik« der Fischreiher. »Ich meine es ernst, Eva, willst du meine Frau werden?«

Eva spürte erneut die hektischen Flecken an ihrem Hals. »Ulrich … ich … Ulrich, das geht nicht, wir …«

»Was bitte soll denn daran nicht gehen, Eva? Die Spatzen pfeifen es doch längst von den Dächern. Ich liebe dich, Fräulein Benningsen, und ich bin mir sicher, dass es bei dir nicht anders ist.«

Eva schluckte. »Dein Schatzi«, hatte Karla gesagt. Und sie hatte sie streng korrigiert. Ulrich war ihr bester Freund und Vertrauter, mehr noch als Helga es war, oder anders zumindest. Aber er war doch nicht ihr Schatz, oder? Eva dachte an das flüchtige Begehren zurück, das sie am Vormittag vor dem Spiegel empfunden hatte. Jetzt, im hellen Sonnenlicht, kam es ihr wieder sehr fremd vor. Vielleicht hätte sie einfach Ulrichs Hand nehmen und sie an ihren Hals führen sollen, an ihr Dekolleté, es ausprobieren.

»Ich weiß nicht, Ulrich. Das kommt mir alles etwas zu … plötzlich.« Und um die Situation zu entschärfen, fragte sie keck: »Wo ist denn überhaupt der Ring? Zu einem Antrag gehört doch ein Ring, oder nicht?«

Ulrich riss ein paar Grashalme aus, flocht sie zusammen und verknotete sie. Dann nahm er ihre Hand und steckte ihr das Gebilde an den Finger. »Selbstverständlich gehört zu einem Antrag auch ein Ring! Bitteschön!« Er beugte sich vor, um Eva zu küssen, doch die drehte sich schnell um und sprintete los. »Wer zuerst am Steg ist!«

3.

Zwei Tage später machte Eva sich nachmittags auf den Weg ins Rathaus, um Helga abzuholen. Ihre Freundin arbeitete im Vorzimmer des Oberstadtdirektors, und die beiden hatten sich schon ein paar Tage nicht mehr gesehen. Da es immer noch so drückend heiß war – in den Nachrichten wurde schon vom heißesten Sommer seit Beginn der Wetteraufzeichnungen gesprochen – wollten sie im Venezia ein Eis essen gehen. Ein bisschen aus Schabernack hatte sich Eva dazu für ein weißes Kleid mit Kirschen und roter Bordüre entschieden, das hinten am Hals zu binden war. Sie war sich sicher, dass Helga das nicht unkommentiert lassen würde.

Wie jedes Mal, wenn sie ins Rathaus ging, betrat sie das mittelalterliche Gebäude mit gemischten Gefühlen. Einerseits mochte sie die Herrschaftlichkeit, die es ausstrahlte, die knarzenden alten Holzstufen, die dunklen Wandmalereien, die dem Ganzen eine Schwere und Erhabenheit verliehen, die Eva immer wieder in die Hansezeit zurückversetzte. Sie sah die Kaufleute in ihren saphirblauen oder tannengrünen Tuniken und den weiten Hosen förmlich vor sich, wie sie rege gestikulierend mit Papier und Feder in der Hand durch das Rathaus schritten, um ihre Steuern zu entrichten. Aber dann wieder kam ihr die Schwere auch erdrückend vor, roch ihr das Holz zu modrig, und die Gemäldegalerie auf der vertäfelten Wand im Vorzimmer, in der selbst der umstrittene Oberbürgermeister Wilhelm Wetzel noch nicht abgehängt war, der einen Gutteil seiner Karriere und seines politischen Einflusses der NSDAP zu verdanken hatte, wirkte auf unangenehme Weise einschüchternd.

Nichts von alledem beschwerte Helgas Gemüt. Für sie waren diese Porträtierten »ihre Männer«, die allesamt gut auf sie aufpassten. So war Helga: stets positiv und frohgemut. Ein Wunder, dass sie nicht längst mit einem kernigen Mann verheiratet und mindestens mit dem ersten Kind im Arm unterwegs war.

»Aber hallo! Wen haben wir denn da? Da kommt ja meine kleine Zierkirsche hereinspaziert. Ist es schon wieder so weit?«

Eva schmunzelte und sah auf die Uhr hinter Helga. »Fast, zwei vor vier.«

»Echt? Wie die Zeit vergeht. Ich räum schon mal auf, aber ich muss noch auf Dr. Siemers warten. Der sitzt schon seit über zwei Stunden in einem Termin.«

Eva nickte und lehnte sich an Helgas massigen Eichenschreibtisch. Ihre Freundin in dem gelben Kleid, mit der gebräunten Haut und dem ganzen drallen Rest wirkte dabei wie ein Glühwürmchen im Dunkelwald. Eva kicherte bei der Vorstellung.

»Was ist? Hab ich Paprika zwischen den Zähnen?«, fragte Helga und wischte sich sofort mit der Zunge über die obere Zahnreihe.

»Ja, genau«, entgegnete Eva, beugte sich Helga gegenüber nach vorn über den Schreibtisch, um mit der Freundin auf Augenhöhe zu sein, und streckte dabei den Rücken weit durch. »Etwas weiter links«, sagte sie lachend.

»So, jetzt?«

»Nein, rechts … und unten …«, fuhr sie fort und konnte sich das Lachen kaum verkneifen.

»Sag mal, du veräppelst …«

Weiter kam sie nicht, denn in diesem Moment ging die Tür auf und ein Schwall verbrauchter Luft drang nach außen, der auf eine konzentrierte Debatte schließen ließ. Heraus kamen neben Siemers der Stadtrat Hans Meyrisch, Georg Möreke und Rainer von Seefeldt. Eva stockte das Blut in den Adern.

»Na sieh mal einer an. Was für ein erfrischender Anblick nach dieser ermüdenden Sitzung«, sagte Rainer von Seefeldt, während sein Blick langsam von Evas Hüfte zu ihrem Gesicht glitt. »Fräulein Benningsen, ich hätte nicht erwartet, Sie so schnell wiederzusehen. Umso erfreuter bin ich.«

Hastig richtete Eva sich auf. Ihr ganzes Gesicht schien zu glühen. Die unangenehme Präsenz des Mannes erdrückte sie förmlich.

»Ihr kennt euch?«, fragte Helga leise.

Kaum merklich schüttelte Eva den Kopf.

»Na dann«, sagte der Oberstadtdirektor. »Herr Möreke, Herr von Seefeldt, Herr Meyrisch, es war mir ein Vergnügen. Ich hoffe, wir können schon bald an dieses Gespräch anknüpfen und die Dinge etwas vorantreiben.«

Die Männer verabschiedeten sich. Möreke, Ulrichs Onkel, würdigte die Frauen mit keinem Blick. Rainer von Seefeldt aber wandte sich noch einmal um. »Fräulein Lackner, Fräulein Benningsen. Ich wünsche einen angenehmen Tag. Man sieht sich, hoffe ich …« Die letzten Worte hatte er eindeutig an Eva gerichtet, die sofort den Blick senkte.

»Was war das denn?«, fragte Helga, kaum dass sie draußen auf dem Marktplatz waren.

»Was?«, fragte Eva unschuldig.

»Nun tu doch nicht so. Der Seefeldt. Der hat dich ja mit seinem Blick geradezu ausgezogen.«

»Nun hör schön auf. Er ist widerlich. Und außerdem unser Erzfeind. Ihm gehört die Kali und Salz.« Dass Evas Herz dennoch schlug bis zum Hals, musste Helga ja nicht wissen. Eva war sich nicht sicher, ob es ausschließlich wegen der Bedrohung war, die sie in seiner Nähe empfand.

»Also widerlich sieht bei mir anders aus. Vielleicht findest du das nur, weil ihm die Kali und Salz gehört. Sicher, er hat was Arrogantes an sich, aber zu mir war er bislang immer sehr höflich. Er hat Stil.«

»Wahrscheinlich haben das vor dir auch schon hundert andere Frauen gesagt. Ich traue ihm nicht. Er hat was Verschlagenes.«

»Komisch ist nur, dass der Termin gar nicht eingetragen war«, fuhr Helga fort. »Ich hab keine Ahnung, worum es bei dem Gespräch ging.«

Eva horchte auf. »Echt? Das ist doch ungewöhnlich, oder? Meinst du, du könntest herausfinden, was das Thema war? Ich könnte mir vorstellen, es hat mehr mit der Saline zu tun, als mir lieb ist.« Als Eva merkte, wie Helgas Schritte sich verlangsamten, blieb sie kurz stehen und sah auf die Füße ihrer Freundin, die bei der Wärme langsam anschwollen. Sie schüttelte den Kopf. »Sag mal, wie hältst du das in diesen engen Absatzdingern nur aus?«

Helga betrachtete ihre knallgelben Sandalen. »Sie sind vornehm«, meinte sie gleichmütig. »Außerdem sind wir ja gleich da.«

Vor dem Eiscafé war etwa die Hälfte der Tische besetzt. Zumeist Großeltern mit ihren Enkeln oder junge Frauen wie sie. Eva schnappte Gesprächsfetzen über steigende Brotpreise, den neuen Chanel-Lippenstift und das Wunder des Fernsehens auf. Aber selbst bei denen, die meckerten, konnte man die sirrende

Aufbruchstimmung hinter den Worten nicht überhören. Vom Wirtschaftswunderland war die Rede, und Grace Kelly war das neue Idol. Ulrich regte sich regelmäßig über diese »postfaschistische Völlerei« auf, die schon wieder alles verschlang und nichts verdaute. Eva hingegen mochte die wachsende Unbeschwertheit, die sie bei den Menschen wahrnahm, die Fröhlichkeit, mit der ein Wäschekorb getragen und dabei »True Love« gesummt wurde. Das Lachen von den Häuserecken, die freche Mode, die vibrierenden Lieder, den ungebändigten Tanz. Eva dachte an das Stadtfest in vierzehn Tagen. Sie selbst würde man eher nicht auf der Tanzfläche finden.

Die beiden Frauen suchten sich einen Platz unter dem großen Schirm und Eva bestellte je eine Kugel Schoko und Vanille, Helga einen Früchtebecher mit Sahne.

Helga schob sich die Sonnenbrille ins Haar, legte den Kopf in den Nacken und schloss die Augen. »Herrlich ist das! Am Wochenende können wir ja mal wieder zum Kreidebergsee fahren. Ein Picknick am See und ein bisschen baden wäre doch schön.«

Als die Freundin nicht antwortete, öffnete Helga die Augen wieder, nahm die Sonnenbrille in die Hand und richtete sich auf. »Eva? Hallo! Alles okay bei dir?«

Eva schüttelte sich kurz, als wäre sie abrupt aufgewacht. »Entschuldige, ich war mit meinen Gedanken grad woanders. Was hast du gesagt?«

»Das merke ich schon. Die ganze Zeit bist du so still. Ist irgendwas passiert? Du hast dich doch nicht etwa mit Ulrich gestritten, oder?«

»Was? Nein … eher im Gegenteil.«

Die Bedienung brachte die beiden Eisbecher, und so lange sagte keine ein Wort. Dann beugte Helga sich vor, sodass ihr praller Busen sich gegen die Tischkante drückte, und sah die Freundin verschwörerisch an. »Hast du endlich mit ihm geschlafen?«

Eva schubste die Freundin etwas von sich. »Du bist wirklich unmöglich. Nein, das haben wir nicht. Einen Heiratsantrag hat er mir gemacht, aber keinen richtigen.«

Helga schmolz das Eis inzwischen auf dem Löffel. »Wie bitteschön kann man denn einen nicht richtigen Heiratsantrag machen? Hat er oder hat er nicht?«

»Ja schon, hat er«, antwortete Eva, »aber es war mehr aus einer Laune heraus.« Und Eva erzählte die ganze Geschichte.

Helga hörte staunend zu und verschlang dabei gebannt ihr Eis. Als Eva dann schwieg, klopfte sie mit dem Löffel auf das kleine Silbertablett. »Ja! Und?«

»Was und?«

»Na, was hast du gesagt? Wie ging es weiter?«

»Gar nicht ging es weiter. Das war's!«

»Eva, manchmal kommst du mir wirklich vor wie von einem anderen Stern. Nun lass dir doch nicht alles aus der Nase ziehen. Du musst doch was dazu sagen. Du kannst den armen Mann doch nicht so auflaufen lassen. Und du musst doch wissen, was du fühlst!«

»Ich *weiß* es aber nicht«, entfuhr es Eva nun unerwartet heftig. »Das ist es ja. Ich war vierzehn, als ich das erste Mal meine Tage bekam. Ich hatte Nudelauflauf mit Sauerkrautrahm gekocht, und alle haben sich gewundert, warum das Gericht diesmal so bissig schmeckte. Deine Mutter hat mir dann ein paar Tage später hinter vorgehaltener Hand erklärt, dass Sahne umschlägt, wenn Frauen ›ihre Sache‹ haben. Seitdem gab's halt nichts mehr mit Sahne an diesen Tagen. So viel etwa verstehe ich von Weiblichkeit. Woher soll ich denn wissen, was genau ich für ihn fühle?« Eva machte eine Pause und spürte deutlich den Kloß im Hals. Dass Helga nun ihre Hand nahm und sie aufmunternd tätschelte, machte es nicht wirklich besser. Zu gern hätte sie Helga von ihrem Gefühl erzählt, das sie zuletzt häufiger empfunden hatte und das sie sofort an Ulrich denken ließ. Dieses wohlige Ziehen im Unterleib. Aber sie traute sich nicht.

»Ach, Schätzchen, dein Ulrich ist ein wunderbarer Mann. Ihr seid seit Jahren unzertrennlich. Was gibt es denn da nicht zu verstehen?«

Eva schüttelte den Kopf. Helga mit ihrem sonnigen Gemüt war eine Seele von Mensch, aber die Zweifel oder tiefer gehenden Gedanken, die Eva zuweilen umtrieben, kannte sie offenbar einfach nicht. »Ich kann auch mit einem Freund unzertrennlich sein. Aber woher weiß ich, dass es Liebe ist?«

Helga beugte sich erneut vor, diesmal, um Evas geschmolzene Eispampe zu sich herüberzuziehen. »Darf ich?« Als Eva nickte, fuhr sie fort: »Jetzt hör mir doch bloß mit Liebe auf. Das ist doch das am meisten geschändete und missbrauchte Wort, wenn du mich fragst. Was im Namen der Liebe nicht alles passiert. Liebe ist … wenn ein Mann gut zu einer Frau ist, sie versorgen kann und sie unterstützt, wo sie es braucht. Das ist Liebe. Nicht mehr und nicht weniger. Und so einer ist dein Ulrich: anständig, ehrgeizig, ganz sicher treu, und er wird dich gut behandeln. Für ihn bist du doch seit jeher seine Königin. Du kannst es nicht besser treffen, meine Süße. Nur Frauen wie Gisela ziehen es vor, schlecht behandelt zu werden, wenn es ihnen dient.« Bei diesem Namen zuckte Eva kurz zusammen. »So bist du nicht. Der Liebe muss man auch die Chance geben, sich zu entwickeln. Also, was zögerst du?«

Eva schüttelte den Kopf. »Ich weiß es nicht. Vielleicht bin ich einfach noch nicht so weit.« Und bevor Helga, die bereits wieder Luft holte, etwas erwidern konnte, setzte Eva hinzu: »Lass gut sein, Helga. Ich weiß schon, dass ich ihn nicht ewig warten lassen kann, aber so einfach ist es nun mal nicht. Komm, ich lad dich ein und wir bummeln noch ein bisschen durch die Stadt.«

Helga, die Streit nicht ausstehen konnte, stand direkt freudestrahlend auf. »So machen wir's. Selbst wenn ich heute Abend an jedem Zeh ein Blasenpflaster brauche.« Und fügte etwas leiser noch hinzu: »Du weißt, dass ich das nicht böse meine? Wenn ich einem Menschen Glück wünsche, dann ganz sicher dir.«

Eva ging auf die Freundin zu und nahm sie in den Arm. »Natürlich weiß ich das. Komm, lass uns losziehen.«

Fünf Minuten später schlenderten die beiden untergehakt über das Kopfsteinpflaster der Altstadt, entlang an den vielen dreigeschossigen Patrizier- und Bürgerhäusern aus rotem Backstein, die mit ihren markanten eckigen Giebeln das Stadtbild unverwechselbar machten. An manchen von ihnen sah man noch die Halterungen der alten Flaschenzüge, mit denen zu Hochzeiten der Hanse Waren oder Handelsgüter auf den Dachspeicher gehievt worden waren, nicht zuletzt das Salz.

Sie liefen vorbei an den kleinen Ladenlokalen, sahen in die Schaufenster der Geschäfte mit Haushaltswaren, Geschenkartikeln und Wolle; sogar ein Fachgeschäft für Segeln und Maritimes hatte vor Kurzem hier aufgemacht. Nicht dass man Lüneburg in irgendeiner Form direkt mit Wassersport in Verbindung gebracht hätte. Aber die Geschichte der Hanse hatte lange Arme. Und wie die Hamburger auf ihren Pfeffersäcken, so saßen die Lüneburger auf ihren Salzsäcken. Sprich: Es gab ziemlich viele Menschen mit ziemlich viel Geld, dem weder die Inflation noch der Krieg etwas hatten anhaben können.

Als sie am Hotel vorbeiliefen, fiel Eva wieder das Treffen mit Gisela ein. Sie wandte sich an Helga. »Sag mal, hast du Lust, in zwei Wochen mit mir auf die Party im Hotel Wellenkamp zu gehen? Nach dem Stadtfest?«

Helga blieb stehen und sah Eva überrascht an. »Seit wann schlägst du denn eine Party vor? Das sind ja ganz neue Töne.«

Eva schaute zur Seite und zuckte nur kurz mit den Achseln. »Ich dachte, das könnte vielleicht ganz lustig werden, und du sagst doch immer, ich soll mal aus meinem Schneckenhaus raus.«

»Wohl wahr«, bestätigte die Freundin. »Aber vielleicht solltest du da lieber mit Ulrich hin.«

»Wir könnten zu dritt gehen, wäre ja nicht das erste Mal; aber ich gehe davon aus, dass er keine Lust hat. Das ist ja nicht so seins.«

Außerdem hatte Eva keinen Schimmer, wie sie beide in vierzehn Tagen zueinander stehen würden. Einmal hatte sie vor dem Antrag davonlaufen können. Aber sie war sicher, dass Ulrich ihr das nicht durchgehen lassen würde. Wenn er es ernst gemeint hatte, würde er eine Antwort verlangen. Und die konnte Eva ihm einfach noch nicht geben.

Sie gingen ein Stück weiter und kamen am Strumpfladen Schröther vorbei. Wenn es ein Geschäft gab, das von dem neuen Aufschwung am sichtbarsten profitiert hatte, dann wohl dieses. Erst vor zwei Jahren waren die Schröthers hier direkt in die Innenstadt gezogen und hatten ihre Verkaufsfläche seitdem fast verdoppelt. Dabei nahm die Abteilung Nylonstrümpfe nicht den gesamten, aber doch größten Raum ein. Wohl kaum ein Gut war so ein Symbol für Freiheit geworden – sei es die körperliche oder auch die politisch-wirtschaftliche – wie die Nylons.

»Ach, da könnte ich mir auch mal wieder ...«, hob Helga an und unterbrach sich gleich wieder. »Sag mal, ist das nicht Curti?«

Eva kniff die Augen zusammen, um besser in das Dunkel des Ladenlokals schauen zu können. »Wo?«

»Na, da«, erwiderte Helga und klopfte schon wild gegen die Scheibe.

Nun hatte auch Eva ihren Bruder erkannt, der sich suchend umschaute, bis er die winkende Helga entdeckte. Etwas zu eilig, fand Eva, hastete er zur Tür.

»Na, ihr beiden Schönen«, begrüßte Curt die zwei, die Wangen leicht gerötet. »Macht ihr einen kleinen Bummel?«

»Ich mag hautfarben mit Naht«, sagte Helga keck, worauf Curt noch mehr errötete.

Helga hatte aus Gründen, die Eva nie ganz begreifen würde, einen Narren an ihrem zwei Jahre jüngeren Bruder gefressen. Der feingliedrige, sensible Curt war nun wirklich das genaue Gegenteil der sonnigen, handfesten Helga. Aber vielleicht war es ja gerade das. Doch auch wenn Helga meinte, ihren Bruder mütterlich erwecken oder sogar weiblich verschlingen zu können – Curt brauchte sicher alles, nur keine Glucke oder einen Vamp.

»Wir waren Eis essen«, kam Eva ihrem Bruder zu Hilfe. Auch sie wunderte sich, was Curt in dem Laden gesucht hatte, verkniff sich aber die Nachfrage.

»Na, dann noch einen schönen Nachmittag. Ich wollte auch grad wieder los.« Und mit einer kurz zum Gruß erhobenen Hand war er verschwunden.

»Hast du eine Idee, was er da wollte?«, fragte Helga, als sie ein paar Meter gegangen waren. Und etwas alarmierter: »Hat er eine Liebschaft, von der wir nichts wissen?«

Eva überlegte. »Glaube ich nicht, aber bei Curt weiß man ja nie. Er trägt sein Herz bekanntlich nicht auf dem Silbertablett.«

Helga seufzte. »Sehr zu meinem Leidwesen. Komm, lass uns zurückgehen. Mir tun die Füße weh.«

4.

Ohne wirklich hinzusehen, blätterte Ulrich eine Jagdillustrierte durch, die vor ihm auf dem Tisch lag. Dr. Uhlmann, sein Chef in der Kanzlei, hatte ihn für zehn Uhr zu einer Besprechung einberufen, und Ulrich war ein paar Minuten zu früh. Es ging um den Kauf einer kleinen Bootswerft für Jachten der Mittelklasse durch eine Hamburger Reederei. Die Kanzlei war auf Fusionen und Firmenaufkäufe spezialisiert, und für Ulrich, der sich in erster Linie für Gesellschafts- und Wirtschaftsrecht interessierte, war das der optimale Start in die Rechtswissenschaft gewesen. Inzwischen hätten ihn andere Anliegen mehr interessiert, Reparationszahlungen des Staates und seiner Institutionen, Zwangsenteignungen während des Nationalsozialismus und fällige Entschädigungen. Aber mit seiner Ausbildung war er ja erst am Anfang, und er schätzte Uhlmann & Partner.

Ulrich hielt inne, als sein Blick auf die ganzseitige Aufnahme eines Wolfes fiel. »Rückkehr des Isegrim?«, lautete die Überschrift. Der Artikel berichtete über die Jahrhunderte währende gezielte Ausrottung des Wolfes, die Mitte des 18. Jahrhunderts ihren traurigen Rekord erreicht hatte. Der letzte frei lebende Wolf war in Deutschland 1904 erlegt worden. Gleichwohl, so stand dort weiter, ließen sich seit dem Zweiten

Weltkrieg doch wieder erste Spuren des *canis lupus* nachweisen, vorzugsweise in den stark bewaldeten Regionen der heutigen DDR, namentlich Thüringen, Sachsen-Anhalt und Brandenburg.

Der Wolf, hieß es in dem Magazin, sei ein äußerst soziales Wesen, das aufgrund seines außergewöhnlichen Sehvermögens und Geruchssinnes als erfolgreiches Raubtier keine natürlichen Feinde habe und damit die Spitze der Nahrungspyramide bilde. Das mache ihn unberechenbar und gefährlich. Also weiter abschießen oder neu ansiedeln? Das war die Frage, die der Verfasser stellte.

Ulrich legte die Illustrierte zur Seite.

Er erinnerte sich noch genau, wie Georg Möreke ihm seinen Brustbeutel vom Hals gerissen hatte. Damals. Vor zwölf Jahren. Im Februar 1945.

Darin hatten sich 2 000 Reichsmark und eine Urkunde befunden. Wie oft Ulrich sie auf der Laderampe des deutschen Militär-Lkws herausgeholt und wieder sorgfältig gefaltet in den Brustbeutel geschoben hatte, konnte er nicht mehr sagen. Dafür erinnerte er sich umso genauer, was darin stand:

Ulrich Vincent Wolf, *17.01.1936
Mutter: Elisabeth Wolf, geb. May
Vater: Walter Wolf
Wohnhaft in: Boxhagener Platz 7, Berlin-Friedrichshain

Es war seine Geburtsurkunde. Und dort stand verblichen schwarz auf weiß, dass er kein Möreke war, sondern ein Wolf. In Anbetracht der Tatsache, dass sein Onkel ihn von Anbeginn so sehr gehasst hatte, hatte Ulrich nie verstanden, warum er ihm dennoch seinen Namen gegeben und ihn seines eigenen beraubt hatte. Der erste Vernichtungsschlag?

Seine Eltern, die ihn unter Tränen auf diesen Lkw gehoben hatten, weil sie es in den letzten Kriegstagen im Winter 1945 zu gefährlich fanden, ihren Sohn dem gefürchteten finalen Bombardement der Alliierten auszusetzen, hatten ganz sicher nicht mit der Lieblosigkeit gerechnet, die Ulrich von Tag eins an im Haus Möreke zuteilwurde.

Im Gegenteil. Gerade seine Mutter hatte ihn zum Abschied auf die Stirn geküsst und gesagt: »Georg wird gut für dich sorgen, vertrau mir.« Georg, hatte sie gesagt. Nicht Johanna, die ihre Schwester und damit seine leibliche Tante war. Und mit einem mulmigen Gefühl im Bauch, aber dennoch erfüllt von der Zuversicht, die seine Eltern ihn gelehrt hatten, hatte Ulrich sich auf die harten Planken gesetzt und die Gewehre der Soldaten ausgeblendet. Zehn Stunden hatte diese Fahrt gedauert. Zehn Stunden, in denen er weder Wasser noch Brot bekam. Der Hintern schlief ihm ein, die Blase drückte, doch Ulrich saß tapfer zusammengekauert auf der Ladefläche, die Arme um die Knie geschlungen, und rührte sich keine Sekunde von der Stelle.

»Runter mit dir!«

Das war der Befehl gewesen, der ihn zwang, seine erstarrten Gliedmaßen zu aktivieren. Die eine Hand am Brustbeutel, stemmte er sich mit der anderen hoch, verlor fast das Gleichgewicht, spürte hartes Metall im Rücken, straffte seinen Körper und sprang mit einem Satz von dem Wagen.

Sie waren etwa vierzig gewesen. Hier, in einer Stadt, die Lüneburg hieß, stiegen sechs aus, er und fünf weitere. Der Rest würde weiter nach Friedland fahren, so hatte er aufgeschnappt. In ein sogenanntes Auffanglager.

Ulrich stand mit kribbelndem Fuß auf dem Kopfsteinpflaster einer Stadt, die er nicht kannte, und sah sich um. Ein brünettes Mädchen von etwa acht Jahren sprang um die Ankömmlinge herum und verteilte Wasser aus Krügen. Noch bevor jemand anderes das Wort an ihn richtete, kam sie auf ihn zu. »Hallo, mir wurde gesagt, ihr habt bestimmt Durst. Wo kommst du her?«

Ulrich, der noch immer mit einem eingeschlafenen Bein zu kämpfen hatte, der seit Stunden nichts gegessen hatte und nicht auf der Toilette gewesen war, der sich schmutzig und allein fühlte, schaute in die kornblumenblauen Augen dieses Mädchens und dachte nur, dass er nie etwas Schöneres gesehen oder etwas Bedeutsameres gefühlt hatte.

In diesem entscheidenden Moment verschenkte Ulrich Wolf zum ersten Mal sein Herz und beschloss, dieses Mädchen, wann immer es nötig war, zu beschützen.

»Aus Berlin. Danke. Das tut gut. Wie heißt du?«

»Eva. Und du?«

»Ulrich.«

Ulrich legte die Illustrierte zur Seite. Es war kurz nach zehn und zwölf Jahre später. Er hatte Eva gesagt, was er für sie empfand. Er hatte ihr einen Antrag gemacht, auf den sie ausweichend reagiert hatte. Aber er würde nicht aufgeben und auch mit ihr auf das Stadtfest gehen.

»Herr Möreke. Dr. Uhlmann ist jetzt für Sie zu sprechen.«

Ulrich erhob sich.

»Vielen Dank, Fräulein Linde.«

5.

14 Tage später, vor dem Stadtfest

Eva stand vor ihrer Frisierkommode und trug vorsichtig den kirschroten Lippenstift auf. Die bereits tiefer stehende Sonne schien regelrecht golden in ihr Zimmer, sodass Evas Haarkranz zu leuchten schien. Genau, eine Heilige, dachte sie ein wenig sarkastisch. Vielleicht sollte ich wirklich mal in ein Kloster gehen. Dann müsste ich mir auch nicht mehr den Kopf über alles Irdische zerbrechen.

Ulrich und sie hatten sich ein paarmal gesehen in den letzten zwei Wochen. Keiner von beiden hatte den Antrag, von dem Eva mit jedem Tag mehr glaubte, dass es doch nur ein dahingesagter Scherz gewesen war, wieder erwähnt. Trotzdem meinte Eva, dass sich etwas zwischen ihnen verändert hatte. Sie fand, dass Ulrich rauer wirkte, etwas forscher, als ob er dauernd mit geballten Fäusten in den Taschen durch die Gegend lief, auch wenn seine Stimme das nicht verriet.

So waren sie vor ein paar Tagen im Kino gewesen. Sie hatten sich mehr oder weniger wortlos entschieden gehabt, sich die Neuverfilmung des »Glöckners von Notre-Dame« mit Gina Lollobrigida und Anthony Quinn anzuschauen. Als sie

40

das Lichtspielhaus verlassen hatten, war ihnen trotz der späten Stunde noch immer eine Wolke warmer Luft entgegengeschlagen. Schweigend marschierten sie dann vom Filmpalast westlich in Richtung Liebesgrund, dem ehemaligen Stadtgraben und Teil der Wallanlagen, in dem man nun spazieren, picknicken oder sich ungestört anderweitig amüsieren konnte.

»Im Grunde ist es doch pervers«, sagte Ulrich schließlich, als sie die grüne Senke erreicht hatten, »da hast du eine schöne Zigeunerin, also eine von der Gesellschaft ausgeschlossene Rebellin, die gleichzeitig die Freiheit symbolisiert. Schon allein das ist eine vielsagende Kombination. Dann hast du einen bigotten Pfaffen, der begehrt, was er nicht begehren darf. Und statt sich zu geißeln, will er das Objekt seiner Begierde töten. Und dann hast du den Buckligen, ein Monster, das antritt, für die Freiheit zu kämpfen, wenn man so will, also Esmeralda zu retten. Heißt somit, der Mut, für die Menschenrechte aufzustehen, trägt eine Fratze. Das ist doch alles vollkommen verzerrt.«

Eva hatte sich Ulrichs Vortrag schweigend angehört. Aus jüngster Erfahrung wusste sie, dass das die beste Strategie war. Ulrich hatte sich zuletzt häufiger mal etwas hitzköpfig politisch oder gesellschaftlich geäußert. Am Anfang hatte sie ihm noch widersprochen, was dann beinahe zu Streit geführt hätte. Also ließ sie ihn nun sich erst mal austoben. »Vielleicht wollte Victor Hugo genau das zeigen …«

»Was?«, erwiderte Ulrich, als hätte er sich selbst nicht zugehört.

»Ich meine, vielleicht stellt Hugo genau das an den Pranger: dass das Menschliche zur Fratze verkommt und die Freiheit eine Streunerin ist. In den Augen der konservativ Bürgerlichen oder Royalisten könnte es sich doch so dargestellt haben.«

Ulrich überlegte einen Moment. »Ach, so, meinst du. Guter Gedanke, stimmt. Die konservativ Bürgerlichen finden ja alles bedrohlich, was anders ist als sie selbst. Gruselig, dieser

Selbstbezug und diese geistige Enge. Gefährlich auch, wie wir gesehen haben …«

Und dann hatte Ulrich mit gerunzelter Stirn vor sich hingestarrt und nur ab und an einen Kiesel gegriffen, um ihn wegzuditschen. Normalerweise hätte Eva ihn irgendwann in den Arm genommen und ihn mit einer Anekdote abzulenken versucht. Hätte ihm etwa erzählt, wie er Curt vor sechs Jahren aus den Fängen der Becker-Jungs befreit hatte, die ihn verprügeln wollten, weil er schwächer war, stiller. Helga und sie hatten die Szene beobachtet, und es gab wohl keinen Moment, in dem Ulrich ihr männlicher und schöner vorgekommen war.

Aber Eva traute sich nicht. Was, wenn diese Leichtigkeit Ulrich erneut zu etwas animierte, worauf sie keine Antwort hatte?

Zu Evas Überraschung hatte Ulrich jedoch zugesagt, mit ihr und Helga auf das Stadtfest zu gehen. Begeistert hatte er nicht geklungen, aber zugestimmt. Sie waren um 19 Uhr verabredet, wollten einmal durch die Innenstadt bummeln, an den Büdchen etwas essen, eine Bratwurst oder einen gebackenen Käse, sich vor den Bühnen etwas einschwingen, dazu vielleicht noch ein, zwei Glas Bowle, bis um 21 Uhr die Rockabillyparty im Hotel Wellenkamp losgehen würde.

Eva spürte eine gewisse nervöse Vorfreude. Wann war sie zuletzt einmal tanzen gewesen? Vermutlich auf dem Abschlussball ihrer Tanzschule vor vier Jahren. Sie fühlte sich selten wohl dabei. Am Rand einer Tanzfläche stehen, ein gequältes Lächeln auf den Lippen, und immer unbemerkt wegsehen, wenn die Frau neben ihr aufgefordert wurde, und nicht sie. Heute aber war das anders. Fast meinte sie, ihr Herz schlagen zu hören. Eva hatte sich für ein bordeauxfarbenes Swingkleid mit Trägern recht weit außen an den Schultern entschieden, das ihre Schlüsselbeine schön zu Geltung brachte, inklusive des Schokokrümels. Dazu trug sie die Kette mit dem Rubinanhänger. Das einzige Erbstück ihrer Mutter und Großmutter, das ihr wirklich etwas bedeutete. Fast ein bisschen zu festlich, aber ihr war danach. Sie war gerade auf der Suche nach ihrem Seidentuch, als sie von unten ein Türenschlagen und zornige Schreie hörte.

»Lass mich doch endlich in Ruhe mit deinem verfluchten Salz!«

Eva erstarrte. Das war Curt! »Du willst mich zum *Mann* machen mit einer *Ohrfeige*? Und ich soll noch dankbar sein, dass ich bereits achtzehn bin und sie deswegen besser verstehe? Das ist so krank, weißt du das?«

Eva konnte sich nicht erinnern, Curt jemals so laut werden gehört zu haben. Ja, sie hätte noch nicht einmal gedacht, dass er mit seiner Stimme dazu überhaupt in der Lage war. Mit klopfendem Herzen ging sie zur Tür und öffnete sie leise.

»Ich habe dich noch nicht entlassen, Sohn!« Das war ihr Vater, nicht minder aufgebracht. »In zehn Tagen geht es für dich nach Grasleben, ob es dir nun gefällt oder nicht. Vielleicht treiben sie dir da endlich deine Flausen aus! Malerei, das ist doch Weiberkram! Du musst endlich mal lernen, deinen Mann zu stehen. Du musst lernen zu begreifen, worauf es ankommt im Leben.«

Evas Puls hatte sich beschleunigt, und trotzdem atmete sie, so flach sie konnte, um kein Geräusch von sich zu geben. Sie schloss die Augen. Sollte sie nach unten gehen und Curt zur Seite stehen? Ihr Vater hatte darauf bestanden, dass Curt in dem 150 Kilometer entfernten Salzbergwerk eine Ausbildung zum Sprengmeister absolvieren sollte. Wenn schon die Saline vielleicht keine Zukunft hatte, das Bergwerk hatte sie ganz sicher. Und Tradition war für den Vater Tradition. Dass Curt nicht dafür geschaffen war, unter Tage zu schuften und mit schwerem Gerät abgesprengte Steinklumpen einzusammeln, um sie in Loren nach oben befördern zu lassen, kam ihm überhaupt nicht in den Sinn. Curt hatte versucht, dagegen aufzubegehren, aber was konnte eine Blume ausrichten, wenn sie von einer Walze niedergedrückt wurde? Sie ging ein und war bestrebt, ihre Wurzeln im Verborgenen zu retten. Auch Eva hatte mehrfach auf ihren Vater eingeredet. Dass Curt zu empfindsam für diese Arbeit sei; dass er kein Talent dazu habe; dass man einen Menschen nicht zwingen könne, Dinge zu tun, die ihm nicht entsprachen. Aber Eva erfuhr ja am eigenen Leib, dass gute Argumente an ihrem Vater abprallten wie Geschosse an den Mauern eines Bunkers. Im Innern vibrierte es noch nicht mal.

»Ach ja?«, hörte sie nun wieder Curt, schon etwas zerbrechlicher, nicht mehr ganz so fest. »So wie du, meinst du? Der seine Tochter hier wie eine Sklavin im Haus hält, sich von ihr versorgen lässt, alles um sich herum erstickt und auch noch seinen eigenen Laden in Grund und Boden wirtschaftet! Findest du das *männlich*? Nein danke, dann halte ich es doch besser wie all diese *Weiber* … Picasso, Monet, Chagall … schon mal gehört? Vergiss es, Vater! Sobald ich dieses Haus in zehn Tagen verlasse, verspreche ich dir – und ich schwöre es sogar! – werde ich nie wieder einen Fuß über diese Schwelle setzen!«

Mit diesen Worten hörte Eva ihren Bruder die Treppe heraufpoltern. Sie ging auf den Flur, wollte ihn abfangen, rief »*Curt!*«, doch er schob sie nur aus dem Weg und stob den Flur entlang in sein Zimmer.

Mit pochendem Herzen und geschlossenen Augen lehnte Eva sich an den Türrahmen. Sie spürte Übelkeit in sich aufsteigen. Warum konnte ihr Vater einfach nicht sehen, dass man Menschen nicht in ein zu enges Korsett schnüren durfte? Früher oder später würden sie darin ersticken. Eva machte ein paar Schritte in Richtung von Curts Zimmer, überlegte es sich dann aber anders. Nicht heute, dachte sie. Sie hatte sich so auf das Stadtfest gefreut. Sie hatte sich vorgenommen zu tanzen.

Vielleicht sogar mit Ulrich. Und das würde sie sich nicht nehmen lassen. Ausnahmsweise mal nicht.

Eva eilte zurück in ihr eigenes Zimmer, wühlte in ihrem Schrank, bis sie das Tuch fand, griff nach ihrer Tasche und ging entschlossen, aber leise nach unten. Als sie an der halb geöffneten Wohnzimmertür vorbeikam, senkte sie den Blick, nahm aus dem Augenwinkel jedoch wahr, wie ihr Vater zusammengekauert in seinem Sessel saß und leicht vor und zurück wippte. Sie hörte das verhaltene Schluchzen.

Sie war bereits an der Eingangstür, als sie einmal tief durchatmete und doch noch mal zurückging. Sachte klopfte sie an die Tür zur Stube. »Papa!«

Er sah auf, das Gesicht voller Tränen. »Püppi. Gehst du heute mal aus? Recht so.« Dabei hörte er nicht auf zu wippen.

Eva näherte sich langsam, kniete sich vor ihn und ergriff seine Hand. Er ließ es geschehen.

»Ihr findet, ich bin zu streng mit euch, nicht wahr?« Eva schwieg. »Deine Großmutter, meine Mutter, zerbrach fast an dem Kummer, ihren Erstgeborenen und ihren Mann im Krieg verloren zu haben. Es war egal, dass ich noch da war. Ich konnte ihr über den Verlust nicht hinweghelfen. Manchmal dachte ich … nun ja … Und als dann auch noch deine Mutter starb. Da war ich wieder allein. Mit drei Kindern. Und dann die ganze Verantwortung …« Eva sagte noch immer nichts. Eine Verantwortung zu spüren und sie anzunehmen waren aus ihrer Sicht zwei Paar Schuhe. »Und das Salz ist doch die einzige Sicherheit, die wir haben in diesen Zeiten. Ich habe versucht, es Curt zu erklären. Weißt du, früher …« Eva rollte innerlich mit den Augen. Nun ging das wieder los. *Früher* … »Früher wurden die Söhne im Alter von zehn Jahren an die Pfannen geschickt. Und weißt du, wie man das feierte? Die Knaben bekamen eine Ohrfeige. Und sie waren stolz darauf. Weil es hieß, dass dies die letzte sein würde, die sie von den Eltern noch bekämen.

Denn mit der Arbeit wurden sie zum Mann. Das war etwas ganz Besonderes, es war eine *Ehre*!« Ihr Vater hatte aufgehört zu wippen und sich nun wieder etwas aufrechter hingesetzt. »Dass Curt nun ins Bergwerk darf, Salz abbauen, ist ebenfalls eine Ehre. Viele würden sich die Finger danach lecken. Aber dein Bruder … er versteht es einfach nicht. Er ist so störrisch und uneinsichtig. Ich wünschte, deine Mutter wäre hier und könnte ihm den Kopf waschen.«

Eva war nun wieder aufgestanden. Sie bezweifelte, dass es Curt wäre, dem sie den Kopf waschen würde. Ihre Mutter war eine moderne Frau gewesen, deren Vater als Lehrer an einem Gymnasium in Lüneburg unterrichtet hatte. So hatte sie sogar ein bisschen Latein und Altgriechisch beherrscht, auch wenn sie selbst nur die Mittlere Reife hatte. Ganz sicher hätte sie alles dafür getan, dass es ihren Kindern an nichts fehlte, und sie wäre noch bis Mitternacht putzen gegangen, wenn das bedeutet hätte, dass auch ihre Kinder studieren hätten können. Für sie war das Salz eine Option gewesen, aber kein Schicksal.

»Ist gut, Papa, ich muss los.« Eva nahm ihr Tuch und legte es sich um. Sie fröstelte plötzlich ein wenig.

»Hab Spaß, Evchen. Du hast es dir verdient.«

Sie schlug zum Gruß zweimal leicht gegen die Wand und überlegte, ob sie noch etwas sagen sollte, aber ihr fiel nichts Gescheites ein. Einerseits empfand sie Mitleid mit ihm. Aber genauso gut hätte sie manchmal auch ihn statt ihrer Hand an die Wand klatschen können.

Draußen auf der Straße atmete Eva einmal tief durch. Das helle Licht und die Wärme taten sofort gut. Es war noch immer heiß, aber die Stadt war nicht mehr so ein Ofen wie noch vor zwei Wochen. Zudem wehte eine leichte Brise, sodass sie den Stoff ihres Rockes sanft an den nackten Beinen spürte. Von der Altstadt waberten schon leicht die Klänge der Musik und die Düfte der Büdchen zu ihr herüber: süß wie gebrannte Mandeln und Zuckerwatte, würzig wie das Fleisch auf dem Holzkohlegrill, satt wie frisch geschmiertes Schmalzbrot. Eva schüttelte die Erinnerung an den Vorfall eben von sich ab und machte sich auf den Weg zum Reichenbach-Brunnen. Dort war sie mit Ulrich und Helga verabredet. Sie hatte sich wirklich auf den Abend gefreut und spürte eine ihr selbst fremde innere Unruhe. Kurz fasste sie an den Rubinanhänger. Was genau erwartete sie denn?

Schon von Weitem erkannte sie ihre Freundin in dem schwarz-weißen trägerlosen Petticoatkleid und – schlau gewählt – den weißen Leinenschuhen, die ihr wild zuwinkte. Lächelnd beschleunigte Eva ihre Schritte. An den Brunnenrand gelehnt sah sie auch Ulrich. Wie er da so stand, den einen Fuß auf Kniehöhe lässig gegen die Mauer gestützt, das Gesicht aufmerksam Helga zugewandt, durchströmte sie ein warmes Gefühl. Hatte sie ihn eigentlich jemals als Mann betrachtet? Und nicht nur als beständigen und treuen Freund?

Überschwänglich umarmte Eva beide, erst Helga und dann auch Ulrich. Sie hielt ihre Arme ein wenig länger um seinen Hals gelegt als nötig und glaubte, in seinem Blick eine gewisse freudige Verwunderung zu erkennen. »Heute so stürmisch, junge Frau?«, begrüßte er sie, doch in seinen Augen lag mehr Tiefgründigkeit als in seiner Stimme.

»Ja, ich will heute feiern, und dazu brauch ich jetzt einen Bommi mit Pflaume!«, rief Eva lachend.

»Na, so gefällst du mir, Schätzchen«, sagte Helga und hakte sich bei ihr unter. »Dann los, bevor wir die Schlagerbühne stürmen. Ich bin süchtig nach Harry Belafonte und Caterina Valente … Könnte ein Abend schöner beginnen?«

Die drei stürzten sich ins Getümmel, Eva übermütig vorneweg, sodass Ulrich ihr immer mal wieder einen fragenden Blick zuwarf. Eva ignorierte ihn. Was war denn falsch daran, die Rubinkette an ihrem Hals zum Leuchten zu bringen? Und herauszufinden, ob sie dazu überhaupt in der Lage war?

Die erste Stunde war noch nicht rum, da hatte Eva bereits drei Schnäpse und zwei Gläser Bowle intus, was man ihr, die so gut wie nie Alkohol trank, auch anmerkte. Sie tänzelte förmlich durch das Gedränge, verneigte sich grüßend vor Fremden, fand die Buden »überragend«, das Wetter »herrlich« und das ganze Fest »großartig«.

»Na, du gibst ja ordentlich Gas«, meinte Helga nur amüsiert, doch Ulrich wurde zunehmend ernster. »Bist du sicher, dass du noch einen möchtest? Du bist das Zeug nicht gewohnt.«

»Ach, Ulrich, mein Engel, sei doch nicht so ein Spießer! Hol dir lieber auch einen. Heute wollen wir feiern, oder? Wir könnten auch Brüderschaft trinken.« Provokant funkelte Eva ihn an. »Und unsere Verbindung endlich mit einem Kuss besiegeln?«

»Eva, ich glaube wirklich, es reicht«, erwiderte Ulrich ernst. »Was ist denn heute los mit dir? Komm, wir essen noch eine Kleinigkeit und dann gehen wir langsam nach Hause.«

Abrupt blieb Eva stehen. »Nach Hause? Na, wie komme ich denn dazu? Wir wollen heute noch tanzen gehen. Im Wellenkamp. Ich möchte Spaß haben, mit dir. Mal über die Stränge schlagen. Komm schon.« Eva merkte selbst, dass ihr Ton etwas Drängendes bekommen hatte. »Bitte sei kein Spielverderber. Du willst dein Leben mit mir teilen – dann fangen wir doch am besten direkt heute damit an.« Übermütig drehte sie sich dem Ausschank zu, bestellte noch ein Glas Bowle und zeigte auf die Bühne, vor der sich die ersten jungen Leute rhythmisch hin und her wiegten. »Ich geh da jetzt hin. Falls noch jemand Lust hat.« Eva trippelte in die Menge wie eine Mücke auf Hochzeitstanz. Sie spürte eine Energie in sich, die sie nicht deuten konnte, die sich entladen wollte wie ein heraufziehendes Gewitter. Vermutlich hatte Ulrich recht – besser wäre es gewesen, sich schleunigst zurückzuziehen und nach Hause zu gehen. Aber, erhitzt von den Schnäpsen und der Bowle, lief sie trotzig weiter. Immer war sie vernünftig gewesen. Immer war sie für andere da. Und heute, nach dem erneuten Streit, wollte sie einmal alle Zügel aus der Hand geben. Sie war zwanzig. Sie war hübsch. Und dennoch hatte sie noch nie einen Mann geküsst, hatte das Abenteuer der Liebe noch nicht kennengelernt. Bis vor Kurzem hatte sie das noch nicht einmal bemerkt, aber heute, heute spürte sie diese unbekannte Sehnsucht. Und was sollte schon falsch daran sein, auch diesen Weg einmal zu beschreiten?

Sie drehte sich noch einmal um: »Kommt ihr?«, rief sie und sah Helga, Ulrich jedoch nicht mehr. Dann war es so. Sie würde ihn morgen fragen, ob er ihr böse sei, und ihm vielleicht auch von dem Vorfall mit Curt erzählen. Außerdem war er ja ohnehin nicht der Feiertyp. Insofern war das schon alles gut so.

Sie reichte Helga die Hand, und die beiden sangen aus voller Kehle die deutschen Schlager und Gutelaunelieder mit, die derzeit die Hitparaden stürmten. Die Hüften schwingend skandierten die beiden Vico Torrianis Megahit »Siebenmal in der Woche möcht' ich ausgehen«. Ein bisschen seicht für Evas Geschmack, aber doch vergnüglich.

Als es langsam dämmerte, machten sich die beiden Freundinnen dann erhitzt und beschwingt auf den Weg ins Hotel Wellenkamp. Eva hoffte insgeheim, Gisela dort nicht zu begegnen, wusste aber, dass die Wahrscheinlichkeit nicht besonders hoch war.

»Hast du eigentlich bemerkt, dass Lothar auch da war?«, fragte Helga Eva, als sie das Gedränge hinter sich gelassen hatten. Das Tanzen hatte beide wieder etwas nüchterner werden lassen.

»Lothar? Echt?« Eva hatte mit dem leiblichen Sohn der Mörekes wenig zu tun. Natürlich kannten sie sich ganz gut, einfach, weil Eva so gut mit Ulrich befreundet war, aber sie fühlte sich in seiner Gegenwart immer ein wenig befangen. Möglich, dass es daran lag, dass Helga immer wieder betonte, sie sei sein heimlicher Schwarm. Eva hörte das nicht gern, erstens, weil sie eben mit solchen Gefühlen nicht umzugehen wusste, aber zudem auch, weil ihr Vater ihr immer wieder in den Ohren lag, dass Lothar eine deutlich bessere Wahl sei als der von allen abgelehnte Ulrich. »Nein, habe ich nicht gesehen, aber dafür kann ich dir sagen, dass Bruno dich die ganze Zeit angestarrt hat. Und ich gehe fest davon aus, dass du das sehr wohl mitbekommen hast.«

Helga lachte verschmitzt. »Na und ob, aber wenn ich auch nur einmal zurückgeguckt hätte, wären wir ihn den ganzen Abend nicht mehr losgeworden. Und das will keine von uns.«

Eva zuckte mit den Schultern. »Mich würde es für den armen Kerl ja freuen. Ihr passt zusammen.«

»Also Bruno malt mir sicher keine Bilder.«

Eva verzog den Mund. Sie wusste genau, worauf die Freundin anspielte. »Curt hat dir auch noch nie ein Bild gemalt, und ich hab dir schon hundertmal gesagt, dass er nicht zu dir passt.«

»Er passt jedenfalls besser als der Sohn eines Schlossers. Und er wirkt immer so traurig. Ich finde schon, dass ich ihn mit allem, was ich habe, schön aufmuntern könnte.« Dabei wackelte sie demonstrativ mit ihrem Oberkörper.

»Schon gut, Helga, jetzt vergessen wir die Männer mal und geben uns dem amerikanischen Swing hin. Was singt Doris Day noch: ›Que será, será …‹ – also los, ab ins nächste Getümmel.«

Der Festsaal des Hotels war in rosa und lila Licht getaucht. An den Wänden hingen überdimensionierte Milchshakebecher und Softeistüten. Eine Jukebox und von der Decke hängende Schallplatten sorgten für die amerikanische Note. Es gab ein paar mit weißen Hussen verhängte Stehtische, die jedoch alle schon besetzt waren. Aus den Boxen erklang Elvis' »Hound Dog«. Giselas Vater hatte sich wahrlich nicht lumpen lassen.

»Ich hol uns was zu trinken«, verkündete Helga. »Champagner?«

»Immer«, antwortete Eva, wippte bereits hin und her und beobachtete die tanzenden Paare in der Saalmitte. Das war schon mehr nach ihrem Geschmack als Peter Alexander, und sie wünschte, sie hätte sich einfach allein auf die Tanzfläche begeben und sich dort im Takt der zackigen Rhythmen schütteln können. Aber das verbot die Etikette. Jetzt bereute sie doch fast, dass sie nicht versucht hatte, Ulrich zu überzeugen, noch mit ihnen zu kommen.

»Evchen, wie schön, dass du dich hergewagt hast!«

Aus ihren Gedanken gerissen sah Eva zur Seite. Es war klar, dass Gisela die Schönste hatte sein wollen. Mit ihrem schwarzen, trägerlosen Bleistiftkleid, den langen schwarzen Handschuhen, den kunstvoll gewellten roten Haaren und der Zigarettenspitze sah sie wahrhaft umwerfend aus. Verführerisch und gefährlich. »Hallo, Gisela«, erwiderte Eva knapp. »Warum auch nicht?«

»Wo hast du denn deinen Liebsten?«

»Wen genau meinst du?«, fragte Eva kühl.

»Ach, gibt es mehrere?«, erwiderte Gisela lachend. »Na, man sieht sich«, meinte sie dann und schritt in ihrer schwarzen Nahtstrumpfhose und den Lacklederpumps weiter zu den nächsten Gästen.

Helga kam mit zwei Sektschalen zurück. »Was wollte die denn?«

»Freundlich Hallo sagen«, antwortete Eva knapp. Sie kam sich plötzlich wieder bieder vor mit ihrem dunkelroten Swingkleid und der Kette. Altbacken.

Geschickt manövrierte Helga die beiden in eine Lücke an einem der Stehtische und zettelte sofort ein Gespräch mit den fünf Leuten an, die dort bereits standen. Eva kannte keinen der drei Männer und zwei Frauen, die etwa in ihrem Alter waren, vielleicht etwas jünger, in jedem Fall aber auch in Feierlaune.

Über das Lachen, das am Tisch immer lauter wurde, konnte man die Musik kaum noch hören. Eva beobachtete, wie Helga mit jedem Witz kaum merklich immer näher an den dritten und offenbar überzähligen Mann heranrückte – ein Konrad, wenn Eva das richtig verstanden hatte, mit blonder Tolle und einem etwas zu breiten Mund, aber nicht unsympathisch –, ihm beiläufig die Hand auf den Arm legte, seinen Rücken kurz umfasste, ohne ihn dabei anzusehen.

Das war wieder einer der Momente, in denen Eva ihre Freundin nur bewundern konnte. Sie wusste einfach, wie es ging. Sie konnte flirten, ohne aufdringlich zu sein oder sich zu kompromittieren, einfach mit ihrer natürlichen, unverstellten Art, in der sie das Leben und die Männer zu genießen verstand. Umso rätselhafter war es Eva dann auch immer, warum sie gerade an Curt einen Narren gefressen hatte. Der hätte schon bei der ersten Berührung das Weite gesucht. Um genau zu sein, hätte er so ein Fest von vorneherein gemieden. Ähnlich wie Ulrich, aber dabei noch introvertierter. Ulrich hätte ihr vermutlich einen Vortrag über die Amüsiersucht und ihre gesellschaftlichen Folgen halten können, während Curt sich einfach nur in sich selbst zurückziehen wollte.

Als Helga und Konrad die Tanzfläche betraten und Eva fürchtete, nun selbst in ein Gespräch verwickelt zu werden, zu dem sie nichts beitragen konnte, drehte sie sich um und lehnte sich mit dem Rücken an den Tisch, um erneut den Paaren zuzusehen und wieder mehr in der Musik versinken zu können. In der Hand hielt sie ihr Glas, und gerade, als sie einen Schluck nehmen wollte, erblickte sie ein Gesicht, und es durchfuhr sie ein Ziehen. Wie gelähmt hielt sie in der Bewegung inne. Über den Rand des Kelches hinweg sah sie direkt in die Augen von Rainer von Seefeldt. Mit seinem sanften Lächeln fixierte er sie, ließ sie nicht aus seinem Bann. In seinem Arm hielt er Gisela, die lachend an ihrer Zigarettenspitze zog, einen Fuß um die

Ferse des anderen gelegt. Rainer von Seefeldt sah Eva an und begann, langsam Giselas Arm zu streicheln, mehr ein Hauch als eine Berührung, von der Schulter runter zum Ellenbogen, ohne Eva dabei aus den Augen zu lassen. An der Innenseite des Armes wanderte er wieder hoch, und Eva, deren Blut zu pulsieren begann, glaubte, die sanfte Fingerkuppe förmlich an der eigenen Brust zu spüren. Eva beobachtete, wie Gisela leicht ihren Rücken durchdrückte, und wollte nur noch weg. Raus aus diesem stickigen Raum, weg von diesem Scheusal. Ihr Mund war staubtrocken, und hastig leerte sie ihr Glas. In diesem Moment wandte sich Rainer von Seefeldt wieder den Gästen an seinem Tisch zu, ließ die Hand sinken und gab Eva frei.

Schwer atmend stellte Eva ihr Sektglas ab und eilte, ohne sich von Helga zu verabschieden, nach draußen. Als sie die zwei Stufen des Hotels hinter sich gelassen hatte, lehnte sie sich um die Ecke mit dem Kopf gegen die kühle Mauer und schloss die Augen. Ihr Brustkorb hob und senkte sich mit jedem Atemzug. Was war das da eben gewesen? Verwirrt spürte Eva noch immer das Abebben eines Gefühls, das ihr vollkommen fremd war. Diese Hitze, gepaart mit dem Bedürfnis, die Körpermitte fest zusammenzuziehen zu wollen. Sie griff sich mit der Hand an die Kehle.

Das Erste, was sie von ihm wahrnahm, war sein Geruch. Ein würziges Parfum und ein Hauch von Alkohol. Als sie erschrocken die Augen öffnete, hatte er bereits einen Arm neben ihrem Kopf an die Mauer gestützt und mit seinem Körper ihre offene Flanke eingekreist, sodass eine Flucht nicht ohne Weiteres möglich war.

»Evchen, Evchen, Evchen, warum denn so überstürzt das Fest verlassen?«, fragte er mit leiser rauer Stimme, sein Gesicht nah an ihrem.

»Herr von … Bitte«, stammelte sie, als er bereits mit seiner linken Hand unter ihrem Rock den Oberschenkel hinauffuhr.

»Warum denn so förmlich? Wir kennen uns inzwischen doch schon ein bisschen.« Seine Hand wanderte weiter zu ihrer Sliplinie.

»Nein, bitte, lassen Sie ... ich will nicht«, brachte Eva schwer atmend und mit einem Anflug von Panik hervor.

»Ach nein?«, fragte er, und in seinem Blick lag eine süffisante Arroganz. »Das fühlt sich aber ganz anders an«, hauchte er, als er sanft mit seiner Hand unter ihr Höschen und ihre Scham entlangfuhr. »Du solltest mal besser auf deinen Körper hören ...« Seine Lippen näherten sich ihrem Mund und sie roch den säuerlichen Atem. Da erwachte Eva aus ihrer Starre. »Nein! Hören Sie auf!«, rief sie und stieß ihn brüsk von sich. »Fassen Sie mich nicht an!« Sie machte einen Satz nach rechts, sah aus dem Augenwinkel noch eine schlanke Silhouette die Treppe des Hotels herabsteigen und rannte los. Weg von diesem Ungeheuer. Weg von dem Hotel. Nur noch weg.

Sie lief und hörte, wie ihre klackernden Absätze in der Nacht auf dem Kopfsteinpflaster hallten. Ein zunehmender Halbmond und ein paar funkelnde Sterne erleuchteten den Weg durch den Park. Tränen rannen ihr übers Gesicht. Ihre Brust schmerzte von der Anstrengung. Sie fürchtete, ihr könnte schwarz vor Augen werden. Am liebsten wäre sie direkt zu Ulrich gerannt, aber dort hätte man ihr den Zutritt verwehrt, selbst wenn sie blutüberströmt vor der Tür gestanden wäre. Selbst Johanna, Ulrichs Tante und die Schwester seiner Mutter, hätte keine Ausnahme gemacht. Nicht, solange ihr Mann zu Hause war.

Scham und Schuldgefühle mischten sich mit dem Schock über das, was gerade passiert war. Was drinnen im Festsaal geschehen war, und dann, wie es draußen weitergegangen war. Es war doch unmöglich, dass so ein Scheusal, so ein kalter, unangenehmer Mensch, sie körperlich erregte. Verwirrt und hilflos verlangsamte sie ihre Schritte. Es war halb eins und sie glaubte nicht, dass ihr Vater noch wach war, aber wenn doch, wollte sie ihm nicht erklären müssen, welcher Teufel hinter ihr her war. Außerdem hatte Rainer von Seefeldt sie auch nicht verfolgt. Vor dem musste sie heute keine Angst mehr haben. Wer wohl die Person gewesen war, die aus dem Hotel kam, als … Hoffentlich niemand, der sie erkannt hatte. Sie wischte sich die letzten Tränen aus dem Gesicht. Was hätte sie dafür gegeben, sich einfach in ihrem Bett verkriechen zu können, während ihr jemand einen Kakao auf den Nachttisch stellte und vielleicht noch ein Schlaflied sang. Mit einem bitteren Geschmack auf der Zunge dachte Eva, dass ihr das vielleicht nicht passiert wäre, wenn das Schicksal sie nicht um ihre Kindheit und Jugend gebracht hätte. Jedenfalls nicht so. Und wie schön es gewesen wäre, sich jemandem anvertrauen zu können. Aber da gab es niemanden. Ihr Vater kam absolut nicht infrage. Ulrich auch nur bedingt, schließlich betraf ihn das Thema auf seine Art ja auch. Helga? Aber dafür hätte sie zurück in das schreckliche Hotel gehen müssen, und das brachte sie keinesfalls über sich. Vielleicht sollte sie es auch erst mal für sich behalten und ihre Verwirrung selbst in den Griff kriegen. Wie sonst auch immer alles.

Als sie zu Hause ankam, waren alle Fenster dunkel. Nur die kleine Tischlampe im Wohnzimmer warf ein mattes Licht nach außen – die ließ ihr Vater stets brennen. Auch in der Stadt braucht es kleine Leuchttürme, war seine Erklärung dazu. Leise steckte Eva den Schlüssel ins Schloss, öffnete und schloss die Tür wieder, schlüpfte aus den Schuhen und stahl sich auf Zehenspitzen hoch in ihr Zimmer.

Rasch zog sie sich aus und merkte erst jetzt, dass sie in der Eile ihr Tuch vergessen hatte. Sie ging in das an ihr Zimmer grenzende eigene Bad und drehte, ohne vorher in den Spiegel zu gucken, direkt die Dusche auf. Gleich darauf hüllte der heiße

Wasserdampf sie ein und Eva setzte sich auf den Keramikboden der Duschwanne, umschlang ihre Knie mit den Armen und fing erneut tonlos an zu weinen. Wie hatte sie es nur so weit kommen lassen können? Sie fühlte eine Scham und Demütigung, die sie sich auch nicht mit Bimsstein von der Haut schrubben konnte.

Als ihre Finger langsam weiß wurden und sie in der Wärme kaum noch Luft bekam, drehte Eva den Hahn wieder zu, wickelte sich in ein großes weißes Handtuch und ließ sich rücklings auf das Bett fallen. Die Dusche hatte sie ein wenig entspannt, und jetzt fühlte sie auch die bleierne Müdigkeit in ihren Gliedern. Bevor sie, ohne sich ihr Nachthemd anzuziehen, in einen tiefen Schlaf fiel, ging ihr noch einmal die Frage durch den Kopf, was dieser von Seefeldt eigentlich so oft bei ihnen in Lüneburg zu tun hatte. Sie spürte nicht mehr, wie sie nachschwitzte und das Salz auf ihrer Haut zu winzigen Kristallen erstarrte.

6.

Als Eva am nächsten Morgen aufwachte, schien die Sonne bereits hell und blendend in ihr Zimmer. Natürlich, sie hatte am Abend ja versäumt, die Vorhänge zuzuziehen. Ihr Körper fühlte sich dumpf und schwer an und in ihrem Kopf pochte ein drückender Schmerz. Sie hielt sich eine Hand vor die Augen, und spätestens mit dem dritten bewussten Atemzug kehrten die Bilder aus der vergangenen Nacht zu ihr zurück, von Seefeldts fesselnder Blick, sein drängender Übergriff vor dem Hotel, ihre Flucht. Und mit diesen Erinnerungen war auch das Gefühl der Ohnmacht sofort wieder da und die nicht abzuschüttelnde Furcht, am Ende womöglich selbst schuld gewesen zu sein. Sie zog sich die Decke über den Kopf, doch auch so konnte sie sich nicht vor sich selbst verstecken. Ihr Magen knurrte, aber allein der Gedanke an ein Frühstück oder ein Glas Orangensaft bereitete ihr sofort Übelkeit. Irgendwie würde sie diesen Tag überstehen müssen. Vielleicht blieb sie einfach im Bett. Denn auch die Vorstellung, irgendjemandem gegenübertreten zu müssen, erfüllte sie sofort mit Panik. Sie war sich so sicher, dass man ihr direkt ansah, was geschehen war und wie sie sich fühlte, dass sie schon hektische Flecken bekam, wenn sie nur daran dachte, wem auch immer Guten Morgen zu sagen. Geschweige denn eine Antwort auf die Frage, wie das Fest gewesen war, zu formulieren. Und offenbar waren alle zu Hause, denn sie hörte Stimmen und Geschirrgeklapper von unten. Was ja auch nicht verwunderlich war an einem Samstag.

Eva stöhnte innerlich auf. Wie gern hätte sie jemanden gehabt, dem sie das Erlebte erzählen konnte. Es einmal loswerden. Geteiltes Leid ist halbes Leid, so sagte man doch. Zum ersten Mal in ihrem Leben bedauerte sie, keine gläubige Katholikin zu sein. Dann hätte sie wenigstens beichten können. So aber musste sie einen anderen Weg finden, um sich aus dieser Lähmung in ihrem Kopf zu befreien. Sie würde keinen klaren Gedanken fassen können, solange all diese demütigenden Gefühle in ihrem Innern tobten und sie wundzuscheuern drohten. Sie überlegte, mit Helga zu sprechen, aber sie wusste auch, sie würde Ulrich nicht mehr in die Augen sehen können, wenn sie die Ereignisse nicht mit ihm teilte. Doch heute war wirklich nicht der richtige Tag dafür. Sie musste zunächst zu Helga.

Mühsam erhob sie sich, zog wahllos ein hellblaues Kleid und weiße Leinenschuhe an, bürstete ihre Haare und band sie zu einem Zopf mit Schleife, als es an der Haustür klingelte. Sie stutzte und spitzte die Ohren.

Hatte sie sich verhört oder erkannte sie in dem Gemurmel Ulrichs Stimme?

Kurz darauf hörte sie Curt rufen: »Eva!«

Sie hielt den Atem an.

»Eva!«, rief Curt erneut, »Bist du wach? Du hast Besuch!«

Kurz fürchtete Eva, es könnte Rainer von Seefeldt sein, der die Dreistigkeit besaß, sie sogar zu Hause zu besuchen. Aber nein. Das war unmöglich – sie hatte ja schon Verfolgungswahn! Sie lief zur Tür und öffnete sie. »Bin da. Wer ist es denn?«

Statt einer Antwort hörte sie schleppende Schritte die Treppe heraufkommen.

Eva ging auf den Flur und sah Ulrich. O nein, dachte sie. Bitte nicht! Unsicher, was zu tun war, blieb sie einfach stehen. Und dann bemerkte sie das schwarze Seidentuch. Das sie gestern bei ihrem überstürzten Aufbruch im Hotel vergessen hatte.

Ihr Blick wanderte von dem Tuch zu seinem Gesicht. Sein Blick war dunkel, die Miene verschlossen.

»Gisela hat mich gebeten, dir das hier zurückzubringen«, sagte er, noch bevor er bei ihr war.

Eva schluckte trocken. Was hatte Gisela ihm erzählt? Sie wollte so gern etwas sagen, doch die Worte blieben ihr einfach im Hals stecken, wollten nicht herauskommen. Die Scham war zu groß.

Anstatt etwas zu erwidern, ergriff Eva das Tuch, lief in ihr Zimmer, warf es über die Stuhllehne, nahm ihre Handtasche und trat zurück auf den Flur. »Komm. Hier drin ist es zu eng, lass uns spazieren gehen«, sagte sie und griff nach Ulrichs Hand, die er ihr jedoch entzog. Eva nahm beides wahr, diesen kleinen elektrisierenden Schlag, als ihre Finger sich berührten. Und den Stich wegen Ulrichs Ablehnung. Sie hatte doch nichts Böses getan!

Eva stieg langsam, die Hand am Geländer, die Treppe hinunter, steckte kurz den Kopf durch die Küchentür, sah ihren Vater Zeitung lesen und Karla und Curt die Küche aufräumen, wünschte flüchtig einen guten Morgen und war dann bereits draußen auf der Straße, gefolgt von Ulrich.

Eine Weile liefen sie schweigend nebeneinanderher, bis sie die Wallanlagen erreicht hatten und zu »ihrem« Baum, einem gut hundert Jahre alten Spitzahorn, abgebogen waren. Eva setzte sich direkt. Sie fühlte sich matt und kraftlos. Ulrich blieb zunächst stehen.

»Und?«, fragte er.

»Was ›und‹, Ulrich?«, erwiderte Eva spröde. Wie sollte sie anfangen, davon zu erzählen, von dem Abend gestern, von ihrer Schuld und gleichzeitigen Unschuld, wenn er sie offenbar so vorverurteilte? Sie hätte sich wahrlich bessere Ausgangsvoraussetzungen gewünscht. »Ich habe mein Tuch im Hotel vergessen. Ist das jetzt ein Kapitalverbrechen?«

»Das Tuch selbst? Wohl nicht. Aber ich hörte, du warst anderweitig beschäftigt.«

»Welche Geschichte hat Gisela dir denn dieses Mal aufgetischt? Du weißt genau, wie falsch sie sein kann«, entgegnete Eva spitz. Seit Giselas Versuchen, Ulrich für sich zu gewinnen, traute Eva ihr erst recht nicht mehr über den Weg.

»Ich weiß, dass du sie nicht magst. Das spielt für mich allerdings eine sehr untergeordnete Rolle, wenn sie euch eng umschlungen an der Hotelmauer erwischt. Nicht mal bis in sein Zimmer habt ihr es geschafft.« Die letzten Worte spuckte Ulrich aus wie Galle.

Eva schüttelte resigniert den Kopf. »Das kannst du doch nicht wirklich glauben«, erwiderte sie schleppend und spürte einen Kloß in ihrer Kehle.

»Ich weiß nicht, was ich noch glauben kann, Eva«, entgegnete Ulrich und ließ sich mit einem Meter Abstand vor ihr nieder. »Ich habe dir vor zwei Wochen einen Heiratsantrag gemacht, den du totschweigst. Ich habe dich gebeten, mit mir wegzugehen von hier. Ich bekomme keine Antwort, stattdessen erlebe ich eine Eva, die sich haltlos betrinkt und sich einem eiskalten Widerling, der noch dazu euer größter Konkurrent ist, an den Hals wirft. Was denkst du wohl, soll ich davon halten?«

Eva sah, wie Ulrich mit sich zu ringen schien. Schmerz und Hilflosigkeit waren in sein Gesicht geschrieben. »Ist es wirklich das, wofür du mich hältst?«, fragte sie und ballte ihre Fäuste. »Nach all den Jahren? Ein billiges, haltloses … Frauenzimmer?« In ihren Augen schimmerten Tränen.

»Hör auf damit«, sagte Ulrich. »Ich ertrage es nicht.«

Nun war es Eva, die aufstand. »Du hast recht, Ulrich. Ich ertrage es auch nicht. Ich habe es satt, dass die ganze Welt zu wissen meint, wer ich bin und was meine Aufgabe ist. Dass an mir herumgezerrt wird, ohne dass mich mal jemand fragt, was *ich* eigentlich will.« Eva schüttelte den Kopf. Sie hatte sich in Rage geredet. »Und wenn du dieser falschen Schlange eher glaubst als mir, wie denkst du, Ulrich, sollte ich dann auf deinen Antrag reagieren? Ich habe nichts Unrechtes getan. Aber weißt du was, wenn du daran zweifelst, dann ist meine Antwort eindeutig. Und sie lautet Nein.« Eva wischte sich die Tränen aus dem Gesicht. Sie hatte mehr gesagt, als sie gewollt hatte. Und sie hatte es anders gesagt, als sie gewollt hatte. Aber nun war nichts mehr zurückzunehmen.

Bestürzt erhob sich Ulrich und streckte seine Hand nach ihr aus. »Eva, ich … Es tut mir leid. Ich war so außer mir, und Gisela … du hast ja recht. Bitte, es tut mir leid … das war so dumm von mir.«.

»Schon gut«, unterbrach ihn Eva und wandte sich ab. »Schon gut.« Sie verließ ihren Schutzbaum, machte sich auf den Weg nach Hause. Sie horchte, ob Ulrich ihr folgte, aber da war nur Stille. Den Blick von Tränen verschleiert, stolperte sie durch die Wallanlagen. Das alles war ganz und gar nicht so verlaufen, wie sie es sich vorgestellt hatte. Statt sich zu erklären, hatte sie sich rechtfertigen müssen. Musste sich unterschwellige Vorwürfe anhören. Kein Wunder, dass sie dann die Fassung verloren und ihm eine Abfuhr erteilt hatte. Und nicht mehr die richtigen Worte gefunden hatte. Das war nachvollziehbar, und dennoch fühlte es sich nicht richtig an. Es fühlte sich überhaupt nicht richtig an. Denn sie spürte doch, wie ihr Herz schneller schlug, wenn er sie anlächelte, sie berührte. War das also Liebe, so wie Helga meinte?

Sollte sie sich umdrehen, doch zurücklaufen? Aber ihre Füße trieben sie nach vorn. Weg von alledem. Sie musste zunächst einmal wieder zur Ruhe kommen und sich sammeln. Das mit Ulrich würde sich schon klären.

7.

Die sechs Tage nach diesem Wochenende hatte Eva relativ zurückgezogen verbracht. Sie ging nicht einmal in die Saline, kochte lediglich simple Eintöpfe, die sie zwei Tage hintereinander auftischte, was ihr fragende Blicke einbrachte, aber offenbar traute sich niemand, eine abfällige Bemerkung zu machen. Die ersten Tage war sie noch oft an die Elbe gefahren, hatte sich an Ulrichs und ihre Lieblingsstelle gesetzt und insgeheim gehofft, dass er im nächsten Moment neben ihr auftauchen werde. Aber sie blieb allein, beobachtete die Reiher, Kraniche und Störche und starrte stundenlang in den Himmel.

Ab Mittwoch wurde das Wetter dann schlechter. Es regnete nun fast den ganzen Tag, klarte nur ab und an etwas auf, sodass es für Ausflüge ins Umland schlicht zu nass war. Das waren die Momente, wo Eva ihre alten Französischhefte wieder hervorholte und kleine Passagen las, um zu schauen, was sie davon noch verstand. Eine Sprüchesammlung fiel ihr in die Hände, aus der sie damals einen Vers hatten aussuchen und interpretieren sollen. Einer sprang ihr sofort wieder ins Auge:

Rien ne sert de courir, il faut partir à point.
Es nützt nichts, nur zu rennen, man muss auch
rechtzeitig starten.

Eva seufzte. Da war wohl etwas dran, dachte sie, und je weiter sie sich in ihre Gedanken vertiefte, desto überzeugter schien sie, dass sie Ulrich nicht allein ziehen lassen sollte. Dass es im Sommer vielleicht wirklich an der Zeit war, Lüneburg den Rücken zu kehren und dann, mit einundzwanzig, ihr eigenes Leben endlich in die Hand zu nehmen. Karla wäre dann immerhin schon dreizehn, und so ganz schlecht wäre es für sie vielleicht auch nicht, mal in die Pflicht genommen zu werden. Curt wäre ohnehin nicht mehr da, und ihren Vater … Sie konnte es sich nicht zur Aufgabe machen, ihren Vater zu retten. Sich selbst schon. Und die Vorstellung, Französisch an der Freien Universität zu studieren, begeisterte sie. Sie war nie so weit gegangen, aber wenn sie jetzt darüber nachdachte, mit Ulrich den Ku'damm hinabzuschlendern oder im Wannsee zu baden oder am Savignyplatz einen Kaffee zu trinken, spürte sie eine freudige Aufbruchstimmung.

Am Donnerstag ging Eva dann in das Handarbeitsgeschäft in der Kleinen Bäckerstraße und kaufte sechs quadratische Tücher und Garn. Sollte sie wirklich gehen, dann nicht, ohne die geliebten Servietten ihrer Mutter nachgestickt zu haben. Sie ertrug den Gedanken nicht, dass die alten wirklich zu Staub zerfallen und nichts mehr davon bleiben würde. Sie musste sie ersetzen.

Dann suchte sie Irmis Trödelladen auf und suchte lange nach der richtigen Postkarte, die sie Ulrich schreiben konnte. Sie entschied sich schließlich für eine amerikanische mit einem türkisfarbenen Cadillac, vor dem eine Frau auf zwei Koffern saß.

»Are we there yet?« stand darüber. Das fand sie in jeder Hinsicht passend. In der Post kaufte sie noch eine Briefmarke und machte sich dann mit klopfendem Herzen auf den Heimweg.

Unterwegs wäre sie auf Höhe des Bankhauses Möreke fast mit Lothar zusammengestoßen, der sie aber abfing, bevor sie richtig ineinanderliefen.

»Na hoppla, junge Frau. So in Gedanken?«, fragte er und lachte sie an.

Eva merkte, wie sie schon wieder rot wurde. Sie konnte es einfach nicht verhindern. »Ähm, ja, also … eigentlich nicht, aber, ach ich weiß auch nicht«, antwortete sie, nun selbst lachend, und machte eine Handbewegung, als wäre jedes Wort eins zu viel.

»Verstehe schon. Wie geht es dir? Wir haben dich lange nicht gesehen.«

Eva verkniff sich die Bemerkung, dass man sie ohnehin nicht allzu oft im Haus der Mörekes sah, aber vielleicht spielte Lothar ja auch auf etwas anderes an. Hatte Ulrich ihm von dem Streit erzählt? Eigentlich konnte sie es sich nicht vorstellen. »Gut, gut geht's mir. Ich bin ganz froh, dass es endlich etwas kühler ist«, sagte sie, um überhaupt einen Satz herauszubringen, den sie im selben Moment jedoch als kolossalen Unsinn verurteilte. Wie auf Kommando fielen dennoch direkt wieder die ersten Tropfen. »Und wie geht es dir? Immer noch so eingespannt in der Bank?«

»Mehr denn je«, erwiderte Lothar. »Die Regierung mit ihren neuen Anforderungen hält uns mächtig auf Trab.«

Eva war sich sicher, dass Lothar auf die möglichen Verwicklungen der Bankhäuser mit den Nationalsozialisten anspielte, aber aus Lothars Mund klang es viel weniger dramatisch oder bedrohlich als aus Ulrichs. Einer spontanen Eingebung folgend wechselte Eva unvermittelt das Thema: »Sag mal, weißt du eigentlich, was die Kali und Salz hier andauernd will?« Sie brachte es nicht über sich, den verhassten Namen auszusprechen.

Lothar zog die Stirn in Falten. »Die Kali und Salz? Du meinst von Seefeldt?« Er schüttelte den Kopf. »Nichts Besonderes, würde ich denken. Wir haben ihm ja einen Teil seiner Verpackungsanlage in Stade mitfinanziert. Aber ich habe auch nicht mit ihm gesprochen. Wieso fragst du?«

»Och, nur so«, erwiderte Eva ausweichend, und mit einem Blick in den Himmel meinte sie: »Ich glaube, ich muss jetzt mal los, wenn ich trockenen Fußes nach Hause kommen will.«

»Entschuldige, ich Esel halte dich auf. Natürlich. War schön, dich getroffen zu haben, Eva. Komm doch mal wieder vorbei.«

Eva nickte kurz. War da noch etwas anderes in seiner Stimme gewesen als Freundlichkeit? Erstaunlich, dass er Ulrich mit keinem Wort erwähnt hatte. Sie andererseits aber auch nicht.

Mit einem letzten Gruß machte sie sich auf den Weg nach Hause. Obgleich er nach außen hin so herzlich wirkte, fand sie es trotzdem schwer, Lothar zu durchschauen.

Daheim angekommen, wollte sie eigentlich direkt hoch in ihr Zimmer, um die Postkarte an Ulrich zu schreiben und sie auch an diesem Tag noch abzuschicken – mit Glück hätte er sie dann am Samstag schon gehabt –, als sie aus der Küche Geräusche hörte, die sie innehalten ließen. Ein Kratzen. Ein Schaben. Ein Rutschen. Begleitet von … Schluchzen? Leise öffnete sie die Tür einen Spalt und das Erste, was sie sah, waren wild auf dem Tisch verteilte Blätter mit düsteren schwarzen Zeichnungen. Sie drückte die Tür etwas weiter auf und ihr Blick fiel auf eine angebrochene Flasche Whiskey. Eine kleine Pfütze des goldbraunen Getränks hatte sich über ein paar der Blätter ergossen. Eine Hand, die eine Zeichenfeder hielt, rührte in der Flüssigkeit herum, sodass sich schwarze Tinte mit dem braunen Whiskey mischte und Schlieren bildete. Den Rest des Bildes erahnte Eva, noch bevor sie die Tür ganz aufstieß und zu ihrem Bruder eilte. »Curt!«, rief sie nur und hielt sich sogleich die Hand vor den Mund, als er sie aus glasigen, nassen Augen ansah, mit einem Gesicht, aus dem jede Farbe gewichen war. Sie bückte sich zu ihm und drückte den schmalen Körper an ihre Brust. Er ließ es geschehen. »O mein Gott, Curt, was ist denn passiert? So sag doch was!«

Erst jetzt bemerkte sie, dass das Radio lief und in den Nachrichten Theodor Heuss das Wirtschaftswunder Deutschland propagierte und in seiner jüngsten Ansprache nicht müde wurde, dem deutschen Volk für seine fortschrittlich demokratische Grundhaltung zu danken, mit der der Wiederaufbau der gebeutelten Heimat erst möglich werde, denn Vergessen sei beides, Gefahr und Gnade zugleich. Eva hörte die salbungsvollen Worte, blickte zur selben Zeit auf den kraftlos in ihren Armen hängenden Bruder hinab und dachte, dass dieses Wunder am Hause Benningsen ganz und gar unbemerkt vorbeizog. Nie war hier mehr Misere gewesen als jetzt. Sie betrachtete die vielen vollgekritzelten Blätter. Auf allen waren schattenartig schwarze, ausgemergelte Menschen zu sehen, die hinab in einen Schlund wanderten oder einen brennenden Berg hinauf oder einfach nur einen Weg entlang, ohne Anfang, ohne Ziel.

Aus roten Augen sah er auf. »Ich habe Angst, Eva«, sagte er. »Ich kann das nicht, weißt du? Zum Mann heranreifen mit einer Ohrfeige! In die Grube getrieben werden, wo Dunkelheit herrscht, Wunden in unsere Erde sprengen? Warum tut er das, Eva? Warum tut unser Vater uns das an?« Er hob die Flasche an und hielt sie Eva hin. »Willst du auch einen Schluck?«

Eva schüttelte den Kopf, woraufhin Curt den Whiskey ansetzte, zweimal schluckte, sodass sein Adamsapfel rauf und runter hüpfte, das Gesicht verzog und die Flasche wieder abstellte. »Er richtet uns alle zugrunde, Eva. Das weißt du doch auch.«

Innerlich stimmte sie Curt zu. Nach außen wollte sie das jedoch nicht zeigen. Und so versuchte sie es mit einer Halbwahrheit. »Er kann nicht anders, Curt. Er tut es ganz sicher nicht aus bösem Willen.« Sie biss sich auf die Unterlippe.

»Ach, Schwesterherz, du weißt genauso gut wie ich, dass das Unsinn ist. Selbst wenn er nicht anders könnte … du kennst doch das Gleichnis vom Skorpion und der Schildkröte, die ihn über das Wasser trägt?«

Eva überlegte, aber bevor sie etwas sagen konnte, fuhr Curt fort: »Am Ende sticht der Skorpion die Schildkröte, weil es ›in seiner Natur‹ liegt. Und beide sind dann mausetot. Selbst wenn er also nicht anders kann, zerstört er uns. Guck dich doch an …«

Ruckartig löste Eva ihre Arme. »Was meinst du damit?«

»Verschwinde von hier, Eva, verschwinde von hier, solange du den Willen dazu noch aufbringen kannst. Vielleicht ist das am Ende das einzig Gute an der Situation! Ich habe ihm geschworen, dass ich dieses Haus nicht mehr betreten werde, wenn ich am Sonntag nach Grasleben gehe. Und glaube mir, dieses Versprechen werde ich mit Freuden einlösen. Und du solltest das auch tun.« Er machte eine Pause und nahm einen weiteren Schluck. »Ich weiß ja nicht, was zwischen dir und Ulrich vorgefallen ist, aber hier mein erster und wahrscheinlich auch letzter brüderlicher Rat an dich …« Er grinste schief. »Lass ihn nicht ziehen. Das würdest du bereuen.« Mit diesen Worten stand er auf, schwankte kurz und musste sich am Tisch abstützen, nahm dann die Blätter, fegte sie zusammen, zerknüllte sie alle und warf sie in den Mülleimer unter der Spüle, wobei er eine Spur braun-schwarzer Tropfen hinterließ. Eva nahm einen Lappen und wischte sie weg. Sie dachte an die Postkarte in ihrer

Tasche. Sobald sie oben war, würde sie sie schreiben. Curts Worte bestärkten sie erneut in dem, was sie ohnehin vorhatte.

»Du schaffst das, da bin ich sicher«, sagte sie leise und wusste dabei nicht genau, an wen diese Botschaft gerichtet war. »Ich hab dich lieb.«

Er hob zum Abschied kurz die Hand, und sie nahm sich vor, bei nächster Gelegenheit noch mal mit ihrem Vater zu reden. Über ihn, über Curt, über die Saline. Und über Rainer von Seefeldt.

* * *

Eva und Karla brachten Curt am Sonntag zum Bahnhof. An Heiner Benningsen war Curt grußlos und mit verbissenem Gesichtsausdruck, den Koffer in der Hand, vorbeimarschiert. Ihr Vater hatte zweimal den Mund geöffnet, ohne dass ein Ton herausgekommen war.

Schweigend und beinahe im Gänsemarsch schlichen die drei durch die Stadt, und Eva kam es vor wie ein letztes Geleit, was es in gewisser Weise ja auch war. Selbst Karla schwieg und umklammerte nur Curts Hand wie einen Eisenring. Anders als ihre große Schwester liebte Karla den stillen, gutmütigen Curt seit jeher abgöttisch, und Eva rechnete damit, dass Karla in ihrem Kummer künftig noch bissiger werden würde. Ihre jüngere Schwester war nicht gut darin, Gefühle wie Trauer oder Schmerz zu zeigen. Ihre Verteidigung war stets der Angriff, und Eva war schon gespannt, wie sie das zu spüren bekommen würde.

Langsam fuhr der Schnellzug aus Hannover am Gleis ein, ächzend unter der Last aus Stahl und Menschen und mit laut quietschenden Bremsen. Das war der Moment, in dem Karla zu erwachen schien, ihre Arme um Curt warf und die Hände hinter seinem Rücken verschränkte. Ein erstickter Laut entstieg ihrer Kehle, der im Lärm der Gleisdurchsage und im Schnaufen der Lokomotive unterging. »Du sollst nicht gehen, Curt. Bleib doch bitte. Bitte, Curt. Du willst da doch sowieso nicht hin«, jammerte sie nun unablässig und ließ sogar zu, dass Eva sie sacht von Curt wegzog und einen Arm um ihre Schulter legte.

Curt selbst beugte sich zu ihr hinunter: »Hör mal, Karlchen, du weißt doch noch, was wir verabredet haben, oder?«

Unter Schluchzen nickte Karla. »Dass unsere Herzen immer verbunden sind.«

»Genau. Und was machen wir, wenn wir das vielleicht vergessen?«

»Wir telefonieren oder schreiben Briefe.«

»Genau.«

»Und was hat das zur Folge?«

»Dass unsere Herzen sich wieder erinnern.«

»Schlaues Mädchen. Was kann also passieren?«

Unter Tränen zeigte Karla schon wieder ein zaghaftes Lächeln. »Nichts.«

»So ist es, und jetzt komm her …« Er nahm Karla in den Arm, drückte sie kurz und gab ihr einen Kuss auf die Wange. »Und dass du Eva keinen Kummer machst, hörst du?«

Die Antwort war ein schiefes Grinsen. Dann richtete sich Curt auf und wandte sich Eva zu. »Mach's gut, Schwesterherz, und vergiss nicht, worüber wir gesprochen haben.«

Eva nahm kurz seine Hand. »Werd ich nicht! Dasselbe gilt für dich, hörst du? Meld dich, wenn du angekommen bist.«

Curt nickte, nahm seinen Koffer und stieg die drei Stufen hoch in den Waggon. Auf der Suche nach seinem Abteil winkte er den beiden noch einmal zu, wandte dann aber den Blick ab. Eva und Karla blieben am Bahnsteig, bis der Zug das Gebäude vollends verlassen hatte. Dann machten sich die beiden auf den Heimweg, Eva noch immer mit dem Arm um Karlas Schulter, die unter leichtem Schluckauf nichts dafür und nichts dagegen unternahm.

Als Eva den Schlüssel ins Schloss steckte und die Tür öffnete, bemerkte sie die Stille sofort. Ein Haus schweigt anders, wenn niemand da ist. Selbst wenn ein Mensch nur im Sessel sitzt und schläft, hört man die Wände raunen. Aber hier vernahm man wahrlich nichts. Nicht einmal das leise Sirren der eingeschalteten Tischlampe.

»Wo ist Papa?«, fragte auch Karla sofort.

»Keine Ahnung. Vermutlich in der Saline.«

Sie betraten den Flur und Karla legte ihren Umhang, Eva den Kapotthut ab. Sie schüttelte sich kurz und dachte dabei an Ulrich. »Hunde schütteln sich, wenn sie etwas aus dem Pelz kriegen wollen«, hatte er mal zu ihr gesagt, als sie mit Dora, dem Langhaarteckel der Mörekes, unterwegs gewesen waren und Eva sich über das Verhalten der Hündin gewundert hatte, wo sie sich doch weder gesuhlt hatte, noch im Wasser gewesen war. »Es ist ihre Art, Stress abzubauen.«

»Und was machen wir jetzt?« Beinahe flehentlich sah Karla, die doch sonst kein freundliches Wort an Eva richtete, ihre Schwester an.

Eva begriff. »Was hältst du davon, wenn wir was spielen?«, fragte sie betont munter.

Karla nickte. »Was denn?«

»Na«, erwiderte Eva, »du bist doch eine Meisterin im Halma. Wie wär's also damit?«

Statt einer Antwort streckte Karla der Schwester mit bebendem Kinn nur die Hände entgegen. Sie zitterten wie nach einem Fünftausendmeterlauf, bei dem niemand daran gedacht hatte, dem Kind ein Stück Traubenzucker in den Mund zu stecken. »Ich glaub, das kann ich grad nicht …«, flüsterte sie.

Eva erschrak innerlich. So gemein die kleine Kröte auch sein konnte, jetzt tat sie ihr leid. Sie war doch noch ein Kind. Gebeutelt wie alle. Sollte sie sie wirklich allein hier zurücklassen? Durfte sie das?

»Na, dann nehmen wir eben ›Mensch ärgere dich nicht‹«, sagte Eva so unbeschwert wie möglich. »Das geht immer.«

Sie trat ins Wohnzimmer, um die Spielesammlung aus dem Schrank zu holen, als das Telefon klingelte. »Gehst du kurz ran, Karlchen?«, rief sie ihrer Schwester zu.

Einen Moment später stand Karla mit verschlossener Miene vor ihr. »Ulrich. Ich geh dann mal hoch in mein Zimmer …«

»Nein, warte …«, sagte Eva kurz, obwohl ihr Herz schon wieder bis zum Hals schlug. Ulrich. Dann hatte er die Postkarte also doch gestern bekommen. Sie eilte in den Flur, wo das schwarze Telefon auf dem Tischchen neben der Garderobe stand, und nahm den schweren Hörer in die Hand. »Hallo.«

»Hallo, Eva.« Seine Stimme klang gepresst, unsicher.

»Ulrich …«

»Ich wollte dich schon viel früher anrufen, aber, Eva, mir fehlte der Mut. Ich schäme mich noch immer und … dann deine Karte … Kann ich dich treffen? Heute noch?«

»Ulrich, ich …« Eva dachte fieberhaft nach. Sie hatten soeben Curt verabschiedet. Ihre kleine Schwester fühlte sich verloren. Ihr Vater war in der Saline. Sie konnte doch jetzt nicht … Eva erinnerte sich an das Versprechen, das sie Curt gegeben hatte. Sie atmete tief durch. Sie würde es auch halten. Aber nicht gerade jetzt. Es ging nicht.

»Ulrich, ich … weißt du, wir haben gerade Curt zum Bahnhof gebracht und Karla ist ziemlich aufgelöst. Ich freue mich, dass du anrufst, wirklich, aber … im Moment ist es schlecht.« Eva schlang nervös die Telefonschnur um ihren Finger. Sie hoffte so sehr, er würde es verstehen.

»Ah … natürlich.« Er lachte nervös. »Offenbar habe ich ein Händchen für den falschen Zeitpunkt, was? Melde dich, wenn es besser passt.« Er machte eine Pause. »Ich habe mich wirklich sehr über die Karte gefreut. Ich hoffe, ich interpretiere sie richtig«, fügte er zaghafter hinzu.

Eva lächelte. Die Schnur des Telefons war schon völlig verdreht. »Ich melde mich, sobald ich kann, ja? Mach's gut, Ulrich.«

»Mach's gut, Evchen.«

Ein Klicken, und dann der Dauerton nach dem Auflegen. Eva rieb sich die Schulter und atmete tief durch. Hatte er sie verstanden? Oder war er erneut verletzt? Weil sie ihn schon wieder zurückwies. Immerhin hatte er sich über die Karte offenbar gefreut. Und ganz unschuldig war er an der Situation ja wahrlich auch nicht. Natürlich würde sie ihn anrufen. Direkt morgen.

Sie zog das gehäkelte Deckchen unter dem Telefon gerade, räusperte sich und rief dann Richtung Treppe: »Karlchen, wo steckst du denn? Wenn du nicht bei drei unten bist, nehme ich heute rot!«

Sie waren bei der dritten Partie angekommen – die ersten beiden hatte Karla gewonnen, wofür Eva recht dankbar war, denn verlieren konnte ihre kleine Schwester nicht besonders gut –, als sie hörten, wie ein Schlüssel im Schloss langsam herumgedreht wurde.

Karla sah zu Eva auf. »Sollen wir einpacken?«

»Nein, warum denn? Die Partie spielen wir noch zu Ende.«

»Ich kann Papa nicht angucken.«

»Dann lass es«, erwiderte Eva und wusste genau, was Karla meinte.

Sie würfelten weiter, schimpften über die Eins oder freuten sich über eine Sechs, während doch beide immer ein Ohr in Richtung Flur hatten. Eva war sich sicher, dass auch Karla hörte, wie sich ihr Vater behäbig die Schuhe auszog, mit einem leisen Schnaufen seine Jacke an den Haken hängte und den Flur hinabschritt, von dem links das Wohn- und Esszimmer und rechts die Küche abging, in der die beiden saßen.

»Du bist dran«, sagte Eva, als die Tür vorsichtig geöffnet wurde.

»Guten Abend, meine …« Er unterbrach sich und schaute etwas verloren in den Raum. »Ich musste noch mal in die Saline. Der Ofen konnte die Temperatur nicht richtig halten. Ist schon gut, wenn wir demnächst einen neuen bekommen.«

Eva zögerte kurz, sah ihren Vater dann aber doch an und nickte. »Habt ihr es hingekriegt?«

»Gellersen meint, es hätte was mit dem Abzug zu tun, aber … ja, jetzt brennt er wieder vernünftig.«

Eva hatte den Blick schon wieder auf das Spielfeld gerichtet. »Dann ist es ja gut.« Und an ihre Schwester gewandt meinte sie: »Tut mir leid, Karlchen, aber jetzt schmeiß ich dich raus.«

»Ich hab keine Lust mehr«, brummte diese und fing schon an, das Spielbrett abzubauen.

»Ist gut. Hast eh gewonnen. Zwei zu eins für dich.« Eva stand auf und goss sich ein Glas Leitungswasser ein. Noch immer stand ihr Vater unschlüssig in der Tür, und Eva war unsicher, ob sie etwas und wenn ja, was sie sagen sollte. Er hatte seinen eigenen Sohn heute ohne ein Wort des Abschieds einfach in eine verhasste Zukunft ziehen lassen. Sie wusste nicht, ob sie ihm das je würde verzeihen können. »Hast du noch Hunger?«, erkundigte sie sich dann. »Es sind noch ein paar Buletten übrig.«

»Nein … danke. Aber wenn du gleich noch einen Moment hättest. Ich würde gern etwas mit dir besprechen.«

Eva wurde hellhörig. Sie konnte sich nicht erinnern, wann ihr Vater je einmal von sich aus etwas mit ihr hatte besprechen wollen. Sie überlegte, was das wohl sein konnte, aber ihr fiel nichts Plausibles ein. In jedem Fall versuchte sie, sich gegen

73

etwas völlig Absurdes zu wappnen und auf nichts Großes zu hoffen.

Karla hatte das Spiel inzwischen weggeräumt und wirkte, als wüsste sie nicht recht, wie sie möglichst unauffällig verschwinden konnte.

»Soll ich dich ausnahmsweise mal ins Bett bringen, Karlchen?«, fragte Eva geistesgegenwärtig. »Nach dem ganzen Trubel heute?«

Statt einer Antwort nahm Karla sofort die Hand der Schwester. Mit klarem Blick forderte Eva den Vater auf, die Tür freizugeben, und schritt zusammen mit der Jüngeren hindurch, die Treppe hinauf ins Bad.

8.

Eine knappe halbe Stunde später – ein paar Tränen mussten erst noch getrocknet werden, und Eva fragte sich, ob die Trennung von Curt im Umkehrschluss vielleicht eine Chance für sie und Karla sein konnte – saß Eva kerzengerade im Sessel ihrem Vater gegenüber, die Hände auf den Oberschenkeln. Eine gewisse Anspannung konnte sie nicht vermeiden. »Du wolltest mich sprechen?«, fragte sie knapp.

»Ja, ich …« Ihr Vater sah auf. »Eva, glaub mir, es ist auch für mich nicht …«

»Entschuldige, Papa«, unterbrach Eva ihn erschöpft, »aber jetzt ist nicht der beste Moment, um darüber zu klagen, was für *dich* nicht leicht oder selbstverständlich ist … Worüber wolltest du mit mir reden?«

Heiner Benningsen holte tief Luft, atmete vernehmlich aus, wischte sich dann übers Gesicht und räusperte sich. »Also gut. Du erinnerst dich doch noch, dass die Tochter von Edda Böhm, Lotte heißt sie, glaube ich, kürzlich an Diphtherie erkrankt war.«

Natürlich erinnerte sich Eva und dachte sofort an die Spritze mit dem Pferdeblut.

»Es sah ja so aus, als ob alles wieder gut wäre, aber das Kind klagte dennoch weiter über Müdigkeit, Schlappheit, Schwindel, was nicht weggehen wollte. Als es dann vergangene Woche beim Sportunterricht zusammengebrochen ist, wurde das Mädel ins Krankenhaus gebracht. Jetzt sieht es so aus, als ob die Kleine irgendeinen Herzfehler hat. Was genau, weiß man noch nicht. Man vermutet eine Vorhoferweiterung. Das Mädchen bleibt jetzt erst mal für weitere Untersuchungen in Lüneburg. Es kann allerdings sein, dass sie nach Hamburg verlegt werden muss. Fest steht, und so hat es mir Gellersen heute erzählt, dass ihre Mutter die nächsten Tage auf jeden Fall ausfallen wird. Natürlich will sie bei ihrer Tochter sein. Die ist ja erst acht. Von den Näherinnen waren letzte Woche aber schon zwei krank, und wir sind mit der Produktion von den Säcken im Verzug. Bis nächsten Freitag müssen 120 Stück fertig sein. Wir haben aber erst knapp fünfzig. Die Frage wäre also …«

»Du willst, dass ich mich zu den Arbeiterinnen an die Nähmaschine setze?«, wollte Eva ungläubig wissen und schnitt ihrem Vater damit erneut das Wort ab.

»Nun ja, natürlich nur vorübergehend, bis wir Ersatz gefunden haben oder die anderen wieder gesund sind. Immerhin kannst du ja nähen. Wenn es dir unangenehm sein sollte, könnte dir jemand auch das Material hierherbringen und du nimmst die alte Maschine deiner Mutter … Aber vermutlich wäre es umständlicher …«

»Es wäre nicht nur umständlicher«, erwiderte Eva knapp. »Es ist absurd. Was soll ich denn mit unserer alten Maschine mit Fußantrieb ausrichten, die noch nicht mal den Zickzackstich beherrscht? Nein …« Zur Bekräftigung schüttelte sie den Kopf. »Außerdem müsste mir jemand ja wohl erst mal zeigen, wie so ein Sack überhaupt zu nähen ist, oder nicht?«

»Ja«, entgegnete ihr Vater kleinlaut. »Da hast du natürlich recht.«

Eva überlegte einen Moment. Sie wollte es ihrem Vater nicht zeigen, aber so schlecht fand sie die Idee eigentlich nicht. Im Gegensatz zu ihm hatte sie keine Bedenken wegen der Standesunterschiede. Die waren ihr schnurz. Vielmehr sah sie sogar eine Chance darin, mehr über die Saline zu erfahren, zu sehen, woran es fehlte, was man vielleicht verbessern konnte. Bekanntlich wussten die Arbeiter oft besser Bescheid darüber, was eine sinnvolle Neuerung sein konnte und wovon man lieber die Finger ließ. Und wenn sie Zeit mit den Frauen verbrachte und sie sich etwas an sie gewöhnt hatten, würde früher oder später ganz sicher der eine oder andere Satz fallen. Eva konnte diesem Gedanken wahrlich etwas abgewinnen.

»Ich überlege es mir bis morgen, in Ordnung? Aber *wenn* ich es mache, dann müssen wir uns den Haushalt anders aufteilen. Vielleicht findest du jemanden, der dafür sorgt, dass Karla morgen Mittag ein warmes Essen auf dem Tisch hat. Könntest du dich darum kümmern?«

Ihr Vater nickte, und in seinen Augen glomm ein winziger Funken Freude.

Ohne den vermuteten Sieg zu kommentieren, wechselte Eva das Thema. »Ist dir eigentlich schon zu Ohren gekommen, dass Rainer von Seefeldt sich zuletzt ziemlich häufig in der Stadt hat blicken lassen?« Eva war selbst erstaunt, wie glatt ihr der verhasste Name über die Lippen kam. Und mit einem Anflug von Zärtlichkeit und schlechtem Gewissen dachte sie daran, wie knapp sie Ulrich vorher abgewürgt hatte. Aber davon durfte sie sich jetzt nicht beirren lassen.

Heiner Benningsen horchte kurz auf. »Von Seefeldt? Kali und Salz meinst du?«

Eva nickte. »Genau der.«

Ihr Vater bekam wieder diese steile Falte im Gesicht, die sich immer dann bildete, wenn ein Thema berührt wurde, über das er nicht sprechen wollte. »Nein, ist es nicht. Aber selbst wenn, würde es mich auch nicht weiter interessieren.«

»Er hat sich mit dem Oberstadtdirektor und Möreke getroffen. Im Rathaus«, fuhr Eva unbeirrt fort. »Meinst du nicht, das sollte dich vielleicht doch interessieren? Wer weiß, was sie hinter deinem Rücken aushecken.«

»Eva!«, sagte ihr Vater nun gedehnt, und seine Stimme hatte diese wohlbekannte bedrohliche Tiefe. »Fängst du schon wieder davon an! Vielleicht ist es doch keine gute Idee, dich zu den Näherinnen zu schicken. Am Ende setzt du denen auch noch irgendwelche Flausen in den Kopf! Aber ein für alle Mal: Ich halte 65 Prozent der Salinenanteile und damit die absolute Mehrheit. Welchen Teil dieser Gleichung verstehst du nicht? Ist mir vollkommen egal, wer sich hinter meinem Rücken einig wird und beschließt, irgendeine Sau durchs Dorf zu treiben. Auch die kommt nicht an mir vorbei. Willst du das nicht endlich begreifen?«

So gelassen, wie es ihr nach außen hin möglich war, erhob sich Eva. »Das will ich gern, Vater. Aber wenn es mal so weit kommen sollte, sage nicht, ich hätte dich nicht gewarnt. Gute Nacht. Ich gehe jetzt in mein Zimmer. Für Karla und mich war das ein anstrengender Tag.« Diese Spitze konnte sie sich nicht verkneifen. Sie war schon halb auf dem Flur, als sie sich noch einmal umdrehte. »Und noch etwas, wenn nachher das Telefon klingelt, bemühe dich nicht. Ich gehe ran. Curt wollte sich melden, wenn er angekommen ist.«

Als Eva die Treppe in den oberen Stock hochstieg, musste sie sich am Geländer festhalten, so weich waren ihre Knie. Noch nie hatte sie sich so offen gegen ihren Vater gestellt. Früher oder später hatte sie sonst immer klein beigegeben, Mitleid empfunden und ihm die Hand gereicht. Dieser Reflex aber war heute ausgeblieben. Vielleicht hatte sie ihn mit Curt auf die Reise geschickt.

Oben überlegte sie, ob sie Ulrich noch zurückrufen sollte, entschied sich aber dagegen. Stattdessen zog sie sich um, las noch ein wenig in der zweisprachigen Ausgabe der »Fleurs du mal« von Charles Baudelaire, und als Curt sich um kurz nach zehn immer noch nicht gemeldet hatte, ging sie ins Bett. Vielleicht hatte er keinen Telefonanschluss in seinem Zimmer. Vielleicht verlangten ihm die Worte »gut angekommen« aber auch zu viel ab. Sie vertraute darauf, dass nichts passiert war.

* * *

Am nächsten Morgen war Eva bereits um sieben Uhr fix und fertig angezogen. Sie stellte Karla schnell das Frühstück auf den Tisch, trank selbst einen Kaffee und wartete dann auf ihren Vater, der wie immer um halb acht nach unten kam.

Abwartend sah er sie an, als sie ihm schweigend einen Becher mit Kaffee reichte. »Du hast dich also entschieden?«, fragte er nur, als von ihr nichts kam.

»Wenn du mir sagst, wer diese Woche hier kocht, ja.«

»Ich werde Inge fragen, Helgas Mutter. Und wenn sie es nicht schafft, würde ich Gellersen bitten, mir seine Haushälterin ›auszuleihen‹. Eine junge Polendeutsche, Milena, die bereits seit fünf Jahren bei ihm ist. Eins von beidem wird klappen.«

»In Ordnung.« Eva schmierte sich zwei Stullen und belegte sie mit Salami, nahm einen Apfel dazu und holte sich dann ihren Hut. »Ich gehe schon vor. Ich möchte nicht mit dir zusammen ankommen. Du hast hoffentlich nichts dagegen.«

Heiner Benningsen schüttelte leicht den Kopf.

Verstohlen betrachtete sie seine gebückte Gestalt und unterdrückte den Impuls, ihm Mut und Zuversicht zuzusprechen. Mit Verständnis und Mitleid allein würden sie die Saline auch nicht retten. »Dann bis später«, sagte sie, ging und ließ die Haustür leise ins Schloss fallen.

Draußen füllte Eva ihre Lungen mit der frischen kühlen Luft. Der Regen der letzten Tage hatte sich verzogen. Kleine Schlierenwolken zeichneten den morgenblauen Himmel, und die Farben der Sträucher und Bäume wirkten nach den Schauern wieder frisch und strahlend. Als hätte das Wasser die Blätter geputzt und die Wurzeln neu gestärkt. Die Natur rekelte und streckte sich noch einmal, bevor sie sich langsam für den Herbst zurückziehen würde. Auch Eva verspürte den Impuls, ihre Schultern kreisen zu lassen und Stirn und Kiefer zu entspannen. Sie stellte sich vor, sie würde die Luft wie feine Seidentücher eins nach dem anderen zur Seite schieben und sich den Weg durch sie hindurchbahnen. Das brachte sie zum Lächeln, und Eva, die noch nie in einem Büro oder einer Fabrik gearbeitet hatte, merkte, dass sie sich mehr auf den Tag freute, als dass sie sich vor ihm fürchtete. Sie würde etwas Sinnvolles tun, ein Produkt fertigen, das gebraucht wurde; sie würde mit anderen Frauen reden und vielleicht in einen Alltag abtauchen, der ihrem eigenen ganz fremd war. Sie würde etwas lernen und sich ausprobieren können. All das war eigentlich für ihre neuen Pläne genau die richtige Bühne. Eva beschleunigte ihren Schritt und war bereits zehn Minuten später in der Saline, wo das vertraute Bollern und Zischen der Pfannen ihr zusätzlich Mut machte. Mit klopfendem Herzen und ihren Hut vor den Bauch gepresst betrat sie die Näherei.

»Guten Morgen«, grüßte sie zaghaft fröhlich in die Runde.

Die Köpfe von drei Näherinnen flogen hoch. »Fräulein Benningsen«, sagte die dienstälteste unter ihnen, Martha König. »Was … was machen Sie denn so früh hier? Können wir helfen?«

Eva registrierte, dass nur noch eine andere Frau außer Edda fehlte, Karin Weißbaum, die seit einer Weile mit Arthritis kämpfte. Die zweite war offensichtlich genesen.

»Ich denke schon«, erwiderte sie fest. »Mein Vater hat mich gebeten einzuspringen.« Sie sah die Frauen verschmitzt an. »Ich habe gehört, hier gibt es ein paar Salzsäcke zu nähen. Aber ohne eure Unterstützung schaffe ich das wohl nicht …«

Hilfe suchend sahen Hede Kadenbach und Regina Fähnle zu Martha hinüber. »Ja, aber … das geht doch nicht, Fräulein Benningsen«, sagte diese. »Sie können doch nicht …«

»Hör schon auf, Martha«, erwiderte Eva. »Und nenn mich nicht Fräulein Benningsen. Ich bin Eva. Und ich mache das wirklich gern.« Eva legte ihren Hut auf den kleinen Beistelltisch neben Eddas Arbeitsplatz. »Also, worauf muss ich achten?«

Nach einem auffordernden Blick kam Regina – die Jüngste im Team und vermutlich etwas jünger als Eva selbst – auf sie zu. »Kommen Sie …«, Regina wurde rot, »… komm mit, wir gehen ins Lager und holen den Stoff. Dann erkläre ich dir alles.«

Zwei Stunden später hatte Eva ihre ersten fünf Säcke zuge-schnitten und den Faden in die Maschine gespannt. Ihr taten jetzt schon die Schultern und der Rücken weh, denn die Arbeit fand fast ausschließlich auf dem harten Betonboden statt und der Zuschnitt musste maßgenau passen. Wieso gab es denn keine Schneidetische? Sie würde ihren Vater fragen. Zudem brannten ihr die Augen von der flirrenden Hitze, die durch jeden Winkel in der Saline drang, und ihre Finger begannen jetzt schon von dem harten, scheuernden Leinen wund zu werden. Sie konnte nicht glauben, dass die Arbeiterinnen die Vlieshandschuhe wirklich ablehnten. Sie würde sich später danach erkundigen.

Dennoch biss Eva die Zähne zusammen und arbeitete so konzentriert wie die anderen drei, die außer einem gelegent-lichen »Autsch« oder einem »Kannst du mir mal die Schere reichen?« keinen Ton von sich gaben. Das leise Sirren der Maschinen und das zuweilen explosionsartige Knallen des Pfannenofens aus der Werkstatt waren die einzigen Geräusche, die man hörte.

Gegen halb zwölf läutete Martha eine Pause ein, und erneut machte sich eine ähnliche Befangenheit wie am Morgen breit. Niemand schien sich so recht zu trauen, einfach munter loszuplaudern, wie es die Näherinnen ohne Eva sicher getan hätten. Sie überlegte einen Moment, ob sie ihr Brot allein woanders verzehren sollte, entschied sich aber dagegen.

»Wenn es euch nichts ausmacht, würde ich gern mit euch essen. Aber macht euch keine Sorgen, ich höre nichts, sehe nichts und sage nichts«, meinte sie und legte dabei die Hände auf ihre Ohren, ihre Augen und ihren Mund. Damit war das Eis gebrochen, und nun packten doch alle ihre Schnitten und Gurkenscheiben oder Tomaten aus, gossen aus Thermoskannen kalten Tee in Becher oder tranken ihr Wasser oder ihre Limonade. Und es dauerte nicht lang, da schnatterten die drei munter durcheinander und schienen Eva gar nicht mehr zu bemerken. So wurde Regina gefragt, wie ihre Verabredung mit Gerd gewesen sei. Martha erzählte von den geschwollenen Beinen ihrer hochschwangeren Tochter und Hede gab ein paar Anekdoten ihres Mannes zum Besten, den sie offenbar gut im Griff hatte. »Ich sag's doch immer wieder. Bei Karl und mir hätte es das Gleichberechtigungsgesetz nicht gebraucht. Ich hatte auch vorher schon die Hosen an!«

Die anderen kommentierten das mit Augenrollen oder Aufstöhnen. Offenbar wurde diese Diskussion hier häufiger geführt.

»Habt ihr eigentlich was von Lotte gehört?«, wollte Regina dann wissen. »Wie es der Kleinen geht?«

»Sie hat's ja wohl am Herzen«, entgegnete Martha. »Armes Ding.«

»Etwas Genaues weiß man noch nicht«, mischte sich Eva nun ein. »Aber in Lebensgefahr schwebt sie wohl nicht. Man vermutet eine Vorhoferweiterung.«

Die anderen nickten schweigend, und Eva beschloss, die Pause zu nutzen. »Sagt mal, ihr scheint das ja alle gut wegzustecken, aber mir sind jetzt schon die Fingerkuppen wund. Warum wollt ihr denn keine Handschuhe tragen?«

»Haben wir versucht«, entgegnete Hede wie aus der Pistole geschossen, »aber man hat dann nicht mehr so ein gutes Gefühl in den Händen und rutscht dauernd ab.«

»Deswegen haben wir dem Chef ja auch schon oft gesagt, er soll auf Plastiksäcke umsteigen. Die sind genauso gut, aber das Material ist glatter und viel leichter zu verarbeiten.«

»Aha«, machte Eva. Diese Information war ihr völlig neu. »Und was hat er gesagt?«

Martha grinste und zuckte die Schultern. »Was er immer sagt: Salz wurde schon immer in Leinen abgefüllt, also bleibt es Leinen.«

»Das hat er gesagt?«, fragte Eva erstaunt, obwohl es sie eigentlich nicht wunderte. Es passte zu ihrem Herrn Vater.

»Hat er. Obwohl es sogar günstiger wäre, meinte Gellersen«, schob Hede hinterher.

»Hätte auch den Vorteil, dass wir in der Woche bestimmt zwanzig Säcke mehr schaffen würden. Und Afrikabeutel sind nachgefragt.«

»Afrikabeutel?« Auch dieses Stichwort hatte Eva noch nie gehört. Sie war selbst überrascht, wie wenig Details ihr bekannt waren. Über die Materialkosten von Leinensäcken hatte sie sich noch nie Gedanken gemacht. Und dass es billigere Varianten geben könnte.

»Ja, ganz wörtlich. Die werden nach Afrika verschifft und nach Volumen abgerechnet, nicht nach Gewicht. Und weil wir so ziemlich die Einzigen sind, die Salz in allen Körnungen produzieren, nimmt uns das Geschäft so schnell keiner weg. Da könnte man bestimmt mehr rausholen, hab ich gehört.«

Nachdenklich biss Eva in ihr Salamibrot. Das waren ja mal interessante Neuigkeiten! Bevor sie etwas erwidern konnte, klatschte Martha erneut in die Hände. »So, Mädels, Plauderstunde beendet, dreißig Minuten sind um. An die Arbeit!«

Mit neuem Schwung begannen die Maschinen wieder zu sirren, und am Ende des Tages hatte Eva drei Beutel geschafft. Immerhin! Sie konnte nicht anders, als stolz auf sich zu sein, und grinsend und erschöpft lief sie um vier Uhr nach Hause. Immer mal wieder hatte sie heute an Ulrich gedacht. Ein wenig besorgt, ob er ihr doch etwas nachtragen oder sich abwenden würde. Aber mehr noch freudig erregt angesichts dessen, was sie ihm sagen wollte. Und ihre Stimmung war nun genau die richtige Ausgangssituation, um ihn anzurufen. Damit es endlich zur Sprache kam. Alles!

9.

Fahrig und unkonzentriert musste Eva schon die zweite Naht an diesem Morgen auftrennen. Als sie mit einer Nähnadel die Fäden aus dem Leinen zog, stach sie sich zudem auch noch in den Finger. »Autsch«, machte sie und lehnte sich seufzend auf ihrem Stuhl zurück. Die anderen sahen sie fragend mit hochgezogenen Augenbrauen an, arbeiteten aber still weiter.

Sie war heute bereits um fünf Uhr in der Früh aufgestanden, nur um zu überlegen, was genau sie anziehen würde. Sie hatte mit Ulrich verabredet, dass er sie schon um drei Uhr aus der Näherei abholen würde, um gemeinsam an ihren Platz in den Elbtalauen zu fahren und danach vielleicht in Lauenburg auf der anderen Flussseite noch etwas zu essen.

Nachdem sie erst an eine taillenhohe schwarze Marlenehose mit Knopfleiste und weißem Top gedacht hatte und dann in ein Petticoatkleid geschlüpft war, hatte sie sich schließlich für ein schlichtes blaues, weich fallendes Sommerkleid mit weißem Hemdkragen entschieden. Es schmeichelte ihrer Figur und der Viskosestoff war herrlich zart und fließend. Dazu einfache weiße Leinenschuhe.

Und seitdem war sie von einer inneren Unruhe ergriffen, die sie so nicht kannte. Sie hatte nichts von der Schwere, die sie sonst fühlte, wenn etwas sie in Aufruhr versetzte. Nichts, was ihr wie ein Kloß im Hals saß und den Magen zuschnürte. Es war eher so wie …

»Sagt mal, kennt ihr das Gefühl, wenn ihr glaubt, ihr habt Glühwürmchen im Bauch?«, fragte sie plötzlich unvermittelt in die Runde. Sie hatte es eigentlich nicht laut aussprechen wollen. Es war ihr so rausgerutscht.

Hede, Regina und Martha sahen zeitgleich auf. »Ach, das ist es also!«, erwiderte Hede trocken. »Na dann, viel Glück. Kann ja nur der junge Möreke sein, oder?«

Eva wurde rot. Woher wusste Martha das denn? Lüneburg war echt ein Dorf.

Martha grinste sie verschwörerisch an. »Ich hatte das zum ersten Mal, da war ich neunzehn. Zum Glück ist damals nichts draus geworden. 1933 wäre kein gutes Jahr für ein folgenreiches Stelldichein gewesen.«

»Bei mir hat's mit Gerd etwas gedauert«, sagte nun auch Regina. »Er hatte mir schon eine ganze Weile den Hof gemacht, bevor ich das erste Mal mit ihm ausging. Ich musste erst sicher sein, dass er ein anständiger Kerl war, aber jetzt kribbelt es bei mir auch immer, wenn ich ihn sehe.«

Eva war vollkommen perplex ob der selbstverständlichen Offenheit, mit der die Frauen auf das Thema ansprangen. Als wäre es das Natürlichste der Welt. Und alle schienen sofort zu wissen, dass es um Liebe ging. In welchem Zimmer ohne Aussicht hatte sie eigentlich all die Jahre gelebt, fragte sie sich nun schon zum wiederholten Mal in den letzten Tagen. Und es steigerte ihre Vorfreude auf das Treffen. Eva war, als würde sie endlich ankommen – in ihrem Leben.

* * *

Ulrich war pünktlich. Um drei Minuten vor drei stand er mit seinem Volkswagen vor der Saline. Eva hatte sich im Waschraum extra noch mal frisch gemacht, Zähne geputzt und ihren neuen Dior-Lippenstift aufgetragen, der ihre blauen Augen größer und dunkler wirken ließ. Mit nach unten durchgestreckten Armen umklammerte sie mit beiden Händen ihre Handtasche. Die Sonnenbrille hatte sie ins Haar geschoben.

Ulrich stieg aus und kam auf sie zu. Er trug weite ausgewaschene und hochgekrempelte Jeans, ein weißes Shirt und braune Sandalen. Evas Blick fiel auf seine Füße, und als wäre es das erste Mal, bemerkte sie erst heute, wie wunderschön sie waren. Wie gut aussehend der ganze Mann war. Feingliedrig und athletisch zugleich. Braun gebrannt. Sie schluckte trocken.

Ulrich öffnete ihr die Beifahrertür. »Hallo, Eva«, sagte er und lächelte. »Was hast du gemacht? Du siehst so … anders aus?«

Von schräg unten sah sie ihn an. »Anders gut oder anders … nicht so gut?«

Mit sanftem Druck berührte er ihren Rücken und bugsierte sie gen Auto. Als sie eingestiegen war, stützte er sich mit dem Arm auf die offene Tür und beugte sich zu ihr hinunter. »Du siehst umwerfend aus, Eva. Ist das anders gut genug?«

Sie strahlte ihn an und sog seinen Duft ein. »Ich denke schon.«

»Was hattest du eigentlich in der Saline zu tun?«, fragte Ulrich, als sie Lüneburg hinter sich gelassen hatten und auf die Landstraße abgebogen waren.

»Ich helfe seit Montag in der Näherei aus. Guck dir mal meine Finger an«, entgegnete sie und hielt ihm die linke Hand hin, deren Kuppen tiefrot waren. »Aber es macht total viel Spaß. Es ist irgendwie so – handfest! Die Frauen sind auch sehr nett. Und ich lerne ne ganze Menge über die Saline. Mehr als bei meinem Vater, das kannst du mir glauben.«

»Das überrascht mich nicht. Freut mich für dich.« Mit einem Blick auf die Tasche, die Eva noch immer im Schoß umklammert hielt, meinte Ulrich dann: »Die kannst du auch abstellen, weißt du?«

»Was?« Sie folgte seinem Blick. »Ach so, ja«, sagte sie lachend. »Könnte sein, dass ich vielleicht etwas nervös bin.«

Ulrich schaute nach vorn auf die Straße, wo hundert Meter vor ihnen gerade zwei Rehe über die Fahrbahn sprangen. »Soso.«

Sie parkten an der üblichen Stelle, gingen nebeneinander durch das inzwischen recht hohe Gras hin zu dem Platz, der durch Büsche und eine kleine Baumgruppe geschützt am Wasser lag. Die Bauern hatten ihre Arbeit verrichtet, die Felder am anderen Ufer waren abgeerntet, das Stroh eingefahren. Die einzigen Geräusche machten der Wind in den Blättern und Gräsern sowie die entfernten Gänse, Reiher und Frösche.

Bevor sie sich setzten, zog Ulrich die Postkarte aus seiner hinteren Hosentasche. Er klopfte sie gegen seine freie linke Hand. »Na, dann erklär doch mal, was es damit auf sich hat ...«
Ein wenig verunsichert sah Eva ihn an, aber sein Gesicht hatte nichts von der Strenge seiner Worte. Im Gegenteil. Seine Züge waren weich und – verletzlich. Das machte Eva Mut und sie begann, von Anfang an zu erzählen, wie sie es schon vor zehn Tagen hatte tun wollen, erst zögerlich und etwas abgehackt, aber dann immer flüssiger und hitziger. Von dem schrecklichen Abend mit von Seefeldt, ihrer Verwirrung und Hilflosigkeit, dem Antrag, mit dem sie nicht recht umzugehen wusste, und dem plötzlichen Gefühl, das sie durchströmt hatte. Von ihrer Vorstellung von Berlin und wie Ulrich immer Teil des Bildes gewesen war. Von ihrem Wunsch, Französisch zu lernen, und dem Spruch, den sie wiederentdeckt hatte: *Rien ne sert de courir, il faut partir à point.* Auch den traurigen Abschied von Curt und ihr Gespräch davor sparte sie nicht aus. Das Einzige, was sie wirklich für sich behielt, war dieses elektrisierende Ziehen,

das sie bei von Seefeldt gespürt hatte. Für sie selbst war es ein Schlüsselerlebnis gewesen, aber für sie beide fand sie es unerheblich. Dafür gab es ja jetzt die Glühwürmchen.

»Und aus all diesen Gründen habe ich mich entschieden, nächsten Sommer mit dir nach Berlin zu gehen, wenn es denn Berlin werden soll«, endete sie. »Also, so richtig *mit dir* …«

Ulrich hatte die ganze Zeit über geschwiegen, sie nicht einmal unterbrochen. Jetzt wartete er einen Moment, stützte sich auf die Ellbogen und sah in den Himmel. Dann legte er ihr zart die Hand an ihre Wange. »Weißt du eigentlich, Eva, wie lange ich gehofft habe, dass dieser Moment einmal kommen möge?« Sein Gesicht war ihrem jetzt ganz nah. »Und du bist dir absolut sicher?«

»Ganz sicher«, antwortete sie leise und verlor sich in dem ersten echten Kuss ihres Lebens, der nach Honig schmeckte und nach Muskat, und sie schlang ihre Arme um seinen Hals, zog ihn zu sich und war bereit, ihn mit ihrem ganzen Körper in sich aufzunehmen.

10.

Die Wochen nach diesem Treffen waren wie im Flug vergangen. Hatte sie vorher schon viel Zeit mit Ulrich verbracht, fühlte Eva sich nun auf ganz neue Art mit ihm verbunden. Noch im August waren sie zum Juwelier gegangen und hatten sich zum Zeichen ihrer Verbindung zwei silberne Freundschaftsringe gekauft, Ulrichs etwas breiter als ihrer. Sie hatten viele Ausflüge unternommen, waren in der Heide spazieren gewesen, den Wilseder Berg hochgelaufen, hatten sich die Bibliothek in Wolfenbüttel angeschaut und die Rundlingsdörfer im Wendland. Nach außen hin mochte sich gar nicht so viel verändert haben, außer dass die beiden nun auch öffentlich umarmt oder Hand in Hand durch die Stadt schlenderten, nach innen aber war für Eva alles anders geworden. Sie fühlte sich so erfüllt und eins mit Ulrich, dass sie selbst ihren Vater und die Saline meistens darüber vergaß.

Das Einzige, was ihr doch im Magen gelegen hatte, war die Sache mit der Verhütung. Sie und Ulrich wollten jetzt sicher nicht schwanger werden, aber auf so krumme Ratschläge wie mit Cola oder Zitrone spülen wollte sie wahrlich nicht vertrauen. So war es am Ende Helga, die sie beherzt zu ihrem ersten Besuch bei einem Gynäkologen schleppte. Eva war das schrecklich peinlich gewesen, aber die resolute Helga hatte das mit einem einzigen Papperlapapp beiseite gewischt. Im Wartezimmer hatte Eva ständig zu Boden geschaut, weil sie Angst hatte, jemand Bekanntes zu treffen, während Helga munter über die Ungerechtigkeit schwadronierte, dass Verhütung immer Frauensache und unter den Nazis sogar wieder verboten worden war.

»Stell dir das mal vor – da tun die Männer, wonach ihnen gerade gelüstet, und wir Frauen sollen das einfach hinnehmen und sind am Ende noch selbst schuld, wenn wir ungewollt schwanger werden. Das ist doch nicht zu fassen!«

»Helga, könntest du ein wenig leiser reden, *bitte*«, hatte Eva gefleht und war noch tiefer in ihrem Stuhl im Wartezimmer versunken.

»Ist doch wahr!«

Die Untersuchung selbst war dann viel weniger unangenehm gewesen, als Eva befürchtet hatte. Dr. Martens – ein hochgewachsener schlanker Mann in den Fünfzigern – war überaus zuvorkommend und schon fast fürsorglich mit ihr umgegangen, hatte sich Zeit für das Gespräch genommen und ihr stets erklärt, was er als Nächstes tun würde. Natürlich hatte er sich auch nach dem Grund ihres Besuchs erkundigt.

»Ich … also ich habe seit zwei Monaten einen festen Freund«, hatte Eva gestammelt und an der Hitze in ihrem Gesicht gespürt, dass sie sicher wieder puterrot geworden war. »Wir wollen heiraten«, hatte sie noch hinterher geschoben.

Dr. Martens hatte daraufhin nur gelacht. »Wissen Sie, Fräulein Benningsen, mir gegenüber müssen Sie sich sicher nicht rechtfertigen. Was gibt es Schöneres als die Liebe, und da gehört die körperliche doch wohl dazu, oder?«

Eva war verblüfft über so viel Verständnis von jemandem, der auch gut hätte ihr Vater sein können.

»Aber wenn Sie wirklich nicht schwanger werden wollen, dann müssen Sie schon auch gut dafür sorgen. Es gibt leider medizinisch gesehen noch keine Verhütungsmittel, die wirksam schützen.«

Darauf nahm er eine mit vielen Kästchen bedruckte Karteikarte aus seiner Schublade, erklärte Eva die Kalendermethode, die fruchtbaren und unfruchtbaren Tage, und riet ihr, ihren Zyklus die kommenden Monate gut zu beobachten und in das Blatt einzutragen. »Und noch ein guter Tipp als Mann: Wenn Ihr Freund im Eifer des Gefechts meint, er passe schon auf, dann glauben Sie ihm das keinesfalls! In dreißig Prozent der Fälle geht das schief.« Dr. Martens setzte lachend seine Brille wieder auf, und als Eva die Praxis verließ, fühlte sie sich leicht und unbeschwert. Sie hatte so viel über ihren Körper gelernt und fühlte sich ihm, auch wenn das komisch klang, plötzlich viel näher.

»Und, war es schlimm?«, erkundigte sich Helga, die draußen gewartet hatte.

»Nein. Du darfst auch gleich sagen: ›Na siehst du!‹«

»Na siehst du!«

Ulrich erzählte sie nichts von diesem Besuch. Eva reichte es für den Moment, zu wissen, worauf sie selbst zu achten hatte. Jetzt, wo es draußen schon nass und kalt war, hatten die beiden ohnehin nicht viel Gelegenheit für Zärtlichkeiten, und Eva, die ihren Körper so viel stärker spürte als vorher, fragte sich, ob es Ulrich ebenso störte wie sie. Jedes Mal, wenn sie ihn berührte oder küsste, hatte sie das Gefühl, ein Feuer in ihrem Innern zu entzünden. Sie hielt die Glut, so klein sie konnte, denn im Grunde lebte Eva schon jetzt nur noch für den Sommer '58. Sie hatte sich entschieden, ja, aber *partir à point* bedeutete in ihrem Falle, noch genau acht Monate zu warten.

So machten die beiden ein Spiel daraus, sich ihre Zukunft auszumalen. In den wenigen Momenten, die sie doch einmal ungestört beieinanderlagen, fragte Eva Ulrich etwa: »Meinst du, wir können uns eine kleine Wohnung in Charlottenburg leisten, oder sollten wir eher nach Friedrichshain ziehen, wo die Arbeiter leben?« – »Ob es für eine Wohnung mit eigenem Bad reicht? Und mit Balkon?« – »Die Kohlenkiepen schleppe ich aber nicht.«

Ulrich genoss diese Fragen sichtlich, während er an seiner Zigarette zog. Den Aschenbecher hatte er oft auf seinem nackten Bauch abgestellt. Immer wieder hatte er ihr versichert, dass er keinen Zweifel daran hegte, neben seinem Studium in einer Kanzlei als Gehilfe arbeiten und so ihren Lebensunterhalt verdienen zu können. Seine Vision war Jura mit dem Schwerpunkt auf Wirtschaftsrecht, denn er hatte vor, das System von innen heraus zu verstehen und mit seinen Mitteln zu bekämpfen. Und jetzt, wo Willy Brandt Regierender Bürgermeister von Berlin war, gab es an diesem Standort auch keinen Zweifel mehr, sollte Adenauer doch weiter das Land beherrschen. Die Sozialisten formierten sich gerade neu und wurden in der Inselstadt kolossal unterschätzt. Mit dem neuen Fraktionsvorsitzenden Schmidt hatten sie zudem einen brillanten Redner und Atomwaffengegner in der Partei. Eva war das nicht so wichtig, aber Ulrich brannte für dieses andere erstarkende Deutschland. »Solange du mir weiter französische Gedichte vorliest und dich von keinem deiner Professoren verführen lässt, soll mir alles recht sein, *mon amour*!«, sagte er und küsste sie auf die Nasenspitze.

Mehr als Eva vibrierte er für diese Zukunft, aber sie ließ sich mitreißen, baute die Luftschlösser in Ulrichs Armen und zweifelte keinen Moment daran, dass sie sie, ein bisschen abgespeckt auf fünfzig Quadratmeter Mansardenwohnung vielleicht, bald schon beziehen würden.

Eva fühlte sich einfach richtig an Ulrichs Seite. Und den Verlust spürte man erst, wenn er da war.

»Mein Onkel gibt nächsten Freitag ein Bankett«, verkündete Ulrich dann eines Abends unvermittelt, als die beiden sich in Hitzacker für ein Wochenende ein kleines Hotelzimmer gemietet hatten und in einem Barkassencafé ein Glas Weißwein tranken.

Eva horchte auf. »Aha. Was denn für ein Bankett?«

Ulrich lachte kurz auf. »Wenn ich das wüsste. Aber es scheint immerhin so bedeutsam zu sein, dass mein Onkel es sich nicht leisten kann, mich auszuschließen.«

Ulrichs kurz angebundener Sarkasmus versetzte Eva einen Stich. Warum nur hatte sein Onkel ihn all die Jahre so quälen müssen? »Nun gut, aber weißt du sonst noch etwas darüber oder war es das schon?«

Ulrich richtete sich auf, nahm einen Schluck und schaute hinaus auf die Elbe, die hier erstaunlich bescheiden wirkte. Nicht so mächtig und unbezwingbar wie vor Lüneburg oder weiter hoch Richtung Hamburg.

»Dem nach, was ich gehörte habe, kommen echte Honoratioren. Der niedersächsische Ministerpräsident Hegemann nebst Gattin, Oberstadtdirektor Siemers, Oberbürgermeister Wiedenbruch, Vertreter der Großbanken, ein paar Wirtschaftsmagnaten natürlich, von Seefeldt unter anderem ...« Bei dem Namen stockte Ulrich und sah zu Eva, die keine Miene verzog. »Knapp zwanzig Leute zu einer Art Galadiner. Den Grund kann ich mir nur zusammenreimen. Es muss ja fast mit dem Kriegsfolgengesetz zu tun haben, das nächstes Jahr in Kraft tritt. Sicher bin ich mir nicht. Aber nach dem Entschädigungs- und dem Rückerstattungsgesetz in den vergangenen zwei Jahren kriegt er offenbar langsam Fracksausen, dass er doch noch in die Schusslinie gerät.«

»Meinst du denn, er hat sich an diesen Gräueltaten beteiligt?«

Ulrich nahm einen Schluck Wein und sah aufs Wasser. »Wer hat das nicht? Die Frage ist nur, in welchem Umfang und was davon nachweisbar ist.«

Eva ergriff seine Hand und betrachtete den glänzenden silbernen Ring. »Manchmal denke ich, du willst unbedingt Jura studieren, damit du dich später doch noch an ihm rächen kannst.«

Ulrich grinste. »Späte Vergeltung, meinst du?« Er überlegte einen Moment. »Gekommen ist mir der Gedanke auch schon, aber Rache ist kein gutes Motiv. Zumindest für mich nicht. Sie ist rückwärtsgewandt und ausschließlich individualistischen Ursprungs. Außerdem trübt sie den Blick für das Wesentliche. Nein. Ich möchte wirklich meinen Beitrag zu einer liberalen und aufgeklärten Bundesrepublik beitragen. Nach vorn gerichtet für einen souveränen Staat. War es nicht Shakespeare, der mal meinte: ›Auf Dinge, die nicht mehr zu ändern sind, muss auch kein Blick zurück mehr fallen! Was getan ist, ist getan und bleibt's.‹ Ich finde, das trifft es. Man würde ja sonst verrückt werden!«

Eva wagte nicht, Ulrich in die Augen zu schauen. Auch wenn sie gar nicht gemeint war, spürte sie sofort den Anflug eines schlechten Gewissens. Schließlich straffte sie die Schultern und richtete sich auf. »Stimmt, da ist was dran. Man soll aus Fehlern lernen, aber bestimmt nicht seine Zeit damit vertun, darüber zu grübeln, wie man sie gar nicht erst hätte begehen können.« Eva nippte an ihrem Glas. »Aber ist das auch gleichbedeutend mit Verzeihen und Vergeben?«

Ulrichs Miene verhärtete sich. »Ganz sicher nicht. Zwischen dem Verzicht auf Vergeltung und dem Vermögen, zu verzeihen, liegt ein sehr weiter Weg, und vielleicht auf halber Strecke davon steht die Bestrafung.« Ulrich leerte sein Glas in einem

Zug. »Jetzt aber Schluss mit diesen politischen Debatten. Lass uns noch ein Stück spazieren gehen. Wir haben fast Vollmond und die Nacht ist sternenklar.«

Arm in Arm machten sie sich auf den Weg, verließen Hitzacker in nördliche Richtung und dann nach Westen entlang der Alten Jeetzel. Tatsächlich schien der Mond so hell, dass sie es durch den Wald bis hin zur gut zwei Kilometer entfernten Wolfsschlucht mühelos schafften.

Ulrich ließ es sich dort nicht nehmen: Er lief eine kleine Anhöhe hinauf, hockte sich mit ausgestreckten Armen und gerecktem Kopf hin und begann laut aufzuheulen.

Eva, der die Natur eigentlich vertraut war, bekam eine Gänsehaut, die sich fast schmerzhaft am Stoff ihrer Bluse rieb. Trotz ihres mulmigen Gefühls schloss sie für einen Moment die Augen. Schon wieder so eine Empfindung, die ihr neu war. Schaurig-schön, dieser Schauer, der sich wie tausend Ameisen auf ihrer Haut ausbreitete. Sie genoss dieses körperliche Gefühl von Furcht, und in einem Anflug von Übermut rannte sie ebenfalls den Hügel hoch und hockte sich neben Ulrich ins feuchte Unterholz. Auch sie jaulte einmal laut auf, um sich dann quer vor Ulrich zu werfen und seinen Kopf zu sich herunterzuziehen. »An so einem Ort haben wir es noch nie getan«, wisperte sie mit klopfendem Herzen und sog den würzigen Duft von Erde und Laub und Ulrich in sich auf.

»Und du meinst, wir sollten?«, erwiderte er und legte eine Hand an ihre Hüfte, um sie näher zu sich heranzuziehen.

»Unbedingt«, hauchte sie. Sie wusste, dass sie dieses Wochenende kein Risiko eingingen.

Die Rückfahrt nach Lüneburg am Sonntagmittag verlief relativ schweigsam. Ulrich musste sich sehr auf die Straßen konzentrieren, da der Himmel alle Schleusen geöffnet hatte. Es goss wie aus Eimern, und man konnte nur froh sein, dass es wenigstens halbwegs warm war, sonst wäre die Fahrt auf den engen, kurvigen Straßen eine schöne Rutschpartie geworden.

Eva genoss es, wie so oft nach den wenigen gestohlenen Stunden, die die beiden ungestört verbringen konnten, diese zufriedene Fülle und Ruhe in sich zu spüren. Sie dachte es wirklich nicht gern, aber manchmal hatte sie fast das Gefühl, sie müsste Rainer von Seefeldt dankbar sein, dass er sie so unvermutet aus ihrem Dornröschenschlaf erweckt hatte. Wer konnte sagen, ob sie ohne ihn Ulrichs Berührung auch plötzlich so anders wahrgenommen hätte. Instinktiv griff sie nach Ulrichs Hand, die auf dem Schaltknüppel lag.

»Du bist glücklich.« Es war eine Feststellung von Ulrich, keine Frage.

»So glücklich, wie man nur sein kann«, erwiderte sie aus vollem Herzen.

»Wirst du Ärger kriegen?«

Eva dachte an ihren Vater. Sicher, er war alles andere als entzückt über die neue Qualität ihrer Verbindung, die auch ihm nicht entgangen war, beziehungsweise die ihm garantiert von mehr als nur einer Person zugetragen worden war. Aber auch ihm schien klar, dass er seine Tochter ja schlecht im Haus festketten konnte. Seine Strategie lag wie so oft im Aussitzen und Wegsehen, und in diesem Falle konnte das Eva nur recht sein. Wahrscheinlich hatte ihr Vater auch gar nichts Persönliches gegen Ulrich, aber er war nun mal der verhasste Neffe von Georg Möreke. Und der wiederum war der wichtigste und einflussreichste Kreditgeber der Saline. Eva seufzte.

»Nein, unwahrscheinlich. Aber bei der Gelegenheit fällt mir ein, dass morgen endlich der neue Ofen gebracht werden soll. Aus diesem Anlass hat mein Vater die gesamte Belegschaft zu einem kleinen Umtrunk eingeladen. Plus ein paar Ehrengäste … Lieferanten, jemanden aus der Stadtverwaltung und natürlich deinen Onkel als Finanzier.«

»Aha«, sagte Ulrich nur. »Eine nette Geste.«

»Ja«, meinte Eva und sah aus dem Fenster. Südlich der Elbe Richtung Osten wurde es noch dunkler. Sie fuhren regelrecht auf eine schwarze Wand zu. Das sah ja mal nach einem echten Unwetter aus.

11.

Eva war heilfroh, als Heiner Benningsen am Montagmorgen etwas später als sonst endlich das Haus verließ. Die Sache mit dem neuen Ofen, dem Umtrunk und seiner geplanten Rede hatte ihn so durcheinandergebracht, dass er regelrecht kopflos durch das Haus geirrt war, mal auf der Suche nach seinen Manschettenknöpfen, die er in der Hand hielt, dann nach seiner Mappe mit der Rede. Seine Finger zitterten so sehr, dass er erst eine halbe Tasse Kaffee verschüttete, um die Tasse danach ganz fallen zu lassen, weil er sich die Lippe an dem zu heißen Getränk verbrannt hatte. Dabei murmelte er ununterbrochen fahrige Halbsätze: »Der Brenner … wunderbar geklappt … auf Gellersen ist Verlass … so leise jetzt … mit dem Heizer reden … Temperatur kontrollieren … Sekt ist schon gekühlt. Wie genau fange ich an?«

Eva selbst machte das irgendwann auch so nervös, dass sie Karla ein Brot mit Leberwurst *und* Marmelade schmierte, was diese mit einem angewiderten »Igitt« kommentierte. Als sie dann auch noch die Topflappen statt der Kasserolle in den Ofen legte, beschloss sie, erst mal abzuwarten, bis die anderen das Haus verlassen hatten und wieder etwas Ruhe einkehrte.

Sie hatte nach ihrer Rückkehr am Sonntag schon gehört, dass mit dem Aufbau und dem Neuanschluss des Ölofens alles geklappt hatte. In Summe hatten sie nur eine Schicht ausfallen lassen müssen, da sie den Austausch der Öfen auf den Tag der monatlichen Entsteinung der Pfannen gelegt hatten. Da wurde die Befeuerung ja ohnehin ausgesetzt. Zum Glück hatte der Lieferant sich bereit erklärt, den Auftrag am Wochenende ohne Zuschlag auszuführen. Eva vermutete, dass so viele Brenner dieser Art wohl auch nicht mehr geordert wurden.

Eva schenkte sich selbst eine Tasse Kaffee ein und nahm die Zeitung zur Hand. Immer noch kein Verdächtiger im Fall der ermordeten Edelhure Rosemarie Nitribitt. Gerüchten zufolge gab es wohl genügend Freier aus den höheren Kreisen, die kein Interesse an der Aufklärung des Falles hatten. Aber Eva konnte sich so was kaum vorstellen. Selbst wenn man sich unbotmäßig mit jemandem vergnügte, musste man ihn doch nicht umbringen. Es sei denn … Eva blätterte die Seite um. So interessant fand sie den Umstand dann auch wieder nicht.

Klaus Hegemann, der neue konservative Ministerpräsident von Niedersachsen, hatte die Regierungsbildung abgeschlossen. Eva erinnerte sich an das Bankett, von dem Ulrich gesprochen hatte. Lud Möreke deswegen gerade jetzt dazu ein?

Eva schüttelte den Kopf. Was waren das alles für Rätsel! Sie faltete die Zeitung zusammen und legte sie zur Seite. Bevor sie mit den Essensvorbereitungen anfangen musste, wollte sie den Vormittag nutzen, um eine weitere der neuen Servietten zu besticken. Das war weniger kompliziert und zudem bedeutend sinnvoller.

Um vier würde sie dann mit Karla zur Saline rübergehen.

»Nun wickel dir doch das Tuch enger um den Hals, Karlchen, es ist kalt«, sagte Eva, als sie den Lambertiplatz Richtung Saline überquerten. Zwar hatte der Wind, der von der Nordsee kommend manchmal bis nach Lüneburg blies, die schweren Regenwolken vertrieben, aber noch immer pfiffen heftige Böen durch die Straßenschluchten, die die Straßenlaternen erzittern ließen und an Büschen und Bäumen zerrten.

»Ich mag das nicht, es kratzt«, erwiderte Karla.

»Dabei steht es dir so gut. Es hat die Farbe von Rosenquarz. Perfekt zu deinen Augen.« Karlas Augen waren ebenfalls blau, aber im Gegensatz zu denen ihrer Schwester mehr ins Gräuliche tendierend. Sie hatte die Augen ihrer Mutter.

Da die beiden nach vorn gebeugt und gegen den Wind gestemmt marschierten, konnte Eva das Gesicht ihrer Schwester nicht erkennen, aber sie war sich sicher, dass sie die Stirn krauszog. Das eine hatte ja auch wirklich nichts mit dem anderen zu tun, aber Eva hatte das Tuch aus feiner Merinowolle nun mal selbst gehäkelt. Was sollte denn da kratzen?

»Hoffentlich drückt der Wind nicht in den Schornstein und der neue Ofen explodiert gleich«, meinte Karla schließlich bange.

»Das wird schon nicht passieren«, erwiderte Eva und nahm ihre Schwester bei der Hand. »Komm, wir sind gleich da und drinnen ist es warm.«

Tatsächlich atmete Eva einmal tief aus, als die schwere Metalltür zur Saline hinter ihnen ins Schloss fiel und sie die bullernde Wärme der Siede empfing. Ihre Augen tränten. Vom Wind. Von der Hitze. Vom schnellen Wechseln zwischen beidem.

Der Umtrunk sollte im Lager hinter den Abpackstraßen stattfinden, weil das der einzige Ort war, wo es genug Platz für die etwa fünfzig Beschäftigten der Saline nebst Gästen gab. Eva überlegte, ob sie erst hoch zu ihrem Vater ins Büro gehen sollte, entschied sich aber dagegen, weil der Weg zum Lager direkt und kurz war und sie so auch nicht durch die Näherei musste. Nach ihrer Arbeitswoche dort hatte sie immer wieder mal einen Plausch mit den Arbeiterinnen gehalten, aber heute war die Situation anders. Offizieller, und es wäre ihr entsprechend schwergefallen, einerseits locker mit den lieb gewonnenen Frauen zu plaudern, um dann aber als Tochter des Direktors vor ihnen zu stehen.

Immer noch mit Karla an der Hand ging sie den schmalen Steg an den Pfannen vorbei, die von einer leicht verkrusteten Salzschicht bedeckt waren. Der Geruch nach Schweröl, der in der Luft hing, war neu. Ebenso das Fehlen des Geräusches der Schotten, die unter Rufen geöffnet und kurz darauf wieder geschlossen wurden. So rückwärtsgewandt ihr Vater auch sein mochte – mit diesem neuen Ofen war doch ein Stück Fortschritt in die Saline eingezogen. Eva hoffte nur, dass es der richtige war. Im Moment fühlte sie sich eher wie im Maschinenraum eines rostigen alten Kahns.

Das Lager selbst bot ein anderes Bild. Zwar war der Raum mit dem unebenen zementierten Boden fensterlos, aber der alte Kontorschreibtisch linksseitig sowie die große Salzwaage dahinter verströmten durchaus den Odem der alten Hansezeiten. Holzfässer, die nun mit weißen Tischtüchern belegt waren, erinnerten an die eingelegten Heringe, Gurken und Kohlköpfe, die man vor Jahrhunderten mit Salz konserviert hatte. Eva wusste noch genau, wie sie Curt in einem dieser Fässer durch die Gegend gerollt und er gejuchzt hatte vor Freude. Irgendwann allerdings war aus dem Juchzen ein Betteln geworden: »Hör auf, Eva, ich kann nicht mehr!« Aber Eva mit ihren sieben Jahren hatte einen solchen Spaß daran gehabt, diesen hölzernen Zylinder vor und zurück in die Ecken und wieder hinaus zu bugsieren, dass sie gar nicht darauf reagierte. Auch dann noch nicht, als es drinnen ganz still wurde. Erst, als das Rattern der Eisenumspannungen auf dem Beton das würgende Geräusch nicht mehr übertönen konnte, erwachte Eva aus ihrer Euphorie und hielt das Fass an. Heraus stieg ein leichenblasser Curt mit gelben Speiseresten in den Mundwinkeln, einen ekelhaften Gestank nach sich ziehend.

Bestürzt und beschämt wussten die Kinder sich nicht zu helfen und trugen das Fass raus aus der Saline hin zu einer Art Abfallhaufen mit Steinsalzresten und kaputten Säcken. Dort ließen sie es.

Beim Abendessen dann war es schließlich ihre Mutter, die den Suppenlöffel in die Terrine tauchte, jedem eine Portion servierte und sagte: »Wo ich diese Fleischklößchen sehe, stellt euch doch mal vor, Kinder, da haben irgendwelche Gören uns ein Salzfass gestohlen, etwas damit angestellt und sich schließlich in das Fass übergeben. Aber anstatt die Größe zu haben, es zu säubern und es zurückzubringen, haben sie es einfach auf den Müll geworfen. Ich frage mich, was das für uncouragierte und feige Bälger gewesen sein mögen. Na, Gott sei Dank würdet ihr so etwas nie tun. Guten Appetit!«

Weder Eva noch Curt hatten je wieder ein Salzfass angerührt.

Und hier standen sie nun, diese Fässer, festlich geschmückt, aber dennoch etwas zwergenhaft mit ihrer maximalen Hüfthöhe. Fräulein Meinert, die Sekretärin ihres Vaters, war dabei, die Sektflöten auf den Fässern aufzustellen und Gläser mit Salzstangen und Chips zu arrangieren. Ein festlicher Anblick!

»Guten Tag, Fräulein Meinert, ist mein Vater auch schon hier oder noch oben?«

»Er muss schon hier sein, ich habe ihn eben noch gesehen.«

»Danke.« Eva überlegte einen Moment, bat Karla zu warten und ging dann durch das Lager über den Hof zu einer Hintertür, die zum Brunnen der Saline führte. Der Ort, an dem alles begann. Sie konnte sich gut vorstellen, dass ihr Vater sich dort noch einmal sammeln wollte. Wie ein Priester in seiner Sakristei.

Tatsächlich schaute er vorgebeugt über die Brüstung hinab in das kaum einen Meter Durchmesser aufweisende schwarze Loch. Wie in einem Museum hing hier noch der Holzbottich festgezurrt an einem Strick an der Winde über dem Querbalken. Gefördert wurde die Sole hier schon lange nicht mehr. Es gab bedeutend zugänglichere Standorte, um das salzige Wasser in die Saline zu pumpen.

Eva legte eine Hand auf seinen Rücken. »Bereit?«, fragte sie nur.

»Ich wünschte, deine Mutter könnte diesen Tag miterleben. Sie wäre so stolz gewesen.«

»Ja, das wäre sie«, sagte Eva und zog ihre Hand zurück. »Komm, es ist Zeit.«

Gebückt, weil es die niedrigen Gänge erforderten und weil die Last schwer wog, gingen Vater und Tochter zurück in die Lagerhalle. Diese hatte sich inzwischen gefüllt, und zu ihrer Überraschung erkannte sie außer den Mitarbeiterinnen, darunter auch die vier Näherinnen, denen sie verstohlen zuzwinkerte, neben dem Stadtrat Meyrisch auch Lothar Möreke. Hatte sein Vater also ihn vorgeschickt? Da Karla damit beschäftigt war, an dem alten Schreibtisch selbst Chefin zu spielen, beschloss Eva, sich zu den Herren zu gesellen. Sie hatte sich an diesem Tag viel Mühe mit ihrer Frisur gegeben und ihre Haare kunstvoll aufgewickelt und hochgesteckt, um dann noch ein marineblaues Tuch um den Kopf zu legen – für sie die richtige Mischung aus Eleganz und Pragmatismus –, und jetzt hoffte sie, dass der Wind nicht alles ruiniert hatte.

»Fräulein Benningsen«, begrüßte Meyrisch sie und gab ihr die Hand. Ihre steckte in eierschalenfarbenen Kalbslederhandschuhen. »Es ist mir ein Vergnügen.«

»Vielen Dank, Herr Dr. Meyrisch. Ich freue mich, dass Sie es einrichten konnten.« Dann wandte sie sich Lothar zu. »Wie schön, dass dein Vater dich geschickt hat«, sagte sie lächelnd. »So kommst du einmal bei *uns* vorbei.«

»Ich würde das viel öfter tun, wenn man mich dazu aufforderte«, erwiderte er und sah Eva direkt ins Gesicht. »Du siehst hinreißend aus, Eva.«

Meyrisch hob anerkennend die Brauen. Eva schluckte und fasste sich prüfend an den Hinterkopf. »Nun ja, so ein Sturm … Manchmal fehlt zur Perfektion die Imperfektion, nicht wahr?«, war alles, was ihr einfiel und sie fühlte sich extrem dumm dabei. Zu ihrer Erleichterung lachten die beiden Männer und ihr Vater erlöste sie, indem er endlich um Aufmerksamkeit bat.

Mit einem kleinen silbernen Salzlöffel, dessen Laffe die Form einer Muschel hatte, schlug er gegen einen Sektkelch. Erst jetzt fiel Eva auf, dass sein schwarzer Anzug zu lose um seinen Körper schlackerte. Sie hatte nicht bemerkt, dass er offenbar einige Kilo verloren hatte. Zudem hatte er Mühe, aufrecht zu stehen. Sein Blick war mehr auf die Schuhspitzen seiner Mitarbeiter gerichtet als auf deren Gesichter. Wie alt er geworden war! Eva schaute kurz zu Karla. Doch die hatte jetzt nur noch Augen für die Chipsschale.

»Meine sehr geehrten Damen und Herren, verehrte Kollegen und Mitarbeiter«, begann er. »Ich freue mich …«, er räusperte sich, »ich freue mich, dass wir alle gemeinsam diesen historischen Moment in der Lüneburger Geschichte des Salzes miteinander begehen dürfen. Sie alle kennen sicher die Sage von der weißen Wildsau, die im Jahr 800 hier in Lüneburg gesichtet und erlegt wurde und mitnichten ein Gespenst der Vergangenheit war, sondern den Grundstein für Prosperität und Aufschwung der Hansestadt legte. Wir hatten ›Schwein‹, wenn ich so sagen darf, denn der Eber hatte sich in einer Solepfütze gesuhlt und damit war das weiße Gold gefunden …«

Um Anerkennung bittend sah Heiner Benningsen stolz in die Runde. Darauf wurde verhaltener Applaus laut.

»Wie oft hast du diese Anekdote schon gehört?«, raunte Lothar ihr von hinten zu. Sie spürte seinen Atem in ihrem Nacken und trat einen halben Schritt vor.

»Du meinst in diesem Jahr?«, fragte Eva über die Schulter zurück. »Ich habe aufgehört zu zählen.«

»Und im vergangenen?«

»Genauso oft.«

Sie konnte Lothars Lächeln hinter sich förmlich spüren. Es tat gut, jemanden in seinem Rücken zu wissen. Es wäre schön gewesen, wenn Ulrich heute auch hätte hier sein können. Dürfen.

Nach der Rede ihres Vaters, ein paar Grußworten des Stadtrates und einer eleganten Ansprache von Lothar, in der er die Zukunft der Saline angesichts der Neuanschaffung des Ölofens bekräftigte und die Investition in den höchsten Tönen guthieß, vielleicht in zu hohen, fand Eva, standen Mitarbeiter und Gäste noch bei Sekt und Orangensaft zusammen, zunächst, wie immer bei solchen Gelegenheiten, etwas steif, mit zunehmendem Alkoholkonsum aber doch auch deutlich gelassener.

»Schöne Rede, hast du lange daran gesessen?«, fragte Eva, nachdem Lothar ihr ein Glas Sekt geholt hatte.

»Tage«, antwortete er verschmitzt, »nein Wochen, eigentlich Monate.«

Eva stieß ihn freundschaftlich in die Seite. »Ein Naturtalent also«, erwiderte sie, insgeheim erstaunt, dass Lothar tatsächlich so etwas wie Humor besaß. Neben der Ruhe und kraftvollen Gelassenheit, die er ausstrahlte und die sie früher nicht wahrgenommen hatte, war das noch so ein neuer Zug, den Eva ihm nicht zugetraut hätte. »Hast du auch jedes Wort geglaubt, das du da gesagt hast?«, fragte sie dennoch. »Ich meine, wegen der Zukunft der Saline?«

Lothar legte den Kopf schief und überlegte. »Weißt du, ich bin ein traditionsbewusster Mensch und ich bin überzeugt, wir haben aus der Geschichte heraus einen Auftrag. Lüneburg wäre nicht, was es ist, ohne die Saline. Ein Denkmal ist auch nicht dazu da, Gewinn zu erwirtschaften, und doch leitet es unser Handeln und erinnert uns an unsere Pflichten. Insofern ja, ich glaube an die Zukunft der Saline.«

Eva nickte. Schöne Worte. Ulrich mit seinen Modernisierungsbestrebungen hätte vermutlich das genaue Gegenteil behauptet. »Ich mach dann mal meine Runde«, erklärte sie schließlich, um ihre eigene Gedankenkette zu unterbrechen.

Lothar tippte mit dem Finger zum Gruß an die Stirn. »Man sieht sich!«

Lothar ist ein anständiger Mann, dachte sie im Gehen und war froh, dass er offenbar nicht zu viele der Gene seines Vaters geerbt hatte.

»Zum Wohle, die Damen«, sagte Eva, hob ihr Glas und gesellte sich wie selbstverständlich zum Kreis der Näherinnen. Erst als sie so bei ihnen stand und in die fröhlichen, leicht geröteten Gesichter schaute, merkte Eva, dass sie ihre Gemeinschaft fast vermisst hatte. Es waren aufrechte, gerade Frauen, die jede Gleichung mit zwei Unbekannten einfach links liegen lassen hätten. Warum kompliziert, wenn es auch einfach ging? Nur Edda wirkte ein wenig blass. Das Letzte, was Eva von Lotte gehört hatte, war, dass das Mädchen zu einer Reha nach Bevensen geschickt worden war. Aber das war schon im Oktober gewesen. »Na, Edda, wie geht es deiner Kleinen denn? Sie ist doch zurück, oder?«

»Na, und wie se zurück ist«, erwiderte Edda heiterer, als ihr Gesichtsausdruck vermuten ließ. »Atmet und lacht. Is kaum wiederzuerkennen.« Der Schleier über ihren Augen jedoch blieb.

»Aber das sind doch fantastische Neuigkeiten«, meinte Eva. »Das freut mich sehr zu hören.« Um sie herum waren die anderen erstaunlich still geworden. Eva hatte es zu spät bemerkt. Sie räusperte sich. »Entschuldige, war ich indiskret? Das Mädchen wurde doch operiert, oder nicht?«

Betretenes Schweigen.

Edda machte eine beschwichtigende Handbewegung. »Is schon in Ordnung«, sagte sie zu den anderen, oder vielleicht auch zu Eva. Sie war sich nicht sicher. »Woher soll se's wissen?«

Eva hielt den Atem an. In welches Fettnäpfchen war sie denn nun getreten? Erneut verfluchte sie ihren Vater, der viel zu wenig von seinen Mitarbeitern wusste.

»Das, was das Lottchen hat, Fräulein Eva …«

»Nur Eva.«

»Was se hat, das kann man nicht operieren«, fuhr Edda fort. »Die Ärzte reden von Kardio-sonstwas. Vorhoferweiterung. Ich sag immer nur, das Lottchen hat einfach ein zu großes Herz, wisst ihr?« In Eddas Augen sammelten sich Tränen, und sie wischte sich kurz mit ihrem rauen Handrücken über das Gesicht. Eva legte sich die Hand vor den Mund. Was hörte sie da? »Das kam von der Diphtherie. Entzündeter Herzmuskel. Hat keiner früh genug erkannt. Unser Badezimmer sieht aus wie ne Apotheke. Überall Medikamente. Tabletten gegen Bluthochdruck, Tabletten gegen nervöse Unruhe, Tabletten gegen Herzrasen, Tabletten zur Entwässerung. Das Kind soll sich nicht aufregen. Das Kind soll sich nicht verausgaben. Das Kind soll einfach glücklich sein. Dann schlägt das Herz auch. Ich versuche mir das den ganzen Tag lang vorzustellen: wie eine Achtjährige dankbar und glücklich sein soll, wenn sie nicht toben darf, nicht rennen, nicht mit Freundinnen Abklatschen spielen kann … nur, damit se lebt … für 'n paar Jahre, sagen die Ärzte.« Edda schluchzte auf und Regina, gerade sie als die

Jüngste, legte ihr eine Hand auf die Schulter. »Is schon gut«, wehrte Edda ab. »Eva hat ja nur gefragt.«

»Es tut mir leid, Edda«, presste Eva hervor. Sie sah sich um und entdeckte Karla. Die war inzwischen bei der Salzwaage angekommen und hielt sich an der Kiloanzeige fest, als wäre sie eine Ballettstange. *Barre. Brisé.*

12.

Es war schon dunkel, als Eva den Heimweg antrat. Karla war mit ihrem Vater noch in der Saline geblieben. Eva war das ganz recht. Eddas Erzählung nagte an ihr. War es wirklich so, dass die Näherin ihrer unschuldigen Tochter beim langsamen Vergehen zusehen musste? Sollte es keinerlei Hilfe geben? Eva blickte nach oben in den Himmel, wo Wolkenfetzen einander zu jagen schienen. Dazwischen immer wieder ein paar Sterne. Hier unten hatte sich die Wetterlage beruhigt. Eine steife Brise wehte, aber nicht viel mehr.

Eva schritt durch die Stille und wurde von dem rumpelnden Geräusch eines nahenden Lkws aufgeschreckt. Das Geräusch passte nicht in die Ruhe des Abends. Und auch die Richtung passte nicht. Eva sah sich um. Tatsächlich holperte ein Kleintransporter mit flatternder Plane rückwärts auf die Laderampe der Saline zu. Eva zwang sich, den Blick in der Dunkelheit zu schärfen. Was tat er da?

Ein Mann stieg auf der Beifahrerseite aus und warf mit Wucht die Plane über das Gestänge der Ladefläche. Von drinnen wurde ein Rolltor hochgefahren. Dort erkannte sie schemenhaft einen schlaksigen jungen Mann. Einer der Heizer? Die Männer wechselten Worte, die Eva nicht verstehen konnte. Es folgten Schubkarren voll mit Geröll oder Ähnlichem. Eva vermochte es nicht zu erkennen. Zwei bis drei Männer und eine Frau karrten Steine oder was immer auf den Lkw, schütteten ihr Gut aus, drehten um, verschwanden im Innern und kamen Minuten später mit neuer Ladung zurück. Ein Mann stand auf dem Transporter und schob die Steine mit einem Spaten nach vorn, um Platz zu schaffen.

»Fertig«, hörte sie ihn rufen, als eine Böe die Wand entlangfegte und feinen weiß-grauen Staub zu einem Minitornado aufwirbelte.

Eva fasste sich an das Tuch um ihren Kopf, doch noch bevor sie entscheiden konnte, die Männer nach ihrem Tun zu befragen, setzte sich der Lkw auch schon wieder in Bewegung, weg von ihr, Richtung Bundesstraße nach Norden.

Eva schüttelte den Kopf und hielt sich den Mantel zu. Wahrscheinlich war das einfach die Entsorgung der entsteinten Pfannensalze. Aber warum so klammheimlich nach Einbruch der Dunkelheit? Eva versuchte, einen Firmennamen auf dem Lkw zu erkennen, aber die Plane war umgeschlagen, und überhaupt war es zu dunkel. Merkwürdig. Und diese Frau! Sie hatte ausgesehen wie Regina. Mit schnellem Schritt eilte Eva nach Hause. Sie würde ihren Vater später darauf ansprechen. Ihren Vater, der sie – wie ihr jetzt erst bewusst wurde – während der ganzen Rede nicht ein Mal angesehen hatte.

Als sie die Haustür öffnete und den Flur betrat, hörte sie gerade noch das Telefon klingeln. Aber als sie eilig zu dem Tischchen lief und den Hörer abnahm, hatte der Anrufer schon wieder aufgelegt. Ulrich vielleicht? Oder Curt? Der Gedanke an ihren Bruder erinnerte sie daran, dass sie ihm noch einen Brief schreiben wollte. Bislang hatte sie es fast immer geschafft, ihm einen pro Woche zu schicken. Nicht lang, mit alltäglichen Banalitäten und möglichst immer einer kleinen Anekdote, wohlweislich darauf bedacht, ihren Vater so gut wie nie zu nennen. Auch von ihren eigenen Plänen berichtete sie nichts. Es war zwar albern, aber tatsächlich fürchtete Eva, die Post dort könnte doch abgefangen oder zensiert werden. Dabei war das moderne Salzbergwerk ja nun wahrlich kein Gefängnis. Aber dem Gefühl nach eben doch ein dunkles steinernes Gemäuer mit kilometerlangen unterirdischen Straßen und Verkehrswegen, die letztlich ja auch an der Grenze von BRD und DDR entlangliefen. Das konnte man schon gut mit einem Ort verwechseln, dem man nicht entkommen konnte. Für Curt jedenfalls war es ganz sicher so gewesen. Er hatte nie etwas anderes gesagt, als dass er »einfahren« müsse.

Curt selbst hatte sich erst dreimal gemeldet in den gut zweieinhalb Monaten, die er nun schon in Grasleben war. Die Telefonate waren einsilbig gewesen. Curt war kein großer Redner. Und schon gar nicht über ein Telefon. Und ebenso wie er versuchte, seine Verzweiflung zu verbergen, war Eva bemüht, darüber hinwegzugehen. Aber durch zwei Mauern hindurch ließ es sich nicht gut frei sprechen.

Zumindest aber schien Curt so weit unversehrt und hatte die ersten drei Sprengungen gut überstanden. »Ohrenbetäubender Lärm und viel Staub, und dann siehst du zu, die Gesteinsbrocken zur Kippstelle zu bringen, um sie dort zu ›brechen‹. So heißt das. Wenn man es nicht besser wüsste, könnte man meinen, die glitzernden kleinen Salzadern sind die Tränen der geschundenen Erde.«

Auch auf ihre Briefe reagierte er nicht, aber Eva war sich dennoch sicher, dass sie ihm wenigstens für einen Moment Trost spendeten und er wusste, dass er so ganz allein doch nicht war.

Eva klebte gerade das Kuvert zu – in diesem Brief hatte sie auch von Lotte erzählt und der armen Edda –, als sie von unten das Abklopfen von Schuhen und Stimmengewirr hörte. Etwas zu laut, als dass es nur Karla und ihr Vater sein konnten. Sie horchte in den Flur hinein. War das Helga? Eva sprang von ihrem schmalen Schreibpult auf und lief nach draußen auf den Gang.

»Und dann sagte er, ziehen Sie sich was Hübsches an, Fräulein Lackner, denn Sie werden mit in der ersten Reihe sitzen, können Sie sich das vorstellen, Herr Benningsen?« Eva kannte diesen Tonfall, und sie hatte den Eindruck, dass ihre Freundin Helga vor lauter Aufregung gleich keine Luft mehr bekommen würde. Da musste wirklich etwas sehr Besonderes geschehen sein. Helga stand wahrlich nicht für Sprachlosigkeit. »Karla, stell dir das mal vor: Da kommt die ganze feine Gesellschaft von Lüneburg, ach was sage ich, aus dem gesamten Regierungsbezirk, und diniert, und wer sitzt mit am Tisch: ICH! Ich, Helga Lackner, neunzehn Jahre, Verwaltungsangestellte, die einen Hummer nicht von einer Languste unterscheiden kann. Wahrscheinlich läuft mir dann auch noch irgendein Kalbsfond das Kinn runter, ohne dass ich es merke. Ach! Das wird so herrlich!« Eva hörte, wie jemand – Helga, ganz sicher – in die Hände klatschte. »Ist das Evchen denn da? Ich muss es ihr unbedingt erzählen. Wenn ich es nicht irgendwie schaffe, ein paar der Köstlichkeiten in Servietten gewickelt mit nach Hause zu bringen, wird meine Mutter mir die Geschichte bis zum Schluss nicht glauben. Eva? Bist du da?«

Eva war bereits auf dem Weg nach unten und lief ihrer Freundin lachend entgegen. Heiner Benningsen nutzte die Gelegenheit, um sich schnell ins Wohnzimmer zu verdrücken. Ihm schien diese Art der Aufregung nach dem für ihn ohnehin schon bewegenden Tag sichtbar zu viel. Eva nahm Helga in die Arme. »Na, du scheinst ja eine ganz außerordentliche Neuigkeit für uns zu haben. Wo kommst du denn jetzt überhaupt her? Es ist schon nach acht!«

Helga fasste sich nach Luft schnappend an die Brust. »Eva, du glaubst es mir nie. Können wir uns irgendwo setzen?« Und mit einem Blick ins Wohnzimmer gab sie der Freundin zu verstehen, dass sie damit wohl eher die Küche meinte.

»Karlchen, was ist mit dir?«, meinte Eva, an ihre kleine Schwester gewandt.

»Was soll mit mir sein?« Karla hatte wenig Lust, dieses Gespräch zu verpassen.

»Ab nach oben. Morgen ist Schule und der Tag war lang. Es reicht für heute.«

»Sagt wer?«

Eindringlich sah Eva sie an.

Mit zwar verkniffener Miene und sehr zögerlich setzte Karla sich dennoch in Richtung Obergeschoss in Bewegung. Erneut bemerkte Eva, dass ihre Schwester geschmeidiger geworden war, seit Curt nicht mehr da war. Es hätte sie zu einsam gemacht, wenn sie ihren Widerstand weiter ungebrochen aufrechterhalten hätte. Und wenn Eva ehrlich war, ging es ihr ähnlich.

Als Karla oben war, folgte Eva Helga in die Küche, die bereits einen Williams Christ aus dem Küchenschrank geholt hatte. »Ich darf doch? Möchtest du auch?«

Eva nickte und schüttelte den Kopf, mehr oder weniger gleichzeitig. »Also, was lesen wir morgen in der Landeszeitung?«, fragte sie dann.

»Eva«, hauchte Helga nun, »stell dir das doch bitte bloß mal vor: Möreke gibt ein Bankett im Wellenkamp. Ein Bankett mit mindestens zwanzig Gästen, der Bürgermeister natürlich, der Oberstadtdirektor, ich habe sogar gehört, dass der niedersächsische Ministerpräsident zugesagt hat. Eine Art Galaempfang mit einem Fünf-Gänge-Menü. Und rate, wer mit am Tisch sitzt?«

Gespannt sah Helga ihre Freundin an, doch nun fehlte Eva fast die Luft zum Atmen. Das Bankett? Das, von dem auch Ulrich schon erzählt hatte?

Helga war zu aufgeregt, um die Unruhe der anderen zu bemerken. »Ich, Evalein, ich bin von Dr. Siemers höchstpersönlich gefragt worden, ob ich bereit wäre, *bereit*, daran teilzunehmen und Protokoll zu führen. Kannst du dir das vorstellen?« Erwartungsvoll wartete sie auf eine Reaktion.

»Das ist tatsächlich ...«, stammelte Eva, »... das ist ungewöhnlich.« Und dachte bei sich, dass bei so einem Essen doch schlecht jemand mit Papier und Feder am Tisch sitzen konnte. Sie versuchte, ihre Gedanken zu sortieren. »Warum sollst du dieses Protokoll führen? Und vor allem, wie?«

»Das habe ich Siemers auch gefragt, und er bat mich einfach, mir so viele Stichpunkte wie möglich zu machen und vor allem die Meinungen der Gäste zu notieren.«

»Die Meinungen der Gäste?«, fragte Eva irritiert. »Zu was denn? Was ist denn überhaupt der Anlass?« Ulrich hatte darauf auch keine Antwort gehabt.

Helgas Augen wurden rund wie Kuchenteller. »Der *Anlass*? Ich weiß es ehrlich gesagt nicht genau. Aber bei dem Aufgebot muss es was Großes sein. Mensch, ich weiß gar nicht, ob ich überhaupt jemals schon richtig bewirtet worden bin. Vielleicht sollte ich noch mal üben, in welcher Reihenfolge man nach den Bestecken greift.«

Eva lachte und umarmte die Freundin herzlich. »Ganz einfach von außen nach innen«, erwiderte sie und drückte Helga an sich. »Ich freue mich riesig für dich, Helga. Wenn ein Mensch das verdient hat, dann du.« Sie ließ sie los. Da kam ihr ein Gedanke. »Sag mal, weißt du, ob dieser von Seefeldt auch dabei sein wird? Wir wissen ja immer noch nicht, was er andauernd hier zu tun hat.«

Helga tippte sich mit dem Finger ans Kinn. »Das ist eine gute Frage, aber weißt du, nach allem, was er dir angetan hat, würde ich ihm glatt in seine Suppe spucken.«

Eva lachte. »Das lass mal lieber. Verpatz dir nicht meinetwegen den schönen Abend.«

»Kann es nicht sein, dass er die Saline kaufen will? Das wäre doch das Naheliegendste.«

Evas Blick verdunkelte sich sorgenvoll. »Das habe ich auch schon gedacht, aber mein Vater hält die Mehrheitsanteile und wir haben ja auch gerade den Kredit für den Ofen bekommen. Das passt nicht zusammen.« Eva machte eine wegwerfende Handbewegung. »Genug der schweren Themen. Viel wichtiger ist doch die Frage: Was ziehst du an?«

Nachdem sie eine Weile über die passende Garderobe gefachsimpelt hatten, erkundigte Helga sich noch nach Curt, erzählte ihr, dass sie dem anhaltenden Werben von Bruno doch nachgegeben und sich für das kommende Wochenende mit ihm verabredet hatte – »er übt sich in Schmiedekunst und möchte mir ein paar seiner Objekte zeigen« –, und fragte schließlich auch nach dem Verlauf der Ofeneinweihung.

Da Helga aber bereits den letzten Tropfen ihrer Williams Birne aus dem Glas geleckt hatte und ihre ganze Körperhaltung verriet, dass sie schon dabei war, aufzuspringen, um dem Nächsten von ihrer unglaublichen Einladung zu erzählen, beschränkte Eva sich auf ein knappes: »Ich glaube, es war gelungen.« Sie würde Helga später von Edda berichten. Und von diesem merkwürdigen Lkw.

»Ich hab dich lieb, Süße«, verabschiedete sich Helga und warf ihren Wollschal um den Hals, als übte sie schon eine Grace-Kelly-Geste in Chiffon ein.

»Ich dich auch«, erwiderte Eva und gab der Freundin einen Luftkuss. Dann lehnte sie sich erschöpft gegen die Eingangstür. Sollte sie ihrem Vater jetzt von dem Transporter mit den Salzabfällen erzählen? Sollte sie ihn nach dem Bankett fragen? Sollte sie zu ihm gehen und ihm einfach die Hand reichen nach diesem anstrengenden Tag? Oder sich davonstehlen? In ihr eigenes Leben?

Als sie das Wohnzimmer betrat, hatte ihr Vater die Beine von sich gestreckt und bereits auf dem samtbezogenen Pouf abgelegt. Seine Augen waren geschlossen, aber dennoch schien er Evas Präsenz wahrzunehmen, denn er machte mit der Hand eine winkende Bewegung. »Komm rein, Evchen, und leiste mir ein wenig Gesellschaft. Vielleicht nachdem du mir ein kühles Bier geholt hast. Das könnte ich jetzt vertragen.«

Eva bereute ihren Entschluss kurz, ging aber dann doch in die Küche, räumte Helgas Schnapsglas in die Spüle und holte ein Pils aus dem Kühlschrank.

»Bitte«, sagte sie nur und setzte sich auf das Sofa.

»Das war doch schön heute, oder?«, begann ihr Vater, die Augen noch immer geschlossen. »Es ist wie eine neue Ära. Und alle waren da …« Eva fragte sich, wen genau er meinte. »Der Stadtrat, Möreke …«

»Du meinst Lothar, den Junior?«, erkundigte sich Eva, nur um sicherzugehen.

Kurz erhob sich ihr Vater aus dem Sessel. »Was?« Dann ließ er sich wieder sinken. »Und hast du gehört, wie sie applaudierten? Sie haben es alle verstanden, wie wichtig Lüneburg für die Salzgewinnung ist, meinst du nicht auch? Wir fördern hier wirklich das weiße Gold, Püppi. Ist dir das bewusst? Unsere Sole hat eine Sättigung von 26 Prozent. Das ist einmalig in dieser Welt. Einmalig. Wir müssen hier nichts anderes tun, als das Wasser zu verkochen, und haben feinste Speisesalze. In einer Monarchie wären wir die Hoflieferanten, glaube es mir.«

Eva war sich nicht sicher, ob ihr Vater noch zu ihr sprach. Sie war sich nicht mal sicher, ob er seine eigenen Worte überhaupt noch hörte. Zum ersten Mal kam ihr der Gedanke, ob ihr

Vater vielleicht an einer Krankheit litt. Zumindest erschien ihr diese geistige Abwesenheit seltsam.

»Nun, Papa, ich hoffe, du hast recht mit dem, was du dir von dem Ofen versprichst. Sicher, im Moment ist der Ölpreis recht niedrig, aber wenn sich das mal ändern sollte …«

»Ach, Eva, du hast aber auch ein Talent, selbst die schönsten Momente zu zerstören mit deiner Schwarzseherei. Warum sollte denn der Ölpreis steigen? Und das Gehalt eines Heizers sparen wir auch ein. Hinrichs ist ja vor zwei Monaten in Rente gegangen und muss nun nicht ersetzt werden. Das allein verbessert unsere Marge um acht, wenn nicht gar zehn Prozent. Wir hätten es also gar nicht besser machen können. Das musst selbst du zugeben.«

Eva verkniff sich die Bemerkung, dass die verbesserte Gewinnspanne die Verluste durch den kontinuierlich sinkenden Salzpreis auch nicht lange würde kompensieren können. Was es brauchte, waren neue Märkte oder Produktideen, aber diese Diskussion wollte sie heute Abend nicht schon wieder führen.

»Ich hoffe, dass du recht hast, Papa, aber mal eine andere Frage: Ich habe heute gesehen, wie ein paar Leute mit einem Lkw die Reinigungsabfälle der Pfannen abtransportiert haben. Weißt du davon?«

Ihr Vater nahm sich die Brille ab und rieb sich kurz die Nasenwurzel. »Kind, ich bin der Salinendirektor. Wie sollte ich *nicht* davon wissen? Manchmal muss ich mich wirklich über dich wundern. Du tust doch sonst immer so schlau.« Ihr Vater nahm genüsslich einen Schluck von seinem Bier.

»Und was machen sie damit?«

»Na was sollen sie damit machen? Sie entsorgen es.«

»Und wo?«

Nun richtete ihr Vater sich in seinem Sessel ein wenig auf und sah seine Tochter an, als hätte sie ihm gerade vom Mann auf dem Mond erzählt. »Sag mal, was soll denn die ganze Fragerei? Sie bringen es auf die Deponie, einen Teil vielleicht auch zu den Förstereien für das Wild. Was weiß denn ich? Hauptsache, das Zeug ist weg und ich muss mich nicht darum kümmern, geschweige denn dafür bezahlen.« Er lehnte sich erneut zurück. »Und jetzt ist Schluss mit der Inquisition. Ich möchte nun gern den Abend genießen und die Tagesschau sehen. Im Moment explodieren ja die Stahlpreise wegen der teuren Kohle. Da siehst du mal, wie vorausschauend wir hier sind in Lüneburg, dass wir auf Öl umgestellt haben.« Zufrieden nahm ihr Vater noch einen Schluck. »Was kümmert es die deutsche Eiche, wenn sich eine weiße Wildsau an ihr reibt …«, meinte er noch kichernd.

Kopfschüttelnd verließ Eva das Wohnzimmer. Ihr wunderlicher alter Herr, dachte sie. Vielleicht musste sie doch mal bei Dr. Lübke Rat einholen. Und sie würde bei Gelegenheit Regina fragen, ob sie ihr mehr zu den Abfällen erzählen konnte. Ihr kam die ganze Aktion merkwürdig vor. Zu heimlich irgendwie. Und wenn schon das Lüneburger Salz so kostbar war, wieso sollten nicht auch die Abfälle noch gewinnbringend genutzt werden? Sie beschloss, das Thema im Hinterkopf zu behalten.

Sie stand auf, wünschte ihrem Vater eine gute Nacht und ging nach oben in ihr Zimmer. Vielleicht noch ein, zwei Gedichte, aber dann würde sie auch zu Bett gehen. *Harmonie du soir.*

13.

Ulrich band sich die sandfarbene Seidenkrawatte, die zu dem
beige-karierten Dreiteiler wohl unerlässlich war. Er seufzte.
Sein Onkel hatte ihn nur zähneknirschend eingeladen, weil
der Abend zu repräsentativ war, um es *nicht* zu tun. Und er
hatte zähneknirschend zugestimmt, weil ... genau die fehlende
Begründung seiner Entscheidung quälte ihn nun schon seit
Tagen. Warum konnte er ihm nicht einfach die Stirn bieten
und dem Bankett fernbleiben? Eine Unpässlichkeit, das hätte
der Etikette Genüge getan. Natürlich wäre sein Onkel verärgert
gewesen. Aber das war er auch so. Allein Ulrichs Anwesenheit
reichte, um ihn zu reizen. Warum dann also die Umstände?
Ulrich zog den Knoten fest. Konnte es sein, dass er womöglich
doch wissen wollte, was sein Onkel heute Wichtiges verkünden
wollte? Oder konnte es sein, dass Ulrich sich einmal an einem
reichhaltig gedeckten Tisch am schönen Schein des Gefühls von
Bedeutung und Familie wärmen wollte? Er wünschte, Eva hätte
ihn heute begleiten können. Aber alleine dass dem nicht so war,
zeigte einmal mehr, wie fadenscheinig die ganze Sache doch
war. Noch ein halbes Jahr, und dann würden sie hoffentlich in

Berlin an Soireen teilnehmen, bei denen sie beide gern gesehene Gäste wären. Eva … Er hatte noch ein wenig Zeit. Der inoffizielle Empfang hatte im Rathaus stattgefunden, nur die Herren unter sich. Um sieben würde es dann im Wellenkamp einen Empfang geben, an dem die Familie und die geladenen Damen teilnehmen würden. Bis dahin war es noch eine halbe Stunde. Ulrich ging zum Telefon und wählte Evas Nummer. Sie nahm direkt ab.

»Ulrich, wie schön! Musst du nicht schon im Hotel sein?«, fragte Eva unumwunden.

»Ich habe noch einen Moment und wollte einmal deine Stimme hören.«

»So schlimm?«

Ulrich sah hinauf zur Decke mit der dreiarmigen Schirmchenlampe. »Nein, eigentlich nicht. Nur die Sehnsucht …« Er glaubte, Eva lächeln zu hören. »Halte dich an Helga. Sie wird dich aufzumuntern wissen. Und wie besprochen: Egal, was passiert, du lässt dich nicht provozieren.«

»Da ohnehin niemand groß mit mir reden wird, ist das Risiko entsprechend gering«, erwiderte er sofort.

»Du weißt, wie ich das meine, Ulrich. Du begibst dich da heute Abend unter Wölfe …«

»Ich bin doch der Leitwolf«, unterbrach er sie amüsiert.

»Bist du ja eben nicht«, entgegnete sie ernst. »Also, sei vorsichtig.«

Ulrich versprach es, und die beiden verabschiedeten sich mit einem Kuss in die Telefonmuschel.

Es war ungewöhnlich, wie oft Eva ihn schon auf die Gefahr hingewiesen hatte, die an diesem Abend auf ihn warten konnte. So recht wusste er nicht, was er davon halten sollte. Sicher, die Anzahl an mächtigen und höchst konservativen Männern war beachtlich. Aber hatten sie nicht wenig genug miteinander gemein und war das Essen nicht hinreichend Ablenkung, um sich durch nichts beeindrucken, geschweige denn provozieren zu lassen? Ulrich zog sich seine Weste über, strich sich ein letztes Mal die mit Pomade gestärkten Haare zurück und nahm dann das Jackett vom stummen Diener. Er sah in den Spiegel. *Ein schmucker junger Mann.* Das wären wohl die Worte einer stolzen Mutter gewesen.

Vor dem Hotel Wellenkamp waren tatsächlich Portiers in rotgoldener Uniform postiert worden. Sollte hier heute etwa des Untergangs des deutschen Kaiserreiches gedacht werden? Dann aber wäre mindestens Hegemann als Ministerpräsident fehl am Platz, dachte Ulrich süffisant. Bevor er weiter spekulieren konnte, hörte er das Stakkato klappernder Absätze und wilde Rufe: »He, Ulrich, warte auf mich, warte …«

Ulrich drehte sich zur Straße und sah Helga auf sich zu eilen. »Langsam, langsam, junge Dame, sonst ruinierst du noch deine Frisur.«

Ein wenig außer Puste blieb Helga vor ihm stehen. »Schweißflecken wären schlimmer«, sagte sie und hob prüfend ihren Arm. »Alles bestens«, sagte sie dann und strahlte Ulrich an. »Ich bin so aufgeregt! Wie sehe ich aus?«

Helga drehte in ihrem engen dunkelblauen Bleistiftkleid mit gekräuselter Bauchschärpe eine Pirouette vor Ulrich. Seiner Ansicht nach hätte ihr ein etwas weiteres Modell, das Hüften und Beine nicht ganz so stark betonte, vermutlich besser gestanden, aber wie er Helga kannte, wollte sie es genau so. *»Très chic«,* sagte er also. »Und dann noch die weißen Handschuhe. Perfekt als meine Tischdame. Darf ich bitten?« Gespielt würdevoll betraten sie das Hotel und nahmen grazil ein Glas Sekt von dem Tablett, das ein livrierter Kellner ihnen direkt anbot. Aus dem Raum hinten links drang durch die geöffneten Flügeltüren leise Kammermusik. »Auf in den Kampf?«, flüsterte Ulrich Helga ins Ohr.

»Horrido!«, rief diese, nicht so dezent.

Helga und Ulrich betraten den kleinen Festsaal des Wellenkamp, der für eine Tafel von zwanzig Leuten die optimale Größe hatte: Niemand würde sich verlieren, niemand im Gedränge untergehen. Ein lockeres Miteinander war fast unumgänglich und das Ambiente damit perfekt. Er erhaschte gerade einen Blick auf seinen Onkel, der mit Klaus Hegemann und dem Kulturbeauftragten der Stadt ins Gespräch vertieft schien, als ihm jemand von der Seite auf die Schulter tippte.

»Wie ich sehe, hast du eine neue Begleiterin, lieber Ulrich.« Giselas Lippen waren so voll und rot wie eh und je, ihr Blick dabei genauso kalt. Was bei ihren samtgrünen Augen genau genommen eine Kunst für sich war. An ihrer Seite stand Rainer von Seefeldt. Ihm blieb an diesem Abend offenbar nichts erspart. »Gisela, Herr von Seefeldt«, grüßte er die beiden. Helga schwieg.

»Wo haben Sie denn Ihre entzückende Freundin gelassen, lieber Herr Möreke? Ihr Anblick wird mir heute fehlen«, sagte von Seefeldt.

»Umgekehrt ist das ganz sicher nicht der Fall«, mischte sich Helga forsch ein, woraufhin Ulrich ihr kurz den Arm drückte. *Keine Provokationen.* Sofort verhärtete sich der weiche Ausdruck in von Seefeldts Gesicht. »Ich glaube, Fräulein Wie-war-nochmal-Ihr-Name, Sie sollten weniger von sich auf andere schließen. Der Unterschied zwischen einem Weibsbild und einer Göttin bleibt manchen verborgen«, erwiderte er zuckersüß. Gisela kicherte und Ulrich mahlte mit den Kiefern. »Ich denke, das reicht, Herr von Seefeldt – auch wenn Sie sich …«, sein Blick musterte Gisela kritisch, »… mit Weibsbildern bestens auszukennen scheinen.«

Ulrich sah, wie sich von Seefeldts Hände zu Fäusten ballten, trotz des Lächelns, das er nun wieder zeigte. »Einen schönen

Abend dann noch«, schloss er und zog Helga rasch weg von den beiden. »Na, das fängt ja gut an«, murmelte er dann.

»Ich find's lustig. Diesem gemeinen Kerl hast du es ganz schön gegeben.«

Ulrich grinste. Sie hatte recht. Er konnte nicht sagen, dass er sich nun schlechter fühlte als vorher.

Ulrich schlenderte mit Helga einmal durch den Raum, um die Gäste zu begrüßen – kühl, knapp und dennoch formvollendet. Ulrich selbst merkte, dass er sich in den zweieinhalb Jahren bei Uhlmann & Partner gewisse Umgangsformen angeeignet hatte. Die in der Kanzlei vorherrschende Förmlichkeit und Steifheit, die Ulrich oft schon aufgestoßen war, konnte auch ihre guten Seiten haben. Und in diesem Moment war Ulrich froh, sich auf einem Parkett wie diesem, wo er mit seiner politischen und gesellschaftlichen Meinung ganz sicher recht allein dastand, geschmeidig bewegen zu können. Erst als sie bei seiner Tante ankamen, legte er ein wenig von seiner etwas zu geraden Haltung ab.

»Na, liebe Tante, genießt du das Rampenlicht und deine Rolle als Gastgeberin? Ihr kennt euch?« Ulrich zeigte auf Helga.

»Natürlich. Guten Abend, Fräulein Lackner. Ich freue mich, dass Sie uns heute ein wenig unterstützen.«

»Vielen Dank, Frau Möreke«, erwiderte Helga und knickste, bevor Ulrich es verhindern konnte. »Die Freude ist wohl ganz auf meiner Seite. Ich hoffe, es gibt keinen Hummer!«

Johanna Möreke hob die Augenbrauen und wandte sich dann ihrem Neffen zu. »Und wie steht es mit dir, ist die Freude auch ganz auf deiner Seite?« Sie legte Ulrich kurz eine Hand auf den Arm, zog sie mit einem schnellen Blick zu den Männern aber sofort wieder weg.

Natürlich, dachte Ulrich, einen Schritt vor, und mindestens denselben auch gleich wieder zurück. Ulrich konnte sich nicht erinnern, je ein unbefangenes Gespräch mit Johanna geführt zu haben, über seine Mutter – ihre Schwester – und die Umstände, die ihn nach Lüneburg verschlagen hatten. Wie sie damals dazu gestanden hatte, ihn aufzunehmen. Was sie bei dem Verlust ihrer Schwester fühlte. Er konnte sich auch nicht erinnern, je länger, als es ein flüchtiger Moment erlaubte, von ihr in den Arm genommen worden zu sein. Immer, wenn sie sich ihm vielleicht etwas inniger nähern wollte, kam dieser unstete Blick zurück. Ob anwesend oder nicht – Georg Möreke war immer präsent. Und Georg Möreke hasste Ulrich. Was also konnte Johanna schon tun, denn Georg Möreke war nun mal ihr Mann. Ein sehr entschlossener und durchsetzungsstarker Mann, der niemandem etwas durchgehen ließ. Das wussten alle. Spätestens seit dem Schürhaken wusste es auch Ulrich. Er hatte nie jemandem die Wahrheit darüber erzählt. Der Einzige, der davon wusste, war Lothar – denn mit ihm hatte er sich die Geschichte mit dem Schwertkampf ausgedacht.

»Oh, ich kann mir wahrlich nichts Schöneres vorstellen, als im Kreis der bedeutendsten Männer Niedersachsens meine Rolle als ungeliebter Ziehsohn wahrzunehmen. Je größer die Runde, desto lauter der Knall, oder?«, erwiderte er mit leichtem Spott in der Stimme.

»Ach, Ulrich«, wiegelte Johanna ab. »Könntest du deinen Sarkasmus einmal ablegen, würde dich vermutlich ein sehr schöner Abend erwarten. Glaube es mir.«

Das Gespräch wurde unterbrochen, als plötzlich ein hoher, leidender und fast schluchzender, aber nicht unmelodischer Ton die Luft im Raum zerschnitt und alle Anwesenden verstummen ließ.

Ulrich starrte auf einen krummbeinigen Mann mit schlohweißem Haar und einer Klarinette in der Hand, dem sein Onkel mit hochrotem Kopf jovial eine Hand auf die Schulter legte.

»Meine sehr verehrten Gäste, werter Herr Ministerpräsident, Herr Oberbürgermeister, Herr Oberstadtdirektor, werte

Damen«, hob Georg Möreke an und genoss die Aufmerksamkeit sichtlich. Ulrich schwante nichts Gutes. Wer war dieser Mann mit dem Musikinstrument?

»Zunächst einmal möchte ich mich bedanken, dass Sie meiner zugegeben unerwarteten Einladung alle so vertrauensvoll gefolgt sind und wir uns heute an diesem wunderbaren Ort versammeln, um einen für die Stadt Lüneburg vielleicht historischen Moment gemeinsam zu begehen.«

Aus seinen kleinen Habichtaugen, die von unten von aufgedunsenen Pausbacken und von oben von der wulstigen Stirn zusammengedrückt wurden, sah er einmal in die Runde.

»Wie Sie alle wissen, hat das Bankhaus Möreke Tradition. Seit seiner Eröffnung im Jahre 1886 war es als privates Kreditinstitut bemüht, das gesellschaftlich Bedeutsame mit dem menschlich Notwendigen zu vereinen. Unser Ziel war es seit jeher, Verantwortung zu übernehmen – für die Bürger der Stadt, des Landes und für das Land selbst. Zum Wohle aller.«

Wieder kreiste sein Blick und Ulrich schnürte sich der Magen zu. Worauf lief das hinaus? Wer war der Mann mit der Klarinette?

»Und wir haben all die Krisen im Sinne der Gemeinschaft gemeistert. Wir haben den Ersten Weltkrieg überlebt und wir haben den Zweiten Weltkrieg und damit auch das faschistische Deutschland überstanden. Unverbrüchlich. Nicht käuflich!« Erneut machte er eine Pause, und ein anerkennendes Raunen ging durch die Menge.

»Heute nun, im Jahr 1957 und nach dem unermüdlichen Einsatz unseres geschätzten und bereits zum zweiten Mal zum Bundeskanzler der jungen Republik gewählten Dr. Konrad Adenauer, ist es auch mir ein tiefes inneres Bedürfnis, selbst ein Zeichen zu setzen und Lüneburg zu einer Stadt zu machen, die sich wie so oft schon gegen die Gräueltaten der Geschichte zur Wehr setzt und zeigt, dass unsere mündigen Bürger aufstehen und Widerstand leisten für das, was eine Diktatur niemals wird brechen können: Mitmenschlichkeit, füreinander einstehen, Unbeugsamkeit …«

Schon das letzte Wort ging in dem aufbrandenden Applaus der Gäste unter. »Sehr gut!«, wurde gerufen, und »Richtig!«, »Große Worte, Georg!«

In Ulrich zog sich alles zusammen. Sein Onkel, der zwei jüdische Mitarbeiter schon 1937 entlassen hatte und den Gerüchten nach in großem Stil Kredite an die Waffen-SS und die NSDAP vergeben hatte, als deren Sicherheiten ihm enteignete jüdische Immobilien überschrieben worden waren, schwang sich auf zum Verfechter des Widerstands und der Mitmenschlichkeit? Keinen Bissen würde er runterkriegen.

»Und deswegen«, fuhr Georg nun sichtlich berauscht von sich selbst fort und wischte sich einmal mit einem weißen Taschentuch über die rote, schweißnasse Stirn, »wird das Bankhaus Möreke im Kurpark, direkt beim Gradierwerk, sechs weiße Stahlsäulen aufstellen lassen. Sechs weiße Stahlsäulen«, wiederholte er. »Sie werden stehen für die sechs Kriegsjahre, die an Unmenschlichkeit und Opfern nicht zu überbieten waren. Aber sie werden auch stehen für die unverbrüchliche Unbeugsamkeit, mit der wir Lüneburger dem Unrecht weiter begegnen. Und nicht zuletzt stehen sie in ihrer Färbung auch für das, was Lüneburg ausmacht: das Salz und die Kraft der Unschuld.«

Erneut beinahe johlender Applaus. Ulrich war sich bis zu diesem Zeitpunkt nicht bewusst gewesen, dass sein Onkel sogar demagogische Fähigkeiten hatte.

»Um unser Anliegen und dessen Ernsthaftigkeit zu unterstreichen, habe ich heute einen ganz besonderen musikalischen Gast eingeladen.« Nun endlich nahm er die Hand von der Schulter des gebückten Mannes mit der Klarinette. »Elias Liebermann und sein Quartett werden diesen Abend heute mit

127

der berühmten Klezmer-Musik begleiten. Wir haben es hier mit jiddischer Volksmusik zu tun, die ebenso eindringlich wie einfühlsam an das erinnert, was wir doch alle so lieben: unsere Heimat, unser Vaterland! Zum Wohl!«

Georg hob das Glas und Ulrich dachte, wenn er jetzt noch die Hacken zusammenschlagen und den rechten Arm nach oben ausstrecken würde, wäre die Peinlichkeit perfekt. Er leerte sein Glas in einem Zug und nahm sich direkt das nächste. Eigentlich hatte er sich vorgenommen, nichts zu trinken. *Keine Provokation.*

14.

Eva hatte den ganzen Abend keine Ruhe gefunden. Nervös wanderte sie in ihrem Zimmer auf und ab, schob den Rubinanhänger an der Kette von rechts nach links und fragte sich die ganze Zeit, wie es Ulrich ging. Natürlich war er stark und unbeugsam. Unabhängig auch. Aber genau aufgrund dieser Eigenschaften verkannte er, so fürchtete Eva, die Situation, der er sich aussetzte. Er mochte ein Wolf sein, Spuren lesen können, Witterung aufnehmen, sein Ziel verfolgen. Das aber galt unter Bedingungen der Freiheit. Heute war Ulrich eingesperrt unter Hyänen. Er war auf dem Bankett weder gern gesehen noch freiwillig dort. Und Eva hatte Sorge, dass ihn das in einem Moment kalt erwischte, den er nicht voraussehen konnte, weil er nicht in seinem Einflussbereich lag.

Dreimal hatte sie den Baudelaire zur Hand genommen. Dreimal legte sie ihn zur Seite. Sie lud Karla zu einer Partie Halma ein, aber als es diesmal *ihre* Finger waren, die zitterten, brach sie ab. Fragend sah ihre Schwester sie an. Sie wuschelte ihr über den Kopf, verkniff den Mund und zuckte mit den Schultern. »Ich kann nicht. Es tut mir leid.«

»Helga ist heute auch bei diesem großen Essen, oder?«, fragte Karla.

Eva nickte.

»Dann ist doch alles gut. Wo Helga ist, passiert nichts Schlimmes.«

Eva hatte Karla daraufhin in den Arm genommen und gegen die aufsteigenden Tränen angekämpft. *Wo Helga ist, passiert nichts Schlimmes.* Gab es einen besseren Satz?

Um kurz nach elf hatte sie sich in voller Montur aufs Bett gelegt. Um kurz nach halb zwölf hatte sie zumindest Hose und Bluse ausgezogen und sich die Decke über Bauch und Beine gelegt. Und um kurz vor zwölf sank Eva erstmals in einen Dämmerschlaf, aus dem sie zehn Minuten später wieder erwachte, als ein Knall an der Fensterscheibe sie aufschreckte.

Ein hartes Klack-klack, gefolgt von einem weiteren. Eva richtete sich auf und starrte in die Dunkelheit. Da wieder. Noch ein Klack-klack! Sie horchte auf.

»Eva, bist du wach?«, hörte sie gedämpft durch das geschlossene Fenster. »Eva! Mach auf! Es ist etwas Furchtbares passiert.« Klack-klack! Steinchen, die gegen die Scheibe flogen. »Eva?«

Sofort sprang Eva aus ihrem Bett, lief zum Fenster, öffnete die Flügel und sah hinunter vor die Tür, wo sie im Schein der Laterne Helga erkannte. Viel von ihr sah sie nicht, nur, dass ihre Haare sich in Strähnen aus den Spangen gelöst hatten und ein Ärmel ihres offenbar engen Kleides über die Schulter gerutscht war.

»Helga, um Himmels willen. Was ist denn los?«, rief sie ihrer Freundin gepresst zu.

»Eva, du musst sofort runterkommen. Ulrich … Es ist etwas Schreckliches passiert. Schrecklich. Eva, komm runter, sofort!«

Ohne ein weiteres Wort schlüpfte Eva erneut in Hose, Bluse und Pullover, griff nach einem Wollschal und eilte auf möglichst leisen Sohlen die Treppe hinunter. Bloß nicht den Vater aufwecken! Unten warf sie sich den Mantel über und zog sich schnell die Schnürschuhe an. Zumachen konnte sie sie draußen.

Kaum hatte sie die Haustür hinter sich zugezogen, flog Helga ihr in die Arme.

»Eva«, schluchzte sie, »Eva, es war so furchtbar. Warum sind Menschen so gemein? Wie hätte ich es denn verhindern sollen? Eva, wir müssen Ulrich suchen.«

Eva hielt ihre Freundin und hielt damit sich selbst. Das Blut, das ihr so oft die Röte ins Gesicht steigen ließ, schien gänzlich aus ihrem Körper verschwunden. Ulrich, dachte sie nur, Ulrich.

Sie erinnerte sich an die schwarze Wolke, auf die sie vor einer Woche von Hitzacker kommend zugefahren waren. Es hatte keine Unwetterwarnung gegeben. Manche Dinge rollten heran, doch kein Radar registrierte sie.

»Überleg bitte, Helga, wo könnte er sein?« Ihre Freundin lag schluchzend in ihren Armen. Von oben spürte Eva feuchte Tropfen. Doch das war kein Regen. Es war Schnee. »Ich weiß es nicht, Eva. Sag du es mir. Er hat ihn wie einen räudigen Hund vom Hof gejagt. Alles kam so plötzlich. Ich wusste kaum, wie mir geschah …« Helga löste sich aus der Umarmung. »Er ist ein Monster, Eva, wirklich ein Monster. Wir müssen Ulrich finden …«

Eva nickte. »Kann es sein, dass er noch das Auto genommen hat?«

»Ich weiß es nicht«, erwiderte Helga und hatte nun einen Schluckauf. »Er war ziemlich betrunken. Ich weiß nicht, ob er das dann noch machen würde.«

Eva wusste es. Wenn er wirklich verzweifelt war, dann schon. Aber sie hoffte, dass er es dennoch nicht getan hatte. Sie mussten es anders versuchen. »Komm, wir gehen in den Kurpark.«

»In den Kurpark?«, fragte Helga, halb hilflos, halb hoffnungsvoll.

»Ja. Wir haben da einen Baum. Du kannst mir auf dem Weg erzählen, was passiert ist.«

Und die beiden liefen los, während die weißen Flocken auf ihrem Gesicht zerschmolzen.

»Es fing mit dieser Musik an.«

»Musik?«

»Ja, vier Musiker, jiddische Volksmusik oder so ähnlich.«

»Du meinst Klezmer?«

»Was auch immer ... unterbrich mich doch nicht dauernd. Ulrichs Onkel hatte gerade verkündet, dass er ein Denkmal beim Gradierwerk aufstellen lassen will. Für die Opfer des Nationalsozialismus. Die Juden. Und dafür hatte er diese Musiker engagiert. Zur Untermalung. Leider aber hat er auf unser Vaterland getoastet, und das ist Ulrich schon übel aufgestoßen. Nach der Sache mit Seefeldt war er eh nicht bester Dinge.«

»Seefeldt?« Eva zuckte zusammen. Also war er wirklich da gewesen.

»Eva, nun unterbrich doch nicht dauernd. Das erzähle ich dir später«, meinte Helga ungehalten. »Nach den ersten drei Stücken, sehr schöne Musik, etwas traurig vielleicht, aber ... egal ... setzten wir uns und es kam die Suppe. Eine Fleischklößchensuppe. Wirklich gut. Ganz eigene Note. Die Männer machten Witze darüber. Von wegen nicht koscher und so. Ob Georg das denn bedacht habe ... und dann fing es an, zotig zu werden. Die gute deutsche Hausmannskost, sie stärke die Manneskraft und so weiter. Ich erspar dir die Details. Ich merkte schon, wie Ulrich immer mehr Mühe hatte, sich zusammenzureißen. Lothar versuchte, ihn mit Blicken zu beruhigen. Aber Ulrich achtete gar nicht auf ihn. Und dann, beim Rehrücken, wurde es langsam richtig fies. Alle hatten schon zu viel getrunken. Hegemann, dieser ekelhafte feiste

Fettsack – widerlich, hast du den mal gesehen? –, fing an, von seiner Deutschen Partei zu schwärmen, die er ja '46 nicht umsonst
gegründet habe, um diesem ganzen ›Bolschewikenpack‹ endlich
die Stirn zu bieten. Man sehe ja, wie's in der DDR zugehe. Nichts
zu fressen – seine Worte – hätten sie im Arbeiter- und Bauernstaat.
Und dazu imitierte jemand das Grunzen von Schweinen, und ein
anderer sagte, ›na, na, jetzt aber mal nicht antisemitisch werden,
Freunde, wir stellen doch grad dieses schöne Denkmal auf‹, und
das Lachen wurde immer lauter und wieder dieser Hegemann
meinte, man sollte die Gedenkstelen vielleicht doch nicht weiß
anmalen, sondern schwarz-rot-gold, um die wahre Größe des
Deutschen Reiches und sein Wiedererstarken zu demonstrieren.
Das war der Moment, in dem Ulrich ganz ruhig sein Besteck
zur Seite legte, die Serviette vom Schoß nahm und sich erhob.
Ich wollte ihn noch zurückziehen, aber er drückte mich richtig
kräftig weg. So richtig grob fast. ›Wie kommt es eigentlich, werter
Herr Hegemann, dass Sie in Ihrer deutschnationalen Partei gerade
den ehemaligen Wehrmachtsangehörigen und Vertriebenen ein
politisches Zuhause bieten? Kann es sein, dass die braune Scheiße
nicht nur unter Ihren Schuhsohlen klebt, sondern auch in Ihrem
aufgedunsenen Schädel?‹«

Eva stockte der Atem. »*Das* hat er gesagt?«

»So ziemlich wortwörtlich, ja. Und du kannst dir vorstellen, dass es augenblicklich mucksmäuschenstill im Saal wurde.
Niemand wagte es, das Wort zu ergreifen. Bis sich langsam, fast
wie in Zeitlupe, Georg Möreke erhob. Ulrichs Tante hatte ihr
Gesicht bereits in ihren Händen vergraben. ›Du Bastard‹, fing
er an, ganz leise, aber mit einem Hass und einer Verachtung …
In dem Moment dachte ich wirklich, jetzt bringt er ihn gleich
um. ›Du elender, nichtsnutziger Bastard! Was hast du da gerade
gesagt? Du wagst es, deine dreckige Stimme gegen unseren
geschätzten Ministerpräsidenten zu erheben, der seit der
Stunde null die demokratischen Grundpfeiler unserer Republik

so aufrecht in die Erde geschlagen hat wie wohl kein Zweiter? Du … du …?‹ Mit der Faust haute er auf den Tisch, dass das Geschirr klirrte. ›Und du, werter Onkel‹, fuhr nun Ulrich unbeirrt fort, ›glaubst allen Ernstes, dich mit ein paar lächerlichen Stahlsäulen freikaufen zu können von deinen Nazigeschäften? Wie viele Villen in Norddeutschland hast du dir denn wohl unter den Nagel gerissen? Gehörte nicht sogar das Haus, in dem du wohnst, einem gewissen Arno Blumberg? Aber wahrscheinlich hatte er 1944 einfach keine Lust mehr drauf und dachte sich ›Fang ich doch noch mal woanders ganz neu an und lass den Deutschen mein Haus als Dankeschön zurück. Sie waren immer so nett zu mir‹, oder wie war das?‹ Ulrich hat seinen Onkel angestarrt, der wirklich feuerrot angelaufen war. Du hättest eine Stecknadel fallen hören können. Ich schwör's.«

»Und dann?«, fragte Eva und bog in den Kurpark ein. Wenn sie ehrlich war, füllte sich ihr ganzer Brustkorb weniger mit Angst und Schrecken als mit Stolz und Liebe. Egal, wie diese Geschichte endete – endlich hatte Ulrich getan, was er so dringend gebraucht hatte: aufbegehrt.

»Und dann hat sein Onkel ihn rausgeschmissen – aus dem Hotel, aus seinem Haus, aus seinem Leben. Mit dem Bratenmesser in der Hand hat er auf ihn gezeigt und gesagt: ›Das ist das letzte Mal, dass du mir unter die Augen gekommen bist. Wenn ich dich auch nur noch einmal in der Nähe unseres Hauses sehe, bringe ich dich um!‹ Und das war's dann«, sagte Helga und begann erneut zu schluchzen. »Es war so furchtbar, Eva, so schrecklich.«

»Und Ulrich?«

»Hat sein Glas genommen, es über dem Boden ausgeschüttet und ist aufrecht und ohne ein weiteres Wort gegangen. Das hatte schon Größe, das muss ich sagen. Der arme Kerl.«

Eva, die ihre Schritte ohnehin schon beschleunigt hatte, begann nun zu laufen. Sie betete, Ulrich an dem Baum zu finden. Wenn er an ihrem Treffpunkt war und nicht noch das Auto genommen hatte, würde alles gut werden. Der Schnee war inzwischen in einen leichten Nieselregen übergegangen.

Eva lief den ehemaligen Wallgraben hinab, und im Schein der Laternen meinte sie am Fuße des Baumes tatsächlich einen zusammengekauerten Haufen ausmachen zu können. Das musste er sein! Sie rannte schneller, rutschte fast aus den Schuhen, die sie in der Eile vergessen hatte zuzubinden. Ihr Herz pochte, ihre Augen brannten und sie wollte nur noch eins: ihren Mann in die Arme schließen und das Feuer seiner Qualen mit ihrem Körper ersticken.

Sie beugte sich zu ihm hinunter, als sie endlich atemlos bei dem Ahorn angekommen war – dem Baum, den sie damals intuitiv für sich ausgesucht hatten und der in der Mythologie für Klärung und die Abwehr böser Geister stand. Wie passend! Manche Dinge erschließen sich immer erst später, dachte Eva.

Ulrichs Gesicht und Anzug waren dreckverschmiert. Tränen liefen ihm in braunen Schlieren über die Wange. Er war bis auf die Knochen durchnässt und hielt in einer Hand eine Flasche Apfelschnaps. Die hob er kurz an und zeigte in Richtung der heranhumpelnden Helga. »Sie hat dir bestimmt schon alles erzählt, Evchen, oder?« Seine Zunge war schwer, aber das war sicher nichts im Vergleich zu seinem Herzen. »Hab ich's vergeigt, Eva, sag's mir. Hab ich's vergeigt?«

Mit einem Kloß im Hals nahm Eva sein Gesicht in beide Hände, küsste ihm die Nässe von den Augen, der Nase, der Stirn, den Lippen. »Gar nichts hast du vergeigt, Ulrich. Alles hast du richtig gemacht. Alles!«

»Meinst du wirklich?«, murmelte er mit glasigem Blick. »Wie einen Köter hat er mich davongejagt. Er hat mit seinem Messer auf mich gezeigt. Da tropfte noch die Soße runter.« Sein Kichern ging in ein Schluchzen über. »Aber das sind auch

Faschisten, alles Faschisten …« Erneut hob er die Flasche hoch und ein Schluck gluckste heraus, lief ihm über den Handrücken. Er leckte ihn ab und verzog das Gesicht. »Sand«, sagte er, »bin hingefallen. War rutschig.«

Ulrich versuchte, sich am Baumstamm hochzustemmen, sackte aber sofort wieder zusammen. »Du hast es doch auch gehört, Helga, oder? Das völkische Geschwätz! Und die Judenwitze … bah!« Er spuckte aus.

»Ich kann hier jetzt nicht mehr bleiben, Evalein. Das weißt du, oder? Du weißt das doch? Ich werde in Berlin auf dich warten, *mon cœur*. Ich such uns da ne Wohnung in Charlottenburg, mit Balkon, so, wie du es dir gewünscht hast. Ja, Eva?« Ein Wassertropfen fiel von einer Wimper ins Auge und Ulrich musste blinzeln. Er wischte sich mit dem schmutzigen Handrücken über das Gesicht.

Nein, das hatte Eva so nicht gewusst. Der Gedanke war ihr noch gar nicht gekommen – dass Ulrich jetzt schon aus Lüneburg fortgehen würde. Das änderte alles! Kurz fasste sie sich an die Stirn und strich mit der Hand über die Rinde des Ahorns. Harmonie. Gelassenheit. Kein böser Zauber.

»Helga«, sagte sie dann, »hilfst du mir?« Inzwischen troff ihnen allen das Wasser von der Haut und aus den Kleidern. »Wir müssen hier weg. Wir alle.«

»Wohin sollen wir ihn denn bringen?«, fragte Helga etwas hilflos.

Eva überlegte. Am einfachsten wäre es gewesen, Ulrich mit zu sich nehmen. Am einfachsten, aber nicht am unkompliziertesten. »Wir gehen in die Saline«, erklärte sie dann kurz entschlossen. »Das ist am nächsten, es ist immerhin warm und im Büro meines Vaters steht eine Couch. Morgen ist Samstag. Da sind wir ungestört. Na komm, fass mit an.«

Gemeinsam hievten sie Ulrich untergehakt hoch und schleiften ihn, so gut es eben ging, den knappen Kilometer zum

Salzwerk. Und wenn es nicht so anstrengend gewesen wäre, hätten sie doch beinahe lachen müssen. Ulrich, der immer wieder kichernd stammelte: »Und ich hab dem gesagt, dass er Hundescheiße im Kopf hat … der hatte ne Birne so rot wie ne Tomate. Ich dachte, gleich platzt sie …« Helga, die nun auch langsam ihre Fassung zurückgewann und bedauerte, dass sie den Nachtisch verpasst und keine Gelegenheit mehr gehabt hatte, die Geschehnisse fein säuberlich in ihr Protokoll zu übertragen. Und dann Eva, die dachte, dass sie den besten Mann aller Zeiten an ihrer Seite hatte, nur dass sich gerade die Zeiten änderten.

Sie hoffte, dass sie etwas von dem Guten daran abbekäme. Und nicht schon wieder mit einem Verlust umgehen musste, nur weil sie darin so geübt war.

15.

Mai 1958

Liebes Evchen,

so langsam kommt auch in Berlin der Frühling an. Endlich! Ich ertrug dieses Häusergrau kaum noch, in das sich jetzt grüne Tupfen mischen – und ich höre die Vögel zwitschern. So belebend diese Stadt auch ist, der Winter war mir doch sehr trist.

Meine kleine Wohnung im Wedding wird auch immer wohnlicher. Ich freue mich darauf, wenn du sie im Sommer endlich persönlich in Augenschein nehmen wirst. Gestern hat mir Frau Keller, meine Vermieterin, zwei Küchenvorhänge in die Hand gedrückt. Du kannst dir vorstellen, dass ich nicht begeistert war – ich und Vorhänge! Aber sie haben ein ganz hübsches geometrisches Muster, und vor allem sind sie in den Farben deiner Augen gehalten. Wie konnte ich da Nein sagen?

Das heißt, ich hätte Nein gesagt, wenn sie eben nicht in Türkis, Ocker und Blau gehalten gewesen wären, denn ich finde den Oberbegriff für dieses Design – Atomic Art – mehr als geschmacklos. Nicht dass die Besatzungsmächte noch auf falsche Gedanken kommen …

Eva ließ den Brief sinken und musste schmunzeln. Ulrich gelang es wirklich, aus allem etwas Politisches zu machen. Das hatte sich mit jedem Brief, den er ihr schrieb – und Eva hatte bereits ein Dutzend in ihrem Mäppchen – noch spürbar verstärkt. Eva schob es zu einem Gutteil auf die Stadt. Jedes Mal, wenn er den Namen Berlin fallen ließ, kam es ihr vor, als spräche er von einem brodelnden Kessel, aus dem jeden Moment heißes Fett über den Rand spritzen konnte. Die geteilte Stadt, in der sich immer mehr die Spaltung des gesamten Landes in die DDR und die BRD widerspiegelte, schien ihr mit ihrer instabilen Insellage und dem Zerren der Weltmächte an dem Status des gesamten Deutschlands ein recht unsicherer Ort. Nicht zu vergleichen mit ihrem beschaulichen Lüneburg, in dem die Ilmenau sehr verlässlich ihrer Mündung entgegenfloss.

Eva nagte an ihrer Unterlippe. Jedes Mal betonte Ulrich, wie sehr er sich darauf freute, wenn sie im Juni endlich zu ihm käme. Aber Eva wurde ihr mulmiges Gefühl nicht los. Sosehr sie Ulrich vermisste, so unsicher war sie doch, ob sie sich in einer so großen, aufgeladenen Stadt nicht zu verloren fühlen würde. Seufzend nahm sie den Brief wieder auf. Rosa Blüten des Kirschbaums wehten vor ihrem Fenster im Wind.

Meine Prüfungsvorbereitungen laufen sehr gut. Ich sehe dem Termin Anfang Juni zuversichtlich entgegen. Ja, im Grunde habe ich sogar von dem Wechsel profitiert, denn unsere Kanzlei befasst

sich neben dem Wirtschaftsrecht auch viel mit
Wiedergutmachung und Reparationszahlungen.
Vergangene Woche durfte ich den Senior zu
einem Treffen mit Willy Brandt begleiten – stell
dir vor! Ein eindrucksvoller Mann, bedächtig,
aufrecht und westorientiert. Obschon das
Bundesentschädigungsgesetz bereits ein paar Jahre
auf dem Buckel hat, kannst du dir nicht vorstellen,
wie viele offene Anträge noch auf Bearbeitung
warten. Ich war dabei nicht untätig und es ist
mir gelungen, den ehemaligen Buchhalter meines
Onkels, Arno Blumberg, ausfindig zu machen.
Er lebt jetzt in New Brunswick in den USA
und soll seine Villa zurückbekommen. Es geht
nicht an, dass mein Onkel sich an dem jüdischen
Eigentum bereichert.

Erneut ließ Eva den Brief sinken. Natürlich gab sie Ulrich recht.
Das unmenschliche Grauen, das die Nazis den Juden und so
vielen anderen Menschen angetan hatten, musste, soweit das
überhaupt möglich war, wiedergutgemacht werden. Aber wenn
das Bankhaus Möreke ins Wanken geriet, wackelte die Saline
mit. Das war Eva klar. Sie nahm einen Schluck von ihrem kalten Tee. In einer knappen Stunde war sie mit Helga verabredet.
Sie wollten ins Kino und danach noch in ein Lokal. Karla hatte
aufgrund einer Erkältung etwas Fieber und war deswegen nicht
in der Schule gewesen, und so hatte auch Eva heute nicht in
der Saline ausgeholfen. Fräulein Meinert, die Buchhalterin, war
in anderen Umständen, und Eva hatte ihren Vater überzeugen
können, dass sie ihr ein bisschen unter die Arme greifen musste.
Für Eva war das die einmalige Chance gewesen, sich einen
besseren Überblick über die finanzielle Situation der Saline zu
verschaffen. Die Bilanz war ernüchternd. Am liebsten wäre sie

nach der Niederkunft von Fräulein Meinert im Juni in Vollzeit eingestiegen. Aber was sollte dann aus Berlin werden …?

In der kommenden Woche wird die ganze Kanzlei die Eröffnung der Großen Berliner Kunstausstellung am Funkturm besuchen. Das ist ein wichtiges gesellschaftliches Ereignis. Unser Bundespräsident Theodor Heuss wird sie mit dem Regierenden Bürgermeister von Berlin, eben Willy Brandt, eröffnen. Für mich ist das ein gutes Gegengewicht. Nicht immer nur nach hinten schauen zum Schlachtfeld, sondern auch nach vorn in eine hoffentlich souveräne und hellere Zukunft. Hast du mal was von Karl Hartung gehört? Auf seine Skulpturen freue ich mich besonders.

So, nun aber Schluss mit meinen Geschichten. Sag, liebste Eva, wie geht es dir? Was macht die Gesundheit deines Vaters und sein Gemüt? Wie geht es dem armen Curt und dem frechen Karlchen …? Erzähle mir von dir. Lass mich teilhaben an deinen klugen Gedanken. Schreibe mir, denn frei nach Rilke: Wie sehr ersehne ich, deinen Brief zu bewohnen. Melde dich ganz bald und lass dir das Herz nicht schwer werden,
dein dich liebender Ulrich

Bei den letzten Zeilen musste Eva schlucken. Wie poetisch ihr Ulrich war, wie erwachsen er sich zeigte. Für Eva stand außer Frage, dass ihm der Wechsel in die ehemalige Hauptstadt und die Trennung von seinen ungeliebten Zieheltern hervorragend bekam. Und dass er alles tun würde, um Eva glücklich zu machen. Auch davon war sie überzeugt. Solange sie nicht in Lüneburg waren.

Sie legte den Brief in die Hülle zu den anderen und verstaute beides in der Schublade ihrer Kommode. Sie würde ihm am Sonntag antworten. Jetzt musste sie sich sputen, um pünktlich am Lichtspielhaus zu sein. Eva eilte auf den Flur. Vor der Tür ihrer Schwester blieb sie kurz stehen. »Brauchst du noch was? Etwas Suppe? Ich bin sonst weg.«

»Danke, alles gut«, kam es leise krächzend aus der Krankenstube.

Eva schmunzelte. Für Kinder konnte eine fiebrige Erkältung auch schon mal eine willkommene Auszeit sein. Sie wünschte, sie wäre in Karlas Alter auch mal so bemuttert worden.

Rasch zog sie sich unten ihre beige-braunen Slipper an und warf sich den rostfarbenen Swingcoat über. Erst dachte sie, er könnte zu warm sein, aber sobald sie vor ihr Haus am Lambertiplatz trat und den Wind zwischen den Häuserzeilen pfeifen hörte, der ihr sofort den weiten Rock des Mantels hob, lobte sie sich selbst für die gute Wahl. Zum Glück hatte sie es nicht weit, und kaum war sie in der Altstadt angekommen und rechts die Gasse Am Sande hochgelaufen, sah sie Helga auch schon winken.

Eva wurde es warm ums Herz. So viele wirre Gedanken huschten ihr durch den Kopf. Ulrichs Liebe und wie und ob sie sie erwidern konnte. Ihr Vater, der ihr aufgrund seiner Gesundheit Sorgen machte. Ihre eigenen Bedürfnisse, die sie kaum einzuschätzen vermochte. Die Zukunft der Saline. Und dann stand da Helga, seit Kindertagen so unverbrüchlich loyal, mit ihrem knallgelben Sonnenschirm und dem unverstellt fröhlichen Lachen. In diesem Moment wollte Eva nichts mehr, als ihre Freundin in die Arme zu nehmen.

»Na holla«, sagte diese zur Begrüßung. »Welche Wolke hüllt denn heute meine Sonne ein?«

Statt einer Antwort schmiegte Eva einfach eine Wange an die ihrer Freundin und atmete schwer aus.

Helga rubbelte ihr über den Rücken. »So schlimm?«

»Nein«, sagte Eva und merkte, wie ihr die Tränen in die Augen schossen. »Eigentlich nicht.«

»Aha. Und jenseits von eigentlich?« Helga drückte die Freundin noch etwas fester.

»Ich weiß es nicht, Helga«, entgegnete Eva und zog ein Taschentuch aus ihrer Manteltasche, mit dem sie sich die Nase abwischte. »Ich fühle mich so … durcheinander … Ulrich redet immer nur von Berlin und von Politik und von Arno Blumberg und Reparationszahlungen … und stets tut er so, als wäre ich an seiner Seite. Aber …« Eva schluchzte auf. »Ich weiß nicht, ob ich das wirklich bin. Ich habe doch hier auch eine Aufgabe. Papa und Karla und …« Eva hickste.

»Sch«, machte ihre Freundin und klopfte Eva leicht auf den Rücken. »Schau mal, wir haben die Wahl: ›Zeugin der Anklage‹ von Billy Wilder. Oder doch endlich ›Sissi – Schicksalsjahre einer Kaiserin‹ mit Romy Schneider.« Helga machte eine Pause. »Weiß nicht, ob ich dir das empfehlen würde.«

Eva nahm ihre Freundin am Arm. »Schon gut. Der Krimi soll gut sein. Lass uns die Karten lösen.«

Zwei Stunden später saßen die beiden Freundinnen in dem urigen Lokal Harlekin zwei Querstraßen weiter am Glockenhof und nippten an ihrem halbtrockenen Moselwein. »Geht so, oder?«, meine Helga und nahm sich ein paar der Cracker aus der Schale vor ihr.

»Meinst du den Wein? Ich finde ihn ganz lecker!«

»Nein, den Film. Ich mag die Marlene Dietrich ja nicht. Aber was Menschen aus Liebe nicht alles tun.«

Eva nickte zustimmend. »Einerseits. Aber eben auch aus Gier«, fügte sie hinzu.

»Ja, in gewisser Weise ist es doch immer dasselbe. Frauen opfern sich für ihre Männer«, sinnierte Helga und sah hinauf zur Decke. »Was mich direkt zur nächsten Frage bringt: Wie geht es denn deinem Ulrich im fernen Berlin? Was erzählt er denn so?«

Obwohl sie es nicht wollte, verdunkelte sich Evas Miene. Sofort legte Helga ihr eine Hand auf den Unterarm. »Alles gut, Helga, es ist nichts, also, es ist alles gut. Aber ich werde mein mulmiges Gefühl einfach nicht los. Ulrich redet so viel von Politik und ist so engagiert und beinahe hitzig bei der Sache … Das ist ja auch richtig so, aber ich … ich komme da irgendwie nicht ganz hinterher …« Eva rieb sich mit der Hand über die Wange. Sie fühlte sich müde, ausgelaugt. »Und dann ist da auch noch die Saline. Ich bin ja jetzt zwei Tage dort, um Fräulein Meinert zur Hand zu gehen. Natürlich habe ich mir die Bücher dabei genau angeschaut. Und ehrlich gesagt, es sieht wirklich nicht rosig aus. Sicher, mit dem Ofen sparen wir Kosten ein, aber dafür haben wir auch einen neuen monatlichen Abtrag von 340 Mark. Und ich möchte mir gar nicht ausmalen, was passiert, wenn sich die Gewerkschaften mit ihrem Ruf nach der Fünftagewoche durchsetzen. Dann haben wir noch weniger Ausstoß bei gleichen Kosten. Ich …«

»Also«, unterbrach Helga sie bestimmt, »jetzt aber mal eins nach dem anderen. Manchmal habe ich das Gefühl, du wirst fürs Schwarzsehen bezahlt«, versuchte die Freundin zu scherzen. »Es ist doch gut, wenn dein Ulrich in Berlin aufblüht. Oft genug hast gerade du gesagt, er lasse sich viel zu viel gefallen von seinem Onkel und sei nicht selbstbestimmt genug. Nun, offensichtlich hat sich das jetzt geändert. Ulrich ist ein kluger junger Mann, der etwas erreichen will im Leben. Daran ist nichts anstößig. Und er bezieht dich in seine Rechnung ein. Er will ein Leben mit dir. Und du … na ja …« Sie machte eine Pause und nahm einen Schluck von ihrem Riesling. »Ja, vermutlich musst du dich ab einem bestimmten Punkt wirklich entscheiden. Selbst wenn Ulrich wollte – er könnte die nächsten Jahre gar nicht zurückkommen, wenn er noch Jura studieren will. Das geht in Lüneburg nun mal nicht. Aber ich sehe euch auch nicht weitere vier oder fünf Jahre eine Brieffreundschaft unterhalten. Das hält die größte Liebe nicht aus. Mal ganz davon abgesehen, dass dich der Kummer um die Saline auch auffressen wird, Eva. Das tut er ja jetzt schon. Andauernd versuchst du, für alle da zu sein, es allen recht zu machen, aber dabei bleibst doch du auf der Strecke.« Eindringlich sah Helga ihre Freundin an, die immer mehr in sich zusammensank. »Du kannst die Saline nicht retten, Liebes, das sag ich dir ganz ehrlich. Zumindest nicht, solange dein Vater dir nicht wirklich freie Hand lässt. Und das wird er nicht, der alte Starrkopf. Und du stehst auch nicht in der Pflicht, auf ewig die Leerstelle zu füllen, die deine Mutter mit ihrem Tod in eurer Familie hinterlassen hat.«

»Aber Karlchen …«, hob Eva zaghaft an.

»Karlchen ist im Februar dreizehn geworden. In zwei Jahren hat sie ihre Realschule und dann kann sie auch eine Ausbildung machen. Karla ist nicht ewig das Nesthäkchen.«

»Vielleicht hast du recht«, gab Eva zu. »Und trotzdem …«

Helga lachte kurz auf. »Natürlich, immer noch ein Aber hintendran hängen. Überleg es dir in Ruhe, Eva. Du musst es ja nicht heute entscheiden.«

Dankbar lächelte Eva ihre Freundin an. »Da hast du recht, aber nun doch mal zu dir. Was machen deine Treffen mit Bruno? Ihr wart ja jetzt doch schon ein paar Mal aus. Ihr seht hübsch aus zusammen.«

Aus der Jukebox erklangen die Töne von »Sail Along Silvery Moon« und Helga wiegte sich leicht im Takt, hörte dann aber schnell wieder auf. »Er ist ein kerniger Bursche, keine Frage. Fleißig. Zuverlässig. Die Schlosserei läuft gut …«

Gespannt hob Eva die Brauen. »Also, nach deiner Definition von Liebe, wie du sie mir damals an den Kopf geworfen hast, ist das genau das, worauf eine Frau setzen sollte, oder? Warum höre ich dann ein Zögern?«

»Du weißt ja, dass er sich schon lange um mich bemüht. Und am Anfang war er auch sehr galant. Aber ... ich weiß auch nicht ... er entwickelt Pascha-Allüren ...«

»Pascha-Allüren?«

»Ja. Er ist ja sowieso nicht der Unternehmungslustigste. Aber vorletzten Sonntag waren wir verabredet, und ich dachte, wir fahren mal an die Elbe oder gehen zum Tanztee ins Wellenkamp. Da hat er mich von oben bis unten gemustert und gemeint, dass ich mich dann aber noch mal umziehen müsse ... etwas finden, das nicht so spannt um die Hüften und am Busen ...« Helga senkte den Kopf und spielte mit dem Glasuntersetzer.

Fassungslos sah Eva zu ihrer Freundin. »Du meinst, Bruno, der für seine Mitte zwanzig ja selbst eine ganz schöne Bierwampe vor sich herschiebt, hat dich wegen deiner Figur kritisiert? Das kann ja wohl nicht wahr sein.« Empört richtete Eva sich auf. Wenn etwas absolut stimmig und charmant und anziehend an Helga war, dann ihre runden Formen gepaart mit ihrem positiven und fröhlichen Gemüt. Daran gab es absolut nichts auszusetzen! »Und was ist dann passiert?«

»Dann hat er mich stehen lassen und ist zum Frühschoppen in den Krug gegangen, um mit ein paar Jungs Skat zu spielen.«

Eva schüttelte den Kopf. Das war ja wohl wirklich die Höhe! »Er hat dich stehen lassen? O nein, Helga, das klingt wirklich gruselig. Bitte versprich mir, dass du diesen Mist nicht annimmst, ja? Wir Frauen kritteln sowieso schon immer so streng an uns herum. Keinem Mann würde das einfallen. Aber gerade du darfst dir so was wirklich nicht sagen lassen. Dann war's das eben mit Bruno. Ist ja ohnehin eher meine Idee gewesen als deine …«

Helga sah lächelnd auf, und eine kleine Träne rann ihr die Wange hinunter. »Du bist süß, Eva. Hast du denn was von Curt gehört?«

Streng hob Eva den Zeigefinger in die Luft. »Nein, Helga! Denk gar nicht erst dran! Wenn ich sage, Bruno ist es vielleicht nicht, sage ich damit keinesfalls, Curt könnte es doch noch werden, hörst du?«

Sie schob ihr leicht den Ellbogen in die Seite.

»Ich liebe es, eine beste Freundin zu haben«, meinte Helga und schunkelte jetzt doch wieder mit. Kurz darauf hielt sie sich gähnend die Hand vor den Mund. »Ich glaube, ich sollte langsam los. Ich muss morgen noch mal ins Rathaus«, sagte sie und schnitt eine Grimasse.

»Das höre ich in letzter Zeit auch häufiger, dass du *musst*. Macht dir die Arbeit keinen Spaß mehr?«, erkundigte sich Eva.

»Es ist halt echt viel Schreibkram. Dr. Siemers ist nett zu mir, das ist es nicht. Aber ich bin und bleibe eine ›Tippse‹. Und manchmal vermisse ich es, mich selbst ein wenig mehr einbringen zu können. Etwas zu gestalten … und darunter fällt das Zukleben von Briefumschlägen wohl eher nicht, oder?«

»Nein, wohl nicht«, bestätigte Eva bedauernd. »Na dann komm …«

Die beiden Freundinnen standen auf und zogen sich ihre Mäntel an, nachdem die Kellnerin kassiert hatte.

»Aber, bevor ich es wieder vergesse«, hob Helga dann erneut an, »ich wollte es dir schon seit einer ganzen Weile erzählen und habe es immer wieder vergessen.«

Abwartend sah Eva sie an.

»Wir haben uns doch gewundert, warum dieser schreckliche von Seefeldt sich vor Monaten so oft hier rumtrieb, erinnerst du dich?«

Sofort bekam Eva eine Gänsehaut, dachte an den schrecklichen Abend und den lüsternen Blick ihres Konkurrenten zurück. Natürlich erinnerte sie sich.

»Ich glaube, es geht um einen geplanten Brunnen in Reppenstedt. Ich habe einen Antrag auf Genehmigung von Probebohrungen in die Finger bekommen, als ich im März die Gemeinderatssitzung vorbereitet habe. Gestellt wurde er von der Kali-Getränke und unterzeichnet von Du-weißt-schon-wem.«

»Waaas?«, stieß Eva fassungslos aus. »Ein Brunnen? Aber wozu denn? Für Getränke? Und wieso gerade hier? Das würde den Grundwasserspiegel doch weiter senken – und damit auch die Solevorkommen …« Sie sprach den Satz nicht zu Ende. Und wenn es genau darum ging? Wenn die Solevorkommen durch das abgepumpte Grundwasser weiter absackten, mussten sie tiefere Schächte graben – und das konnten sie nicht. Das wäre viel zu teuer und das endgültige Aus für die Saline gewesen.

»Evchen, jetzt mach dich nicht verrückt. So weit wird es schon nicht kommen. Lass uns mal schlafen gehen. Morgen ist ein neuer Tag.«

Ja, morgen war ein neuer Tag. Doch diese Tatsache allein konnte Evas aufgewühltes Herz auch nicht beruhigen. Wie sehr wünschte sie sich, dass Ulrich jetzt bei ihr gewesen wäre, um sie zu halten! Nie schien er ihr weiter entfernt als an diesem Abend.

16.

Pünktlich um halb acht Uhr machte sich Eva an diesem grauen Dienstagmorgen auf den Weg in die Saline. Der Frühling hatte noch einmal Pause gemacht und im Radio wurde sogar vor Schneeregen gewarnt. Karla hatte sie noch einmal zu Hause gelassen. Zwar war sie inzwischen fieberfrei, aber Schnupfen und Kopfschmerzen machten ihr weiter zu schaffen. Die Hühnersuppe, die sie sich warm machen sollte, hatte sie ihr in einem Topf in den Kühlschrank gestellt. Auch ihr Vater hatte am Vorabend über Gliederschmerzen geklagt und wollte etwas später kommen. Da Fräulein Meinert an diesem Tag ohnehin eine Kontrolluntersuchung bei Dr. Martens hatte, war sie also zunächst allein in der Buchhaltung und wollte sich die Zahlen noch einmal genauer anschauen. Als sie den Vorplatz der Saline betrat, fiel ihr rechts der schmutzigweiße Berg an Pfannenstein vor den hochgezogenen Rolltoren der Verladehalle auf. Irgendjemand musste ihn bereits rausgeschafft haben, denn normalerweise wurde alles drinnen gesammelt. Es erinnerte sie an die vereisten kleinen Berge mit Rollsplitt am Straßenrand nach der Schneeschmelze. Ein guter Vergleich, schoss es Eva durch den Kopf, denn im Grunde musste man diese Abfälle doch auch als Auftausalz nutzen können. Sie nahm sich vor,

diese Frage bei Gelegenheit an die Stadtreinigung weiterzuge-
ben. Dabei fiel ihr aber auch wieder ein, dass sie längst einmal
mit Regina hatte sprechen wollen, was genau eigentlich mit den
letzten Abfällen im November und dann auch wieder im März
passiert war. Drei- bis viermal im Jahr wurden sie weggeschafft,
und Eva hätte zu gern gewusst, wohin.

Wie immer betrat Eva die Saline durch das Siedehaus und
nicht, wie ihr Vater, heimlich durch den Hintereingang, wo ihn
die Arbeiter nicht zu Gesicht bekamen. Seit der Umstellung auf
den Ölkessel hatte sich der Geruch drinnen verändert, war bei-
ßender geworden, schmieriger. Aber Gellersen, der unermüdli-
che Siedemeister, ließ keine Gelegenheit aus, die Anschaffung
zu loben. »Atmen Sie mal tief ein, Fräulein Benningsen, merken
Sie was?«

»Es stinkt«, antwortete Eva lachend.

»Ahhh«, machte Gellersen, »gutes, schweres Heizöl, aber
kein Staubkörnchen mehr in der Luft. Für die Lungen ist das
wie ein Spaziergang im Wald.«

Eva fand das höchst übertrieben, korrigierte den Mann aber
nicht, der sein Leben der Saline verschrieben hatte. Dadurch,
dass es jetzt auch keinen Kohlenschipper und Heizer mehr
brauchte, hatte er einen etwas gemächlicheren, rückenschonen-
deren Arbeitstag, und den gönnte Eva ihrem treuen Vorsteher
von Herzen.

Auf dem Weg in die Verladestation und Näherei band Eva
sich ihren Schal um. Hoffentlich fing sie sich nicht auch etwas
ein. Der Wechsel zwischen heiß und kalt machte jedem Körper
zu schaffen. Sie sah zu den Maschinen, an denen erst drei der
Näherinnen saßen, Regina, Karin und Edda Böhm. Manche der
Frauen fingen erst etwas später an, je nachdem, wie es besser in
den Familienalltag passte. Ihr Vater war da nicht so streng, und
Eva schätzte das. Es war schließlich egal, ob die Salzsäcke eine

halbe Stunde früher oder später fertig wurden, Hauptsache, sie wurden es. Für die Frauen aber war diese halbe Stunde morgens oder am Nachmittag durchaus von Bedeutung.

»Guten Morgen, alle zusammen«, begrüßte Eva die Arbeiterinnen munter. Seitdem sie im November hier ausgeholfen hatte, war das Verhältnis zwischen ihnen deutlich wärmer geworden, ohne an Respekt zu verlieren. »Moin, moin«, kam es von den Maschinen, die bereits munter vor sich hin ratterten. Wie meist machte Eva ihre Runde. »Na, was machen die Finger, Karin?«, fragte sie die 53Jährige und besah sich ihre knorrigen Gelenke.

»Noch jeht et, muss ja«, sagte diese trocken und stülpte eine neue Rolle weißes Garn auf die Spule.

»Und du, Edda, was macht deine Kleine?«

Seit Eddas Tochter die schlimme Diagnose erhalten hatte und die Ärzte ihr wenig Hoffnung auf Heilung machten, war die ohnehin zierliche Edda noch schmaler geworden. Zuletzt aber hatte sie zumindest wieder mehr Farbe bekommen, fand Eva, und deswegen traute sie sich auch, die Frage zu stellen. Tatsächlich huschte ein leichtes Strahlen über das Gesicht der jungen Näherin.

»Stell dir vor, Eva, das Lottchen war am Wochenende auf einem Ponyhof in den Kameruner Sandbergen …« Edda unterbrach sich selbst und lachte. »Kameruner Sandberge … klingt doch toll, oder? Das ist ganz in der Nähe von Hitzacker. Du hättest das Mädchen sehen sollen …« Eddas Augen füllten sich mit Tränen. »Sie war so stolz, als sie da oben auf ihrem Islandrappen saß. Und den Wanderausritt von drei Stunden hat sie ganz toll geschafft. Wenn man sie da so sieht, würde man nicht denken, dass …« Edda schluckte.

»Schon gut«, sagte Eva und drückte der Frau kurz die Schulter. »Ich freue mich sehr für dich und für Lotte, und wer weiß, vielleicht renkt sich am Ende ja doch alles ein …«

Edda nickte. »Der Mensch denkt, Gott lenkt.«

»Und du, Regina, was hast du Schönes zu berichten?«

Wie so oft wurde die junge Frau zunächst rot wie eine Tomate. Soweit Eva wusste, hatte sie Hochzeitspläne.

»Also … da gibt es gar nicht so viel. Wir haben ein Grundstück gefunden, drüben in Bardowick. Aber mit dem Bau warten wir bis nächstes Frühjahr. Erst mal die Hochzeit und dann …«

»Wie wunderbar! Was arbeitet dein Gerd noch mal? War er nicht bei der Bahn?«

»Ja«, sagte sie mit unverkennbarem Stolz in der Stimme. »Er ist fertig mit seiner Ausbildung zum Lokführer. Im Moment ist er beim Güterverkehr, aber er hofft, bald in den Personentransport wechseln zu können.«

»Das klingt großartig. Ich freue mich für dich. Aber sag mal, Regina …« Eva überlegte und suchte nach einer Überleitung, die Regina nicht in Verlegenheit bringen würde. »Kann ich dich kurz unter vier Augen sprechen … von wegen Hochzeit.« Sie zwinkerte ihr zu.

»Natürlich, natürlich …«, erwiderte Regina und stieß beim Aufstehen fast den Stuhl um.

Oben im Büro ihres Vaters angekommen, ließ Eva die junge Frau Platz nehmen. »Regina, entschuldige, das war eben eine kleine Ausrede, und versteh mich bitte auch nicht falsch, aber … ich hätte da mal eine Frage.«

Das Rot in Reginas Gesicht wurde noch dunkler. »Ja?«, fragte sie nervös.

»Da unten die Salzabfälle und den Pfannenstein … die habt ihr doch zuletzt im März weggebracht, oder?«

Nun sah Regina sie mit großen Augen an, beinahe erleichtert. »Ja, wieso? Der Chef hat uns das aber erlaubt. Nicht dass Sie, dass du denkst …«

Eva machte eine beschwichtigende Geste. »Alles gut, gar nichts denke ich. Ich habe mich nur gewundert. Was macht ihr denn damit? Und warum habt ihr das in so einer Nacht-und-Nebel-Aktion gemacht? Es wirkte so heimlich.«

»Ach so, das meinst du … na ja …« Regina zupfte sich verlegen an der Unterlippe. »Das war wegen des Lasters …«

»Des Lasters?«

»Ja … Also, der Senior hat uns erlaubt, die Salzabfälle abzuholen. Aber dazu brauchten wir ja einen Transporter, und der Freddy …«

»Freddy, *unser* Freddy, der Pfänner?«

»Ja. Freddys Bruder arbeitet in einer Spedition, und da durften wir uns den Laster … na ja, ausleihen …« Regina sah auf. »Aber wir haben danach auch getankt. Fünf Liter Diesel.«

Eva lachte. »Schon gut. Das geht mich nichts an. Aber was macht ihr denn mit den Abfällen?«

»Also, Fräulein Benningsen, Eva … das sind ja eigentlich keine Abfälle. Das sind nur eingetrocknete und ein wenig mit Sand und Kalk vermischte Salzklumpen. Der Salzgehalt liegt immer noch bei über neunzig Prozent. Und die sind sehr beliebt bei den Bauern für die Weidetiere und bei den Förstern. Wir fahren die ab und verdienen uns ein paar Pfennige dazu.«

Eva hatte die Stirn in Falten gezogen. »Soso. Und wie viel sind ›ein paar Pfennige‹?« Sie dachte an den Berg draußen. Nun hing das Gewicht ja sehr von der Dichte ab, und dennoch – eine Tonne kam da sicher zusammen. Was konnte das bringen? Sicher um die hundert Mark, wenn nicht mehr.

»Also, beim letzten Mal waren es 535 Mark.« Regina senkte den Blick.

Eva war hin- und hergerissen. Einerseits gönnte sie jedem einen kleinen Zusatzverdienst. Die Löhne waren nicht üppig, die Kosten stiegen. So war das eben in der freien Marktwirtschaft hier im Westen. Und ihr Vater hatte es ihnen gestattet. Aber

535 Mark, schwarz und für die Bauern ohne Umsatzsteuer. Geld, das auch die Saline gut hätte gebrauchen können.

»Danke, Regina, für deine Offenheit. Aber ich bitte dich, mit dem nächsten Transport zu warten. Ich möchte das erst mit meinem Vater besprechen.«

Regina nickte. »Kann ich dann …«

»Jaja, natürlich, geh wieder an die Arbeit. Und lass mich wissen, wenn ihr einen Hochzeitstisch eingerichtet habt, ja? Porzellan Meyer hat ja sehr hübsche Services.« Eva rang sich ein Lächeln ab. So ganz leicht fiel es ihr nicht. Selbst wenn Regina und Freddy nichts Unrechtes getan hatten, blieb doch ein fader Beigeschmack.

Als sie wieder allein war, nahm Eva sich als Erstes die Auftragsbücher vor und ging sie monatsweise durch. Dass die Saline ihr Geld zu achtzig Prozent mit Gewerbesalzen verdiente und nur zu zwanzig Prozent mit Speisesalzen, war ihr bekannt – Tendenz deutlich sinkend. Ihre beiden größten Abnehmer hier waren Bahlsen und Edeka. Eva fand das zutiefst bedauerlich, denn obschon auf Speisesalze eine Salzsteuer verhängt war, die den Industrie- und Gewerbesalzen erspart blieb, hatten sie hier die beste Marge. Vor allem aber war das Alleinstellungsmerkmal ihres Lüneburger Salzes europaweit – wenn nicht gar im Weltvergleich – die absolute Reinheit. Ein Salzanteil von 26 Prozent in der Sole grenzte mit dieser Sättigung an vollkommen, und Eva war überzeugt, dass die Menschen sich eines schönen und vielleicht gar nicht so entfernten Tages auf die Qualität ihrer Lebensmittel besinnen würden. Mal ganz davon abgesehen, dass überhaupt nur Siedesalze wie das ihre diese Reinheit an Natriumchlorid für sich beanspruchen konnten. In Grasleben gab es so etwas gar nicht. Curt hätte wahrscheinlich ein Lied davon singen können. Steinsalze würden einfach immer stärker verunreinigt sein als ihre Solesalze.

Eva blätterte weiter und besah sich dann die größten Posten bei den Gewerbesalzen. Ihre Hauptabnehmer hier waren fünf Firmen aus den unterschiedlichsten Wirtschaftszweigen, Backmittel, Agrar, Automobil, Kosmetik und Verpackungswesen. Bei Letzterem machte Eva sich eine Notiz – vielleicht konnte man hier eine Kooperation anstreben? Plastiksäcke gegen Salz? Eine Idee.

Eva lehnte sich zurück und rieb sich die Augen. Im Grunde waren diese Industriegeschichten eine echte Verschwendung. Die Benningsens gewannen wirklich weißes Gold, und das verhökerten sie, als wäre es Blech. Wie gern hätte sie den Speisesalzabsatz gestärkt! Sollte es denn gar keine Möglichkeit dazu geben?

Sie richtete ihre Aufmerksamkeit wieder auf das Buch. Und dann fand Eva den monatlich wiederkehrenden Posten, der an eine Hamburger Reederei ging, South Shipping am Baumwall. Eva besah sich die Lieferungen genauer, war hier doch die Rede von den »Afrikabeuteln«, von denen die Näherinnen schon erzählt hatten. 90 Beutel im März, 72 im Februar, 88 im Januar … Ein Sack ging mit 57 Mark raus, glatt. Das eigentlich Spannende aber war die Einheit. Hier wurde nicht in Kilogramm gerechnet, sondern in Liter. Also nach Volumen. Hm. Eva überlegte, konnte das Ganze aber noch nicht einordnen. Feine Salze, mit einer Nullerkörnung, waren schwerer und teurer. Grobe Salze mit einer Zweier wie die für Bahlsen, waren leichter und günstiger. Auch das übrigens für Eva ein Widerspruch, denn wenn man bei Salz von »Aroma« sprechen wollte, dann war das vom grobkörnigen ganz sicher reicher. Aber das führte sie jetzt weg vom Kern der Frage, der da lautete: Sie musste sich die Beschaffenheit der Afrikasäcke anschauen und dann einen Vergleichspreis nach Gewicht ermitteln. In jedem Fall machten sie mit diesem Kunden um die 5 000 Mark Umsatz im Monat. Immerhin an die fünf Prozent von den monatlich im

Moment noch knapp 100 000 Mark. Das war doch mal eine Hausnummer. Und die South Shipping war ganz sicher nicht die einzige Reederei, die Häfen in Afrika ansteuerte. Verrückt genug, dass ein an Bodenschätzen so reicher Kontinent wie Afrika ausgerechnet auf den wichtigsten Rohstoff überhaupt als Importgut angewiesen war. Vielleicht auch ein Grund, warum die einzelnen Länder sich ihre Kolonialherren gefallen ließen. *Nur* weggenommen wurde ihnen nicht ...

Eva schrieb sich die Adresse und Telefonnummer von South Shipping heraus und wollte baldmöglichst mit ihrem Vater darüber reden.

Dann nahm sie sich die Kontobücher vor. Bei all den roten Zahlen, die ihr entgegensprangen, wurde ihr ganz schwindelig. Personalkosten, Energiekosten, Kreditkosten, Instandhaltungskosten. Die einzelnen Posten schienen kein Ende zu nehmen. Auf einmal kam ihr die ganze Saline vor wie ein marodes, knarzendes Schiff, das schon längst auf Grund gelaufen war. Die monatlichen Beträge summierten sich auf um die 92 000 Mark, mal mehr, mal weniger. Angesichts der Tatsache, dass die Saline im vergangenen Jahr noch einen durchschnittlichen Monatsumsatz von 104 000 Mark und im Jahr davor 108 000 Mark hatte verbuchen können, war dies eine eindeutige Tendenz mit dringendem Handlungsbedarf, der keinen Aufschub duldete. Wenigstens machte sich der neue Ofen wirklich bezahlt. Die Differenz aus verringerten Personal- und zusätzlichen Kreditkosten wirkte sich zugunsten der Saline aus. Allerdings hatte der Ölpreis auch fast ein Rekordtief erreicht. Sollte sich das ändern, sähe die Rechnung wieder ganz anders aus.

Eva schloss die Bücher und stellte sie zurück in die Metallregale. Ein paar Überweisungen mussten noch ausgefüllt werden – wieder ein paar rote Einträge mehr auf dem Papier.

17.

Ulrich zog den Knoten seiner Krawatte enger. Er war an sich weder ein Krawatten- noch ein Anzugtyp, aber anlässlich der Kunstausstellung und weil er fand, dass es an der Zeit war, hatte er sich bei einem Herrenausstatter in der Bleibtreustraße einen schmucken blauen Dreiteiler mit dezentem Karomuster schneidern lassen. Obschon der Stoff ein Wolle-Seide-Gemisch war, lag das Jackett federleicht auf seinen Schultern. Breiter waren sie geworden, seit er hier mit dem Rudern und Krafttraining begonnen hatte. »Stattlich« hätte seine Tante vielleicht gesagt. Sein Onkel hätte ihn wahrscheinlich eher mit einem Luden verglichen. Angesichts der etwas Hafenarbeiter-mäßig anmutenden Schirmmütze aus demselben Stoff vielleicht kein ganz falscher Vergleich. Ulrich grinste. Jetzt noch in die mittelbraunen Schnürschuhe mit dem gestanzten Lochmuster, und es konnte losgehen. Tatsächlich hatte ihn diese Ausstattung mehr als ein Monatsgehalt gekostet, aber das war es allemal wert gewesen. Nie wieder wollte er sich wegen eines fadenscheinigen, abgetragenen Anzuges, wo der Stoff an den Knien sich schon ausbeulte, schämen müssen. Erst recht nicht, wenn er einer

157

Persönlichkeit wie Willy Brandt gegenüberstand. Er war dem Senior, Dr. Peter Brinkmeier, dankbar, dass er als einfacher Lehrling überhaupt zu solchen bedeutenden Anlässen mitgenommen wurde. Ihm war klar, dass das nicht selbstverständlich war. Brinkmeier ging auf die Rente zu und sein Sohn Jochen schien ihm vielleicht nicht ambitioniert genug. Ulrich wusste es nicht. Aber er wusste, dass Dr. Uhlmann aus Lüneburg ganz sicher ein sehr gutes Wort für ihn eingelegt hatte, und vielleicht sah Brinkmeier in ihm so etwas wie den Sohn und Nachfolger, den er sich immer gewünscht hatte. Sehr bizarr, wenn man sich überlegte, dass Ulrich nur deswegen nach Berlin gegangen war, weil er in der Heimat selbst der ungeliebte Pflegesohn gewesen war. Da sah man doch mal wieder, dass alles im Leben Auslegungssache war, selbst eine Vater-Sohn-Beziehung. Er hoffte sehr, dass er im Herbst, wenn er mit dem Studium der Rechtswissenschaften an der Freien Universität begann, der Kanzlei noch auf die eine oder andere Art verbunden bleiben konnte. Ulrich witterte hier Chancen, wie man sie nicht oft bekam.

Und an diesem Abend sollte es nun also zur Eröffnung der Großen Berliner Kunstausstellung gehen – der vielleicht bedeutsamste Schauplatz avantgardistischer Kunst, der auf eine lange Tradition zurückblicken durfte und erstmals 1893 seine Tore geöffnet hatte. Selbst unter den Nazis bestand die jährliche Ausstellung fort, allerdings dann doch eher instrumentalisiert für die rechte Propaganda. Am Funkturm – dem nach Westen gewandten äußeren Zipfel der geteilten Stadt – hatte sie seit zwei Jahren ihren Sitz. Neben den bildhauerischen Arbeiten von Karl Hartung und Max Lachnit freute Ulrich sich vor allem auf die Werke der Malerinnen Gertrude Sandmann und Doramaria Purschian. Über deren Leben hatte er kürzlich einen Artikel im Tagesspiegel gelesen und ihre Schicksale hatten ihn betroffen zurückgelassen. Die eine, Sandmann, war eine lesbische jüdische Künstlerin, die 1934 mit Berufsverbot belegt wurde und sich nur dank einer beherzten befreundeten Familie zwei Jahre vor der Gestapo verstecken und damit ihr Leben retten konnte. Doramaria Purschian wiederum begann sich mit ihren impressionistischen Naturbildern und eindringlichen Porträts langsam auch international einen Namen zu machen. Allerdings war sie aufgrund eines brutalen Raubüberfalls gesundheitlich schwer angeschlagen. Ob der Täter, der berühmt-berüchtigte Werner Gladow, die in der DDR vollzogene Hinrichtung wirklich verdient hatte, ließ Ulrich dahingestellt. Als Mensch neigte er zum Ja, als Anwalt war er gegen die Todesstrafe. Ulrich war sich sicher, dass Eva sich für beide Frauen sehr begeistert hätte, und er nahm sich jetzt schon vor, ihr ausführlich davon zu berichten.

Dr. Brinkmeier reihte seinen Mercedes ein in die Schlange schwarzer Limousinen, die sich dem Messegelände am Funkturm näherten. Sie hatten sich in der Kanzlei getroffen und waren von dort aus gemeinsam losgefahren, Brinkmann, seine Frau Dorothea und er. Jochen war aus unerfindlichen Gründen nicht dabei und Ulrich vermutete, dass die Fahrt deswegen etwas wortkarg und angespannt verlief. Sie stellten den Wagen auf dem großen Parkplatz ab und betraten das Messegelände über einen roten Teppich. Menschen in festlicher Kleidung strömten in das Gebäude, und immer mal wieder hoben Brinkmeier und seine Frau die Hand zum Gruß, nickten jemandem zu oder wechselten ein paar Worte. Ulrich war überrascht, wie gut der Anwalt in den Kreisen der Berliner Kunstschaffenden vernetzt schien. Andererseits, wenn nicht, wie wäre dann seine kleine Kanzlei vom Bürgermeister wegen einer so gewichtigen Sache wie den Nazi-Entschädigungen herangezogen worden? Eine Kellnerin kam mit einem Tablett mit Champagner und Orangensaft. Ulrich entschied sich für den Saft. Er wollte sich gerade selbst ein wenig umschauen, als ein Raunen durch die

Menge ging. Im hinteren Teil des Foyers am Durchgang zu den Messehallen war eine Bühne errichtet worden, die nun zwei Männer betraten. Willy Brandt und Bundespräsident Theodor Heuss. Ulrich merkte, wie ihn eine Gänsehaut der Erregung überkam. Die Luft um ihn herum war irisierend, wie elektrisch aufgeladen. Nie zuvor hatte er sich so nah am Puls der Zeit gewusst wie in diesem Moment. Die geteilte Stadt mit ihren widerstreitenden Kräften, die ständigen Provokationen aus dem Ostteil mit diesem Walter Ulbricht an der Spitze des Staatsrates der DDR, und dann hier zwei so erfahrende Staatsmänner, die für die Freiheit und die Unabhängigkeit Deutschlands einstanden. *Eines* Deutschlands. Als hätte er Ulrichs Gedanken gehört, griff dann auch Heuss nach einer kurzen Begrüßung genau dieses Thema auf:

»Gebt dem deutschen Menschen, gebt ihm zurück das eingeborene Recht zu seiner staatlichen Selbstgestaltung, zu seiner Freiheit, damit die Verkrampfung sich lösen, damit Angst und Furcht, Mißtrauen und Technik des Hasses den Boden des Vaterlandes verlassen.«

Die letzten Worte gingen bereits in aufbrandendem Applaus unter, und auch Ulrich hatte sein Glas auf einem kleinen Tisch abgestellt, um fest in die Hände zu klatschen. Das Herz schlug ihm bis zum Hals, und nie hätte er gedacht, dass so etwas wie eine Kunstausstellung ihn derart in Aufruhr versetzen könnte. Ob Eva seine Gefühle hier teilen würde? Würde auch sie diesen Aufbruch spüren, der die ganze Republik erfasst zu haben schien? Er griff erneut nach seinem Glas, als er einen warmen Atem in seinem Nacken spürte, noch bevor er die dazugehörige Stimme vernahm. »Ergreifend, nicht wahr?«

Ulrich drehte sich um und glaubte seinen Augen nicht zu trauen. »Was machst du denn hier?«

Gisela sah ihn aus ihren leuchtend grünen Augen geheimnisvoll an. Sie trug ein schlichtes schwarzes Cocktailkleid mit dünnen Trägern und Spitzenbesatz. Dazu einen kleinen schwarzen Hut auf ihrem gewellten hochgesteckten roten Haar. »Wir investieren ein wenig in Kunst. Das Wellenkamp muss schließlich mit der Zeit gehen, meinst du nicht auch?«, sagte sie und schürzte dabei ihre roten Lippen. »Aber wie überraschend schön, dich hier zu treffen. Wer hätte das gedacht?« Sie hob ihr Champagnerglas. »Darauf sollten wir anstoßen; komm, ich hole dir auch etwas Anständiges.«

18.

Lüneburg

Um Viertel nach eins legte Eva den Füller in die Schale, streckte einmal den Rücken durch, hielt sich das Kreuz und drehte sich nach rechts und links. Das konzentrierte gebückte Arbeiten hatte sie verspannt und vielleicht würde sie bei ihrem Gang nach Hause noch einen kleinen Umweg durch den Park nehmen. Ein Spaziergang würde ihr guttun. Zwar war der Himmel noch grau, aber es blieb trocken. Fräulein Meinert war nicht aufgetaucht. Eva hoffte, dass es beim Arzt keine Komplikationen gegeben hatte. Anrufen konnte sie nicht, denn eigene Telefone hatten nur die wenigsten ihrer Mitarbeiter. Und ihr Mann war ja selbst auf der Arbeit. Sie würde also frühestens morgen erfahren, wenn etwas nicht in Ordnung war. Hoffentlich war das nicht der Fall.

Eva nahm ihren Mantel und warf ihn sich über den Arm. Bevor sie sich verabschiedete, wollte sie einmal in der Abpackstation vorbeischauen. Sie ging die hintere Treppe hinunter am sogenannten Trockenhaus vorbei, an das sich direkt die ebenso fenster- wie schmucklose Halle, in der das Salz verpackt wurde, anschloss. An den Betonwänden standen große

162

Holzregale, in denen die bereits verpackten Salzsäcke nach Körnung und Kunden sortiert auf die Verladung warteten. Sofern nicht gerade ausgeliefert wurde, war das große Rolltor zum Hof geschlossen, damit möglichst keine Feuchtigkeit von außen nach drinnen gelangte. Darauf musste hier natürlich besonders geachtet werden – das Salz durfte ja nicht klumpen, und Reis konnte man den Säcken nicht beimischen, da er das Gewicht verändert hätte. So nannte man den Raum auch treffend die »Salzwüste«, da die Luftfeuchtigkeit nicht über zwanzig Prozent steigen sollte. Entsprechende Messgeräte kontrollierten diesen Wert. Und aus dem Trockenhaus wurde über einen Rohrschacht zusätzlich warme, trockene Abluft hineingeblasen. In der Salzwüste war es demnach heiß und trocken. Trockener als im Siedehaus. Eva öffnete die Metalltür und hielt sich direkt die Hand vor den Mund, so schlug ihr die trockene Hitze entgegen. Zwei Männer schaufelten in der Abpackstation die Säcke auf einer großen Waage voll. Wenn sie ein Dutzend befüllt hatten, nähten sie sie mit einer tragbaren Handnähmaschine am oberen Rand zu. Speziell Letzteres war ein ziemlicher Knochenjob, da die Maschine, obschon an sich handlich und klein, gute fünf Kilo wog und ja immer bis auf Brusthöhe angehoben werden musste. Entsprechend muskulös sahen die Jungs hier aus.

»Moin«, begrüßte Eva die beiden. »Wie geht es Ihnen?«

»Moin, moin, Fräulein Benningsen«, erwiderte der ältere der beiden, den alle immer nur Bernie nannten. »Alles in Butter. Die Waage spinnt ein bisschen. Sie klemmt manchmal. Aber TÜV is noch bis Dezember. Was führt Sie denn heute zu uns?«

Suchend sah Eva sich um. »Diese Afrikabeutel, stehen die hier irgendwo?«

Der zweite Packer, Klaus, musterte sie neugierig aus hellwachen grünen Augen. Tatsächlich fiel Eva auf, dass sie mit dem jungen Mann noch nie ein Wort gewechselt hatte.

»Die für April sind letzte Woche abgeholt worden. Aber die leeren Säcke liegen da hinten. Soll ich einen holen?«, bot Bernie an.

»Ich komme mit.« Eva folgte dem muskulösen Mann, der einen eigentümlich steifen Gang hatte. In einer ebenfalls mit Regalböden ausgekleideten Nische nahm Bernie einen der Leinensäcke vom Stapel und reichte ihn Eva. Sie wusste ja aus den Büchern, dass sie nur 25 Liter fassten, aber tatsächlich waren sie im Vergleich zu den normalen Säcken fast klein anzuschauen, eher wie ein übergroßer Turnbeutel. In ihrer Zeit in der Näherei hatten sie solche nicht gefertigt. »Die sind ja süß«, sagte sie, und irgendwo in ihrem Hinterkopf formierte sich ein Gedanke, der ihr aber sofort wieder entglitt.

»Finden wir auch«, meinte Bernie grinsend, und Eva vermutete, dass ihnen die Säcke gefielen, weil sie einfach leichter waren.

»Und was kommt da rein?«, erkundigte sich Eva.

»Na ja, wir sollen ja mischen, aber wir sehen schon zu, möglichst viel Zweierkörnung zu nehmen. Die ist leichter und der Sack ist schneller voll. Das ist ja doppelt gut.«

Die Logik leuchtete Eva ein. Wenn sie sich an die Zahlen aus den Kontobüchern erinnerte, dann verdienten sie mit so einem Afrikabeutel etwa das Doppelte von dem, was sie eingenommen hätten, wäre das Salz nach Gewicht abgerechnet worden. So ganz verstand Eva noch nicht, was ihr Kunde davon hatte. Aber das ließ sich ja rausfinden. »Kann ich den mitnehmen?«, fragte Eva und hielt den Sack hoch.

»Fräulein Benningsen, nichts für ungut, aber das müssen Sie mich wirklich nicht fragen. Sie sind hier ja auch so was wie die Chefin.«

Eva spürte, wie sie rot wurde. Bernie hatte tatsächlich recht. Aber musste ihr wirklich ein Arbeiter verdeutlichen, dass sie mehr war, als sie selbst oft empfand? Viel mehr, als ihr

Vater ihr zugestand? Eine Woge des Ärgers schwoll in ihr an. In Momenten wie diesen, in denen andere keinen Zweifel an ihrer Führungsrolle aufkommen ließen, wurde Eva bewusst, wie oft sie sich zu Unrecht unterbuttern ließ, wie ihre Ratschläge in den Wind geschlagen wurden, wie schlichtweg an dem festgehalten wurde, was »immer schon so war«. Wohin das führte, hatte sie heute Morgen ja schwarz auf weiß nachlesen können. Wann endlich würde ihr Vater einlenken und seine halsstarrige Haltung aufgeben? Niemals, dachte Eva, und ihr entfuhr ein Seufzer, woraufhin Bernie sie fragend ansah. »Schon gut«, beschwichtigte Eva den Packer. »Mir ist nur etwas eingefallen.«

Der Temperaturunterschied betrug bestimmt fünfzehn Grad, als Eva nach draußen trat und direkt zu frösteln begann. Schnell zog sie sich den Mantel an und ging im Eiltempo Richtung Kurpark, den Sack lose in der Hand. Als sie am Gradierwerk ankam, verlangsamte sie ihre Schritte und atmete tief durch. Dichter verglichen einen Spaziergang entlang der sechzig Meter langen Holzfestung, in der unablässig Sole auf die aufgeschütteten Schwarzdornzweige innerhalb des Holzrahmens plätscherte, mit einem Ausflug ans Meer. Es stimmte. Die Luft schmeckte salzig, war von der körnigen Feuchte geschwängert, die man von Nord- oder Ostsee kannte. Das Gradierwerk hier in Lüneburg war noch verhältnismäßig jung – es war erst 1907 errichtet worden und diente eher medizinischen Zwecken, da die heilende Wirkung für Patienten mit Lungenleiden als erwiesen galt. Lüneburgs Hoffnung, so auch noch mal ein Kurbad zu werden, hatte sich zwar bislang nicht erfüllt, aber Gäste kamen dennoch. Die frühen Gradierwerke des Mittelalters hatten ursprünglich der schnelleren und kostengünstigeren Salzgewinnung gedient, denn der Salzgehalt der Sole erhöhte sich durch den Einfluss von Sonne und Wind. Lüneburg aber mit seinen so reinen Quellen hatte das schlicht nicht nötig. Vorsichtig strich Eva über die Schlehenäste. Es stimmte nicht, was ihr Vater ihr immer nachsagte – sie habe das Salz nicht im Blut. Das hatte sie sehr wohl. Ein Leben ohne die Saline und die ehrfürchtige Liebe zum Salz war für sie kaum vorstellbar. Und vielleicht genau deswegen war ihr Blick eher nach vorn gerichtet, in eine neue Zukunft, nicht nur in die strahlende Vergangenheit, die doch längst vorbei war. Sie stieg die Treppe hoch auf die acht Meter hohe Konstruktion und genoss einen Moment lang die Aussicht auf den Park und den Ententeich. Ob sie es wollte oder nicht, Eva liebte ihre Stadt, die alten Fachwerk- und Kaufmannshäuser, das ehemalige Stadtschloss, den Stintmarkt am Hafen. Sie wusste, dass es eine große Prüfung für sie sein würde, das alles zu verlassen. Eva atmete noch einmal tief durch und stieg dann die Stufen wieder hinab. Es wurde Zeit.

Eva öffnete die Tür, warf den Schlüssel auf die Kommode und zog Mantel und Schuhe aus. »Hallo, seid ihr da? Ich bin wieder zu Hause!«, rief sie in die Stille des Hauses.

»Ich bin in meinem Zimmer«, hörte sie Karla antworten. Sie klang deutlich kräftiger.

Eva ging in die Küche und schaute im Kühlschrank nach der Suppe. Weg. Sehr gut, dann hatte Karla sie sich wohl wirklich warm gemacht. Was ihr der Topf in der Spüle auch bestätigte, in dem bereits die letzten Reste am Boden angetrocknet waren. Eva ließ Wasser einlaufen. Auf diese Idee hätte ihre kleine verwöhnte Schwester ruhig auch kommen können. Bei dem Gedanken meldete sich Evas Magen. Sie hatte seit dem knappen Frühstück noch nichts gegessen. Und ihr Vater? Offenbar hatte es ihn nun doch auch erwischt. Sie stieg die Treppe hoch zu den Wohnräumen und sah zuerst nach Karla, die auf dem Fußboden mit Legosteinen an einem neuen Haus baute. Eva ging in die Hocke und strich ihr über die Stirn. Nach wie vor kein Fieber mehr. »Wie geht's dir? Was macht der Kopf?«

Karla sah zu ihr auf. Ihr Blick war klar. »Gut, ehrlich gesagt. Der Schädel brummt noch etwas, aber ich vermute, das liegt an den fünf Tagen, die ich nicht draußen war. Ich will morgen auch wieder in die Schule.«

Eva lächelte. »Eine sehr weise Entscheidung, Karlchen.« Manchmal war Langeweile offenbar schlimmer als Mathe und Deutsch. »Ist Papa noch im Bett?«

»Ich glaube schon. Hab ihn weder gehört noch gesehen. Gehustet hat er ein bisschen.«

Beunruhigt stand Eva auf und klopfte an die Tür zum Elternschlafzimmer. Als sie nichts hörte, trat sie einfach ein. Ihr Vater lag im Bett, die Augen geschlossen. Auf seinem Nachttisch lagen ein paar Taschentücher und um die Nase war er etwas rot in dem sonst fahlen Gesicht. »Papa«, sagte sie leise, und da öffnete er die Augen. Er blinzelte ein paar Mal und hob dann den Kopf. Ein Strahlen huschte über sein Gesicht. »Christa! Da bist du ja endlich. Wo warst du denn so lange?«

Eva schluckte. Hatte ihr Vater so hohes Fieber, dass er sie mit ihrer Mutter verwechselte?

»Aber solltest du dich nicht hinlegen? Der Arzt hat gesagt, du sollst dich schonen.« Heiner Benningsen nahm seine Hand von der Bettdecke und streckte sie nach Eva aus. »Wie schön, dass du mich besuchen kommst, aber du musst wirklich auf dich aufpassen. Es ist doch bald so weit!«

Eva schluckte. In welchen Erinnerungsschleifen hatte sich ihr Vater da verfangen? Sie trat an sein Bett und legte ihm die Hand auf die Stirn. Ja, er hatte definitiv Fieber. Bei der Berührung flackerte sein Blick. Die Verklärung wich aus seinem Gesicht und die bekannte Strenge kehrte zurück. »Püppi, was machst du denn hier? Ich habe dich gar nicht kommen hören.«

Evas Augen füllten sich mit Tränen. Sie hoffte, es war nur die Grippe. Aber Eva konnte die Augen nicht mehr davor verschließen, dass ihr Vater zuletzt häufiger etwas verwirrt gewirkt hatte. Tüdelig, hatte sie gedacht, als er neulich morgens mit dem Mantel falsch herum angezogen das Haus hatte verlassen wollen oder als sie seinen Schlüsselbund in seinem Schuh entdeckt hatte. Sie würde das beobachten müssen. Eigentlich war er noch zu jung für diese Art der Vergesslichkeit.

»Hallo, Paps, jetzt hast du dir wohl auch die Grippe eingefangen«, sagte sie sanft. »Soll ich dir etwas zu essen machen? Bratkartoffeln mit Rührei und Speck vielleicht?«

Er sank zurück in die Kissen und schloss die Augen. »Das klingt sehr gut, Püppi, aber lass mal, ich habe keinen Appetit.«

»Na, dann hole ich dir wenigstens etwas zu trinken. Trinken musst du, da hilft alles nichts!«

Ein leises Lächeln huschte über sein Gesicht. »Wie du dich immer um mich sorgst, Christalein.«

Eva verließ das Schlafzimmer und überlegte auf dem Weg nach unten, ob sie später einmal bei ihrem Hausarzt, Dr. Lübke, vorbeischauen sollte, beschloss aber, noch mindestens einen Tag abzuwarten. Jeder fantasierte im Fieber mal.

In der Küche stellte Eva das Radio an und setzte einen Kessel mit Wasser für den Tee auf. Dann holte sie ein paar Kartoffeln aus dem Keller, nahm ein Paar Eier, schlug sie in eine Schüssel und begann, sie für ihr Bauernfrühstück zu verquirlen. Mit halbem Ohr lauschte sie den Nachrichten. Die Arbeitslosenzahlen in der Bundesrepublik waren erneut gesunken. Die Quote lag bei nur noch 2,4 Prozent. Das stimmte Eva hoffnungsvoll und sie war froh, dass sie derzeit keine Facharbeiter suchten. Wäre bestimmt nicht leicht gewesen, welche zu finden. Eva summte leise vor sich hin, bis etwas sie zusammenzucken ließ. Hatte sie das richtig gehört? Sie lief zum Radio und stellte es lauter. »... ist heute in den frühen Morgenstunden ein Großbrand im Salzbergwerk Grasleben ausgebrochen. Die Feuerwehr und Rettungskräfte sind noch vor Ort. Die Polizei spricht derzeit von sieben Leicht- und drei Schwerverletzten. Es sind aber unter Tage noch mindestens 120 Menschen eingeschlossen, die aufgrund der massiven Rauchentwicklung und Hitze sowie der unterbrochenen Stromzufuhr nicht geborgen werden können. Das Feuer wütet derzeit unkontrolliert in den Verpackungs- und Verladehallen. Die Ursache ist noch unbekannt ...« Eva stützte sich an der Anrichte ab. In ihrem Kopf schienen tausend Nadeln auf sie einzustechen. »Curti!«, hauchte sie, »Curt!« Mit zitternder Hand legte sie das Schälmesser zur Seite und hörte wie apathisch die Ankündigung des Sprechers: »Es folgt der Wetterbericht.«

Fieberhaft überlegte sie, was sie nun tun sollte. In Grasleben anrufen? Aber bestimmt waren die Leitungen völlig überlastet, und zudem hatte sie auch gar keine Nummer des Salzbergwerkes. Bei der Polizei anrufen? Sie sah auf die Uhr. Dreiviertel vier. Helga musste noch im Rathaus sein. Sofort wählte sie die Nummer der Oberstadtdirektion. »Vorzimmer Dr. Siemers, Fräulein Lackner am Apparat.«

»Helga, Gott sein Dank«, presste Eva gehetzt hervor. »Habt ihr es schon gehört?«

»Eva, bist du das, was ist denn passiert?«

Eva merkte, wie ihr Tränen über die Wangen liefen. Laut schluchzte sie auf. »Helga, in Grasleben gibt es einen Großbrand mit Verletzten. Und viele Bergarbeiter sind noch im Stollen eingeschlossen. Helga, ich habe solche Angst, dass Curt ...« Sie brach ab.

»O mein Gott, Eva. Was sagst du da? Es brennt im Salzbergwerk?«

»Ja, und ich weiß nicht, an wen ich mich nun wenden soll. Ich muss doch wissen, ob es Curt gut geht, Helga ...«

Am anderen Ende herrschte einen Moment Stille. »Ganz ruhig, Evchen. Lass mich mal machen«, sagte ihre Freundin entschlossen. Wenn es irgendwo brannte, auch im wahrsten Sinne des Wortes, war es stets Helga, die die Nerven behielt.

Bei ihr kam es dann eher hinterher raus, wenn alles vorbei war. »Dr. Siemers ist noch im Haus. Ich gehe ihn suchen, und dann schauen wir, ob wir an Informationen kommen. Es ist zwar nicht unser Regierungsbezirk, aber ich bin sicher, dass wir Wege finden. Bleib einfach, wo du bist, ich melde mich, ja?«

»Ja«, schluchzte Eva, setzte sich auf den Hocker neben dem Telefon und zwirbelte die Ecken ihres weißen Stofftaschentuchs mit der umhäkelten Spitze zwischen ihren Fingern. Bitte, lieber Gott, dachte sie, lass ihn unverletzt sein. Mach, dass er in Sicherheit ist, bitte.

Von oben hörte sie das Knarzen der Holzböden. Eva blickte auf und sah Karla am Treppenabsatz stehen.

»Was ist denn los, Eva, du weinst ja?«, fragte Karla und sah sie aus erschrockenen Augen groß an. »Ist was mit Papa?«

Eva schüttelte den Kopf. »Alles gut, Karlchen. Das ist nur der Schreck. Es gab einen Brand in Grasleben, aber alles ist gut. Sie haben das Feuer bald unter Kontrolle.«

»Grasleben?«, kiekste Karla, »das ist doch, wo Curt ist, das Bergwerk meinst du?«

Eva nickte und sah zu Boden. »Aber bestimmt geht es ihm gut.«

Nun schluchzte auch Karla auf und kam langsam die Treppe runter. »Bestimmt? Du weißt es also nicht?«

»Ich habe es selbst eben erst erfahren. Helga versucht, etwas rauszufinden. Aber mach dir keine Sorgen.«

Karla war bei ihr angekommen, und in ihrem Blick lag ein Flehen. »Wie denn? Du machst dir doch selbst welche!«, jammerte sie. Eva nahm sie in den Arm und strich ihr über den Rücken. »Papa hätte ihn nie dazu zwingen dürfen. Seitdem liegt ein Fluch auf diesem Haus.«

»Sch, Karla, so etwas darfst du nicht sagen!«, erwiderte Eva streng. Insgeheim aber hatte sie dieser Gedanke auch schon beschlichen.

19.

Als sie um kurz nach sechs immer noch nichts von Helga gehört hatte, hielt Eva es nicht mehr aus, und sie machte sich selbst auf den Weg ins Rathaus. Sie konnte sich nicht vorstellen, nach so einem Unglück vor verschlossenen Türen zu stehen. Das Bergwerk beschäftigte mehr als 500 Mitarbeiter, und in einer strukturschwachen und vergleichsweise bevölkerungsarmen Region an der Zonengrenze bei Helmstedt, da war Eva sich sicher, war Curt nicht der Einzige, der aus dem 140 Kilometer entfernten Lüneburg dort einen Arbeitsplatz gefunden hatte. Sie eilte zwei Stufen auf einmal nehmend hinauf in den ersten Stock. Zigarettenrauch, der von einer gewissen nervösen Unruhe zeugte, erfüllte die Luft. Helga war nicht an ihrem Platz, aber die Tür zum Zimmer des Oberstadtdirektors stand offen, und sie erkannte ihre Freundin, die mit Block und Stift zwischen vier diskutierenden Männern stand. Dr. Siemers und der Oberbürgermeister waren dort und zwei andere Männer, die Eva nicht kannte.

»… aber wir könnten doch wenigstens medizinische Hilfsmittel rüberfahren – Blutkonserven, Kochsalzlösungen, Antibiotika, vielleicht sogar Personal.«

»Immerhin sind schon vier Löschzüge unterwegs. Das ist erst mal das Wichtigste. Anscheinend gibt es überhaupt noch keinen vollständigen Überblick über die Anzahl der Verletzten und den Grad der Verletzungen.«

»Werden denn noch Personen vermisst?«

»Genau wissen wir das nicht. Wir warten auf Rückmeldung der Feuerwehr, wenn sie vor Ort angekommen ist. Aber die Zugänge zum Schacht sind wohl schon frei. Ich nehme also an, das klärt sich alles noch heute.«

»Guten Abend«, sagte Eva vernehmlich und die Anwesenden drehten sich abrupt zu ihr um. Helga kam auf sie zugelaufen und nahm sie in den Arm. »Ach, Evchen, verzeih, aber hier geht es drunter und drüber. Es ist alles so schrecklich.«

Peter Wiedenbruch, Lüneburgs amtierender Bürgermeister, kam auf sie zu. »Fräulein Benningsen, nehmen Sie doch Platz, bitte.«

Es überraschte Eva nicht, dass er sogar ihren Namen kannte. Auch wenn es nicht rosig um die Saline stand, so war ihr Vater doch eine bedeutsame und respektierte Persönlichkeit der Stadt. Das »weiße Gold« hatte Patina angesetzt, und doch war es ein unverbrüchlicher und gewichtiger Teil von Lüneburgs Stadtgeschichte. Den konnte man nicht einfach ausradieren. »Sie kommen sicher wegen Ihres Bruders, richtig?«

Eva nickte nur. Das Herz schlug ihr bis zum Hals und sie brachte kein Wort heraus.

»Nun, die gute Nachricht ist, und bitte verzeihen Sie, falls das zynisch klingt, dass bislang noch keine Todesopfer verzeichnet wurden.« Evas Atem ging flach. Für sie war das noch keine gute Nachricht. »Wir wissen von einigen leicht Verletzten, und wir vermuten, dass die Männer in den Stollen auch eher unversehrt geblieben sind, da das Feuer ja oben in den Verpackungshallen und im Materiallager wütet. Vermutlich hat es durch einen Kurzschluss eine Explosion gegeben. Aber genau wissen wir es noch nicht.« Er machte eine Pause und rieb sich über die Nasenwurzel. »Da das Feuer auch in den Morgenstunden ausgebrochen ist, haben wir Hoffnung, dass erst wenige Beschäftigte vor Ort waren. Aber all das ist leider derzeit auch nur Spekulation. Ihr Bruder macht dort eine Ausbildung zum Sprengmeister, richtig?«

Eva nickte, ihr Hals war trocken. Helga hatte noch immer ihre Schulter umfasst und zog sie enger an sich.

»Dann könnte es doch gut sein, dass er noch friedlich in seinem Bett lag, als das alles passierte, oder aber zu den Männern unten im Stollen gehörte. Machen Sie sich keine allzu großen Sorgen. Am besten, Sie gehen nach Hause. Fräulein Lackner wird sich bei Ihnen melden, sobald wir mehr wissen.« Mit einem kurzen Kopfnicken wandte er sich nun wieder den anderen zu.

Einer der Männer aus der Gruppe legte den Telefonhörer auf. »Ich habe gerade gehört, dass Hamburg einen Helikopter schickt. Zwei oder drei der Schwerverletzten werden ins Universitätsklinikum geflogen. Wir wissen aber nicht, um wen es sich handelt.«

Siemers nickte. »Das ist doch gut. Hilfe ist unterwegs. Das ist gut.«

»Na komm, Eva«, sagte Helga dann und löste ihren Arm. »Ich glaube, Herr Dr. Wiedenbruch hat recht. Hier kannst du nichts ausrichten. Geh wieder nach Hause. Ich bleibe noch, solange sie mich brauchen, und ruf dich an, ja? Bestimmt geht es dem Curti gut.«

Mit eingesunkenen Schultern blieb Eva noch einen Moment unschlüssig stehen. Sie wusste nichts mit sich anzufangen. Hierzubleiben konnte nichts bringen, aber zu Hause tatenlos auf das Telefon zu starren, war ebenso unsinnig. Blöderweise hatte der Edeka schon zu. Sonst hätte sie wenigstens etwas backen können. So aber …

»Na gut«, seufzte sie, »aber versprich mir, dass du dich wirklich meldest, wenn du etwas hörst, ja? Egal, was es ist.«

»Das tue ich«, versicherte Helga ihr und verabschiedete sich mit einem Kuss auf die Wange. »Du weißt, dass mir genauso daran gelegen ist wie dir, von Curt zu erfahren …«

So schnell, wie Eva gekommen war, so langsam nahm sie nun die Treppe hinab und ging aus dem Rathaus hinaus. Die Sonne warf ihre goldenen Strahlen in die Ladenstraße. Ein Stündchen wäre es noch hell, und so beschoss Eva zum zweiten Mal an diesem Tag, einen kleinen Schlenker durch den Kurpark zu machen. Er lag ohnehin fast auf dem Weg, und jetzt, da die Sonne doch noch ihren Weg durch die Wolken gefunden hatte, konnte sie einmal tief durchatmen.

Mit gesenktem Kopf schritt Eva die anderthalb Kilometer gen Süden und genoss das Knirschen des Sandes unter ihren Füßen, als sie den Park erreicht hatte. Es waren kaum Menschen unterwegs, und Eva ging geradewegs auf ihren Ahorn zu. Mit geschlossenen Augen lehnte sie sich gegen den Stamm. Wenn Ulrich doch bloß bei ihr gewesen wäre, um ihr beizustehen!

»Eva«, hörte sie da plötzlich etwas entfernt eine atemlose Stimme. Sie öffnete die Augen und blinzelte in die Abendsonne. Da sah sie Lothar vor sich stehen, leicht verschwitzt in fescher weißer Tennismontur, den Schläger unter dem Arm geklemmt. »Wovon träumst du denn hier so allein?« Lächelnd trat er ein paar Schritte näher. Als würde die Anspannung bei seinem tröstlichen Anblick von ihr weichen, begann Eva sofort zu schluchzen. Bestürzt kam er noch näher und fasste sie an den Armen. »Um Himmels willen, Eva, was ist denn passiert? Ist etwas mit deinem Vater?«

Eva schüttelte den Kopf, dann nickte sie, dann schüttelte sie ihn wieder. »Nein … ja, auch … aber nein … ich …«

Nun nahm Lothar sie fest in den Arm und Eva ließ es geschehen. Seine Wärme, sein beschleunigter Herzschlag, die

Muskelkraft seiner harten Brust, all das nahm Eva dankbar in sich auf. Behutsam strich er ihr über den Rücken und wartete, bis die Schluchzer langsam abebbten. Als er spürte, dass sie ruhiger wurde, wiederholte er seine Frage leise, ohne sie freizugeben. »Erzähl, was ist passiert? Wenn aus einer Eva Benningsen ein solches Häuflein Elend wird, dann muss es schon etwas Ernsteres sein als ein gerissener Schnürsenkel.«

Eva versuchte sich an einem Lächeln. »Es hat einen Brand in Grasleben gegeben, Lothar, und sie wissen noch nicht, ob Curt etwas abbekommen hat. Es gibt Schwerverletzte, aber wohl nicht so viele ...« Eva erzählte, was sie wusste, und Lothar hörte aufmerksam zu. Und dann berichtete sie auch noch von ihrem kranken Vater, der sie mit »Christa« angesprochen hatte, als würde er ihre tote Mutter in ihr sehen. »Und jetzt weiß ich einfach nicht, was ich machen soll.« Wie sehr sie sich gerade nach Ulrich und seinem Beistand verzehrte, verschwieg sie aus Höflichkeit.

»Weißt du was«, sagte Lothar schließlich, als sie geendet hatte. »Ich bringe dich nach Hause, koche dir eine Tasse Tee und dann warten wir gemeinsam. Sie werden sicher bald herausfinden, wo die fehlenden Männer sind und was mit Curt ist. Egal, wie es ausgeht – und ganz sicher ist alles im Lot, denn ich bin ein Berufsoptimist«, sagte er grinsend, »du solltest jetzt nicht allein sein.«

Aus feucht schimmernden Augen sah Eva ihn an. »Das würdest du tun?«

»Ich würde nicht, ich tue es. Na komm«, sagte er und reichte ihr die Hand.

Die Nachricht kam um Viertel nach zehn. Lothar und Eva waren bei der vierten Partie Mensch-ärgere-dich-nicht, bei der Eva zum vierten Mal verlor, so unkonzentriert spielte sie. Eva ging beim zweiten Klingeln ran und hoffte noch, es möge

Ulrich sein, für den sie am Abend eine Nachricht bei Frau Keller hinterlassen hatte. Aber wenn er wirklich auf dieser Ausstellungseröffnung war, wie die Vermieterin gesagt hatte, kam er sicher später zurück.

»Hallo!«, hauchte sie in den Hörer.

»Hallo, Eva, ich bin's.«

Eva hielt den Hörer so, dass Lothar ebenfalls hören konnte, was Helga zu sagen hatte.

»Eva, es …« Die Freundin brach ab, verschluckte sich weinend, setzte erneut an. »Eva, Curt ist einer von denen, die nach Hamburg ins Universitätsklinikum geflogen wurden. Er hat schwerste Verbrennungen. Sie wissen noch nicht, ob er durchkommt … Eva, ich … es tut mir so leid.« Ein Knacken in der Leitung. Helga hatte aufgelegt. Sie konnte nicht mehr. Das hatte man deutlich gespürt. Fassungslos starrte Eva Lothar an, der ebenfalls leichenblass geworden war. Wortlos formte sie mit den Lippen nur ein Wort: Nein. Nein. Nein. Dann sank sie nach vorn, trommelte gegen Lothars Brust und schrie und schluchzte und schrie, bis Karla erschrocken zur Treppe kam. »Nein! Nein! Nein!«

* * *

Am nächsten Morgen stand Eva pünktlich um 7.20 Uhr an Gleis 2 des Lüneburger Bahnhofes, als der Zug nach Hamburg einfuhr. Lothar hatte sie freundlicherweise gebracht, obwohl sie ihm mehrfach versichert hatte, dass ihr der kurze Fußweg nichts ausmachte. Sie hatte überlegt, ob ein so überstürzter Aufbruch die richtige Entscheidung war – mit einem kranken Vater im Haus, einer noch angeschlagenen Karla, Fräulein Meinert, die vielleicht auch nicht arbeiten konnte. Das alles war ihr jedoch herzlich egal gewesen, denn sie wusste, dass sie ohnehin nichts würde ausrichten können, fahrig und besorgt, wie sie war. Die

Hoffnung, etwas per Telefon herausfinden zu können, hatte sie erst gar nicht gehegt. Auch Ulrich hatte sie nicht noch einmal angerufen. Morgens um sechs wollte sie seine Vermieterin nicht aus dem Bett klingeln, zumal sie ihm ja nichts Neues berichten konnte, also nichts außer dem Unglück selbst.

Da sie in der Nacht kein Auge zugetan hatte, versank sie über dem monotonen Rattern der Räder auf den Gleisen in einen leichten Dämmerschlaf. Sie träumte von Curt, der mit ausgebreiteten Armen von einem Flammenmeer verschluckt wurde, davon, dass sie versuchte, noch seine Hand zu fassen zu bekommen, vergeblich. Sie erwachte, als sie bereits in den Hamburger Hauptbahnhof einfuhren. Eva zog eine Thermoskanne mit Tee aus ihrer Tasche, den sie sich am Morgen gekocht hatte. Er dampfte noch. Sie erinnerte sich daran, wie Karla als Vierjährige sich einmal heißen Fencheltee über die Brust gekippt hatte. Der Deckel ihrer Flasche war nicht richtig zugeschraubt gewesen. Die zarte Kinderhaut war knallrot geworden und Karla hatte geschrien wie am Spieß. Eva mochte sich nicht ausmalen, was es hieß, wenn Flammen, die zehnmal so heiß waren wie Wasser, einem die Haut wegleckten.

Eva stieg aus und bahnte sich durch das Gewimmel der Pendler einen Weg nach draußen. Sie hatte keine Ahnung, wie sie von hier aus zum Universitätskrankenhaus nach Eppendorf kommen sollte, und entschied sich kurzerhand für ein Taxi.

Am Krankenhaus angekommen, musste sie sich auch hier erst mal zurechtfinden und sich den Weg durch die einzelnen Klinikgebäude hindurch suchen, die beinahe schon einer kleinen Stadt glichen. Irgendwann aber kam sie an einen Informationsschalter, in dem eine Dame ihr das Gebäude und die Station nennen konnte, wo ihr Bruder derzeit lag. Wieder eine Viertelstunde später erreichte sie den Bereich der Intensivmedizin der Poliklinik für Verbrennungsmedizin. Vom Treppenhaus aus gelangte sie direkt auf einen Flur und in den

Wartebereich, der rechts und links jeweils nach ein paar Metern von undurchsichtigen, doppelflügeligen Glastüren begrenzt wurde, auf denen in großen schwarzen Lettern »Kein Zutritt« stand. Etwas verloren sah Eva sich um. Die Uhr zeigte 9.40 Uhr. Leise schritt sie den Gang links hinab, hörte Geräusche hinter einer Tür. Sie klopfte zaghaft.

»Ja bitte!« Eine Stimme, weder freundlich noch unfreundlich.

Sie öffnete die Tür, und zwei Schwestern in weißen Kitteln und Häubchen sahen zu ihr auf.

»Es ist noch keine Besuchszeit. Was wünschen Sie?«, fragte die eine, die Eva von der Statur und Frisur her an Martha König erinnerte, ihre Näherin.

Eva lächelte zaghaft. »Mein Name ist … ist Eva Benningsen. Ich bin die Schwester von Curt Benningsen, und man sagte mir, dass mein Bruder hier liegen soll. Er wurde gestern mit dem Hubschrauber …« Eva brach ab, denn schon wieder stiegen ihr Tränen in die Augen. Die schlaflose Nacht forderte zusätzlich ihren Tribut.

Die Schwester, die sie an Martha erinnerte, stand von ihrem Stuhl auf. Lag da Anteilnahme in ihrem Blick? Verunsicherung? Hektisch blickte Eva sich um – aus Angst, es würde sogleich eine Bahre vorbeigeschoben, auf der unter einem weißen Laken ein lebloser Körper läge. »Kommen Sie einmal mit, Fräulein Benningsen.« Sie nickte ihrer Kollegin mit Adlernase und dünnem blondem Haar kurz zu.

Draußen nahm sie sie in dem leeren Wartebereich beiseite. »Fräulein Benningsen, ich bin Schwester Karin. Ich kann Ihnen nicht viel sagen. Das muss dann später der Arzt machen, aber ich kann Sie zunächst beruhigen: Ihr Bruder lebt …«

Stoßweise stieß Eva die Luft aus und legte sich die Hand auf die Brust. Sie hatte gar nicht gemerkt, wie flach sie geatmet hatte.

»Er musste gestern notoperiert werden. Er hat schwerste Verbrennungen an der gesamten linken Körperhälfte erlitten, vor allem am Arm, an der Hüfte und im Gesicht. Die Ärzte mussten erste Hauttransplantationen vornehmen, um einer Entzündungsüberreaktion vorzubeugen. Jetzt wird er intensivmedizinisch versorgt, und dann sehen wir weiter. Er ist noch nicht bei Bewusstsein, die Ärzte haben ihm Beruhigungsmittel gegeben. Aber wenn Sie wollen, dürfen Sie ihn einmal sehen. Ich möchte Sie nur warnen …« Schwester Karin hatte Evas Hand genommen und die Innenfläche sachte mit dem Daumen massiert. Es wirkte wohltuend. »Sein Anblick könnte Sie erschrecken.«

Eva nickte. »Haben Sie vielen Dank. Ja, wenn es geht, würde ich ihn gern einmal sehen.« Eva zog ihr Taschentuch hervor und schnäuzte sich, während Schwester Karin die Tür zum Intensivbereich öffnete, der dem Personal vorbehalten war. Zwei Zimmer gingen rechts und links vom Gang ab. Der Operationssaal schien weiter hinten zu sein. Die Jalousien waren allesamt heruntergezogen. »Warten Sie bitte kurz hier draußen. Rein können Sie nicht – Infektionsgefahr!«

Eva wartete vor der lang gezogenen Scheibe, bis Schwester Karin die Jalousie von innen hochzog und so den Blick freigab auf ein Dreibettzimmer, in dem zwei Plätze belegt waren. Erschrocken hielt Eva sich die Hand vor den Mund. Sie starrte auf die zwei Betten, sah die Metallverstrebungen, sah Monitore und Schläuche, die irgendwo zwischen weißem Mull endeten. Was sie nicht sah, war ein Mensch. Die zwei Gestalten in den Betten waren beide – zumindest das, was außerhalb der dünnen Gazedecke zum Vorschein kam – in Verbände eingewickelt, zwischen denen keinerlei Haut zu erkennen war. Allenfalls zwei kleine Schlitze um Augen und Nase ließen darauf schließen, dass es sich noch um lebende Menschen handelte.

Eva, die seit fast vierundzwanzig Stunden nichts gegessen hatte, spürte eine galleartige Übelkeit in sich aufsteigen. Was hatte ihr Bruder durchleiden müssen? Welches Inferno lag hinter ihm? Welche Hölle noch vor ihm?

Schwester Karin hatte ihr deutlich gemacht, dass Curt am anderen Ende des Raumes lag, also an der Wand, nicht in der Mitte. Und vielleicht, wenn sie sich lange genug konzentriert hätte, hätte sie an der Form seines Körpers auch erkannt, dass er es war. Der andere Mensch schien dicker und gedrungener zu sein. Aber was half das alles schon? Wer wusste denn, wie es mit den beiden weitergehen würde? Und selbst wenn sie überlebten – wie sähe das aus? Eva wusste nichts über die Folgen von schweren Verbrennungen. Wäre der Bewegungsapparat beeinträchtigt? Welche Funktionen hatte die Haut überhaupt, und was passierte, wenn sie diese nicht mehr erfüllen konnte? So viele Fragen, während sie dort auf diesen mumienartigen jungen Mann starrte, der einst zarte Gedichte geschrieben hatte und gemalt, und der so feinsinnig war, dass es schmerzte. Dessen Körperoberfläche jetzt wie versiegelt war. Was drang noch nach außen? Gelangte noch etwas hinein? Oder war die Grenze zwischen innen und außen bei ihrem Curt nun für immer geschlossen?

Eva wischte sich über die Augen und Schwester Karin kam zu ihr zurück. Sie schien zu merken, welche schweren Gedanken Eva umtrieben. Sie fasste sie kurz an der Schulter. »Ich verstehe, wenn Sie der Anblick erschreckt, aber glauben Sie mir, es wird besser. Ihr Bruder ist frisch operiert worden. Und wir brauchen die antiseptischen Verbände. Aber das bleibt ja nicht so. Ich werde Dr. Morgenthaler informieren, dass Sie da sind. Sobald er Zeit hat, wird er Ihnen alles erklären.«

»Danke«, sagte Eva leise. »Haben Sie eine Ahnung, wie lang das etwa dauern wird? Nur, damit ich Bescheid weiß.«

Bedauernd schüttelte Schwester Karin den Kopf. »Leider nicht, aber ich vermute, bis um die Mittagszeit. Vielleicht gehen Sie noch eine Runde im Eppendorfer Park spazieren. Etwas frische Luft tut Ihnen sicher gut.«

Eva war sich nicht sicher, was ihr in diesem Moment wirklich guttat, vermutlich zunächst ein halbes Mettbrötchen und eine Tasse Kaffee. Sie fühlte sich deutlich zu müde für viel Aktivität, aber vielleicht konnte sie sich ja wenigstens eine halbe Stunde auf eine Bank setzen. Dann wäre sie um zwölf wieder zurück.

20.

Mit dem Gefühl, einen schweren Sack auf den Schultern zu tragen, schlich sie die Treppen wieder hinab auf der Suche nach einem Kiosk oder einer Kantine, wo sie etwas zu essen kaufen konnte. Verwundert nahm sie wahr, wie wenig Menschen ihr begegneten. Sie verband mit einer Stadt wie Hamburg immer ein Gewimmel von Leuten und hektische Betriebsamkeit. Bevor sie jemanden fragen konnte, stieg ihr endlich der Geruch von Kaffee in die Nase, dem sie einfach folgte. In einem schmucklosen Raum mit ein paar weißen Tischen und Plastikstühlen entdeckte sie einen Verkaufstresen, der in Vitrinen auch Brötchen und Kuchen feilbot. Mett gab es nicht – »wegen der Hygiene«, klärte sie die Frau im Verkauf auf –, also entschied sie sich für ein Salamibrötchen und eine Tasse Filterkaffee. Sie setzte sich an einen freien Tisch am Fenster und rührte gedankenversunken in der schwarzen Flüssigkeit.

»Wollen Sie nicht wenigstens einen Schuss Sahne reintun? Dann haben Sie einen Grund zum Rühren«, hörte sie mit einem Mal eine weibliche Stimme neben sich.

Erschrocken blickte Eva hoch und sah in das lächelnde Gesicht einer Frau Mitte vierzig – so alt, wie ihre Mutter jetzt gewesen wäre. »Was? Ach so, nein danke. Heute nicht.«

Die Frau nickte verständnisvoll. Sie hatte ihren braunen Mantel mit Pelzbesatz nicht ausgezogen, obwohl es hier drinnen recht warm war. »Ein schwarzer Tag also?«

Eva nickte nur.

»Warum sind Sie hier?« Die Frau nahm Platz und legte ihre Handtasche auf den Schoß. »Wenn das nicht zu indiskret ist, natürlich. Annelie Habermas.« Sie streckte Eva ihre raue Hand entgegen.

»Eva Benningsen«, sagte Eva. »Mein Bruder wurde gestern eingeliefert. Er gehört zu den Opfern des Brandes in einem Salzbergwerk in Niedersachsen. Vielleicht haben Sie ja davon gehört …«

Die Frau schüttelte bedauernd den Kopf. »Leider nein. Ist es schlimm?«

Wieder spürte Eva, wie sich ihre Augen mit Tränen füllten. »Ich denke schon …«

»Das tut mir sehr leid … bei mir ist gestern mein Herbert mit Tatütata abgeholt worden. Das Herz … Seit dem Krieg ist er anfälliger geworden. Möglicherweise wollen sie ihn operieren. Es gibt da wohl neue Techniken, und wenn es meinem Herbert hilft, soll es mir recht sein.«

Trotz ihrer düsteren Stimmung musste Eva lächeln. Die unverstellte Schlichtheit und der sonnige Pragmatismus dieser Frau berührten Eva. Irgendwo wurde auch bei Curt ein Stück Haut rausgeschnippelt und woanders wieder drangepappt. Wenn sie es nur so hätte sehen können! Aus einem Impuls heraus nahm Eva einen letzten Schluck Kaffee, stand auf und wandte sich an die Dame, die vielleicht ihre Mutter hätte sein können. »Ich habe noch ein bisschen Zeit. Hätten Sie Lust, mich auf einen kleinen Gang durch den Park zu begleiten?« Das Brötchen hatte ihr gutgetan. Sie fühlte sich gestärkt und wollte gern noch einen Moment mit Frau Habermas verbringen.

»Eine hervorragende Idee! Nichts geht über gutes Essen, gesegneten Schlaf und eine Tüte frische Luft. Kommen Sie!«

Als sie draußen in dem hügeligen, von altem Baumbestand gesäumten Park angekommen waren, hakte sich Frau Habermas bei ihr unter und atmete tief durch. »Ach, ist das nicht herrlich? Wussten Sie, dass der Eppendorfer Park eine der ältesten Anlagen im englischen Stil von ganz Hamburg ist?«

Eva schüttelte den Kopf. Das hatte sie nicht gewusst. »Sie kommen von hier?«

»Ja. Ich bin in Eimsbüttel groß geworden. Das ist gleich um die Ecke. Zum Glück! Wer weiß, was sonst gestern gewesen wäre …« Frau Habermas hielt ihr Gesicht in die Sonne. Die Wolken hatten sich fast vollständig verzogen. »Ich entnehme Ihrer Frage, dass Sie von auswärts sind.«

»Wir wohnen in Lüneburg, also mein Vater, meine Schwester und ich. Curt ist vor einem knappen Jahr nach Grasleben gezogen … wegen seiner Ausbildung.«

»Oha«, machte Frau Habermas. »Nach Ihrer Mutter frage ich also besser nicht?«

»Sie ist bei der Geburt meiner Schwester gestorben.« Eva sah zu ein paar Enten hinüber, die gemächlich über den Teich paddelten.

»Das tut mir leid.«

Eine Weile schritten sie schweigend nebeneinanderher. Aus der Ferne hörte man das Rattern der Straßenbahnen. »Dem Herbert und mir waren leider keine Kinder vergönnt. Na ja, was heißt vergönnt … Ich war zwanzig, als die Nazis an die Macht kamen, und wir stammten beide aus recht liberalen Elternhäusern. Herberts Vater war Professor ausgerechnet für Geschichte. Mein Vater war Tischler.« Frau Habermas machte eine Pause und kicherte. Eva hatte parallel nachgerechnet. Sie hatte das Alter der Frau demnach richtig geschätzt. »So haben wir uns auch kennengelernt. Mein Vater hatte seinem Vater ein neues Stehpult gebaut.

184

Das Klappergestell der Hochschule hat ihm nicht genügt … Jedenfalls dachten wir, dass die Zeiten nicht die rosigsten waren, um Kinder in die Welt zu setzen. Vielleicht hätten wir damals schon emigrieren sollen, aber meiner Mutter ging es nicht gut, und so haben wir es eben gelassen … na ja, dann kam der Krieg, Herbert wurde eingezogen, und als er zurückkam, war ich bereits Mitte dreißig und für Kinder war es dann aus unterschiedlichen Gründen zu spät.«

Eva hatte der Frau aufmerksam zugehört. Ihr, die wenig anderes kannte als die Saline und die Selbstverständlichkeit von Familie, kam das alles sehr weltgewandt und städtisch vor, was Frau Habermas da erzählte. Es war, als würde sie einen Bonbon lutschen, dessen Geschmack sie nie zuvor auf der Zunge gehabt hatte. Süß, befreiend, und doch wusste man nicht, ob gleich der saure Kern kam. War es das, was auch Ulrich in Berlin spürte? »Haben Sie es bedauert?«, platzte es dann auch aus Eva heraus. »Ich meine, Entschuldigung, aber denken Sie im Nachhinein, Sie haben etwas verpasst?«

Frau Habermas lachte. »Ach, Kindchen, Sie sind noch so jung und zerbrechen sich Ihr hübsches Köpfchen schon über vertane Chancen. Natürlich habe ich etwas verpasst. Wir verpassen andauernd etwas im Leben. Sehen Sie, wenn wir nun statt links zu gehen den Weg hier rechts nehmen, sehen wir den Teich mit der Trauerweide nicht und wie darunter vielleicht gerade ein Fuchs in seinem Bau verschwindet. Aber wenn ich dauernd beklage, was ich nicht erlebe, dann komme ich doch gar nicht dazu, die Schönheit dessen wahrzunehmen, was gerade da ist. Das Einzige, was ich wirklich wichtig finde im Leben, ist, zu jeder Entscheidung, die ich in einem Moment treffe, auch wirklich zu stehen. Ich bin keine Freundin fauler Kompromisse oder aufgeschwatzter Wahrheiten. Finden Sie heraus, was Ihnen wichtig ist, und dann handeln Sie danach, junges Fräulein. Dann werden Sie im Nachhinein auch nicht hadern.«

Frau Habermas war stehen geblieben und sah Eva nun eindringlich an. »Ich spüre, dass Sie vor einer solchen Entscheidung stehen, und ich kann mir vorstellen, dass sie Ihnen sehr schwerfällt, wo Sie offenbar früh den Platz Ihrer Mutter einnehmen mussten. Aber glauben Sie mir: Ihr Herz kennt den Weg. Lassen Sie sich von den äußeren Erwartungen nicht zu sehr davon abbringen.«

Eva schluckte trocken. Woher nahm diese Frau nur all dieses Wissen und die Weisheit? Wie konnte sie ihr so sehr auf den Grund ihrer Seele schauen? Ergriffen nahm sie Frau Habermas' Hand und umschloss sie mit ihren Fingern. »Ich danke Ihnen sehr. Für Ihre Worte. Für Ihre Sicht auf die Dinge. Ich werde darüber nachdenken.«

»Na, dann ist es ja gut, wenn eine olle Plaudertasche wie ich mit ihrem Gesabbel noch einmal jemanden aufmuntern konnte. Was wünscht man sich mehr, oder?« Sie zwinkerte Eva zu. »Und jetzt sollten Sie vielleicht wieder reingehen. Sie meinten ja, Sie haben nur ein bisschen Zeit. Ich bleibe noch einen Moment.«

»Sie haben schon wieder recht«, erwiderte Eva und verabschiedete sich mit einem Dankesgruß. Festen Schrittes ging sie zurück in die Poliklinik. Im Gegensatz zu heute früh war sie nun viel zuversichtlicher, dass Curt es schaffen würde. Schlussendlich war er ein Kämpfer. Genau wie sie.

Der Mann, der eine halbe Stunde später auf sie zukam, nachdem sie im Wartebereich Platz genommen hatte, war groß, an die zwei Meter, hatte grau melierte Schläfen und einen ernsten Blick. Alles an ihm kam Eva lang vor: das Gesicht, die Arme, der Rumpf. Nur sein weißer Kittel schien zwei Nummern zu klein. Eva erhob sich.

»Guten Tag, sind Sie Fräulein Benningsen?«

Eva sah zu ihm auf. »Ja.«

186

»Morgenthaler. Ich habe die OP geleitet. Kommen Sie doch bitte mit.«

Der Arzt schritt voran durch die Tür mit der Aufschrift »Zutritt verboten« und öffnete dann links eine Tür, die in ein kleines freundliches Büro führte, das von einem ausladenden schwarzen Schreibtisch dominiert wurde, auf dem das Newtonsche Kugelpendel stand. »Bitte, nehmen Sie Platz!«

Eva setzte sich und Dr. Morgenthaler ließ sich ebenfalls nieder. »Sie sind die Schwester, wurde mir gesagt.«

Eva bestätigte mit einer Kopfbewegung.

»Hatten Sie eine gute Anreise?«

»Wie bitte?«

»Sie kommen doch nicht aus Hamburg, oder?«

Eva merkte, wie sie langsam ungehalten wurde. »Nun ja, Lüneburg ist aber auch nicht Neapel. So lange dauert es nicht. Danke.«

Der Arzt schmunzelte. »Schon gut. Manchen hilft ein kleiner Umweg. Lassen Sie uns also offen sprechen: Ihr Bruder hat Glück gehabt, vielleicht dies vorweg.« Eva wagte nicht zu atmen. »Glück, weil der Hubschrauber zur Verfügung stand und er sehr schnell von der Unfallstelle zu uns kam. Zwei Stunden später, und wir säßen jetzt vermutlich anders hier.« Eva musste sich zusammenreißen, um nicht aufzuspringen. Warum konnte dieser Arzt nicht einfach auf den Punkt kommen? »Ihr Bruder hat linksseitig schwerste Verbrennungen zweiten und dritten Grades. Vor allem betroffen sind das Gesicht – Wange und Augenpartie –, der linke Oberarm und die Hüfte. Seine Beine werden derzeit noch mit antibiotischen desinfizierenden Verbänden behandelt, um das Risiko einer Infektion zu vermindern. Meiner Einschätzung nach ist die Dermis so weit intakt, dass wir dem Körper den Heilungsprozess überlassen können. Genaueres wissen wir jedoch erst in ein, zwei Wochen, wenn wir die Vernarbungsmuster abschätzen können.«

Dr. Morgenthaler machte eine Pause, vielleicht, um Eva Raum für Fragen zu geben, doch die sah ihn nur gebannt an. »Anders eben an den Körperstellen mit Verbrennungen dritten Grades. Hier waren mit unterschiedlicher Schwere Kutis und Subkutis betroffen und wir mussten in einer ersten fünfstündigen Notoperation teils großflächig nekrotisches Gewebe abtragen, gesundes Gewebe entnehmen und entsprechend transplantieren. Wir können nur hoffen, dass die Hautschichten gut angenommen werden und das Organ schon bald dort arbeiten kann. Wissen tun wir das heute noch nicht.«

»Wann wissen Sie das?«, unterbrach Eva jetzt.

»Jeder Tag, an dem sich keine Sepsis oder eine entzündliche Reaktion einstellt, ist ein Tag, den wir gewinnen. Verbrennungskrankheiten sind tückisch. Es gibt hier viele Risikofaktoren, die eine unerwünschte Kettenreaktion auslösen können und die leider nicht vorhersehbar sind. Im Moment dürfen wir nur hoffen, dass die Wundheilung gut voranschreitet und das Gewebe angenommen wird. Sollte sich in drei bis vier Tagen keine Nekrose gebildet haben, können wir zuversichtlich sein. Aber eine Garantie ist das nicht, Fräulein Benningsen.«

»Ich verstehe«, erwiderte Eva, obwohl sie nicht sicher war, dass sie das wirklich tat.

»Jedoch ... ich sprach von einer *ersten Notoperation* ... zur Stabilisierung und zur Vermeidung eines tödlichen Verlaufs der Verbrennungskrankheit. Ich vermute, dass sich Ihr Bruder in den kommenden zwei Jahren noch diversen Transplantationen wird unterziehen müssen, um so langsam und Stück für Stück eine Dermis aufzubauen, die die nötige Feuchtigkeitsregulierung und den antibakteriellen Schutz weitestgehend allein übernehmen kann. Möglicherweise folgen auch noch Schönheitsoperationen, je nachdem, wie sich die Gesichtspartien entwickeln. Auch das ist heute unmöglich zu sagen. Sie haben Ihren Bruder ja gesehen – vollständig verbunden.« Nun stützte der Arzt die

Ellbogen auf die schwarze Glasplatte und faltete die Hände. »Dies sind also zunächst einmal die medizinischen Fakten, mit denen wir es zu tun haben. Damit ist aber noch kein einziges Wort darüber gesagt, wie Ihr Bruder mit der psychischen Belastung umgehen wird. Wir wissen nicht, ob und inwieweit sein Bewegungsapparat eingeschränkt sein wird. Wird er hinken? Wird er seinen linken Arm noch vollständig nutzen können? Wird seine Kiefermuskulatur arbeiten wie gewohnt? Er wird Schmerzen haben, starke Schmerzen. Wie wird er damit umgehen können? Er wird seinen Beruf nicht mehr ausüben können. Er wird vielleicht gar nicht mehr richtig arbeiten können. Ihr Bruder, Fräulein Benningsen, ist ab heute ein chronisch schwerkranker Mann. Und das wird, gehen wir einmal davon aus, die Medizin macht einen guten Job, die eigentliche Herausforderung. Ihr Bruder wird viel Liebe, Zuspruch und eigenen Lebensmut brauchen, um das alles durchzustehen. Vergessen Sie das ab heute bitte nie mehr. Trauen Sie sich das zu? Gibt es einen familiären Hintergrund, der damit umgehen kann?«

Eva war mit jedem Wort des Arztes tiefer in ihren Stuhl gesunken. Den ganzen Morgen war sie wie erstarrt gewesen, hatte gehört, was geschehen war, hatte gesehen, ansatzweise, was Curt widerfahren war – ihr Bruder, eine weiße Mumie an Schläuchen. Und hatte nichts davon wirklich gefühlt. Wie unter Schock hatte sie das alles erlebt, unfähig, irgendeinen Gedanken zu fassen, der die Tragweite dieses Unglücks auch nur annähernd umrissen hätte. Jetzt aber, nach den Worten des Mediziners und den unmissverständlichen Szenarien, die er ihr überdeutlich skizziert hatte, bekam sie doch den Hauch einer Ahnung von der Tragödie, die ihren Bruder und ihre Familie ereilt hatte. Bilder kamen ihr in den Kopf – Curt, der reglos in seinem Bett am Lambertiplatz lag, der versorgt, gesalbt, gefüttert werden musste und dessen stumme Tränen niemand wirklich trocknen konnte. Der vielleicht einen schiefen offenen Mund zurückbehalten würde, oder einen lahmen Arm. Der seines Lebens, seiner Vitalität beraubt bleiben, vielleicht nie wieder lachen würde. Ihr Vater, der dieses Zimmer womöglich nie betreten und sich weigern würde, Curts Anwesenheit als gegeben zu realisieren. Karla, die mit ansehen musste, wie ihr verkrüppelter Bruder langsam dahinsiechte. Die Saline. Was würde aus der Saline werden? Und, sie dachte an die Worte von Frau Habermas, was würde aus *ihr* werden? Was aus ihrem Plan, zu Ulrich nach Berlin zu gehen? Unmöglich in der jetzigen Situation. Aber was wäre fortan ihre Rolle? Mutter war sie schon, jetzt auch noch Krankenschwester? Aber wenn ihr Vater die Geschicke der Saline nicht in eine andere Richtung lenkte, würde es ihnen ohnehin bald am Grundlegendsten fehlen. Sie musste also darauf drängen, die Geschäftsführung zu übernehmen. Aber wer würde sich dann um ihre Geschwister kümmern … Eva schwindelte, so schnell drehten sich ihre Gedanken im Kreis. Ob es einen familiären Hintergrund gab, der damit umgehen konnte. Natürlich nicht! Es gab sie, aber das reichte nicht mehr. Jetzt erst recht nicht.

»Fräulein Benningsen?« Der Arzt reichte ihr ein Taschentuch. Eva hatte gar nicht gemerkt, dass sie längst zu weinen begonnen hatte. Wie so oft in letzter Zeit. Während es Deutschland so gut ging wie nie, war ihr Leben ein einziger Trümmerhaufen. »Soll ich Ihnen ein Beruhigungsmittel bringen? Ich verstehe, dass das alles sehr viel auf einmal ist …«

Eva zerknautschte das Taschentuch in ihrer Hand. »Nichts für ungut, Herr Dr. Morgenthaler, aber ich glaube, Sie verstehen rein gar nichts«, erwiderte sie so gefasst wie möglich.

Die Miene des Arztes verriet keine Regung, als er weitersprach. »Unter gewissen Voraussetzungen gibt es auch die Möglichkeit der stationären Pflege. Nicht für immer, aber doch so lange, bis der Patient so weit genesen ist, dass er wesentliche Handgriffe wieder ohne Hilfe erledigen kann. Ich schlage jedoch vor, dass wir all das zu einem späteren Zeitpunkt besprechen. Im Moment gilt die Regel: Jeder Tag ohne Zwischenfall ist ein guter Tag. Ihr Bruder ist in einem kritischen Zustand, und wir wissen Anfang nächster Woche, ob die transplantierte Haut angenommen wurde. Dafür dürfen Sie erst mal kräftig die Daumen drücken. Dann wird er auch ansprechbar sein. Der Verbrennungsschock lässt nach spätestens zwei Tagen nach. Mein Rat wäre also, als Mensch und als Arzt, Sie fahren jetzt wieder nach Hause, besprechen sich mit wem auch immer, verarbeiten, was Sie gehört und gesehen haben, lassen sich ein bisschen verwöhnen, wenn möglich, und wir sehen uns dann in fünf Tagen.«

Eva erhob sich. Ihre plötzliche Klarsicht war erneut einer dumpfen Mattigkeit gewichen. Sie fühlte sich unendlich müde. »Danke, Herr Dr. Morgenthaler.« Sie wandte sich bereits zum Gehen.

»Sind Sie sicher, dass Sie kein Beruhigungsmittel brauchen?«

Eva zuckte mit den Schultern. »Ja, ich denke schon. Auf Wiedersehen.« Nach kurzem Zögern fügte sie hinzu: »Und passen Sie gut auf meinen Bruder auf.«

»Das werden wir, Fräulein Benningsen, versprochen. Sie können sich am Montag davon überzeugen.«

Mit dem Mantel in der Hand verließ Eva das Sprechzimmer. Da es auf demselben Flur lag wie die Krankenzimmer der Intensivstation, ging Eva noch einmal zu dem Fenster, hinter dem ihr Bruder lag und dieser andere Mann. Die Jalousien waren heruntergezogen. Man sah und hörte nichts. Eva legte ihre Hand an die Scheibe. »Mach's gut, Curti, ich komme bald wieder.«

21.

Ulrich war seinem Chef dankbar, dass er ihm diesen Mittwoch inoffiziell freigegeben hatte. Nachdem er sich aus Giselas Klauen befreit hatte – und Ulrich schüttelte noch immer den Kopf darüber, wie wenig subtil sie versucht hatte, ihn zu verführen –, war er noch mit einigen Künstlern und Veranstaltern ins Gespräch gekommen. Wie es eben so war, wenn die Menschen angetrunken in Feierlaune kamen und einem gern ihr Herz ausschütteten. Ulrich kannte das schon und staunte noch immer darüber. Offenbar hatte er eine Art, die andere dazu animierte, sich ihm anzuvertrauen. Er nahm das billigend zur Kenntnis. In seinem Beruf würde ihm das sicher eher helfen. Dr. Brinkmeier hatte ihn gebeten, um zehn ins Büro zu kommen, falls etwas reinkäme, wobei er seine Unterstützung bräuchte, ihm jedoch ansonsten signalisiert, dass er sich in der Beschäftigung frei fühlen dürfe.

Zum gefühlt hundertsten Mal strich er mit dem Finger über die Adresse in seinem Notizbuch, die ihm ebenso unbekannt wie verheißungsvoll erschien. Arno Blumberg. Dieser Mann hatte Deutschland verlassen, als er geboren wurde. Er kannte ihn nicht. Und noch weniger seine Geschichte. Aber Ulrich wusste, dass er, als er im Alter von neun Jahren zu Onkel und Tante geschickt wurde, in ein Haus einzog, das eben jenem Arno Blumberg gehört hatte. Er hatte es zufällig erfahren. Und er erinnerte sich noch, dass er damals sehr schockiert gewesen war. Nicht über das, worüber seine Ersatzeltern stritten, sondern dass sie es überhaupt taten.

Die Auseinandersetzung – er musste damals zwölf oder dreizehn Jahre alt gewesen sein – hatte er nie vergessen. Seine Tante Johanna war außer sich gewesen, hatte geschluchzt und geschrien. »Du kannst doch nicht so tun, als wäre das alles nie passiert. Die Nürnberger Prozesse waren doch erst der Anfang. Die Besatzungsmächte werden das nicht auf sich beruhen lassen. Die kriegen dich dran, Georg, begreif das doch. Arno hat unsere Bücher gemacht. Er hat dich in der Hand, wenn er will. Hör mir doch zu, ich flehe dich an, ich weiß nicht, was du sonst noch für Geschäfte mit den Nazis gemacht hast, aber gib Arno dieses verfluchte Haus zurück. Es hat uns eh nur Unheil gebracht. Und es gehört uns nicht.«

Ulrich hatte oben zusammengekauert in seinem Pyjama auf den Stufen gesessen und jedes Wort mit angehört. Auch wenn er den Sinn damals nicht verstanden hatte, so war ihm die Wucht des Themas doch nicht entgangen. Speziell als er das Klatschen einer Hand und den spitzen Aufschrei seiner Tante vernahm und dann die donnernde Stimme seines Onkels, war ihm klar geworden, dass er eines Tages darauf zurückkommen würde. Es war ein unbewusster Entschluss gewesen, aber einer, der sich seit diesem Moment in seinen Eingeweiden festgesetzt hatte. »Jetzt fängst du auch noch so an. Willst mir sagen, was ich zu tun und zu lassen habe? Nicht genug, dass ich die elende Brut deiner Schwester hier erdulden muss. Ich zeig dir, wer hier die Hosen anhat.« Das Klatschen. Und danach nie wieder ein Wort des Widerstandes vonseiten seiner Tante.

Aber Ulrich hatte sich, am ganzen Körper zitternd, in sein Bett zurückverkrochen und geschworen, dass dieser Satz nicht der letzte zum Thema gewesen sein würde.

Erneut strich er über die bei der Anschrift notierte Telefonnummer. In New Jersey war es jetzt mitten in der Nacht. Sollte er lieber bis um zwölf warten? Dann war es dort wenigstens sechs Uhr in der Frühe. Seufzend nahm er sich den Ablagestapel vor, der schon seit Wochen auf Abarbeitung wartete. Dann holte er alte Prozessakten und sortierte sie wieder ordentlich im Archiv ein. Eigentlich war das nicht unbedingt seine Aufgabe, aber er hatte Zeit totzuschlagen, und Fräulein Meier vom Empfang würde ihm das danken. Anschließend ging er in die Teeküche und setzte frischen Kaffee auf. Der konnte jetzt auch nicht schaden. Immerhin war es recht spät geworden. Vorsichtig goss er das heiße Wasser in den Filter mit dem Pulver.

»Hmm, das duftet aber schon gut«, meinte Fräulein Meier, eine adrette Frau Mitte fünfzig, von der Ulrich den Eindruck hatte, dass sie schon zum Inventar gehörte. Und im Kleiderschrank mindestens zehn cremefarbene Blusen mit großer Schleife am Kragen haben musste. »Hätten Sie doch was gesagt, dann hätte ich mich darum gekümmert.«

»Schon gut«, erwiderte Ulrich. »Ich habe gerade ohnehin nichts Besseres zu tun.«

Fräulein Meier beäugte ihn von der Seite. »Dafür wirken Sie aber ganz schön angespannt.«

Auch das war so eine Tugend der rechten Hand seines Chefs – sie war immer diskret, aber ihr entging wenig.

»Ich muss einen wichtigen Anruf in die Vereinigten Staaten tätigen und dachte, ich lasse meinen Kontakt wenigstens bis sechs schlafen. Wie spät ist es denn jetzt?«

Fräulein Meier sah auf ihre schmale goldene Armbanduhr. »Fünf vor zwölf.«

»Ui, doch schon?« Ulrich goss ein letztes Mal Wasser in den Filter, wobei er fast die Kanne umwarf, sodass Fräulein Meier ihm den Kessel aus der Hand nahm. »Gehen Sie nur, ich mach das schon und bringe Ihnen ein Tässchen.«

»Vielen Dank«, erwiderte Ulrich und eilte zurück in sein Büro.

Dort atmete er zunächst dreimal tief durch, denn das Herz klopfte ihm bis zum Hals. Er nahm den Hörer ab, legte ihn wieder auf die Gabel. Nahm den Hörer ein zweites Mal ab und setzte sich aufrecht hin.

»Vermittlung, was kann ich für Sie tun?«

»Ich brauche eine Verbindung in die Vereinigten Staaten, New Jersey. Ich gebe Ihnen die Adresse …«

»Einen Moment bitte, ich verbinde.«

Ulrich hörte den Freiton. Einmal, zweimal. Es klang anders als bei einer deutschen Nummer, schnarrender, höher. Drei Mal.

»Hello.« Eine Männerstimme. Älter. Mit Glück war es Arno Blumberg.

»Hello, Mr. Blumberg, Mr. Arno Blumberg?«

»Yes?«, kam es fragend, ein wenig verhalten zurück.

»My name is Ulrich Möreke. I am the nephew of Georg Möreke, you might remember …«

»Sie können Deutsch mit mir reden, Herr Möreke, ich habe meine Muttersprache nicht vergessen.« Die Stimme war jetzt sehr klar und konturiert. Weder distanziert noch wirklich freundlich. Neutral, fand Ulrich. »Worum geht es denn?«

Ja, worum ging es? Und vor allem, wie sollte er das mit wenigen Worten vermitteln? »Mr. Blumberg, ich weiß nicht genau, wie ich es sagen soll, und entschuldigen Sie, dass ich Sie einfach so überfalle, aber wenn es möglich wäre, würde ich gern mit Ihnen über das Haus sprechen, das Sie meinem Onkel verkauft haben, vor Ihrer Emigration 1944 …«

»Was ist mit dem Haus? Ich habe es – was sagten Sie: Ihrem Onkel – verkauft. Der Ertrag hat uns den Start hier in den USA ermöglicht. Daran war nichts Unrechtes.« Er klang nun ein wenig lauernder.

»Ja, natürlich, das wollte ich auch nicht sagen, aber ich glaube … ich glaube, wir wissen beide, dass Sie es weit unter Wert hergegeben haben, nachdem Ihnen gekündigt wurde, und Sie wissen ganz sicher auch, dass Sie eine angemessene Entschädigung einfordern können.« Jetzt war der Satz raus. Der Satz, mit dem er seinen Onkel zum Kriegsverbrecher abstempelte. Mit dem er aktiv einen Stein ins Rollen bringen konnte, der seine Ziehfamilie womöglich die Existenz und die Reputation kosten konnte. Er würde Menschen in Mitleidenschaft ziehen, die ihm nichts getan hatten und ihn vermutlich sogar liebten, Lothar, seine Tante Johanna. Aber er hatte lange genug über das Ganze nachgedacht, um diesen Preis in sein Kalkül einzubeziehen.

»Wer genau sind Sie, dass Sie mir das nahelegen? Dafür muss es doch einen Grund geben.«

Auf diese Frage war Ulrich vorbereitet, und er erklärte mit wenigen Worten, wie er selbst 1945 zu den Mörekes gekommen war, dass er zu seinem Onkel ein äußerst zwiegespaltenes Verhältnis und zudem ein großes moralisches Interesse daran hatte, die Opfer des faschistischen Regimes zu entschädigen und die Täter zu verurteilen. »Ich habe mich für den Beruf des Anwaltes entschieden, weil ich an Gerechtigkeit glaube. Und weil ich jenen meine Stimme leihen will, die sie vielleicht nicht mehr von sich aus erheben.«

Arno Blumberg hatte ihm aufmerksam zugehört. »Herr Möreke, Sie verstehen, dass das jetzt alles sehr überraschend für mich kommt nach fast zwanzig Jahren. Und ich kann mich besser konzentrieren, wenn ich erst ein Stück Rugelach im Bauch habe. Lassen Sie uns so verbleiben: Ich denke darüber nach und melde mich wieder bei Ihnen. Seien Sie so freundlich und geben Sie mir Ihre Kontaktdaten.«

Ulrich tat wie geheißen, verabschiedete sich beinahe überschwänglich freundlich und legte dann auf.

Als Fräulein Meier mit der Tasse Kaffee nach kurzem Klopfen eintrat, saß Ulrich zurückgelehnt in seinem Stuhl, den Kugelschreiber zwischen seinen Fingern drehend.

»Das war ja ein kurzes Intermezzo«, bemerkte Fräulein Meier und stellte die Tasse ab. »War es denn erfolgreich?«

Ulrich schaute sie nachdenklich an. »Wissen Sie, bei manchen Fällen weiß man nicht genau, ob man nicht von Anfang an verloren hat.«

Fräulein Meier schmunzelte. »So ähnlich hat das der Chef vor zwanzig Jahren vor seiner ersten Gerichtsverhandlung auch zu mir gesagt. Und letztendlich stellte er damals eine bis heute wesentliche Weiche für diese Kanzlei.«

Ulrich schaute sie aufmerksam an. »Ach ja, worum ging es denn damals?«

»Dr. Brinkmeier hatte seinerzeit drei Fälle seines Freundes und Kollegen Samuel Katz übernommen. Zivilprozesse, nichts Großes. Aber Katz hatte laut Fünfter Verordnung zum Reichsbürgergesetz seine Zulassung als Anwalt verloren. Er unterlag faktisch einem Berufsverbot. Brinkmeier hat damals alle Fälle gewonnen und das Honorar seinem Freund überlassen. Das hat man in jüdischen Kreisen nicht vergessen … Den Nazis hat das natürlich nicht geschmeckt, aber sie konnten ihm nicht am Zeug flicken. Er war zu … deutsch …«

»Interessant«, erwiderte Ulrich und war überrascht, wie historisch vergleichbar die Situation schien. Dann schüttelte er sich kurz. »Und, Fräulein Meier, haben Sie sonst noch etwas für mich, das ich erledigen kann?«

»An Arbeit mangelt es nicht. Eine Sekunde«, erwiderte die Sekretärin munter und verschwand.

22.

Um halb vier kam Eva wie erschlagen zu Hause an. Am liebsten hätte sie sich nach der Unterredung mit Dr. Morgenthaler noch einmal mit Frau Habermas unterhalten, aber sie hatte die kluge Frau nicht mehr getroffen. Gern hätte sie gewusst, was sie an Evas Stelle gemacht hätte. Sie wunderte sich, dass sie sich einer Wildfremden so anvertrauen wollte, doch vielleicht hatte das ja mit dem fehlenden mütterlichen Rat zu tun.

Noch bevor sie den Mantel an den Haken gehängt hatte, kam Karla die Treppe heruntergesaust. Sie hatte dunkle Ringe unter den Augen, und Eva glaubte nicht, dass das noch an der Erkältung lag.

»Eva, was ist mit Curti?«, fragte ihre Schwester bang. »Geht es ihm gut? Wann kommt er nach Hause?«

Eva breitete ihre Arme aus. »Nun komm erst mal her. Einmal drücken.« Und wirklich: Karla flog förmlich in Evas Arme, eine Geste der Zuneigung, die zwischen den beiden eher selten vorkam. Sanft strich Eva ihrer Schwester über den Rücken. »Dem Curti geht es erst mal gut. Er hat großes Glück gehabt und ist in Hamburg bei den Ärzten in besten Händen.«

Sie dachte an die weiße, eingewickelte Gestalt, die sie kaum erkannt hatte, und hoffte, dass sie recht behalten würde. »Er hat ein paar Verbrennungen abbekommen und er musste operiert werden.«

»Hat es nicht gereicht, kaltes Wasser zu nehmen?«

»Nein, das hat nicht gereicht. Sie mussten ihm etwas Haut transplantieren.«

Karla befreite sich aus Evas Armen und sah sie mit großen Augen an. »Was heißt transparieren?«

Eva lächelte. »Transplantieren. Dabei wird dir etwas gesunde Haut, zum Beispiel vom Po, an der Stelle eingesetzt, wo die verbrannte Haut abgestorben ist. Das sieht man hinterher fast gar nicht mehr.«

»Vom Pooo?« Karla schien das zu amüsieren. »Wo sind denn die Stellen, wo er so doll verbrannt war?«

Eva zögerte. »Vor allem am Arm, und ein bisschen auch im Gesicht.«

»Dann sollen sie das vom Po aber lieber an den Arm kleben. Und wann kommt er nach Hause?«

»Eva?«, hörte sie plötzlich die Stimme ihres Vaters von oben. »Bist du das?«

Eva ging zum Treppengeländer. »Ja, Papa, ich komme gleich.«

»War was in der Saline? Du bist so früh weg heute Morgen.«

Eva zog die Stirn in Falten. »Ich komme gleich.« Dann wandte sie sich erneut an Karla. »Bis Curt wieder nach Hause darf, dauert es noch eine Weile. Aber du kannst bestimmt bald mal mit mir nach Hamburg kommen, und wir bummeln mal die Mönckebergstraße entlang. Da wirst du staunen bei all den Geschäften.« Sie ging kurz in die Küche. »Habt ihr heute noch nichts gegessen?«

Karla war ihr gefolgt. »Ich habe Spiegeleier mit Speck gemacht.«

»Vorbildlich«, erwiderte Eva. »Und wo ist die Pfanne?«

Mit hinter dem Rücken verschränkten Armen wiegte Karla sich stolz hin und her. »Abgewaschen.«

Eva gab ihr einen Kuss auf den Scheitel. »Das hast du sehr gut gemacht.« Dann eilte sie die Treppe nach oben. »Ich komme.«

Eine Stunde später saß sie wieder am Küchentisch, vor sich ein Schnapsglas mit Bommerlunder. Zwei hatte sie schon getrunken, einen dritten würde sie sich noch gestatten. Hoffentlich rief Ulrich sie dann endlich zurück. Sie hatte bei Frau Keller erneut eine Nachricht hinterlassen, dass es wirklich dringend sei, aber Ulrich war noch nicht zurück aus der Kanzlei. Sie hatte auch kurz überlegt, ob sie schnell zu Helga gehen sollte. Ihre Freundin saß ganz sicher auch auf heißen Kohlen und machte sich Sorgen um Curt. Nicht zuletzt, weil sie schon so lange mehr als freundschaftliche Gefühle für ihn hegte. Aber Eva musste jetzt endlich einmal mit Ulrich sprechen. Sie kippte den dritten Aquavit, der auch ihren Hunger vertrieb. Als schließlich das Telefon im Flur schellte, hastete sie so überstürzt los, dass der Küchenstuhl umkippte. »Hallo!«, rief sie atemlos in den Hörer.

»Eva, was ist denn los, ist etwas passiert? Ich höre erst jetzt, dass du schon die ganze Zeit versuchst, mich zu erreichen.«

Und dann brachen bei Eva erneut alle Dämme. Sie kauerte sich auf den Fußboden vor der Flurgarderobe und schluchzte in den Hörer, dass die Worte dazwischen nur in Fetzen aus ihrem Mund kamen. »Curt ... Explosion ... Bergwerk ... Hubschrauber ... Notoperation ... schwerste Verbrennungen ...«

Ulrich unterbrach sie bei diesen gestammelten Kaskaden nicht, als er aber merkte, dass sie langsam wieder zu Atem kam, übernahm er die Gesprächsführung. »Jetzt mal ganz langsam, Evchen. Es gab einen Unfall in Grasleben und Curt wurde schwer verletzt. Er liegt nun im Hamburger Universitätsklinikum. So weit richtig?«

Schluchzend bejahte Eva.

»Wie ist sein Zustand? Ich meine, ist er außer …«

Eva sammelte sich. »Dr. Morgenthaler, also sein Arzt, kann es nicht hundertprozentig versprechen, aber ich glaube, er ist zuversichtlich. Er meinte, ich solle am Montag wiederkommen. Es stehen wohl noch einige weitere Operationen an.« Am anderen Ende herrschte Stille. »Ulrich? Bist du noch dran?«

»Was? Ja, entschuldige, ich habe überlegt. Eva, kommst du bis Freitag erst mal allein klar?«

Eva schniefte. »Es bleibt mir ja wohl nichts anderes übrig. Willst du damit andeuten, dass du nach Lüneburg kommst?«

Eva glaubte Ulrich am anderen Ende lächeln zu hören. »Na, was denkst du denn? Meinst du, ich lasse meine Frau in so einer Situation allein?«

Eine warme Welle der Zärtlichkeit durchströmte Evas Körper. Wie sehr hatte sie in den vergangenen Stunden und Tagen seine warme, ruhige Stimme vermisst. Das Gefühl, gehalten zu werden, nicht allein zu sein. Umso quälender erschienen ihr die Gedanken, die sie sich zu den Konsequenzen des Unglücks bereits gemacht hatte. »Das ist so schön zu hören, Ulrich, so schön«, hauchte sie ins Telefon.

»Was sagt eigentlich dein Vater zu dem Ganzen? Macht er sich Vorwürfe?«

Eva sah nach draußen aus dem Fenster, wo sich eine Kohlmeise auf dem Sims niedergelassen hatte. »Er weiß es noch nicht.«

»Er weiß es noch nicht? Hast du es ihm nicht erzählt?«

»Doch, nein, also nicht in der Tragweite. Er ist selber krank. Da will ich ihn nicht noch mehr aufwühlen. Außerdem bin ich nicht sicher, ob er die volle Wahrheit überhaupt … wie soll ich sagen … aufnehmen würde.«

Wieder herrschte einen Moment Schweigen. »Du meinst, weil er es nicht ertragen könnte?«

Eva nagte an ihrer Unterlippe. »Auch, vielleicht, aber ich meine eher, ich bin nicht sicher, ob er das alles wirklich begreifen würde …«

»Eva, so ganz kann ich dir nicht folgen. Was ist denn mit deinem Vater? Und heißt das, du musstest das alles ganz allein durchstehen? Das wird ja immer gruseliger.«

Eva spürte, dass sie rot wurde. Sie hob das Schnapsglas an und stellte es wieder ab, als sie merkte, dass es leer war. Sie konnte Ulrich jetzt schlecht sagen, dass Lothar gestern Abend bei ihr gewesen war und sie heute früh sogar noch zum Zug gebracht hatte. »Lass uns Freitag darüber reden, ja? Das ist alles etwas kompliziert.« Sie strich sich ihre Bluse glatt, obwohl daran keine Falte war. »Aber jetzt erzähl doch mal von dir. Ich überfalle dich mit all diesen Hiobsbotschaften und habe noch keinen Satz von dir gehört. Wie geht es dir?«

Ulrich lachte kurz auf. »Das ist mal wieder so typisch meine Eva. Wenn bei dir die Welt untergeht, bietest du anderen erst mal einen Regenschirm an. Aber um es kurz zu beantworten: Es geht mir gut. Ich hatte interessante Begegnungen auf der Kunstausstellung gestern und habe auch eine nicht ganz unbedeutende Sache angestoßen, die mich noch eine Weile begleiten wird, vermute ich.« Bevor Eva nachfragen konnte, fügte er schnell hinzu: »Aber das erzähle ich dir dann in drei Tagen. Ich denke, ich werde mit der Bahn kommen. Ich traue den ostdeutschen Grenzbeamten auf der Transitstrecke nicht. Am Ende nehmen sie mich noch in Gewahrsam. Und das wollen wir nicht.«

»Nein«, sagte Eva, »das wollen wir ganz bestimmt nicht.« Wieder fiel ihr auf, wie viel weiter dieses Berlin weg war als nur 280 Kilometer. Sie hatte die sowjetische Besatzungszone, durch die Ulrich musste, schlicht vergessen.

Die kommenden Tage vergingen für Eva wie unter einer Käseglocke. Sie hatte ihren Vater überredet, sich weiter auszukurieren, und Dr. Lübke gebeten, einmal nach ihm zu schauen, weil der Husten schlimmer geworden war. Seine Verwirrung am Dienstag behielt sie jedoch zunächst für sich. Ihr Vater hatte auch keine solchen Ausfälle mehr. Er wirkte schwach und eingefallen, war jedoch klar im Kopf.

»Das haben Sie gut gemacht, mich zu rufen, Evchen. Ihr Vater hat eine Bronchitis, die leicht auch mal zu einer Lungenentzündung werden kann. Aber mit dem Penicillin sollten wir das in den Griff kriegen. Es wäre gut, Sie würden dreimal am Tag ein paar Schritte mit ihm gehen. Dauerndes Liegen ist bei so was nicht förderlich.«

Eva hatte nur genickt und sich gefragt, wann sie das auch noch machen sollte, dann aber für sich beschlossen, dass Karla diese Aufgabe würde übernehmen müssen. Die war wenigstens wieder auf den Beinen und ging auch zur Schule.

Sie selbst versuchte, wenigstens für ein paar Stunden in der Saline nach dem Rechten zu sehen. Von Curt erzählte sie dort nur das Nötigste. Dass er in Hamburg im Krankenhaus sei und es ihm den Umständen entsprechend gut gehe. Ganz verschweigen konnte sie es nicht, denn in Lüneburg hatte sich das Unglück herumgesprochen wie ein Lauffeuer. Zu viele Menschen hatten Verwandte oder kannten jemanden, der in Grasleben arbeitete.

Der Einzige, dem sie sich doch anvertraute, war der alte Gellersen. Sie kannte ihn, seit sie laufen konnte, und sie wusste, wie sehr die Saline dem Siedemeister am Herzen lag. Mit ihm konnte sie offen sprechen – und eben nicht nur über Curt. Sie erwischte ihn am Donnerstag kurz vor Feierabend, als er allein am neuen Ofen stand und die Temperatur kontrollierte.

»Ah, Herr Gellersen, zu Ihnen wollte ich.«

»Fräulein Benningsen, was krauchen Sie denn hier hinten beim schweren Heizöl herum. Sie machen sich noch ganz schmutzig.«

Eva machte lachend eine wegwerfende Handbewegung. »Als ob ich hier nicht groß geworden wäre.«

Gellersen wischte sich mit einem schmierigen Tuch die schwarzen Finger ab. »Aber ich vermute, Sie sind nicht zufällig hier, oder? Bedrückt Sie etwas? Ihren Vater habe ich auch die ganze Woche noch nicht gesehen.«

»Hätten Sie Zeit, dass wir einmal in das Büro meines Vaters gehen? Ich möchte Ihnen gern etwas zeigen.«

Gellersen zog die Augenbrauen hoch, folgte ihr aber direkt. Als sie, oben angekommen, die Tür hinter sich schloss, kam sie ohne Umschweife zur Sache. »Es gibt ein paar Punkte, über die ich mit Ihnen sprechen möchte, Herr Gellersen. Aber ich muss mich, dies vorweg, darauf verlassen können, dass dieses Gespräch für beide Seiten höchst vertraulich ist und ich mich auf Ihre Verschwiegenheit verlassen kann.«

Ernst und mit dem Blick einer Frau, die sehr genau weiß, was sie will, sah sie ihn an. Gellersen knetete etwas unbehaglich den Lappen in seiner Hand. »Fräulein Benningsen, verstehen Sie mich nicht falsch, aber ich bin Ihrem Vater …«

»Ich weiß genau, was Sie sagen wollen, Herr Gellersen, und ich schätze Ihre Loyalität. Ich verspreche Ihnen auch, dass alles, was wir hier bereden, weder Ihnen noch meinem Vater schaden wird. Gleichwohl müssen die Fakten auch irgendwann mal auf den Tisch, und die besagen, dass, wenn wir uns nicht erfolgreich nach neuen Absatzwegen umschauen oder unsere Produktionskosten durch modernere Verfahren erheblich senken, wir in fünf Jahren nicht mehr so hier stehen werden. Spätestens. Wenn wir so weiter machen, sind wir schon bald bankrott. Ganz einfach.« Eindringlich hielt sie weiter Gellersens

Blick stand, der mit der Drastik des Vorgetragenen offenbar nicht gerechnet hatte. »Wussten Sie das?«

Gellersen wiegte den Kopf hin und her. »Es gibt einen Unterschied zwischen wissen und wissen, Fräulein Benningsen. Ich habe keinen Einblick in die Bücher, aber natürlich habe ich viel Erfahrung, und ich habe Augen im Kopf. Mir ist klar, dass der Absatz bei den Speisesalzen seit Jahren rückläufig ist und wir nichts dagegensetzen, Industriesalze etwa, zum Beispiel im kosmetischen Sektor. Da brauchen sie unser hochwertiges Salz am ehesten und können es vor allem auch bezahlen. Wir könnten auch längst auf Papier- oder Plastiksäcke umrüsten. Was müssen wir uns eine eigene Näherei und teures Leinen leisten? Das haben Sie aber nicht von mir gehört, denn ich möchte mit meinen Worten niemanden in die Arbeitslosigkeit schicken, verstehen Sie?«

»Natürlich verstehe ich das. Und darum geht es auch gar nicht. Ich bin ohnehin eher eine Verfechterin der These: das eine tun, das andere nicht lassen.« Eva schritt nachdenklich im Raum auf und ab. Was Gellersen da sagte, klang alles sehr vernünftig, und war teils für sie auch neu. Mit der Kosmetikbranche zusammenzuarbeiten, konnte tatsächlich eine gute Idee sein. »Und haben Sie all das jemals mit meinem Vater besprochen?«

Auf die Frage lachte Gellersen auf und verschluckte sich fast. »Fräulein Benningsen, ich kenne Sie ja nun schon eine ganze Weile. Aber wie viel länger kenne ich wohl Ihren Herrn Vater? Was glauben Sie denn, was ich über die Jahre immer wieder versucht habe? Es wird Sie jedoch nicht überraschen zu hören, dass Ihr geschätzter Papa nun mal ein norddeutscher Sturkopp ist, wenn Sie gestatten. Der will von all dem nix wissen. Was Ihnen vermutlich ebenfalls bekannt ist.«

Eva seufzte. »Nur zu gut.« Sie überlegte einen Moment. »Das mit den Abfällen, wussten Sie das auch?«

»Sie meinen, dass die von Mitarbeitern abgefahren werden?«

»Sozusagen.« Eva hatte das Gefühl, hier wollte Gellersen nicht ganz so deutlich werden. Vielleicht wollte er wirklich niemanden aus Versehen reinreiten.

»Ja, das wusste ich.«

»Und finden Sie das richtig?«

»Was ist schon richtig, was falsch. Ich sage nur, dass ich bemerke, dass die goldenen Zeiten vorbei sind, aber unser Salz trotzdem noch seinen Wert hat. Ich würde es demnach nicht wie Abfall behandeln und einfach ›wegschmeißen‹.«

»Danke, Herr Gellersen«, sagte Eva, der die Zwischentöne nicht entgangen waren. »Ich danke Ihnen sehr, und das hilft mir schon weiter.« Eva wollte den Siedemeister bereits verabschieden, als ihr noch etwas einfiel. »Sagen Sie, Herr Gellersen, haben Sie auch gehört, dass die Kali und Salz eine Tochtergesellschaft gegründet hat und bei uns einen Brunnen bohren will? Für Limonade und Mineralwasser?«

Gellersen sah sie entgeistert an. »Ne, das wusste ich nicht. Aber warum denn ausgerechnet hier? Dann sackt der Grundwasserspiegel ja noch weiter ab. Das ist eine vollkommen absurde Idee.«

Eva nickte wissend. Oder eine geniale, je nach Perspektive. Aus der von Rainer von Seefeldt sicher eine geniale. »Ja, vollkommener Kokolores, Sie haben recht. Na, dann wünsche ich Ihnen jetzt aber einen schönen Feierabend! Beziehungsweise, herrje, wo habe ich heute nur meinen Kopf. Da war ja noch etwas, das ich Sie fragen wollte. Sagen Sie, Milena, Ihre Zugehfrau, ist die vielleicht auf der Suche nach einem weiteren Haushalt?«

Gellersen musterte sie. »Suchen Sie jemanden?«

»Ja.«

»Ist es dringend?«

Eva schluckte. »Sehr.«

Gellersen nickte. »Ich werde sie bitten, sich spätestens am Samstag bei Ihnen vorzustellen. In Ordnung?«

»Ich danke Ihnen, Herr Gellersen.« Eva nahm seine Hand und drückte sie. »Wer weiß, wo wir ohne Sie wären. Und das meine ich ganz ernst!«

23.

»Heute riecht man den Sommer schon, findest du nicht?«

Eingemummelt in dicke Jacken lagen sie auf einer Wolldecke an ihrem Lieblingsplatz in den Elbtalauen, Eva mit dem Kopf auf Ulrichs Oberschenkel. Er hatte an diesem Tag schon um eins Feierabend machen dürfen und war mit der Bahn um kurz nach vier in Lüneburg angekommen. Mit dem Auto von Evas Vater waren sie dann direkt hierhergefahren, bevor der Boden abends zu feucht würde. Aber die Sonne, die zum Ende der Woche alle Wolken vertrieben hatte, hatte schon Kraft.

»Mhm«, brummte Ulrich nur behaglich. »Ist ja auch schon Ende Mai.«

Eva blinzelte in den blauen Himmel und betrachtete dann die Blätter, die trotz Windstille in den Baumkronen zitterten wie grüne Motten. Ähnlich den unzähligen Worten, die in Evas Innerem hin und her flatterten, ohne dass sie sie eingefangen und ausgesprochen bekam. Sie wusste einfach nicht, was sie sagen sollte. Beziehungsweise kam ihr jeder Satz, der ihr durch den Sinn ging, so folgenschwer vor, dass sie es nicht wagte, ihn zu äußern. Da half auch nicht, dass Ulrich ihr verändert vorkam. Nicht weil er sich anders verhielt oder anders aussah – obwohl er kräftiger geworden zu sein schien, kantiger.

Es war eher die Lücke des Alltags, den sie nicht mehr teilten, der fehlenden Gemeinsamkeiten, die zwischen ihnen stand. So empfand es zumindest Eva.

»Das war eine anstrengende Woche, was?«, meinte Ulrich dann, als habe er ihre Gedanken erraten.

»Ja, das kann man wohl sagen.«

»Wann fährst du denn das nächste Mal nach Hamburg?«

»Dr. Morgenthaler meinte ja Montag, aber ich glaube, ich fahre lieber schon am Sonntag. Ich möchte am Montag in der Saline sein.«

»Und dein Vater?«

»Meinst du wegen Hamburg oder wegen der Saline?«

»Beides.«

»Also ins Krankenhaus fährt er mit seiner Bronchitis ganz sicher nicht. Wie er das findet, wenn ich ihm erkläre, dass ich von nun an häufiger in der Saline sein werde und inzwischen auch so weit bin, Dinge anzustoßen, die ihm nicht schmecken werden, wodurch ich ihm offen den Kampf ansage …« Eva riss einen Grashalm aus und warf ihn weg. »Das wird sich zeigen. Begeistert wird er nicht sein. Aber so geht es nicht weiter.« Das Gespräch mit Gellersen kam ihr in den Sinn. Es hatte ihr noch einmal mehr verdeutlicht, wie richtig sie mit all ihren Vermutungen lag. Und von jetzt an würde sie sich auch nicht mehr einschüchtern oder zurechtweisen lassen. Es war an der Zeit.

»Und was, wenn der Sommer dann da ist?« Die Frage klang beiläufig, sachlich, aber Eva wusste genau, worauf Ulrich anspielte. Jeder Satz war in diesem Moment folgenschwer.

Eva nahm all ihren Mut zusammen. »Es ist ausgeschlossen, Ulrich. Ich werde nach meinem Geburtstag nicht nach Berlin ziehen. Es geht einfach nicht.« Angespannt blieb Eva liegen und wartete auf eine Reaktion. Die jedoch ausblieb. »Ulrich?«, fragte sie nach einer Weile. »Hast du gehört, was ich gesagt habe?«

»Weißt du, Eva, ich habe vor einer Weile einen Entschluss gefasst; im Januar, um genau zu sein«, begann Ulrich mit leicht unterkühltem Ton, ohne auf ihre Frage einzugehen. »Einen folgenschweren Entschluss, sofern ich ihn in die Tat umsetze.« Er richtete sich, gestützt auf seine Unterarme, auf und folgte mit dem Blick einem Storch, der vielleicht als Wachablösung zu seinem Nest flog. Noch war Brutzeit. »Und genau das habe ich am Mittwoch getan. Ich habe Kontakt zu Arno Blumberg aufgenommen und mit ihm telefoniert. Du erinnerst dich? Ich habe dir davon geschrieben.«

Natürlich erinnerte Eva sich. Sie wusste nur noch nicht so genau, worauf Ulrich hinauswollte.

»Gestern Abend haben wir dann ein weiteres Mal gesprochen. Ich dachte bis dahin, ich kümmere mich darum, dass der Mann sein Haus zurückbekommt oder wenigstens einen anständigen Wertausgleich erhält.« Ulrich lachte bitter auf. »Aber wie es scheint, war mein werter Onkel noch in ganz anderem Stil außerordentlich geschäftstüchtig. Blumberg war seinerzeit in der Buchhaltung tätig. Er bekam daher so ziemlich alle Zahlungsvorgänge aus erster Hand mit. Und Blumbergs Villa war ja, im Nachhinein nicht überraschend, nicht die einzige, die plötzlich leer stand. Wahlweise, weil die Bewohner emigrierten, oder, weitaus schlimmer, in die Arbeitslager geschickt wurden. Die Häuser wurden für einen Appel und ein Ei an bewährte Mitglieder der SS oder SA verscherbelt, und wer vergab großzügig die Kredite? Du ahnst es, das ehrenwerte Bankhaus Möreke. Was übrigens auch erklärt, warum Blumberg überhaupt so lange bei meinem Onkel arbeiten konnte. Die anderen Juden hatte er ja viel früher entlassen. Er hielt seine schützende Hand über ihn, weil er seine ganzen profitablen Geschäfte so vertraulich und sorgsam abwickelte wie niemand sonst. Es gab ja auch zu der Zeit nicht viele gesunde, arbeitsfähige und noch dazu ausgebildete Männer. Die wurden alle an der Front verheizt.« Ulrich schnalzte mit der Zunge, und Eva wurde ein wenig mulmig. Sie redete gern über Politik und interessierte sich auch dafür, aber diese bittere Seite an Ulrich gefiel ihr nicht, hatte ihr damals, im Dezember nach dem Bankett, auch schon nicht gefallen. »Und jetzt kommt das Allerbeste: Als dann im April '44 ausgerechnet in einem Salzstock in Hambühren, bei Celle, eine Außenstelle des Arbeitslagers Bergen-Belsen eingerichtet wurde und jüdische Frauen dort Baracken und Gleise bauen mussten für die Todesfahrten, da war es wieder das Bankhaus Möreke, das die finanziellen Mittel zur Verfügung stellte. Was sagst du dazu?«, fragte er, sprach aber sofort weiter. »Der Reichtum meines Onkels ist also auf den Knochen unschuldiger jüdischer Menschen errichtet, und niemand, absolut niemand hat ihn bisher dafür belangt. Das Leben ist nicht fair, oder?«

Eva hatte sich nun ebenfalls aufgerichtet und setzte sich im Schneidersitz Ulrich gegenüber. »Das ist schrecklich, was du da erzählst, Ulrich, wirklich furchtbar. Und ich verstehe deine Wut und deinen Zorn. Aber sag mir bitte, was das alles mit uns zu tun hat?«

»Geduld, Eva, ich komme gleich darauf zurück. Arno Blumberg ist bereit, seine Aussage offiziell zu unterschreiben. Das heißt, ich werde Strafanzeige gegen meinen Onkel stellen und auf Wiedergutmachung klagen. Ich habe keinen Zweifel, dass wir damit durchkommen werden. Und genau das meinte ich damit, als ich eingangs sagte, ich habe einen Entschluss gefasst und bin bereit, die Konsequenzen zu tragen. Ich habe mich entschieden, weil ich es für das *Richtige* halte. Dafür werde ich einen Preis zahlen. Vielleicht verliere ich meinen Bruder dadurch, vielleicht zerbricht meine Tante Johanna daran. Das wäre tragisch. Aber beides darf mich nicht dazu verleiten, am *Falschen* festzuhalten. Verstehst du, was ich meine?«

Eva war sich nicht ganz sicher, aber so langsam dämmerte ihr, worum es Ulrich ging.

»Und jetzt zu dir: Wenn du hierbleibst, entscheidest du dich dann für das *Richtige*? Oder für das *Notwendige*? Was ein himmelweiter Unterschied ist. Willst du in Lüneburg versauern und zusehen, wie die Saline, dein Vater und dein Bruder langsam sterben?«

»Ulrich! Ich bitte dich! Hüte deine Zunge und hör auf, mit mir zu reden, als wärst du im Gerichtssaal und müsstest ein Plädoyer halten. Hier stirbt erst mal noch niemand! Und ich habe keinesfalls vor, hier zu ›versauern‹, was eine sehr entwürdigende Beschreibung meiner Bemühungen ist, alles zusammenzuhalten und knapp fünfzig Arbeitsplätze zu sichern!« Nun war auch Eva laut geworden, denn bei den letzten Sätzen von Ulrich war sie regelrecht in Rage geraten. Sie waren auf dem besten Weg, in einen zweiten größeren Streit zu geraten – was das Letzte war, das Eva wollte. Also lenkte sie gleich darauf wieder ein und legte ihre Hand auf seine. »Entschuldige, Ulrich, ich wollte mich nicht so echauffieren. Aber ich glaube, es gibt einen Unterschied zwischen der Entscheidung, seinen Onkel als Kriegsverbrecher anzuklagen, und der, seine Familie und seine Heimat mit allem, was dazugehört, im Stich zu lassen, selbst wenn es aus Liebe passiert.«

Ulrich fuhr sich mit der freien Hand über das Gesicht. »Du hast ja recht, Evchen, auch ich muss mich entschuldigen. Und natürlich kann ich nicht von dir verlangen, dass du nur meinetwegen alles hinter dir lässt. Ich möchte nur, dass du mit dem Herzen wählst, nicht mit dem Verstand.«

Nun schmiegte sich Eva wieder etwas enger an ihn. »Das habe ich neulich schon mal von jemandem gehört.«

Ulrich gab ihr einen Kuss auf den Scheitel. »Dann ist es ja vielleicht nicht ganz falsch, oder?«

Eine Weile lagen sie noch schweigend beieinander, bis Eva zu frösteln begann. »Wollen wir langsam los? Mir wird kalt.«

Auch auf der Fahrt zurück waren beide recht wortkarg. Die ganze Zeit überlegte Eva, ob und wie sie die alte Verbundenheit wiederherstellen konnte, aber vielleicht brauchte jetzt jeder von ihnen erst mal ein wenig Zeit für sich, um all das, was gesagt worden war, zu verdauen. Wenn es die gemeinsame Perspektive in diesem Sommer für sie nicht gab, wann denn dann? Hatten sie überhaupt eine? Sie waren noch jung, Ulrich begann im Herbst sein Jurastudium. Würden sie sich dann nicht noch weiter auseinanderentwickeln? War es da nicht klüger, sich direkt zu trennen? Der Gedanke jagte Eva eiskalte Schauer über den Rücken. Die Vorstellung, Ulrich zu verlieren, versetzte ihr einen Stich mitten ins Herz. Sie wusste noch nicht, was genau sich richtig anfühlte – aber das jedenfalls nicht. Sie spürte, wie Tränen in ihr aufstiegen. Was war das für ein Leben, wenn zwei, die sich so lange kannten und liebten, nicht zusammenfanden? Unbewusst schüttelte Eva den Kopf.

»Mir geht es ähnlich«, sagte Ulrich darauf, als hätte er ihre Gedanken gelesen. »Wir stehen beide an sehr bedeutsamen Weggabelungen in unserem Leben, Eva. Und ich vermute, gerade weil es um uns geht, ist es schwer, sich gegenseitig zu helfen. Nimm es mir nicht übel, Liebste, aber ich werde heute noch zurück nach Berlin fahren. Bitte verstehe mich nicht falsch: Das ist keine Entscheidung gegen uns. Im Gegenteil, ich betrachte es als etwas, das ich für uns tun sollte. Weißt du, was ich meine?«

Das Wechselbad der Gefühle, das Eva förmlich überschwemmte, schnürte ihr beinahe die Kehle zu. Erst die Wut, dann die Wärme, dann die Trauer und jetzt schon wieder diese bedingungslose Liebe, die sie für diesen Mann empfand. Wie konnte Ulrich nur so weitsichtig und fürsorglich sein? Woher wusste er, was sie brauchte, sie beide brauchten? Und wie konnte er es so direkt aussprechen? Mit Ulrichs Vorschlag wurde es Eva innerlich sofort etwas leichter. Sie spürte, wie sich der Raum weitete, wie sie ruhiger wurde. Ja, auch wenn es wehtat, aber auch sie musste allein nachdenken oder sich mit Helga besprechen. Und so musste sie ihm auch nicht das Gästezimmer in ihrem Haus herrichten, weil er in seinem eigenen Zuhause jetzt erst recht nicht mehr übernachten konnte. Und sie musste sich nicht dafür schämen, dass es nur das Gästezimmer war, und keine schiefen Blicke von ihrem Vater ertragen. Ja, es war definitiv das Beste so, und das nächste Mal, wenn sie sich sehen wollten, würde sie nach Berlin fahren. Hier in Lüneburg war kein Platz für sie beide, für ihre Liebe. Ja, sie würde Ulrich in Berlin besuchen, schon bald, und vielleicht übte diese Stadt ja eine solche Faszination auf sie aus, dass sie gar nicht wieder zurückwollte. Auch wenn es im Moment »das Richtige« war, hierzubleiben und erst einmal zu schauen, was mit Curt wurde und mit ihrem Vater, dann musste das in zwei Monaten ja nicht auch noch so sein. Dinge konnten sich verändern, die Perspektive sich verschieben. Gelöst und beinahe heiter schaute sie aus dem Fenster. »Ich liebe dich, Ulrich Wolf, ich liebe dich mit jeder Faser meiner Seele. Und egal, was geschieht, egal, was das Schicksal mit uns vorhat, versprich mir, dass du das nie vergisst. Tust du das?«

»Das tue ich, Eva. Ich verspreche es dir.«

»Und er hat gesagt, dass er zurück nach Berlin fährt?«

»Ja.«

»Und dich hat das erleichtert?«

»Ja.«

»Und dann hast du gemerkt, wie sehr du ihn liebst?«

»So ist es.«

Helga kratzte sich am Ohr. Kaum dass Ulrich um halb acht in den Zug gestiegen war, hatte Eva bei Helga geklingelt und sie auf ein Bier im Harlekin abgeholt. Sie hatte ohnehin ein schlechtes Gewissen, weil sie ihr noch nicht von Curt erzählt hatte. Aber jetzt brauchte sie den Rat ihrer Freundin auch für sich selbst.

»Also, ich weiß ja nicht«, meinte Helga schließlich. »Aber unter einem ultimativen Liebesbeweis stelle ich mir etwas anderes vor als das direkte Reißausnehmen.«

Eva verdrehte die Augen. »Er hat nicht Reißaus genommen. Er hat intuitiv verstanden, dass wir gemeinsam heute nicht weiterkommen konnten und uns eher gegenseitig verletzt hätten. Er hat uns Bedenkzeit geschenkt, um neu aufeinander zuzugehen. Er will mich, Helga, und er lässt mir aus Liebe den Freiraum, den ich im Moment brauche. Alles andere wäre zu viel.«

Helga zog eine Grimasse. »Ich gönne es dir ja, Eva, das weißt du, aber für mich klingt das alles ziemlich konstruiert. ›Ich lasse sie laufen, weil ich sie liebe.‹ Das klingt sehr komisch. Wo bleibt denn da das Happy End?«

»Helga, also bitte! Die Geschichte ist doch noch gar nicht zu Ende. Manche Dinge sind eben komplizierter. Und es ist ja nun auch nicht gerade so, als würde sich dein Liebesleben schnurgerade an einer Kette aufziehen lassen, oder?«

Helga zuckte mit den Schultern. »Trotzdem.« Sie nahm einen Schluck von ihrer Limo. »Was willst du denn nun tun?«

»Ulrich hat in vier Wochen seine Prüfung, kurz drauf werde ich einundzwanzig. Ich warte jetzt erst mal ab, wie sich das mit Curt entwickelt, und wenn, was ich hoffe, absehbar ist, dass es ihm besser geht und er vielleicht zunächst in einer Rehabilitationsklinik unterkommt, wo er gut versorgt wird, dann kann ich doch mal für ein paar Tage länger zu Ulrich nach Berlin. Vielleicht im August, wenn es auch in der Saline etwas ruhiger ist. Ich habe das Gefühl, das könnte alles gut passen. Es fühlt sich ... *richtig* an.«

»Warum betonst du das so?«, wollte ihre Freundin verwundert wissen.

Eva schmunzelte. »Ach, nicht so wichtig«, erwiderte sie. »Aber jetzt noch mal zu Curt …«, wechselte Eva das Thema und berichtete Helga in einfachen Worten, was sie im Krankenhaus erfahren hatte, wobei sie bewusst die positiven Aspekte herausstrich.

Helga hörte ihr schweigend zu und schüttelte nur immer wieder den Kopf. »Das ist alles so unendlich schrecklich und ungerecht«, murmelte sie, als Eva mit ihrem Bericht fertig war. »Ein so feinsinniger, sensibler Mensch wie Curt. Schlimm genug, dass man ihn überhaupt gezwungen hat, unter Tage zu arbeiten. Wie konnte dein Vater nur so gemein sein? Er muss doch gesehen haben, dass Curt allein daran zugrunde gegangen wäre! Und dann wird er genau an diesem verhassten Ort zum Krüppel. Was für eine bittere Ironie, oder?«

Eva drehte ihr Bierglas zwischen den Fingern hin und her. So ähnlich hatte sie auch schon gedacht. Allerdings war sie dann einen Schritt weitergegangen. Einen ungehörigen vielleicht, aber zumindest war ihr schon durch den Kopf geschossen, dass der Unfall – so tragisch er auch sein mochte – für Curt mit Glück zu einer Befreiung werden konnte. Mit sehr viel Glück, zugegebenermaßen. »Ja, es ist bitter. Ich hoffe, er findet seinen Lebensmut wieder.«

»Ich hoffe erst mal, er wacht wieder auf. Und zwar als Mensch und nicht als … ach, ich möchte mir das gar nicht vorstellen.« Helga zog ein Taschentuch aus ihrem Blusenärmel und tupfte sich damit die Augen. »Geht's?«, fragte sie dann und sah zu Eva.

Die tippte mit dem Finger auf eine Stelle unter ihrem Lid, wo bei Helga der Mascara etwas verlaufen war. »Da ist noch ein bisschen was.«

Helga tupfte erneut.

»Fabelhaft«, sagte Eva. »Und der Rest wird es auch werden. Glaub mir.«

Dankbar lächelte Helga die Freundin an.

In dem Moment betraten drei angetrunkene Männer johlend das Harlekin, unter ihnen auch Bruno. Als Helga ihn erkannte, wandte sie sich ab. »Komm, lass uns schnell zahlen und dann gehen. Den Kerl brauche ich jetzt ganz sicher nicht.«

Die beiden Frauen gingen zum Tresen, doch Bruno hatte sie schon entdeckt. Leicht torkelnd kam er zu ihnen. »Ahhh, da ist ja meine schöne Widerspenstige. Wieso habe ich nur das Gefühl, du läufst vor mir weg?« Er versuchte, sich zwischen Helga und Eva an den Tresen zu schieben, doch Eva hakte die Freundin unter. »Vielleicht, weil es das Beste ist«, zischte sie.

Bruno verengte die Augen zu Schlitzen. »Und wer hat dich gefragt, Schlampe?«

Bevor Eva sichs versah, drehte Helga sich mit hochrotem Kopf um und verpasste Bruno eine schallende Ohrfeige. »Hier, du widerlicher Kerl. Tönst groß vor deinen Freunden und hast sonst keine Eier in der Hose! Und wenn du noch einmal meine Freundin beleidigst, dann setzt es so richtig was, das schwöre ich dir!«

In der Kneipe war es mucksmäuschenstill geworden. Niemand wollte die Szene verpassen. Jetzt aber, da Helga fertig war, begannen die Gäste zu johlen und zu klatschen. »Gib's dem Aufschneider!«, »Genau!«, ertönte es aus der Menge, und Jürgen, der Wirt, den der Tumult aus der Küche nach außen getrieben hatte, grinste bis über beide Ohren. »Eure Rechnung geht heute aufs Haus, Helga! Das hat wohl gesessen.«

Tatsächlich zeichnete sich auf Brunos Wange Helgas Handabdruck rot ab. Der Schlosser selbst brachte keinen Ton mehr heraus. Er war offenbar schlagartig nüchtern geworden.

Mit einer gelösten Haarsträhne im Gesicht und einem falsch geknöpften Mantel stolzierte Helga durch das Spalier

Richtung Ausgang. Eva folgte ihr sprachlos. Erst als sie draußen waren, ließ die Anspannung nach und die beiden prusteten los. »Hast du das dämliche Gesicht gesehen! Ach, das war herrlich. Ich wollte das schon immer mal machen. Und heute war der perfekte Tag. Ich musste sowieso Dampf ablassen.«

Gekrümmt vor Lachen kriegte sich auch Eva kaum noch ein. »Du bist wirklich eine absolute Granate, liebe Helga. Und keinesfalls zu unterschätzen!«

»So ist es! Die Lektion hat er jetzt hoffentlich gelernt und lässt mich künftig in Ruhe.« Nun huschte doch ein Schatten über Helgas Gesicht.

»Ist er etwa zudringlich geworden?«, fragte Eva alarmiert und dachte an den schrecklichen Übergriff von Seefeldts zurück.

»Noch nicht«, erwiderte Helga und fügte dann entschieden hinzu: »Und das wird er auch nicht mehr, denn ab sofort wird ja alles fabelhaft, wie mir eine gute Freundin gesteckt hat. Komm! Lass uns abhauen.«

Ohne sich umzudrehen, marschierte auch Eva los. Irgendwie hatte sie das Gefühl, jemand war da draußen und beobachtete sie. Aber wahrscheinlich spielte nur ihr Verstand ihr einen Streich.

24.

Den ganzen Samstagmorgen fühlte Eva sich wie gerädert. Sie hatte unruhig geschlafen und war schon mit Kopfschmerzen aufgewacht. Ihre Glieder waren schwer wie Blei, und sie hoffte nur, dass sie sich nicht bei ihrem Vater oder Karla angesteckt hatte. Eher vermutete sie jedoch, dass die Ereignisse der letzten Tage – das Unglück im Bergwerk, die Begegnung mit Ulrich und dann auch noch die schallende Ohrfeige von Helga – ihr so zugesetzt hatten, dass sich nun auch ihr Körper bemerkbar machte. Sie würde es ruhig angehen lassen und beschloss, sich endlich mal wieder um den Haushalt zu kümmern und Rouladen zuzubereiten. Die letzte vernünftige Mahlzeit lag ja auch schon etwas zurück. Also ging sie direkt um neun zu Edeka, damit sie Milena keinesfalls verpasste, falls die junge Polin sich wirklich vorstellte. Am Fleischtresen kaufte sie acht Scheiben aus der Oberschale, acht Scheiben Bauchspeck und auch einen kleinen Topf mit Butterschmalz. Als sie die Ware entgegennahm, fiel ihr erstmals das Schild auf, das an der Wand neben den Angeboten hing: »Fleisch direkt vom Erzeuger, Hof Beeken in Horndorf«. Eva stutzte. Das war ihr vorher noch nie aufgefallen. Hätten hier in den Regalen nicht auch ihre Salzsäckchen stehen können – Direktabfüllung aus der Saline

Lüneburg? Sicher, hinter dem Salz stand kein lebendes Tier, das auf die eine oder andere Art geschlachtet wurde. Aber zu wissen, wo die Lebensmittel herkamen, die man zu sich nahm, war doch ein schönes Gefühl. Und es versprach Qualität und Reinheit. Sie kam einfach nicht von dem Gedanken los, ihr Salz auf anderen Wegen und mit einem neuen Argument zu vertreiben.

Zwei Tüten in je einer Hand ging sie ein Stück an der Ilmenau entlang, die fast hinter ihrem Haus vorbeifloss. Als sie am Ilmenaugarten angekommen war, sah sie auf einer Bank eine schmächtige Gestalt sitzen, unter deren schwarzem Käppi eine rote Lockenmähne hervorquoll. War das Gisela? Eva näherte sich ihr zögerlich. Ja, sie war es – und offenbar nicht in Hochform, zumindest ließ ihre in sich zusammengesunkene Haltung das vermuten.

»Gisela?«, fragte Eva, als sie bei ihr angekommen war.

Erschrocken blickte diese zu ihr auf. Sie hatte sie wohl nicht kommen hören. Blass war sie. »Ach, hallo, was machst du denn hier?«, begrüßte die Hoteliersltochter sie tönern.

Statt einer Antwort hob Eva die Tüten etwas an.

»Verstehe, Papi und das Schwesterchen brauchen eine gute Mahlzeit auf dem Tisch.«

Eva ärgerte sich schon wieder, dass sie überhaupt angehalten hatte. Diese zynische Art konnte sie wirklich nicht gebrauchen. »Nun ja, der Mensch muss essen. Du etwa nicht?«, fragte Eva kühl.

Gisela zuckte nur mit den Schultern. »Im Moment wär mir ein Schnaps lieber.«

»Es ist halb zehn!«, stellte Eva trocken fest.

»Und?« Nun sah Gisela ihr direkt ins Gesicht. Ihr linkes Auge war blutunterlaufen und geschwollen. Eva hielt sich die Hand vor den Mund. »O mein Gott, Gisela, was ist denn mit dir passiert? Wer war das?«

Ihre ehemalige Mitschülerin lachte bitter auf. »Männer …
am Ende sind sie alle gleich. Stehen auf dich, wollen deinen
jungen Körper, und wenn du sie dann nicht richtig bedienst,
dann setzt es was … immer dasselbe …«

Eva wusste nicht, was sie sagen sollte. Ulrich hätte nie
derart die Hand gegen sie erhoben. Im Gegenteil, er war stets
sehr bemüht, ihre Wünsche zu erfüllen. Eva schoss die Röte ins
Gesicht, als sie nur daran dachte. »Hat es was mit von …?«

Gisela winkte ab. »Nein, nein, so was würde selbst Rainer
nicht machen.« Sie warf Eva einen verstohlenen Blick zu. Blitzte
da so etwas wie ein schlechtes Gewissen auf? Recht so. Sie sollte
auch nicht solche üblen Gerüchte verbreiten wie damals nach
dieser *Sache*. »Das war in Berlin.«

»In Berlin? Wann warst du denn in Berlin?«

»Wie? Wann war ich in Berlin? Die ganze Woche. Ich bin
gestern erst zurückgekommen. Hat Ulrich dir nichts davon
erzählt? Dabei hatten wir so einen netten Abend auf der
Kunstausstellung«, erwiderte sie halb überrascht, halb amüsiert.

Eva schluckte trocken. *Einen netten Abend?* »Wir telefonieren nicht täglich. Insofern kann ich das noch gar nicht wissen«, antwortete sie mit trotzigem Unterton.

»Soso«, meinte Gisela. »Wie auch immer, das Drama
begann, als er weg war. Ich hatte es ihm ja gleich gesagt.«

»Was hattest du ihm gleich gesagt?«

»Dass er bleiben soll. Mich vor den bösen Wölfen beschützen.« Ihr Augenaufschlag dabei war fast filmreif. Eva merkte, wie
das Blut in ihren Adern zu pulsieren begann. Wie konnte ein
Mensch nur so giftig sein? Gleichzeitig fragte sie sich natürlich,
warum Ulrich die Begegnung mit keiner Silbe erwähnt hatte.
Allerdings hatte er ja auch nicht über die Ausstellung gesprochen. Dafür – und für so vieles mehr – war die Begegnung ganz
eindeutig zu kurz gewesen.

»Wenn du es kühlst, schwillt es schneller ab«, erwiderte Eva nur. »Ich muss weiter, Essen kochen«, erklärte sie dann provokant und wollte schon gehen.

»Lasst es euch schmecken«, meinte Gisela daraufhin. »Und grüß Ulrich, wenn du mit ihm sprichst. Ab Herbst sehen wir uns ja vielleicht öfter. Wir drei, meine ich natürlich.«

Eva hielt, hellhörig geworden, inne. »Inwiefern?«

Gisela lachte kehlig. »Hat er dir das *auch* nicht erzählt? Ach so, ihr habt ja noch nicht gesprochen. Entschuldige. Ich studiere ab dem Wintersemester Kunstgeschichte an der Freien Universität. Und du willst ja wohl auch den Absprung wagen, so wurde mir berichtet.«

Schon wieder wusste Eva nicht, wie sie reagieren sollte. Am liebsten hätte sie ihr irgendeine Gemeinheit entgegengeschleudert. Aber das konnte sie einfach nicht. »Das wird sich alles zeigen«, sagte sie stattdessen vage und ging grußlos weiter. Immerhin das gelang ihr.

* * *

»Wer war das?«

Evas Vater hatte sich zum ersten Mal seit seiner Bronchitis angekleidet und sein Gesicht hatte schon wieder etwas Farbe bekommen. Die Medikamente halfen demnach, was Eva mit Erleichterung zur Kenntnis nahm. Die Rouladen schmorten im Ofen, und bestimmt hatte der Duft ihren Vater auf den Plan gerufen.

»Das war Milena«, antwortete sie.

»Die Haushaltshilfe von Gellersen?«

»Genau genommen ist sie jetzt auch unsere Zugehfrau.« Eva atmete einmal tief durch. Wie hatte Ulrich gesagt: Er hatte einen folgenschweren Entschluss gefasst, den er ungeachtet der Konsequenzen in die Tat umsetzen würde. Genau wie sie.

»Sie kommt ab sofort dreimal die Woche. Ich habe sie soeben eingestellt.«

Fragend sah ihr Vater sie an. »Was meinst du damit: Du hast sie eingestellt?«

Eva nahm sich die Schürze ab und hängte sie an den Haken. »Papa, lass uns mal eine Runde drehen. Du solltest dir die Beine vertreten, und ich muss mit dir reden. Das machen wir besser draußen.«

Auf dem Gesicht ihres Vaters zeichnete sich eine Zornesfalte ab. »Eva, jetzt hör mir mal zu …«

Eva wandte sich zu ihm um. »Nein, Papa, jetzt hörst *du* mir mal zu. Es ist an der Zeit, denn ich habe keine Lust mehr, immer für alle zur Stelle zu sein, den Mutterersatz zu spielen, zu kochen, zu putzen und am Ende womöglich auch noch die Pflegerin für deinen Sohn zu werden. Hier und heute hörst du mir zu. Zieh dir bitte einen Mantel über. Die Sonne scheint, aber es weht ein kühler Wind.«

Sie hielt dem eisigen Blick ihres Vaters stand, und entgegen ihrer Befürchtung lief der wirklich zur Garderobe und schlüpfte in eine leichte blaue Blousonjacke mit Reißverschluss und in braune Slipper. »Dann jetzt«, sagte er nur.

Schweigend schritten sie vom Lambertiplatz Richtung Innenstadt, um dann rechts in den Kurpark abzubiegen. Zielstrebig steuerte Eva das Gradierwerk an, wo sie schon am Dienstag ein paar wichtige Erkenntnisse gewonnen hatte. Als sie dort angekommen waren, blieb sie stehen. »Tief einatmen, Papa, das tut deinen Lungen gut!«

Ihr Vater nahm tatsächlich einen kräftigen Atemzug und ließ noch immer keine Widerworte hören.

Eva räusperte sich. »Ich habe Milena eingestellt, Papa, weil ich nicht mehr länger eure Haushälterin sein will und kann. Das ist mal das Eine. Dahinter aber steht, dass ich mich ab Montag stärker in der Saline einbringen will.« Sie wartete ab. Ihr Vater schwieg. »Ich habe vor, einen regionalen Vertriebszweig aufzubauen. Ich habe vor, das Geschäft mit den Afrikabeuteln näher zu beleuchten, und ich habe vor, den Pfannenstein selbst zu verkaufen. Ich hatte dazu neulich ein Gespräch mit Regina und werde bei der nächsten Abfuhr dabei sein. Wusstest du, dass sie den sogenannten Abfall an Bauern und Förstereien verkaufen?«

Ihr Vater hatte die Hände in den Salzniesel gehalten und rieb sich die Finger. »Das sind doch höchstens Pfennige.«

»Ja, das stimmt, im Moment schlägt es noch nicht sehr zu Buche, aber wir haben auch nie überlegt, ein Segment mit Lecksteinen zu führen. Und ein Letztes: Ich werde Anstrengungen unternehmen, unsere Salze auch in der kosmetischen Industrie unterzubringen. Das wird sicherlich der schwerste Schritt, aber mal sehen, wie weit wir kommen. Für all das werde ich Zeit brauchen. Und deswegen ...« Eva war so begeistert von ihrer eigenen kleinen Rede und den Überlegungen, die sie so am Stück noch nie ausgesprochen hatte, dass sie schmunzeln musste. »... und hier schließt sich der Kreis, brauchen wir Milena.«

Heiner Benningsen führte sich eine Hand zum Mund und leckte an der Sole. »Du denkst, ich habe nie gesehen, wie klug und tüchtig du bist, nicht wahr? Du denkst, ich bin ein egoistischer, rückwärtsgewandter alter Mann, der alles besser weiß, der sich nicht reinreden lassen will und der glaubt, dass ihm niemand etwas vormachen kann, wenn es um das Salz geht, oder?«

Eva war überrascht von der eigentümlich freimütigen Erwiderung, und sie musste zugeben, dass sie genau so dachte, wartete aber zunächst einmal ab, was noch kam. Zu oft schon hatte ihr Vater in der Vergangenheit milde gewirkt, um dann erst richtig auszuholen.

»Ich gebe zu, in Teilen ist das sicher richtig. Und vermutlich auch wahr ...« Er lächelte. »In einem aber, Püppi, hast du dich schon immer getäuscht. Glaube mir, es verging kein Tag seit dem Tod deiner Mutter, an dem es mir nicht das Herz zerrissen hätte zu sehen, wie du dich abgeplackt hast, wie du geschuftet hast für deine Schwester und für deinen Bruder und niemand da war, an den auch du dich einmal wenden konntest. Am Anfang war Oma noch bei uns, aber sie war ja auch alte Schule und konnte dir nicht das geben, was du gebraucht hättest. Zuspruch, eine Umarmung, eine Begleiterin auf deinem Weg zum Frausein. Und ich? Ich konnte das erst recht nicht. Ich schämte mich, aber als ich beobachtete, wie du langsam heranreiftest, da war ich noch hilfloser und zog mich mehr und mehr zurück. Was meinst du, wie oft ich nachts vor dem Bett kniete und zu deiner Mutter betete, damit sie mir ein Zeichen schickte, was ich zu tun hätte. Aber es kam nie. Oder ich sah es nicht …« Ihr Vater machte eine Pause und wischte sich über das Gesicht, sodass es ganz feucht wurde. Auch Eva hatte einen Kloß im Hals. Was waren denn das für Töne?

»Papa, ich …«, hob sie an, doch Heiner Benningsen unterbrach sie direkt.

»Warte bitte, ich bin noch nicht fertig.«

»Dann war da dein Ulrich. Von Anfang an eigentlich, aber ich glaube, du hast es erst später gesehen oder sehen wollen. Und auch hier war ich vielleicht etwas abweisend, vielleicht so abweisend, wie ein Vater bei dem ersten ernst zu nehmenden Mann ist, der seiner Tochter den Hof macht. Aber ich weiß, dass er ein guter Junge ist, bestimmt sogar. Und dann hast du angefangen, ständig nach der Saline zu fragen. Ich dachte nur, was will das Kind denn auf diesem angeschlagenen Ast? Sie soll leben, tanzen, sich vergnügen, vielleicht eine Verlobung feiern, aber sich doch nicht aufreiben an etwas, das ihre Kinder vielleicht wirklich nicht mehr wird ernähren können.« Mit festem Blick sah er Eva nun an. »Ich hatte Angst um dich, Eva, wahnsinnige Angst. Und ich wollte nicht, dass du dein Leben

225

wegwirfst für etwas, das es vielleicht nicht wert ist. Das musst du mir glauben.«

Eva schwirrte der Kopf. Niemals zuvor hatte sie ihren Vater so reden hören. Und niemals zuvor hatte er je Signale ausgesandt, aus denen sie solche Schlussfolgerungen hätte ziehen können. Obwohl sie schon so oft darauf gewartet hatte. Etwas Anerkennung vom großen Heiner Benningsen. Ein wenig Wertschätzung für seine Tochter. Durfte sie ihm nun wirklich glauben? Andererseits sagte er ja nichts, was sie von ihrem Vorhaben hätte abbringen können. »Aber du hast immer gesagt, ich hätte das Salz nicht im Blut. Warum?«

Ihr Vater tippelte unruhig von einem Fuß auf den anderen. Sie sollten gleich wieder nach Hause gehen. Er wurde müde. Das Reden hatte ihn angestrengt. »Vielleicht, Eva, und das willst du jetzt ganz sicher nicht hören, vielleicht, weil ich mir nicht eingestehen wollte, dass du es mehr im Blut hast als ich. Vielleicht wollte ich nicht in den Spiegel gucken und ein Auslaufmodell darin sehen. Und vielleicht musste ich auch begreifen, dass man das Salz nicht in jeder Generation auf dieselbe Weise im Blut hat. Ich würde ja heute auch nicht mehr auf die Idee kommen, Heringe darin zu konservieren. Die Zeiten sind vorbei. Und meine Zeit ist nun auch langsam vorbei. Wenn es also wirklich dein Wunsch ist, dann beschreite neue Wege. Mach es, Eva, ich werde dir keine Steine mehr in den Weg legen und dich sogar unterstützen, wenn du mich brauchst. Ich bitte dich nur um eines: Erspare mir die Schmach, wie ein Hund vom Hof gejagt zu werden. Lass mich noch in meinem Sessel sitzen, solange meine Gesundheit es zulässt. Schick mich nicht aufs Altenteil. Kannst du mir das versprechen?«

Aus einem Impuls heraus flog Eva ihrem Vater um den Hals, wie sie es schon Jahre nicht mehr getan hat. »Danke, Paps, ich danke dir. Und ich verspreche es.«

»Nichts zu danken, Püppi, ich hätte das schon viel eher machen sollen.« Er entwand sich der Umarmung, die ihm unangenehm zu sein schien. »Und bevor du fragst: Auch bei Curt habe ich Fehler gemacht, mindestens einen unverzeihlichen, und wenn man so will, bei Karla nicht minder, indem ich sie so verwöhnt habe, wie ich es mich bei euch beiden nicht getraut habe. Das war wohl ein bisschen viel.« Er hüstelte. »Aber ich werde versuchen, mich zu bessern. Mehr kann ich nicht mehr tun.«

»Keiner kann aus seiner Haut, Paps. Auch ich nicht. Aber wir alle machen das Beste daraus. Mehr dürfen wir von uns Menschen nicht verlangen. Wir sind eben nicht der liebe Gott.« Sie fasste ihn am Unterarm. »Und jetzt lass uns gehen. Die Rouladen sind bestimmt bald gut, und ich habe einen Mordsappetit!«

»Rouladen mit Speck und Senf und Gurke?«

»Na, was denkst du denn?«, fragte sie lachend und stieg die Stufen hinab.

»Ein Festschmaus, Püppi, ein Festschmaus! Eva.«

Als sie zu Hause ankamen, wartete Karla schon an der Haustür. Sie wirkte besorgt. »Eva, da hat ein Dr. Morgenthal oder so ähnlich angerufen. Du sollst ihn bitte zurückrufen. Er hat nichts weiter gesagt, aber es geht um Curti, oder?«

Eva hängte ihren Mantel auf und nutzte die kurze Unterbrechung, um sich zu sammeln. Ruhig, ganz ruhig, befahl sie sich, denn sie wollte sich auf keinen Fall etwas anmerken lassen. »Na, bestimmt geht es um Curti, denn Dr. Morgenthaler ist ja der behandelnde Arzt. Das ist aber nett, dass er sich extra noch einmal meldet«, sagte sie so unbeschwert, wie es ihr möglich war. Sie wusste nur zu gut, dass dieser Anruf nichts Gutes verhieß.

»Du meinst, es ist nichts Schlimmes passiert?«, fragte Karla mit bebender Stimme.

Eva bückte sich zu ihrer kleinen Schwester. »Karla, es ist normal, dass Ärzte sich an die Angehörigen wenden, um ihnen zu erzählen, wie ein Patient sich macht, wenn man nicht jeden Tag vor Ort sein kann. Wir wollen also nicht den Teufel an die Wand malen. Geh auf dein Zimmer. Ich sage dir Bescheid, wenn ich mit ihm gesprochen habe, okay?«

Sie wechselte Blicke mit ihrem Vater, der das Zeichen offenbar verstand. »Na komm, Karlchen, wir bauen ein bisschen an deinem Legohaus weiter, ja?«

Nicht gänzlich überzeugt, aber doch erfreut über die Aussicht, stapfte sie nach oben, gefolgt von Heiner Benningsen.

Als Eva hörte, wie sich im ersten Stock die Tür schloss, legte sie die Hand auf die Brust und ließ sich ins Uniklinikum Hamburg vermitteln. Sie brauchte drei Durchstellversuche, bis sie endlich auf der richtigen Station gelandet war.

»Dr. Morgenthaler, hier spricht Eva Benningsen. Sie haben angerufen.«

Sie hörte ein Räuspern und hatte den Eindruck, dass noch jemand mit im Raum war, eine Schwester vielleicht.

»Fräulein Benningsen. Vielen Dank, dass Sie so schnell zurückgerufen haben.« Noch mal ein Räuspern. »Fräulein Benningsen, es tut mir sehr leid, aber ich muss Ihnen mitteilen, dass wir Ihren Bruder erneut sedieren mussten. Ein Transplantat hat sich entzündet und Ihr Bruder ist noch immer sehr schwach. Fräulein Benningsen, ich möchte nichts beschönigen. Wir geben unser Bestes, aber die Situation ist sehr ernst. Wir wissen nicht, ob er die Nacht überlebt. Sobald es etwas Neues gibt, melde ich mich bei Ihnen.«

228

25.

Juni 1958, fünf Tage später

Schon am Donnerstag der darauffolgenden Woche war die Saline kaum wiederzuerkennen. Statt nur das ruhig-gemächliche Scharren der Rakel in den Pfannen zu vernehmen, sah man Frauen im Laufschritt vom Siedebereich zur Näherei, von der Abpackstation zum Solebrunnen huschen. Die Leidenschaft und visionäre Kraft, die Eva am Montag in ihrer Rede »zur prosperierenden Zukunft der Saline – neue Wege, neue Chancen« zum Ausdruck gebracht hatte, verfehlte ihre Wirkung nicht. Die Aufbruchstimmung und der Glaube an einen neuen Wohlstand, den Adenauer und Heuss schon länger für das junge Deutschland proklamierten, schien endlich auch in Lüneburg angekommen zu sein.

Während sich Heiner Benningsen wie besprochen weiter in seinem Büro aufhielt und dort tat, was immer er auch tat, hielt Eva sich fast ausschließlich bei den Mitarbeitern auf, lobte, wenn etwas schön aussah oder gut gelang, klopfte auf Schultern, wenn erneut ein paar Säcke zugenäht waren, winkte dem Lkw, wenn eine Lieferung vom Hof fuhr, oder sah den Packern beim Beladen eines Waggons zu. Die neue Zeit sah man Eva auch an ihrer Kleidung an. Sie trug tagsüber nun ausschließlich Hosen mit weitem Schlag oder die neuen Nietenhosen.

Und noch eines hatte Eva – einer spontanen Eingebung folgend – beschlossen und direkt in die Tat umgesetzt: Sie würde ihre Mitarbeiter in die Realisierung ihrer Pläne einbeziehen und damit ein Stück der Verantwortung delegieren. Sollten die Projekte erfolgreich vorangetrieben werden, stand eine Gehaltserhöhung oder Provision in Aussicht.

So hatte sie Regina beispielsweise damit betraut, mit Förstern und Bauern im Umkreis von dreißig Kilometern zu sprechen und sich zu erkundigen, wie hoch ihr Bedarf an Lecksteinen und Abfallsalzen war.

Greta von der Klassierung der Salze und Elisabeth, ein pfiffiges junges Ding aus der Abrechnungsabteilung, sollten Adressen kleinerer Feinkostläden und Wochenmärkte im Umland zusammentragen, auf denen das Salz eventuell verkauft werden konnte.

Hans aus der Materialbeschaffung bot an, sich über die Verfügbarkeit günstigerer Plastiksäcke zu informieren, und Helga hatte es sich nicht ausreden lassen, selbst bei der Schokoladenmanufaktur »Schokolüne« vorbeizuschauen, die immer auf der Suche nach neuen, pfiffigen Ideen war – warum dann nicht eine Prise Salz in die süße Schokolade und einen Wildsaukopf aus Marzipan obendrauf? Der weiße Eber war schließlich das Wahrzeichen der Saline. Für Touristen und Sanatoriumsgäste konnte das doch ein ideales Geschenk sein!

Für sich selbst hatte Eva sich zwei große Aufgaben vorbehalten, von denen speziell die eine ihr Herzklopfen verursachte: Ende letzten Jahres hatte sich in Bispingen ein Unternehmen gegründet, die KosmoPharm, das Cremes und Produkte zur Körperhygiene herstellte. Für Eva der perfekte Kunde, denn für die Hautpflege war Salz ein wertvoller und unverzichtbarer Bestandteil. Nun gab es jedoch keinerlei Verbindungen zu dem Unternehmen, und sie konnte nicht einschätzen, wie man auf sie als nicht einmal volljährige, vermeintlich unerfahrene Frau reagieren würde. Doch sosehr sie sich das Hirn zermarterte, ihren Vater wollte sie nicht mitnehmen, und sonst war da niemand, der mehr Autorität ausstrahlte als sie und dem sie vertrauen konnte.

Daneben hatte sie bereits einen Termin mit dem Einkaufsleiter von South Shipping vereinbart, und es war ihr gelungen, ihn sogar nach Lüneburg zu lotsen. Das hatte den Vorteil, dass sie sich bei den Gesprächen sicherer fühlte, und zugleich konnte sie ihm die Saline und den kompletten Produktionsprozess zeigen, von der Gewinnung über die Trocknung, Klassifizierung, Verpackung und schließlich Verladung. Sie hielt das für einen Standortvorteil.

Ihre Maßnahmen führten zu einem Gewimmel und Gesirre in der Saline, das für sich genommen schon ansteckend war. Wenn dann aber etwa Greta auf sie zueilte mit den Worten: »Fräulein Benningsen, stellen Sie sich vor, die Wochenmärkte in Deutsch Evern, Bardowick und Bienenbüttel sind Feuer und Flamme!« oder Helga erst mal vorbeikam und einen Sack Pralinen verteilte, potenzierte sich das Ganze noch. Die Stimmung war so aufgeladen und angeheizt, dass der neue Pioniergeist sich auf alle übertrug. Selbst ihr Vater hatte sich heute früh pfeifend seinen Gehstock genommen und ihr augenzwinkernd zugelächelt: »Mal sehen, was heute wieder passiert, oder, Evchen?«

Ja, Evas Rede hatte eine nicht zu verkennende Dynamik in den Menschen ausgelöst. Und das sprach sich in kürzester Zeit auch außerhalb der Salinenmauern herum.

So tauchte am Donnerstagmittag unangemeldet ein höchst unerwarteter Besucher in der Saline auf. Eva war gerade dabei, mit einem Schippchen kleine Mengen Salz in winzige Säckchen zu füllen, als Bernie ihr mit einer Kopfbewegung zu verstehen gab, dass da jemand war.

Eva richtete sich auf, wischte sich eine Strähne aus dem blonden Haar, das sie zu einem Pferdeschwanz gebunden hatte, und sah sich um. Ein Lächeln huschte über ihr Gesicht. »Lothar! Was machst du denn hier? Na, das ist ja mal eine Überraschung.« Sollte sich eine leichte Röte auf ihre Wangen geschlichen haben, konnte er es zum Glück nicht bemerken, da ihr Körper ohnehin aufgeheizt war.

Grinsend hielt er eine Tüte hoch. »Süßes und Deftiges – ich wusste nicht, was du lieber magst, Rosinenschnecke, Butterkuchen oder eine Wurst mit Semmel. Ich dachte, ich bringe der tüchtigen Sülzerin etwas zu essen vorbei, bevor sie vom Fleisch fällt.«

Eva lachte. »Das kommt der tüchtigen Sülzerin aber wie gerufen. Mir knurrt wirklich schon der Magen. Komm, lass uns rausgehen.«

Gemeinsam liefen sie durch das geöffnete Ladetor zu einer kleinen Bank, die am Abfertigungsgleis stand, und setzten sich. Beherzt griff Eva in die Tüte, holte die Dauerwurst heraus und biss kräftig hinein. »Köstlich, einfach köstlich. Vielen Dank, Lothar. Aber nun mal ehrlich, warum bist du wirklich hier?«

Lothar nahm sich ein Stück Butterkuchen. »Ehrlich gesagt, ich wollte einfach schauen, was ihr hier so treibt. Ist dir klar, dass ihr Stadtgespräch seid?«

Verdutzt sah Eva ihn an. »Wie das? Es stand doch gar nichts in der Zeitung?«

»Das stimmt; wobei, jetzt, wo du es sagst, vielleicht solltest du dich mal beim Lüneburger Anzeiger melden. Die haben bestimmt Interesse. Aber nein, ich habe es aus der Bank. Andauernd kommen Kunden, die von der Mutter, dem Bruder, dem Schwager, dem Neffen, der Tante oder dem Freund eines Freundes von deiner Rede gehört haben und davon, dass in der

Saline jetzt ein ganz neuer Wind weht. Das wollte ich mir doch mal persönlich anschauen.«

Eva schüttelte den Kopf. »Die Leute übertreiben. Noch sind das ja alles nur Ideen. Wir haben noch gar nichts umsetzen können.«

Lothar zuckte mit einer Schulter. »Alles beginnt mit einer Idee. Hätten sich die Menschen 4 000 vor Christus das Rad nicht vorgestellt, wer weiß, ob es erfunden worden wäre. Und wohin es uns gebracht hat, muss ich dir wohl nicht erklären.« Er biss in seinen Kuchen und kaute genüsslich. »Im Ernst, Eva, man nimmt wahr, was du hier auf die Beine stellst. Selbst mein Vater machte gestern bei Tisch eine Bemerkung darüber. Eine, für ihn, durchaus anerkennende …«

»Ach ja, was hat er denn gesagt?«, wollte Eva wissen.

»Willst du den Wortlaut hören?«

»Den genauen.«

»Er hat gesagt: ›Sieh mal einer an, da läuft die kleine Benningsen dem Alten ja doch noch den Rang ab.‹«

Eva verschluckte sich fast. »*Das* hat er gesagt?«

»So und nicht anders.« Lothar räusperte sich. »Aber mal im Ernst, Eva. Dir muss ich nicht erzählen, wie es um die Kredite für die Saline steht. Eure Bilanzen schwächeln, die Geschäfte sind rückläufig …«

»Deswegen veranstalte ich den ganzen Zauber ja«, unterbrach Eva ihn etwas grimmig. Sie hatte wirklich keine Lust, sich gleich wieder belehren zu lassen, auch nicht von Lothar.

Er machte eine beschwichtigende Handbewegung. »Das weiß ich doch, entschuldige, vielleicht habe ich mich ungeschickt ausgedrückt. Ich wollte dich nicht kritisieren. Im Gegenteil. Ich bin gekommen, um dir meine Hilfe anzubieten …«

»Deine Hilfe?« Verdutzt schaute Eva ihn an. »Was denn für Hilfe?«

»Sag du es mir. Ich könnte mir vorstellen, dass es Dinge gibt, die du vielleicht mit niemandem so recht besprechen kannst. Investitionspläne, Steuerfragen, Unternehmenskooperationen … Es liegt ja auf der Hand, dass dein Vater zumindest nicht dein bester Berater sein wird. Erstaunlich genug, dass du ihn bis hierhin gekriegt hast …«

Eva lachte. »Das stimmt.« Sie machte eine Pause und scharrte mit dem Fuß im Kies. Plötzlich hielt sie inne. »Eine Sache gibt es da, bei der ich tatsächlich gut jemanden an meiner Seite gebrauchen könnte.«

Ein Leuchten ging über Lothars Gesicht. »Ach ja, und die wäre?«

»Kennst du die KosmoPharm?«

Lothar überlegte. »Ist das nicht dieses neue Pharmaunternehmen irgendwo in der Nordheide?«

»In Bispingen, genau.«

»Und, was ist damit?«

»Nun, die stellen alle möglichen Pflegeprodukte her. Tagescreme, Nachtcreme, Körperlotion, Hautpeeling, Handcreme, Fußfette … Und für all das brauchen sie Salz als natürlichen Mineralstoff.«

»Nachtigall, ick hör dir trapsen«, sagte Lothar und pfiff einmal durch die Zähne. »Und du findest, dieses Salz sollten sie aus Lüneburg beziehen?«

Eva strahlte. »Das ist die Idee. Kurze Wege, reines Produkt ohne chemische Zusatzstoffe. Wenn du mich fragst, eine ideale Allianz.«

Lothar schlug sich auf den Schenkel. »Also wirklich, Eva, nicht dass ich es je angezweifelt hätte, aber du bist wirklich die geborene Geschäftsfrau.« Er wirkte regelrecht begeistert.

Eva winkte ab und beäugte Lothar verstohlen von der Seite. Mit seiner schlanken Figur, dem blonden, gescheitelten Haar und den langen, schmalen Fingern war er ein stattlicher Mann – gar nicht so uncharismatisch, wie sie früher immer gedacht hatte. Er war ernster als Ulrich, weniger impulsiv, aber das hatte seinen ganz eigenen Reiz; einen, den sie neulich beim Spielen schon bemerkt hatte. »Ich könnte mir jedenfalls vorstellen, dass es hilfreich wäre, dort mit einem Mann an meiner Seite aufzukreuzen. Und wenn es sich dabei noch dazu um den Sohn des renommierten Privatbankiers Möreke handelt«, Eva lachte, »dann wäre das wahrlich perfekt! Wenn du es also ernst meinst mit deinem Angebot, würde ich gern darauf zurückkommen.«

Lothar erhob sich, verbeugte sich formvollendet mit der linken Hand auf dem Rücken und wedelte mit seiner rechten. »Es wäre mir eine Ehre, Madame.«

Eva sprang lachend auf. »Jetzt hör aber auf!«, sagte sie, um dann doch etwas ernster zu werden. »Sag mal, ich habe ihn zwar länger nicht gesehen, aber es geht ja das Gerücht, dass Rainer von Seefeldt hier einen Brunnen bohren will für die Getränkeindustrie. Mehr als das Gerücht höre ich jedoch auch nicht. Weißt du zufällig mehr?«

Lothar rieb sich das Kinn und schien zu überlegen. »Du weißt, dass ich dir das nicht so ohne Weiteres sagen darf, aber ich glaube, ich verrate auch nicht zu viel, wenn ich dich wissen lasse, dass es tatsächlich einen größeren Kreditantrag gegeben hat, den von Seefeldt jedoch vor geraumer Zeit wieder zurückgezogen hat. Ich schließe aus all dem, dass er zumindest im ersten Anlauf keine Baugenehmigung bekommen hat. Dafür spricht auch die Tatsache, dass man nichts mehr von dem Projekt hört. Reicht dir das erst mal als Aussage?«

Dankbar kniff Eva Lothar in den Arm. Wenn er gewusst hätte, *wie sehr* ihr das reichte!

Sie schlenderten langsam über den Vorplatz der Saline zurück in Richtung Haupteingang, als Lothar noch einmal stehen blieb. »Hast du eigentlich schon etwas von Curt gehört?«

Eva kniff die Lippen zusammen und schüttelte den Kopf. »Noch nichts Neues. Zuletzt hieß es, sein Zustand sei kritisch. Aber im Grunde ist es wohl eine gute Nachricht, dass Dr. Morgenthaler, der behandelnde Arzt, sich noch nicht wieder gemeldet hat. Demnach geht es ihm ja zumindest nicht schlechter. Ich hoffe, ich höre bald von ihm. Und für das Wochenende habe ich so oder so geplant, nach Hamburg zu fahren. Die Vorstellung, dass Curt da dann schon seit zehn Tagen so allein und verlassen liegt …« Eva schüttelte erneut den Kopf und schluckte. »Das ist doch unmenschlich.«

»Wenn du möchtest, dass ich dich begleite, lass es mich wissen. Ich tue das gern«, erwiderte Lothar sanft.

Eva blickte ihn an, sah in seine Augen und erkannte so etwas wie … Pein? Zum ersten Mal wurde Eva bewusst, dass sie Lothar noch nie mit einer Frau an seiner Seite gesehen hatte. Und immerhin war er auch schon vierundzwanzig. Konnte seine Aufmerksamkeit … konnte sie etwas anderes bedeuten als Freundschaft?

»Das ist sehr lieb von dir, Lothar, aber ich kann das nicht annehmen. Wenn du mir mit KosmoPharm hilfst, ist das schon mehr als genug.«

»In Ordnung.« Sie gingen weiter bis zur Eingangstür. »Dann sag mir einfach Bescheid, wenn es so weit ist. Ich freue mich. Und viel Erfolg, Eva. Du machst das fantastisch.«

Eva hob die Hand zum Gruß und betrat nachdenklich die Saline. Wahrscheinlich bildete sie sich das nur ein, doch sollte Lothar Möreke tiefere Gefühle für sie hegen, hoffte sie, dass sie ihm keinen Anlass geboten hatte, sich weitergehende Hoffnungen zu machen. Sie gehörte an die Seite von Ulrich – und an keine andere.

»Na, Fräulein Benningsen, warum denn heute so tiefsinnig? Ist etwas passiert? Unsere Milena hat Sie doch hoffentlich nicht versetzt?«, riss Gellersen sie aus ihren Gedanken.

»Ach, Herr Gellersen, ganz und gar nicht. Im Gegenteil, mir ist jetzt schon nicht mehr klar, wie ich so lange ohne diese Perle auskommen konnte. Nein, alles in bester Ordnung. In allerbester sogar.«

26.

Dr. Brinkmeier ging in dem dunkel vertäfelten und mit dicken Orientteppichen ausgelegten Büro auf und ab, die Hände hinter dem Rücken verschränkt. »Das ist ein gewaltiger Schritt, den Sie da vorhaben, Ulrich. Sind Sie sicher, dass Sie das wirklich wollen? Mit allem, was es an Konsequenzen nach sich ziehen könnte?«

Seit einer Stunde schon saßen die beiden Männer in dem salonartigen Raum im zweiten Stock der Eisenacher Straße. Ulrich hatte drei Aktenordner vor sich ausgebreitet. Das Ergebnis seiner wochenlangen Recherchen. Nun hatte er den Senior gebeten zu prüfen, ob etwas davon justiziabel sei. Und ob er, Brinkmann, gegebenenfalls die Sache übernehmen könne. Er selbst, Ulrich, war ja noch nicht so weit. Noch lange nicht. Sein Chef hatte ihm aufmerksam zugehört und nur hier und da eine kurze Zwischenfrage gestellt.

»Ich säße nicht hier, wäre ich es nicht«, erwiderte Ulrich.

»Rache ist kein besonders christliches Motiv«, wandte Brinkmann ein.

238

Ulrich lächelte schief. Ob christlich oder nicht, wäre für ihn kein Hinderungsgrund gewesen, aber es ging ihm gar nicht um Rache, und das sagte er auch. »Es ist das eine, wie mein Onkel mich behandelt hat. Warum das so ist, werde ich wohl nie erfahren. Aber die stillschweigende Kooperation mit den Nazis und das von nichts als Gier getriebene Ausnutzen der Vertreibung, Deportation oder Flucht unserer jüdischen Mitbürger damals – das ist etwas völlig anderes. Und nur darum geht es.«

Dr. Brinkmeier hatte sich wieder hingesetzt und einen der Ordner aufgeschlagen. »Sie haben vier ehemalige Hauseigentümer ausfindig gemacht, die bereit wären, auf Rückgabe zu klagen, ist das richtig?«

»Ja, vier, deren Häuser für einen Appel und ein Ei an irgendwelche SSler verkauft worden sind, für die mein Onkel die Finanzierung übernommen hat. Plus natürlich Arno Blumberg – der Mann, der in dem Haus lebte, in dem ich groß geworden bin.«

Brinkmeier legte nachdenklich einen Finger unter die Nase. »Nun, die anderen vier haben mit Ihrem Vater ja erst mal nichts zu tun. Ihn aber aus seiner eigenen Villa zu vertreiben – gewiss, das hat Effekte in mehrere Richtungen. Von dem Sturm, den Sie ernten, mal abgesehen.«

»Ja, ein bisschen Wind säe ich schon«, erwiderte Ulrich, dem die biblische Metapher nicht entgangen war. »Aber noch mal: Es geht mir darum, jemanden zur Rechenschaft zu ziehen, der Unrecht begangen hat. Schlimmes Unrecht. Nicht um Rache.«

Brinkmeier lächelte und in seinem Blick lag etwas wie Milde, wenn nicht gar Bewunderung. Sein Chef mochte ihn, das wusste Ulrich. Und er selbst vertraute ihm und seiner Expertise beinahe bedingungslos. »Also gut, die fünf Fälle können wir anstoßen. Das ist mehr als rechtens. Die jetzigen Eigentümer kennen Sie?«

239

»Besitzer«, korrigierte er und überreichte dem Anwalt eine Liste mit fünf Namen sowie den dazu gehörigen Anschriften. »Und was ist mit dem Bergwerk und den Zwangsarbeitern? Können wir ihn hier ebenfalls anzeigen, wegen Verstoßes gegen die Menschenrechte? Kriegsverbrechen?«

Nun nahm der Anwalt einen weiteren Ordner zur Hand und blätterte darin herum. »Ihr Onkel wird immer abstreiten, dass er von den Zwangsarbeitern wusste. Und auch in Hambühren hat er letztlich nur den Ausbau eines Bergwerks finanziert. Da werden wir ihm nicht beikommen können.«

»Aber wir könnten es versuchen, oder? Wenn das ruchbar wird, ist zumindest sein Ruf ruiniert. Er wird nicht ohne moralischen Schaden aus dieser ganzen Sache hervorgehen.«

Brinkmeier nahm seine Brille ab und lehnte sich in dem dicken Ledersessel im englischen Stil zurück. Er schlug ein Bein über das andere. »Und Sie wollen mir weismachen, es ginge hier nicht um Rache?«

Ulrich spannte seine Kiefermuskeln an. »Es geht um Gerechtigkeit«, presste er mühsam hervor.

»Also gut«, sagte Brinkmeier nach einer Weile. »Bereiten Sie die Schriftsätze vor. Das ist eine gute Übung für Sie. Wir gehen die Sache an.«

Gedankenschwer und dennoch beschwingt verließ Ulrich an diesem Tag die Kanzlei. Es war gut gelaufen, besser sogar als gedacht. Aber ein Gang stand ihm noch bevor. Und nicht der leichteste.

Als er zu Hause angekommen war, schenkte er sich einen Cognac ein, setzte sich an seinen Sekretär, nahm ein weißes Blatt und begann zu schreiben.

Liebste Eva …

27.

Lüneburg

»Da wird einem ja ganz schwindelig. Mit so einem Aufgebot habe ich nicht gerechnet.« Eva und ihr Vater hatten sich im ersten Stock der Saline an einem Fenster positioniert und sahen heimlich zu, wie eine schwarze Limousine auf den Hof rollte.

»Hattest du nicht gesagt, es komme der Einkaufsleiter?«

»Herr Matussek, ja.«

»Das sieht aber nach mehr aus.«

Die beiden beobachteten, wie ein Fahrer ausstieg und die Türen zum Fond öffnete. Zwei Männer kamen zum Vorschein, beide in dunklen Anzügen, einer jung, einer älter. Eva war froh, dass sie sich heute wohlweislich doch für einen schlicht senffarbenen Petticoatrock und ein weißes Oberteil entschieden hatte.

»Ja, das ist ja der Friedrich!«, rief ihr Vater aus. »Alle Achtung!«

»Der Friedrich? Du kennst den Mann?«

Über den Rand seiner Brille hinweg sah Heiner Benningsen seine Tochter an. »Eva, du magst mich ja für ein wenig senil halten, aber ich habe das Geschäft mit der South Shipping vor fünf

Jahren abgeschlossen. Und den Friedrich kenne ich schon seit Ewigkeiten, lange bevor er dort Geschäftsführer wurde.«

Ihr Vater hatte recht. Eva war so mit ihren ganzen neuen Ideen beschäftigt, dass sie darüber vergaß, dass es ihr Vater war, der die Saline seit dreißig Jahren leitete. »Dann lass uns die beiden mal gebührend begrüßen.« Nach einem kurzen Zögern fügte er hinzu: »Und du bist sicher, dass du das Gespräch allein führen willst?«

Eva gab ihrem Vater einen Kuss auf die Stirn. »Ganz sicher. Du würdest es nicht ertragen, mir zuzuhören.«

Heiner Benningsen seufzte, und zusammen gingen sie hinunter zum Eingang, wo sie Elisabeth gebeten hatten, die Hamburger in Empfang zu nehmen.

Mit ausgebreiteten Armen eilte ihr Vater auf den Chef der South Shipping zu. Eva schmunzelte. So freudestrahlend wie einen kleinen Jungen hatte sie ihren alten Herrn schon lange nicht mehr erlebt. Eva hielt sich im Hintergrund, bis ihr Vater sich ihr zuwandte. »Und hier, meine Tochter Eva, Pioniergeist und künftige Salinenleitung.«

Aufmerksam wurde sie sowohl vom Senior als auch vom Einkaufsleiter gemustert. »Eine Frau in den Chefetagen, wie vorbildlich«, begrüßte sie Friedrich Bäumler. »Das kann uns nur zum Vorteil gereichen. Ich schätze die weibliche Weitsicht.«

Eva hob die Augenbrauen. Sie mochte diese gönnerhaften Komplimente in Altherrenmanier nicht sonderlich, musste Dr. Bäumler aber doch zugestehen, dass er mit seinen bestimmt knapp siebzig Jahren fortschrittlicher dachte als so manch anderer Mann. Und sie beschlich der Gedanke, dass er vermutlich unbedingt mit einem satten Geschäft in der Tasche nach Hause fahren wollte. Nun, das war auch in ihrem Sinne. »Gut, dann lassen Sie uns mit einem kleinen Rundgang beginnen und uns dann bei einer Tasse Kaffee oben im Büro besprechen. Einverstanden?«

Herr Matussek hatte noch gar nichts gesagt; vielleicht, weil er nicht sollte, aber Eva war wichtig, dass auch er eine eigene Rolle in diesem Spiel zugewiesen bekam. Also ließ sie die beiden älteren Herren vorgehen, zunächst an den sechs Siedepfannen entlang, wo die Arbeiter fleißig rakelten.

»Waren Sie schon mal in einer Saline, Herr Matussek?«

»Ich hoffe, Sie nehmen es mir nicht übel, wenn ich verneine, aber bislang hat mich mein beruflicher Weg doch eher in Werften und Docks geführt.«

Eva ließ ein glockenhelles Lachen erklingen. »Das ist gut, dann fragen Sie mich doch einfach, ob ich schon mal in einer Werft war! Ich weiß ja noch nicht mal, wie man ein Schiff vernünftig trockenlegt, ohne dass es umkippt.« Nun war es an Matussek, zu schmunzeln, und Eva spürte, dass der Damm damit gebrochen war. Der Mann Mitte dreißig wirkte vielleicht etwas schlaksig und ungelenk, aber er war auf jeden Fall schlagfertig. »Bei uns spricht man von solender Gewinnung, im Gegensatz zur bergmännischen etwa. Das Wasser, die Sole, wird aus einem Brunnen, den wir draußen gleich sehen werden, aus nur fünfzig Metern Tiefe hochgepumpt und dann über ein Leitungssystem direkt in die Pfannen gegeben. Hier köchelt es dann ein Weilchen vor sich hin, wird gerakelt und über Transportbänder zum Trocknen geschickt. Schlanke Produktion, kurze Wege.«

Sie gingen weiter zum Trockenraum, durch die Näherei, die Verladestation und dann nach draußen zum Herzstück der Salzgewinnung, dem Brunnenhaus.

»Das sieht ja aus wie ein Pavillon«, bemerkte Matussek anerkennend.

»Ja, das stimmt«, erwiderte Eva. »Es wurde im klassizistischen Stil erbaut, und mit seinem Kuppeldach hat es wirklich etwas Romantisches.«

»Aber wenn Sie sagen, Sie gewinnen nicht bergmännisch, warum steht dann über dem Portal ›Glück auf‹?«

»Alle Achtung! Sie passen aber gut auf. Tatsächlich ist es eine Art Huldigung an die Bergleute, die unter Tage so viel härtere Bedingungen haben, wenn sie das Salz aus dem Stein schlagen müssen.« Die letzten Worte hatte Eva nur noch sehr leise ausgesprochen, was Matussek nicht entgangen war.

»Eine schöne Geste«, sagte er nur.

Nach einer knappen Stunde hatten sie die Tour beendet und Eva hielt am Absatz der Treppe zum kleinen Besprechungszimmer inne. »So, meine Herren, wir drei gehen nun an die Arbeit, und mein Herr Vater darf sich empfehlen, nicht wahr, Papa?«

Verdutzt sah Friedrich Bäumler zwischen den beiden hin und her. »Heiner, aber du …«

»Lass gut sein, Friedrich. Die weibliche Weitsicht … du hast es ja selbst gesagt.«

Eva fasste ihren Vater kurz an den Arm. Sie wusste, was für eine Überwindung ihn dieser Schritt kosten musste.

»Herr Dr. Bäumler«, hob Eva dann an, nachdem sich alle mit Kaffee und Gebäck versorgt hatten, »ich denke, wir dürfen ganz offen miteinander sprechen. Ihre langjährige Geschäftsbeziehung mit meinem Vater soll für das Vertrauen Pate stehen, mit dem wir uns hier begegnen.« Eva wartete das zustimmende Nicken ab, bevor sie fortfuhr. »Gut. Und mir ist nicht entgangen, dass die South Shipping Interesse daran hat, den Handel mit den Afrikabeuteln auszubauen. Aus irgendwelchen Gründen kam es aber nie dazu, obwohl unsere Absatzkennziffern das zulassen würden. Beides durchschaue ich jedoch noch nicht so ganz. Vielleicht helfen Sie mir auf die Sprünge.«

Eva wartete ab, während Dr. Bäumler sich in dem schwarzen Sessel aufrichtete. »Lassen Sie mich dazu ein wenig ausholen,

Fräulein Benningsen; ich verspreche auch, mich kurzzufassen. Die South Shipping hat das Glück, mit einigen Ländern West- und Zentralafrikas Exklusivverträge ausgehandelt zu haben. Drei weitere haben um Verhandlungen gebeten. Wir wissen, dass Afrika reich an Bodenschätzen ist, einer – ein lebenswichtiger – jedoch fehlt: Salz. Und das hat uns einen Vorteil verschafft, aus einem ganz einfachen Grund: Wir waren schlicht die ersten, die Volumenlieferungen für Salz anbieten konnten, und die afrikanischen Einfuhrbestimmungen verlangen das in den meisten Ländern. Was ein wenig absurd klingt, hat uns in eine sehr starke Position gebracht. Wir beziehen derzeit jährlich um die 1,5 Tonnen von Ihnen. Unser Bedarf ist aber doppelt so hoch, wenn nicht gar drei- oder viermal. Sie wissen und wir wissen, dass Ihre Marge mit uns über der von Speisesalzen liegt und Sie zudem auf die Beutel keine Salzsteuer zahlen müssen, da sie aufgrund der unterschiedlichen Körnung als Gewerbesalz gehandelt werden.«

Eva hatte aufmerksam zugehört, und sie empfand es als Wohltat, all das, was sie sich mühsam selbst schon zusammengereimt hatte, hier nun vom Fachmann so klar bestätigt zu bekommen. Bäumler hatte recht: Das Geschäft mit ihm war derzeit ihr lukrativstes. »Das alles leuchtet mir ein, aber dann habe ich eine simple Frage, die Sie mir verzeihen mögen, denn ich sollte sie besser beantworten können als Sie: Warum haben wir dann nicht verdoppelt?«

An dieser Stelle konnte sich Matussek ein Lachen nicht verkneifen. »Wegen der Beutel.«

»Wegen der Beutel?« Eva glaubte, sich verhört zu haben.

»Ja. Ihr geschätzter Vater meinte, er könne nicht Hunderte von weiteren Beuteln nähen lassen. Dafür reichten die Kapazitäten der Näherinnen nicht aus, und die Kosten der Beutel würden insgesamt die Rendite so weit verschlechtern, dass wir nicht mehr wirklich konkurrenzfähig wären.«

»Das ist sein Argument?«

»Seit Jahren, ja.«

Eva lehnte sich im Sessel zurück und nahm einen Schluck von ihrem Kaffee. Sie hatte sich ja viele Begründungen vorstellen können, aber diese erschien ihr doch ziemlich krude.

»Hat man denn nicht über Lösungen für dieses Problem nachgedacht?«

Bäumler erhob sich nun. Er schien ein wenig aufgebracht, und Eva beglückwünschte sich zu der Entscheidung, mit den beiden allein sprechen zu wollen.

»Natürlich haben wir das. Immer wieder. Aber, mit Verlaub, wenn Ihr Vater nicht will, dann will er nicht. Er hört dann einfach nicht zu.«

Im Geiste stimmte Eva dem Reeder zu. Sie kannte diesen Starrsinn. »Und einer der Vorschläge war auch, dass Sie uns die Beutel zur Verfügung stellen?«, fragte sie ins Blaue.

»Ja. Wir boten an, Plastiksäcke mit unserem Logo zu liefern.«

Eva nickte. Die Plastiksäcke ... Und dann noch ein fremdes Logo. Da lag der Hase im Pfeffer. »Wie wäre es, wenn Sie die Säcke anliefern, mit Ihrem und unserem Logo darauf – gleich prominent. Unser Absatzpreis an Sie bleibt gleich ... Moment«, beschwichtigte sie den aufkommenden Protest, »und dafür garantieren wir Ihnen, dass wir nicht mit anderen Reedern sprechen, deren Flotten auf der Südroute unterwegs sind und die ganz gewiss ebenfalls Interesse an unserem Salz hätten. Dieses Versprechen verlängert sich mit jeder Vertragsverlängerung. Und ab Juli, spätestens August, können Sie mit der doppelten Sackmenge rechnen, sofern Sie so schnell produzieren können. Wie klingt das?«

Zwei Augenpaare starrten sie fassungslos an. Dr. Bäumler trat regelrecht der Schweiß auf die Stirn. Matussek blickte eher amüsiert. »Und darauf ... darauf kann ich mich verlassen?

Können wir vielleicht direkt jetzt die Eckdaten einmal festhalten?« Bäumler war drauf und dran, seine Serviette zu bekritzeln. Evas Augen blitzten munter. »Auch hier in Lüneburg gilt der hanseatische Kaufmannshandschlag«, erklärte sie und streckte ihm ihre Hand hin. »Schlagen Sie ein?«

»Mit allergrößter Freude!«

Bestens gelaunt schloss Eva die Haustür auf. Noch bevor sie sie öffnen konnte, wurde sie von innen bereits aufgerissen, sodass sie fast in den Flur gestolpert wäre.

»Und?«, empfing Heiner Benningsen sie mit neugierig aufgerissenen Augen. »Wie lief es?«

»Fa-bel-haft!«, rief Eva und strahlte über das ganze Gesicht.

»Ach ja, und was heißt das genau?«

»Wir verdoppeln ab nächstem Monat unseren Umsatz und senken dabei die Kosten um mindestens sieben Prozent.«

Ihr Vater beäugte sie skeptisch. »Das geht doch gar nicht.«

»Ach nein, und warum nicht?« Sie war um einen nicht allzu herausfordernden Ton bemüht. Sie wollte ihren Vater nicht brüskieren, aber sie wollte sich auch ganz sicher nicht schon wieder sagen lassen, was alles nicht ging, wo sie doch gerade das genaue Gegenteil ausgehandelt hatte.

»Die Papier- und Stoffpreise steigen und wir haben keine Arbeiterinnen. Von den Lohnkosten, die das mit sich bringen würde, ganz zu schweigen. Außerdem haben wir gar nicht die Kapazitäten.«

»Papa, du weißt besser als ich, dass die Saline nur zu 92 Prozent ausgelastet ist. Also rede nicht von Kapazitäten. Und wer sagt denn, dass wir die Säcke brauchen?« Sie versuchte es mit einem verschmitzten Lächeln, aber der Blick ihres Vaters blieb finster.

»Willst du das Salz in den Händen nach Hamburg tragen, oder was?«

Eva ging ins Wohnzimmer an die Bar ihres Vaters und goss sich einen Whiskey ein. Wo war nur die Einsicht von vor wenigen Tagen hin? »Möchtest du auch?« Ihr Vater schüttelte den Kopf. »Warum bist du manchmal nur so starrsinnig und vollkommen verquer in deinem Kopf? Was hast du davon? Und die South Shipping ist noch nicht mal irgend so eine windige Klitsche. Dein alter Freund Friedrich Bäumler ist dort Geschäftsführer. Warum also tust du das, wo die Saline es so bitternötig hat?«

Heiner Benningsen war ihr gefolgt und hatte sich in seinen Sessel sinken lassen. »Das ist doch alles so undurchsichtig. Diese afrikanischen Stämme schlagen sich allesamt die Köpfe ein. Die meisten sagen sich nun von den Kolonialmächten los. Guck dir doch nur mal diesen Kriegstreiber Mobutu im Kongo an. Das sind immer noch Wilde. Und wer weiß, was die mit unserem Salz machen und am Ende noch mit uns … Früher, auf der Heringsroute, da war das alles zivil und durch die Hanse geregelt, aber heute …«

»Mit Verlaub, Papa, aber du spinnst.« Eva nahm einen Schluck der goldenen Flüssigkeit, die ihr warm die Kehle hinabrann. »Glaubst du ernsthaft, eines Tages steht hier ein schwarzer Mann mit Kriegsbemalung und Speer vor der Tür, um dich umzubringen?«

»Jetzt werd doch bitte nicht dramatisch!«

»Du hast damit angefangen!« Eva stellte das Glas auf dem Tisch ab. Sie hoffte, dass wenigstens der nächste Trumpf ihren Vater beschwichtigen würde. »Die Beutel werden uns ab sofort von Bäumler geliefert!« Triumphierend sah sie zu ihm. Doch statt Freude stand ihm Zorn ins Gesicht geschrieben.

»Und genau das habe ich kommen sehen, Püppi. Du begibst dich in Abhängigkeiten. Du gibst das preis, was mir immer am wertvollsten war: unsere Autarkie. Die Saline Lüneburg lässt sich doch nicht von irgendeinem Hamburger Containerkapitän seine Verpackungen vor die Tür stellen!« Er schlug mit der Faust auf die Polsterlehne. In seiner Stimme lag ein Donnern. Und in seinen Augen blitzte etwas auf, das Eva zusammenzucken ließ. Ihr Vater driftete an einen anderen Ort. Das spürte sie. »Wie einem Straßenköter. Nein, Püppi, das ist nicht mehr meine Saline. Und wenn ich ehrlich bin, sollte es deine auch nicht sein. Damals, weißt du, als feine Kaufleute sich ihr bestes Wams anzogen, um hier vorstellig zu werden, jaaa, da gab es noch Ehre und Anstand. Ach, Christalein, du weißt es doch auch noch, warum sagst du nichts?«

Auf leisen Sohlen schlich Eva aus dem Zimmer. Es war nun schon das zweite Mal, dass er den Bezug zu dieser Welt zu verlieren schien. Und wie schon vor ein paar Tagen war er in der Situation emotional oder physisch geschwächt. Sie würde mit Dr. Lübke sprechen. Eva nahm ihre Tasche von der Kommode, als sie den Brief entdeckte. An sie adressiert und geschrieben mit der fein geschwungenen, etwas nach links gerichteten Handschrift, die sie so gut kannte. Sie hatte die ganze Woche noch nichts von Ulrich gehört, sich aber selbst auch nicht gemeldet. Weil sie nicht konnte? Nicht wollte? Nicht wusste, was tun? Es war eine Mischung aus allem gewesen und es war ihr bedeutend leichter gefallen, sich um die Saline zu kümmern als um ihr Gefühlschaos. Nun lag der dünne Umschlag in ihren leicht zitternden Händen. Hielt dieser Tag noch eine weitere schicksalhafte Nachricht für sie bereit? Fahrig riss sie das Kuvert auf und zog die beiden einseitig beschriebenen Blätter heraus.

28.

Liebste Eva,

wie es dir wohl ergangen ist die letzten Tage? Welche Gedanken dich heimgesucht, welche Stimmungen sich abgewechselt haben mögen? Ich glaube fester denn je an unsere Verbindung, das schwöre ich dir, und »fester denn je« meine ich genau so, denn mit diesem Brief habe ich auch ein Einschreiben mit Rückschein an meine ehemalige Heimatadresse verschickt. Parallel zu dir wird mein Onkel also folgenschwere Post erhalten.

Ich habe lange und ausgiebig mit Brinkmeier diskutiert in den letzten Tagen, und so ungerecht es auch klingt, aber der Kollaboration mit den Nazis oder gar des Kriegsverbrechertums werden wir ihn nicht bezichtigen können. Nach dem damals geltenden Recht hat er sich mit der Kreditvergabe für die enteigneten Häuser nicht strafbar gemacht. Ob er bei dem von ihm mitfinanzierten Ausbau des Bergwerks

Hambühren durch Strafarbeiterinnen eine
Mitschuld trägt, wird derzeit geprüft – ein
Durchschlag der Klageschrift liegt dem Brief
bei.

In jedem Fall aber wird er »sein« Haus
an Blumberg zurückgeben müssen, und
wir haben vier weitere jüdische Menschen
gefunden, die auf Rückgabe ihrer Immobilien
im Raum Lüneburg Anspruch erheben und bei
denen das Bankhaus Möreke die Finanzierung
übernommen hatte. Also, selbst wenn er nicht
hinter Gitter kommt, das alles wird meinen
Onkel hart treffen, finanziell und moralisch,
und ich gehe heute mal davon aus, dass seine
Tage als Direktor gezählt sein werden. Der
Schaden, den sein Ruf nehmen wird, könnte
zu groß sein. Dies alles, liebe Eva, schreibe ich
dir heute, damit du vorbereitet bist …

Eva ließ den Brief sinken und schloss für einen Moment die Augen. Was würde jetzt wohl folgen? Würde Ulrich, aus welch hehren Gründen auch immer, ihre Verbindung nun beenden wollen?

Sie las weiter.

Zunächst einmal werde ich nun erst recht Persona
non grata in meiner Heimatstadt sein, auch wenn
natürlich nicht ich die Klage führe, sondern Dr.
Brinkmeier, aber jeder wird wissen, dass ich
dahinterstecke. Ich werde in absehbarer Zeit also
nicht nach Lüneburg kommen können. Der Weg
ist versperrt und ich wäre für dich, liebste Eva,

die denkbar schlechteste Begleitung. Wenn uns die Leute zusammen sehen, würde das auch dir schaden. Ein weiterer Punkt aber, der mir das Herz schwer werden lässt, sollte nicht unerwähnt bleiben: Sollte mein Onkel in Bedrängnis kommen – und das wird er ganz ohne Frage –, könnte auch das Bankhaus wanken. In welcher Form, das wage ich nicht abzusehen, aber es wird auf den Prüfstand kommen. Und dann, liebe Eva, kann es passieren, dass auch die Saline etwas genauer unter die Lupe genommen wird. Ich will es wirklich nicht beschreien, aber du musst wissen, das bin ich dir schuldig, dass mit meiner Tat auch deine Zukunft berührt sein kann. Was uns beide betrifft, aber eben auch, was eure Geschäfte betrifft. Ich hoffe sehr und bete sogar manchmal im Stillen, dass diese Last, die ich dir nun zusätzlich auferlege, nicht zu etwas führt, was uns noch weiter auseinanderdriften lässt. Ich wünsche mir von ganzem Herzen, dass dies nicht der Fall sein wird. Ich hoffe vielmehr, dass wir beide stark und aufrecht und den Kinderschuhen entwachsen aus diesem ganzen Schlamassel hervorgehen werden, aber wissen kann ich es heute nicht. Du womöglich auch nicht, oder, liebe Eva? Was mich natürlich dazu bringt, zu fragen, wie das Gespräch mit deinem Vater verlaufen ist und ob du schon die Salzgewinnung neu erfindest. Zutrauen würde ich es dir!

Und natürlich: Wie geht es Curt? Kann man schon mehr sagen?

Ich küsse dich, liebe Eva, und verabschiede mich in der allergrößten Liebe und mit dem

gebotenen Respekt. Sende mir ein Zeichen, wenn
möglich. Um mehr bitte ich dich nicht.
  Dein
  Ulrich (Wolf)

Eva ließ den Brief sinken. Eine Träne war ihr auf das Blatt getropft und verwischte ein paar Buchstaben. Sie hatte gar nicht bemerkt, dass sie begonnen hatte zu weinen. Eine Woge unterschiedlicher Gefühle hatte sie erfasst und drohte sie zu übermannen. Liebe war darunter, Sehnsucht, Mitgefühl für die Qualen, die Ulrich zweifelsohne beim Schreiben des Briefes empfunden haben musste angesichts des Leids, das er ihr womöglich antat, und des endgültigen Verlusts seiner Heimat, den er mit dem Schreiben an Möreke besiegelt hatte. Sie konnte ihm nicht böse sein. Im Gegenteil. Sie liebte Ulrich in diesem Moment noch mehr, für seinen Mut, die Werte, für die er einstand, sein unbedingtes Streben nach Gerechtigkeit. Und dabei war der Ton dieser Zeilen so wenig zornig oder ungestüm, sondern überlegt und beinahe sanft. Und das gefiel Eva von allem fast am besten. Das war der Moment, in dem sie begriff, und zwar so stark und überzeugt wie nie zuvor, dass sie nach Berlin fahren musste. In vier Wochen, sobald sie volljährig war, würde sie in den Zug steigen und für vier, fünf Tage in das Gewimmel der Stadt eintauchen, an Ulrichs Seite die Flaniermeilen entlangschlendern, das Brandenburger Tor besichtigen, seine Wege kennenlernen, die Kanzlei, in der er arbeitete, oder die Bibliothek, in der er für seine Fälle vielleicht recherchierte. Wer wusste schon, was er ihr alles zeigen würde? So unvoreingenommen wie möglich würde sie diese geteilte Metropole erkunden, und was darauf folgte, das sähe man dann. Bis dahin wäre sie auch mit der Saline schon einen Schritt weiter und würde sich abkömmlicher fühlen.

  Sie setzte sich direkt an ihren Schreibtisch, nahm ein roséfarbenes Blatt und schrieb darauf nur wenige Zeilen.

Mein geliebter Ulrich,
ich danke dir von Herzen und verstehe dich mit
jeder Faser meines Seins. Wenn deine Pläne es
erlauben, komme ich direkt Anfang August zu
dir und du zeigst mir dein Berlin.
Bis dahin sende ich dir liebende Küsse,
deine Eva

Sie faltete den Brief, steckte ihn in einen Umschlag und klebte ihn zu. Auf einen Kussmund als Siegel verzichtete sie. Sie wollte Ulrich vor Frau Keller nicht in Verlegenheit bringen.

Eine ruhige Nacht und ein friedliches Frühstück später saß Eva erneut im Zug nach Hamburg. Karla hatte gedrängelt, dass sie mitwollte, aber Eva hatte sie auf ein nächstes Mal vertröstet. Zwar war es grundsätzlich gut, dass Dr. Morgenthaler sich die ganze Woche nicht gemeldet hatte, andererseits beunruhigte es sie auch. Hieß das, ihr Bruder lag immer noch im künstlichen Koma? Wie lange war das möglich, ohne dass das Gehirn einen bleibenden Schaden nahm? Was war aus der Entzündung geworden? Musste die Transplantation wiederholt werden, oder verheilte die Wunde nun doch langsam? All diese Fragen geisterten ihr durch den Kopf, als sie durch die grüne Landschaft und schließlich über die Elbe ruckelte. Sie hatte etwas Geld mitgenommen und beschlossen, auf der Mö nach einer neuen Handtasche für sich zu stöbern, eine schöne Haarspange für Karla zu besorgen und auch eine Kleinigkeit für Helga.

In dem exklusiven Kaufhaus am Gerhart-Hauptmann-Platz fühlte sich Eva von der Pracht und Eleganz der dargebotenen Waren beinahe erschlagen. Selbst die Kundschaft schien sich für einen Besuch im ersten Haus am Platz regelrecht zurechtgemacht zu haben. Schöne blonde Hamburger Frauen mit roten

Lippen und lackierten Fingernägeln bewegten ihre Gucci- und Chanel-Taschen wie Schoßhündchen durch die Gänge. Herren im feinen Zwirn schritten aufrecht nebenher. Das ganze Erdgeschoss war erfüllt von kostbaren Düften: Moschus-, Rosen- oder Zitrusnoten sowie Bergamotte lagen in der Luft. Eva war wie berauscht und erstand für Helga ein Paar edle feine dunkelrote Lederhandschuhe, für Karla eine Haarspange mit einer rosa gepunkteten Samtschleife und für sich tatsächlich eine dunkelblaue Ledertasche mit goldenen Schnallen und noch einen hellbraunen Lippenstift, den sie sofort auftrug. Alles viel teurer als geplant, aber wann hatte Eva sich oder den ihren zuletzt einen Hauch von Luxus gegönnt? Hatte sie das überhaupt jemals getan?

An einer Bude vor dem Thalia Theater kaufte Eva sich dann noch eine Thüringer mit Brötchen, um so gestärkt den Weg ins Krankenhaus einzuschlagen. Diesmal nahm sie die Straßenbahn, was am Ende viel einfacher war, als sie befürchtet hatte. Wie eine echte Hamburgerin, dachte sie, als die Bahn an der Binnenalster entlangfuhr und Eva die Wassertropfen der Fontäne in der Sonne glitzern sah. Wie eine echte Hamburgerin. Vielleicht würde sie so etwas in Berlin auch sagen, wenn sie den Kurfürstendamm entlanglief. An der Seite des eines Tages renommierten Anwalts Ulrich Wolf.

Um keine verwunderten Blicke zu ernten, hatte sie ihre Einkäufe sowie ihre alte, kleinere Umhängetasche in die neue gesteckt. Zielstrebig marschierte sie von der Station Martinistraße direkt in die Poliklinik. Den Weg hatte sie sich gut eingeprägt. Unsicher nahm sie die Stufen in die erste Etage, wo sie zum Glück sofort auf Schwester Karin stieß. Diese kam regelrecht freudestrahlend auf Eva zu. »Fräulein Benningsen! Was für eine schöne Überraschung! Hat Dr. Morgenthaler Sie doch noch erreicht?«

Ein wenig eingeschüchtert schüttelte Eva den Kopf. Mit so viel Herzlichkeit hatte sie nicht gerechnet. Und mit guten Nachrichten, die diese Fröhlichkeit erklären konnten, erst recht nicht. »Ich also ... nein. Leider nicht. Was gibt es denn? Geht es meinem Bruder besser?«

»Na und ob es ihm besser geht. Er wurde gestern auf die normale Station verlegt. Unten im Erdgeschoss. Dr. Morgenthaler hat heute keinen Dienst, aber er hat es mehrfach bei Ihnen versucht.«

Evas Herz machte einen Hüpfer. Konnte das wahr sein? »Wirklich? Er wurde gestern schon verlegt? Heißt das, er ist ansprechbar und ich kann ihn sehen?«

Schwester Karin fasste sie am Arm und zog sie etwas zur Seite, da gerade zwei Pfleger ein Patientenbett aus der Intensivmedizin herausrollten. Es war leer. »Also zunächst: viermal Ja. Sie können ihn sehen und er sollte auch ansprechbar sein. Aber erschrecken Sie sich nicht. Er sieht noch immer aus wie eine weiße Raupe im Kokon. Seine Verbände werden zweimal täglich gewechselt. Aber die ersten Transplantationen hat sein Körper zum Glück doch noch gut angenommen. Jetzt wird er sicher noch weitere zehn Tage hierbleiben müssen, und dann wird entschieden, ob direkt weitere OPs folgen oder erst mal eine Reha anschließt, aber das können Ihnen die Schwestern unten sicher genauer erklären.« Schwester Karin machte eine Pause. »Wissen Sie, vor einer Woche, da hing das Leben Ihres Bruders wirklich noch am seidenen Faden. Ich war bei ihm drin, sooft ich konnte, habe durch seinen Zehnschichtenverband seine Hand gestreichelt ...« Sie lächelte. »Und da habe ich es gespürt: Ihr Bruder hat einen starken Willen. Er packt das, glauben Sie mir. Er will leben ...«

Gerührt sah Eva diese so engagierte Schwester an und konnte nicht anders, als sie einmal fest in den Arm zu nehmen. Vielleicht hatten sie alle am Ende wirklich Glück im Unglück gehabt. Jedenfalls war sie den wackeren Ärzten und Schwestern hier in der Universitätsklinik unendlich dankbar, dass sie sich so für ihren Bruder eingesetzt hatten. Wie hätte jemand wissen sollen, was passiert wäre, hätte es den Hubschrauber nicht gegeben? Eva schüttelte sich kurz. »Und nun gehen Sie geschwind runter. Es ist zwar keine Besuchszeit, aber ich bin sicher, bei Ihnen macht man eine Ausnahme.«

Mit trockener Kehle und feuchten Händen stieg Eva die Stufen wieder hinunter. Zimmer 107, hatte Schwester Karin gesagt. Wenn sie richtig zählte, war es das letzte auf der rechten Seite. Eine andere Schwester kreuzte ihren Weg, sprach sie aber nicht an. Eva atmete einmal kurz durch. Vor der geschlossenen Tür blieb sie einen Moment stehen. Es war kurz vor zwei. Mittagsruhe vielleicht. Sie klopfte zaghaft. Als sie von drinnen nichts hörte, öffnete sie sachte die Tür. Ihr Blick huschte über sechs Betten, fünf davon belegt. Sie sah Männer, die eine Illustrierte in der Hand hatten oder vor sich hin dösten. Immerhin – keine Monitore oder Schläuche. Doch wo war Curt?

»Evchen«, kam es da leise und brüchig von links. Sie sah sich um, und sofort schossen ihr Tränen in die Augen. Ob sie ihren Bruder, eingewickelt in weißen Mull, die Arme über der Bettdecke ausgestreckt, wirklich erkannte oder nur vom Verstand her wusste, dass er es war, hätte sie nicht sagen können. Ihr Gehirn musste das erst noch verarbeiten. Aber er hatte sie angesprochen. Sie eilte zu dem Bett, an dem kein Stuhl stand, nur ein kleiner Nachtschrank, auf dem jedoch nichts lag. »Curti, o Curt!«, rief sie und beugte sich über ihn. Auf der linken Seite war sein Gesicht ebenfalls mit Wundpflastern verdeckt, aber Nase, Mund und sein rechtes Auge lagen frei. Das war mehr, als sie zu hoffen gewagt hatte. Und in eben diesem Auge meinte sie ein schwaches Funkeln wahrzunehmen. »Willkommen im

Reich der Pharaonen«, murmelte er. »Die Grabbeigaben haben sie leider wieder mitgenommen«, fügte er schmunzelnd hinzu. Eva kramte ein Taschentuch aus ihrem Mantel und schnäuzte sich.

»Wenn du schon wieder scherzen kannst, kann es ja so schlimm nicht sein. Mir wurde jedoch gesagt, du liegst im Schmetterlingsgarten«, spann sie die Anspielung auf sein Äußeres fort.

»Ha, ha, der war gut«, erwiderte Curt, zuckte jedoch bei seinem Anflug eines Lächelns sofort zusammen.

»Hast du Schmerzen?«, fragte Eva besorgt.

»Sie geizen mit dem Morphium«, erwiderte er. »Höchst bedauerlich. Ich sage dir, es macht die herrlichsten Träume. Da wünscht man sich eine Kamera im Kopf, um das alles abzufotografieren.«

Seine Stimme war leise, aber fest. Eva holte sich nun doch einen freien Stuhl und stellte ihn an das Bett. »Sag ehrlich, wie geht es dir?«

Curt hob langsam seinen rechten, gesunden Arm und ließ ihn wieder sinken. »Ich lebe, viel mehr kann ich nicht sagen. Du siehst es ja selbst.«

Eva schaute an ihrem Bruder entlang, nahm den mit gelb-rötlicher Flüssigkeit gefüllten Urinbeutel wahr sowie einen anderen Beutel mit etwas, das Curt langsam über eine Kanüle in die Vene lief. »Kannst du schon aufstehen?«

»Ab Montag soll ich. Bislang kommen sie noch dreimal am Tag mit einer Bettpfanne. Und Essen kommt bei mir aus der Kanüle.« Erneut hob er den gesunden Arm und der Schlauch an der Lösung schwang hin und her. »Wegen der Infektionsgefahr.«

Eva biss sich auf die Unterlippe. Sie wusste nicht recht, was sie sagen sollte. »Brauchst du etwas? Kann ich dir irgendwas besorgen?«

Curt lachte kurz auf, um sofort wieder das Gesicht zu verziehen. »Sehe ich so aus, als würden mir meine Farben fehlen? Oder mein Notizbuch?«

Eva zuckte mit den Schultern. »Fehlen vielleicht … Ich könnte dir das nächste Mal einen Rilke-Gedichtband mitbringen und dir vorlesen. Wie wäre das?«

Curts rechtes Auge begann zu funkeln. »Rilke würde ich nehmen, oder, wenn du viel Zeit hast, Dantes ›Göttliche Komödie‹ … Da haben wir dann direkten Zugang zur Hölle … das würde mir gefallen.«

Eva überlegte, ob ihr Bruder damit auf die Hölle anspielte, der er nach dem Unglück knapp entronnen war. »Erinnerst du dich noch … wie es passiert ist?«, wagte sie schließlich zu fragen.

Curt richtete den Blick zur Decke. »Kaum. Ich weiß noch, dass ich Zündschnüre holen wollte. Die Schicht hatte noch nicht mal begonnen. Dann nahm ich einen verschmorten Geruch wahr und ein Geräusch, ein Zischen, ein Klackern … bevor ich mich darüber wundern konnte, wurde es schon sehr laut und sehr hell. Bumm! Und als ich wieder aufwachte, war ich wohl schon hier. Alles dazwischen ist dunkel.« Vorsichtig strich Eva ihm über den verbundenen Arm, wie es Tage zuvor auch Schwester Karin gemacht hatte. Sie tupfte sich ein Auge. »Nicht weinen, Schwesterherz, wenn ich mir das hier grad nicht einbilde, unterhalten wir uns ja schon wieder angeregt. Es hätte doch alles noch viel schlimmer kommen können, oder?« Er versuchte, seine verletzte Hand unter der Decke etwas anzuheben, damit Eva den Druck spürte. Wie sehr sie ihren Bruder liebte! Wie empfindsam und sensibel er auch sein mochte, immer hatte er für sie und Karla ein aufmunterndes Wort parat. Nie, wirklich nie hatte sein Zorn sich gegen sie gerichtet. Wenn überhaupt, dann gegen sich selbst, oder, wie zuletzt, gegen ihren

Vater. »Aber nun erzähle du: Was habe ich verpasst in den letzten Wochen? Bist du schon verheiratet? Die Saline bankrott? Was macht der Tyrann? Oder die kleine Hexe?«

Eva musste schmunzeln. Tatsächlich war ja wirklich viel passiert zuletzt, aber sie konnte Curt wohl schlecht von all den Ereignissen und ihrer neuen Rolle oder Ulrichs Vorgehen gegen seinen Onkel berichten. »Sagen wir so«, erwiderte sie und hob ihre neue blaue Handtasche in die Höhe, »die hier habe ich mir redlich verdient! Und wenn du so fragst: Die Saline ist keineswegs bankrott, aber sie hat vielleicht eine neue Chefin!«

Voller Erstaunen versuchte Curt, sich aufzurichten, ließ sich aber direkt stöhnend wieder fallen. »Sag mir, dass du mich veräppelst!«

»Keineswegs tue ich das, mein lieber Bruder. Keineswegs! Und zu deiner anderen Frage: Der ›Tyrann‹ macht mir schon etwas Kummer. Er hat mich bereits zwei Mal mit Mama verwechselt.«

»Oha«, machte Curt nur. »Umso besser, wenn du das Ruder in die Hand nimmst, Schwesterherz. Das war überfällig. Und Ulrich?«, erkundigte er sich nach einer kurzen Pause.

»Das ist komplizierter, und ...«

Die Tür ging auf und eine Schwester kam mit einem Wagen mit kleineren Wannen und Lappen herein.

»Es tut mir leid, aber Sie müssen jetzt gehen«, sagte sie sachlich, aber bestimmt zu Eva.

»Die letzte Ölung«, flüsterte Curt und versuchte zu zwinkern. »Das alles erzählst du mir beim nächsten Mal. Ich liege hier ja noch etwas, bevor klar ist, wie es weitergeht.«

»Das mache ich.« Sie gab ihrem Bruder einen Kuss auf die Stirn. »Ich bin so froh, dass es dir etwas besser geht, Curt. Mach weiter so. Wir brauchen dich. Ich brauche dich, ja?«

»Unkraut vergeht nicht«, erwiderte er, und Eva hoffte inständig, dass seine gelassene Haltung und sein Humor nicht nur vorgeschoben waren. Sie hoffte, dass es tief in seinem Inneren nicht noch viel schwärzer aussah als an dem Tag, als er Lüneburg verlassen hatte.

Kurz winkend ging sie aus dem Raum.

29.

»Ihren Ausweis, bitte!«

Ulrich hatte sie vorgewarnt, aber als sie nun in dem dunkelgrünen Waggon der Deutschen Reichsbahn saß, in dem die verblichenen beige-grauen Sitze schon feindlich wirkten und wo ein Muff herrschte, den sie noch nie gerochen hatte – nicht staubig, nicht alt, nicht nach Plastik, sondern eine Mischung aus all dem –, und den Grenzbahnhof Büchen passierte, hatte sie das Gefühl, die Landschaft würde sich sofort in eine Schwarz-Weiß-Kulisse verwandeln und die Vögel würden aufhören zu singen. Unheimlich. Über eine Stunde hatte es gedauert, bis die Grenzbeamten sich durch den Zug gearbeitet hatten und für das nötige Transitvisum zu ihr vorgedrungen waren.

Streng und ohne eine Miene zu verziehen sah der Polizist nun von ihr zu ihrem Pass und wieder zu ihr. Er hatte eine spitze Nase und ein fast wächsernes Gesicht. Der durchdringende Blick war unangenehm und Eva hatte das Gefühl, sie würde sofort standrechtlich erschossen, wenn sie auch nur eine falsche Bewegung machte. Es war ihr unvorstellbar, dass sie noch vor dreizehn Jahren Bürger desselben Landes gewesen waren.

Genauso unvorstellbar aber war es, dass dies heute nicht mehr der Fall war. Es gab doch keinen Bürgerkrieg, nur einen verlorenen Krieg und unterschiedliche Besatzungsmächte. Und wieso war dieser Mann so fahl wie der zerschlissene Sitz im Abteil? Und sie oder die anderen Mitreisenden aus dem Westen so rund und rosig? Eine fremde Welt war das, die Eva nun erstmals betrat. Als der Polizist kommentarlos seinen Stempel auf die leere Seite im Pass niedersausen ließ und das Abteil verließ, atmete Eva einmal tief durch und strich ihre Hose glatt. Auf dem Schoß hatte sie das kleine Notizbuch mit den gepressten Blumen, das Karla ihr zum einundzwanzigsten Geburtstag geschenkt hatte. Es war wunderhübsch und Karla musste lange daran gearbeitet haben, denn es waren auch Blumen darin, die zumindest in diesem Jahr noch nicht geblüht hatten – Kornblume, Cosmea und Erika. Auf den Umschlag hatte sie eine weiße Margerite und ein lila Veilchen geklebt – als Botschaft von Glück und baldiger Hochzeit, hatte Karla verschmitzt gemeint. Eva musste lächeln. Auch ihr Vater hatte sich etwas sehr Besonderes für sie ausgedacht, und Eva fasste sich instinktiv an den Hals, wo eine feine Goldkette mit einem zarten goldenen Anhänger in Form eines Schlüssels hing. Er hatte Tränen in den Augen gehabt, als er sie ihr überreichte. »Eine Geste, weißt du … der Schlüssel für deine glückliche Zukunft und … na ja … zur Saline. Du hältst ihn jetzt in der Hand, kleine Eva.«

Zur Feier des Tages waren sie im Hotel Wellenkamp essen gewesen – ihr Vater hatte sie eingeladen –, und Eva war nur froh, dass sie nicht zufällig Gisela über den Weg gelaufen waren. Seit dem denkwürdigen Tag am Ufer der Ilmenau hatte sie sie nicht mehr gesehen.

Und nun, eine Woche später, fuhr sie mit klopfendem Herzen durch eine an sich sattgrüne Wald- und Wiesenlandschaft, die ihr aber immer noch sonderbar leblos erschien. Noch eine gute

Stunde, und sie würde am Bahnhof Berlin Zoologischer Garten ankommen.

Eva fühlte sich vorbereitet, wenn man das so sagen konnte. Helga hatte sie bei diesen Worten ausgeschimpft. »Vorbereitet? Sag mal, das ist doch keine Prüfung, die du bestehen musst! Hauptsache, du freust dich!« Eva hatte gelacht und insgeheim gedacht, dass es aber dennoch ein Teil einer Prüfung war. Die Situation heute war anders als im Mai – Curt ging es zum Glück besser. Er war nun bereits seit drei Wochen in einem Rehabilitationszentrum, und die nächste Transplantation war erst für November vorgesehen. Auch die Saline hatte sich durch ihr beherztes Eingreifen etwas stabilisiert – so schien es zumindest. Für valide Zahlen war es noch zu früh. Aber änderte das etwas an der Gesamtsituation? Eva unterbrach den Strom ihrer Grübeleien. Sie hatte sich so fest vorgenommen, zunächst einmal offenzubleiben und zu schauen, wie es ihr in der Stadt und mit Ulrich erging, sodass sie nicht schon im Vorfeld mit ihren ganzen Zweifeln alles zerdenken würde.

Sie schloss einen Moment die Augen, wunderte sich dann aber, dass die Zugdurchsage bereits ertönte: »Sehr verehrte Fahrgäste, in wenigen Minuten erreichen wir Berlin Zoologischer Garten. Dieser Zug endet hier. Bitte alle aussteigen.«

Eva ergriff ihren schweren dunkelbraunen Lederkoffer und die blaue Handtasche und hielt sich an der dafür vorgesehenen Stange fest, um die drei Stufen hinab zum Bahnsteig ohne zu stolpern zu nehmen. Sie brauchte einen Moment, um sich ihren Weg durch die Reisenden zu bahnen. Überall eilten Menschen von rechts nach links, hörte sie jemanden Namen rufen oder andere Passanten anpöbeln: »Verfatz dich, oller Deiwel! Dit is keen Picknick hier!« Unter dem gläsernen Kuppeldach flogen Tauben hin und her, so dicht, dass Eva den Luftzug an ihrem Haar spürte. Noch bevor sie sich weiter orientieren konnte, wurde sie plötzlich von hinten umfasst und umhergewirbelt.

Sie schrie kurz auf, bis sie Ulrichs strahlendes Gesicht vor sich hatte. Sofort nahm sie seinen herben Duft wahr, sah in seine großen silbrigblauen Augen, die so gut zu seinem braunen Teint und den gescheitelten braunen Haaren passten, und schlang die Arme um seinen Hals. Der erste Kuss schmeckte würzig. Bekannt und doch neu. Er jagte ihr Schauer durch den ganzen Körper, und am liebsten hätte sie gleich hier die Welt um sie herum vergessen.

Ulrich schien es ähnlich zu gehen, denn seine Stimme klang rau, als er sich nach einem Räuspern an sie wandte. »Hattest du eine gute Reise, Evchen?«

Eva nickte nur. Sie konnte sich nicht ganz so schnell sammeln wie Ulrich.

»Dann bist du bereit für das Abenteuer?«

»Absolut bereit«, erwiderte Eva und klatschte einmal in die Hände. Ulrich trug den Koffer die Stufen hinab in den Bahnhofsbereich und dann noch ein Geschoss tiefer.

»Wohin führt das?«, fragte Eva irritiert. »Müssen wir nicht raus?«

»Raus?«, fragte Ulrich überrascht. »Nein, wir nehmen die U-Bahn, das geht schneller.«

Aus dem dunklen Schacht kam Eva ein warmer Luftschwall entgegen. Die Treppe nach unten war schmutzig und es roch nach Urin. Die Beleuchtungsgitter waren voller Fliegendreck und Spinnweben. Wie die Ratten, dachte Eva und presste sich an Ulrich, als rumpelnd und mit Getöse ein gelber Zug einfuhr. Sie hatte noch nie von einer U-Bahn gehört. Am Bahnhof Hallesches Tor mussten sie einmal umsteigen, um dann noch ein paar Stationen mit der C-Linie weiter bis zum Leopoldplatz zu fahren. Eva hatte keine Ahnung, unter welchen Gebäuden, Plätzen und Straßen sie unterirdisch hinwegbrausten; als sie dann aber die Stufen hinaus wieder an die Luft nahmen, war sie doch angenehm überrascht. Sie standen mitten in einer parkähnlichen Grünanlage, von der aus sie auf ein kantiges, südländisch anmutendes Gebäude blickten, das sie sofort in ihren Bann zog. »Das ist die Alte Nazarethkirche«, erklärte Ulrich, der ihr Interesse bemerkte, »gebaut 1932 von Karl Friedrich Schinkel, dem vielleicht berühmtesten Architekten Berlins zu seiner Zeit. Siehst du die Rundbögen? Sie geben dem Ganzen doch ein italienisches Flair, findest du nicht?«

Eva nickte nur. Sie wusste nichts von Italien, aber sie fand durchaus, dass der Bau etwas hatte, das zumindest ganz anders war als alles, was sie aus Lüneburg kannte. Sie unterdrückte das Gefühl, sich wie eine Landpomeranze zu fühlen. Sie gingen nur wenige Minuten und waren noch nicht mal aus dem Park hinaus, als Ulrich vor einem weißen, vierstöckigen Wohnhaus anhielt und einen Schlüssel aus der Tasche zog. Er öffnete eine riesige Holztür, die Eva eher an eine Scheune erinnerte, und sie liefen durch einen Gang hindurch, bis sie zu einem großzügigen Innenhof kamen, in dessen Mitte eine prächtige Kastanie stand, um sich dann nach links zu einem Seitenflügel zu wenden. »Achtung, hier wird es etwas enger. Die Vorderhäuser in Berlin waren früher den Bürgern vorbehalten, die Hinterhäuser den Arbeitern und Bediensteten. Aber es ist schön, du wirst sehen.«

Sie gingen hoch in den zweiten Stock. Die Dielen der Treppen knarzten unter ihren Füßen und es roch nach Mauerwerk und Bohnerwachs; nicht unangenehm, fand Eva. Gemütlich und urban, gleichermaßen aus der Zeit gefallen wie aber auch bedeutungsschwer.

Ulrich öffnete eine Wohnungstür, und Eva betrat nach ihm einen schmalen Flur, der ebenfalls mit Holzdielen ausgelegt war. Rechts war ein fensterloses Bad, links ging eine Küche ab, geradeaus dann ein Wohnzimmer mit senffarbener Couch, einem schwarzen Nierentisch und drei hohen, weiß gerahmten Türen, die allesamt auf einen schmalen, aber langen Balkon führten. Vom Wohnzimmer erreichte man das Schlafzimmer, in dem Ulrich nun auch Evas Koffer abstellte. Die Wände waren unverputzt, aber das wirkte nicht schäbig, sondern irgendwie … frei. Und unter den unglaublich hohen Decken gab es Stuckrosetten. Statt einer Lampe hingen fast überall noch Glühbirnen an Strippen, außer im »Salon«, wie Ulrich das Wohnzimmer nannte. Eva mochte die Wohnung auf Anhieb, aber sie schüchterte sie auch ein.

»Möchtest du einen Kaffee? Hast du Hunger?«

Eva hatte ihre Handtasche noch nicht abgestellt, hielt sie mit beiden Händen umklammert und sah sich durch die Wohnung wandernd um.

»Ein Wasser vielleicht?« An einer Seite des Wohnzimmers stand ein Regal mit ein paar Büchern und einem Plattenspieler. Während Ulrich in der Küche hantierte, schaute Eva durch die Alben. The Everly Brothers, The Diamonds, The Cords, Johnny Cash … keiner der Interpreten sagte ihr etwas. »Hörst du nur noch amerikanische Musik?«, fragte sie.

Ulrich kam mit dem Wasser zurück, und wieder dachte Eva, wie anders er aussah – souverän, reif, selbstsicher. »Und französische.«

Ulrich ging zu den Platten, hockte sich neben Eva, nicht ohne ihr Haar mit seinen Lippen zu streifen, und zog ein schwarzes Album heraus. Er legte die Platte auf, und sofort kamen sehnsüchtige französische Klänge aus dem Lautsprecher. »Für meine Französin … ›La Mer‹ … von Charles Trenet.«

Kaum erklangen die ersten Töne des Liedes, in dem der Chansonnier das Meer und seine Stimmungen besang, da fiel alle Anspannung von Eva ab. Die bleierne Müdigkeit wich einer sanften Leichtigkeit und Eva lehnte beseelt den Kopf an Ulrichs Schulter. Sie war hier, in Berlin, bei ihm, und durch die Fenster schien die Nachmittagssonne hell herein.

Langsam strich sie mit ihren schmalen Fingern über Ulrichs Hemd, die Knopfleiste entlang über seine Brust und seine

Rippen, hinten am Rücken wieder hoch, zärtlich, fragend, und Ulrich antwortete mit schwerem Atem und Lippen, die sanft über Evas Nacken fuhren. Mit einer Handbewegung zog er sich und sie gleich mit nach oben und während sie die wenigen Schritte ins Schlafzimmer gingen, strich er Eva bereits die Bluse von den Schultern und sich selbst das Hemd.

»Du bist wunderschön, Eva«, murmelte er mit heißem Atem, und sie genoss es und flüsterte: »Nimm mich!« Er tat es, erst vorsichtig fragend und dann, ihre Bereitschaft spürend, mit harten Stößen. Und sie gab sich ihm lächelnd mit allen Fasern ihrer Weiblichkeit liebend und lustvoll hin. Im Hintergrund wiederholte Trenet seinen Refrain: *La mer les a bercés le long des golfes clairs, et d‹une chanson d‹amour, la mer a bercé mon cœur pour la vie.*

Etwa zwei Stunden später – die beiden lagen nackt und kichernd im Bett – stand die Sonne immer noch hoch am Himmel und Eva befand, dass es Zeit sei, ein wenig Berlin zu erkunden und etwas zu essen zu organisieren. »Hast du denn keinen Hunger?«, fragte sie, das Haar zerzaust in den Laken.

»Wie ein Wolf«, erwiderte er, und sie verdrehte bei dem offensichtlichen Wortspiel die Augen. »Worauf hast du Lust?«

»Was gibt es denn?«

»Alles, was dein Herz begehrt! Na ja … fast. Die goldenen Zeiten sind noch nicht zurück, und die besten Restaurants waren in Mitte und sind zumeist ohnehin dem Zweiten Weltkrieg zum Opfer gefallen. Aber es gibt in Charlottenburg einen guten Italiener, in Kreuzberg ein griechisches Restaurant und hier im Wedding gibt's Pferdewurst!«

Lachend trat Eva Ulrich gegen die Wade. »Hör auf, das ist eklig! Gibt es nicht irgendwo Hummer?«

Ulrich überlegte. »Tatsächlich gibt es in Zehlendorf ein Restaurant, das Meeresfrüchte anbietet. Ich glaube, das heißt sogar ›La mer‹, wenn ich jetzt drüber nachdenke. Wollen wir da hin?«

»Kriegen wir denn noch einen Platz?«

»Versuch macht klug. Komm, schöne Frau, lass uns den Abend mit Champagner beginnen!« Er küsste sie auf die Nasenspitze und verließ das Bett. Eva sah ihm ungeniert hinterher, wie er nackig ins Bad entschwand. Kurz dachte sie an ihren Zykluskalender, den sie seit dem Besuch bei Dr. Martens akribisch führte. Sie musste heute das achte Kreuz in ihrem Kalender machen. Damit war sie auf der sicheren Seite. Summend stand auch sie auf, öffnete ihren Koffer und überlegte, was sie anziehen sollte. Gern hätte sie etwas Mondäneres gehabt, aber nun musste es eben der Matrosenanzug mit der Schlaghose tun. Zumindest betonte der ihre Taille und ihre Augen.

Stirnrunzelnd betrachtete Eva die schlanke Gabel mit den kurzen Zacken in ihrer Hand. »Und nun?« Vor ihr lag auf einem Silbertablett ein orangeroter Hummer, der sie aus schwarzen Augen anstarrte. Um den Hals hatten sie beide sich schon eine große weiße Stoffserviette gelegt.

Ulrich zeigte auf die Zange. »Stell dir vor, es ist eine Nuss. Dreh die Scheren ab und knack sie etwa in der Mitte.«

Eva tat, wie ihr geheißen, und sofort spritzte ein wenig Wasser aus dem toten Krustentier. »Elegant geht anders«, meinte sie, als sie die Zange ansetzte und kräftig zudrückte, bis es knackte. Ein Stück zartes Fleisch kam zum Vorschein.

»Und jetzt die Gabel – das war's auch schon.« Genüsslich schob sich auch Ulrich einen Happen in den Mund.

»Da isst man sich ja hungrig«, sagte Eva und tauchte ein Stück Kartoffel in zerlassene Butter. Etwas Fett lief ihr das Kinn hinab, das Ulrich mit seinem Finger abwischte.

Im Hintergrund des schlicht eleganten Restaurants ertönte leise Klaviermusik. Die Tische mit den bodenlangen

Damasttüchern waren alle eingedeckt, doch nur wenige waren besetzt. Die Kerzen waren entzündet, Kellner standen unauffällig bereit, um die Wünsche ihrer Gäste zu erfüllen. Eva genoss die romantisch-exklusive Atmosphäre, auch wenn sie das Gefühl, fehl am Platz zu sein, nicht ganz abschütteln konnte.

»Nicht so ganz wie im Wellenkamp, oder?«, meinte Ulrich schmunzelnd und saugte das Fleisch aus einem Beinchen. »Möchtest du etwas Wein?«

Eva hielt die Hand vor ihr Glas. »Danke, ich habe noch mit dem Champagner zu tun.« Sie sah kurz aus dem Fenster, vor dem die Autos die Hohenzollernstraße entlangbrausten. »Aber wo du es erwähnst. Ich wusste gar nicht, dass Gisela auch ab und an in Berlin ist und sogar hier studieren will. Du?«

Ulrich verdrehte kurz die Augen. »Gisela! Immer am Puls der Zeit, was?« Ulrich lehnte sich zurück. »Ja, ich habe sie auf der Kunstausstellung getroffen. Ein Luder, man kann es nicht anders sagen. Hübsch, aber ein Luder.«

Eva war überrascht von Ulrichs nüchtern vorgetragener Ablehnung. Andererseits: Was hatte sie denn erwartet? »Wie meinst du das?«

»Ach, wenn sie nicht so ein Biest wäre, könnte sie einem fast leidtun. Eine verlorene Seele, wenn man so will. Immer auf der Suche nach Anerkennung. Vielleicht wird sie endlich erwachsen, wenn sie mal aus Papas Dunstkreis verschwindet.« Er drehte am Stiel seines Weinglases. »Wie wir wissen, bewirkt das manchmal Wunder«, schob er etwas düsterer hinterher, und Eva legte beschwichtigend eine Hand auf seine. Bevor sie aber nachfragen konnte, wie es um die Klage stand, richtete Ulrich sich auf und strahlte sie schon wieder an. Sein Blick wanderte zu einem der Kellner, dem er kurz zunickte. Eva drehte sich um, sah aber nichts, als plötzlich die Musik verstummte und das elektrische Licht heruntergedimmt wurde. Ein Funkenregen von Wunderkerzen ergoss sich im Raum und ein Tusch wurde gespielt. »Happy Birthday to You«, sangen nun Kellner und Küchenpersonal, und Ulrich erhob sich von seinem Stuhl, als ein Ober mit einem großen Strauß roter Rosen auf die beiden zukam. Mit einer vollendeten Verbeugung gratulierte er Eva, die sich fassungslos die Hand vor den Mund hielt, und stellte den Strauß samt Vase vor ihr ab.

»Oh, Ulrich«, hauchte Eva, als die beiden wieder allein waren. »Wie hast du das denn so schnell organisieren können? Du wusstest doch gar nicht, dass wir heute hier landen.«

Ulrich grinste. »Sagst du!«

Eva beugte ihr Gesicht über den Strauß und sog den Duft ein. »Wie wunderschön sie sind.« Dann bemerkte sie das Päckchen, das sich zwischen den einzelnen Stielen versteckte. Fragend hob sie den Blick.

»Nimm es«, forderte Ulrich sie auf. »Und keine Angst; es ist nicht, was du denkst!«

Mit zitternden Fingern nahm sie vorsichtig das eckige Päckchen aus dem Strauß, das mit einer Goldschleife umwickelt war. Es war unschwer zu erkennen, dass es sich um eine Schmuckschatulle handelte. Eva streifte das Band ab, hielt kurz den Atem an und öffnete dann das Etui.

»Ich hoffe, er passt«, sagte Ulrich, nun ein wenig verlegen.

Eva klopfte das Herz bis zum Hals, als sie den feinen Weißgoldring mit dem kleinen Brillanten aus der Schatulle nahm. »Ulrich, ist das …«

»Nein, liebe Eva, das ist kein Verlobungsring. Aber ein Schmuckstück, das dich daran erinnern soll, wie sehr ich dich liebe und welch funkelnden Glanz du in mein Leben bringst, schon immer gebracht hast!«

Eva schob den schmalen Ring über ihren Finger. Er passte perfekt und wirkte grazil und edel an ihrer Hand. »Er ist einfach fantastisch«, hauchte sie, um sogleich aufzuspringen und Ulrich stürmisch zu umarmen. »Was hast du dir nur dabei gedacht?«

»Ich wollte dir ein schönes Geschenk zu deinem einundzwanzigsten Geburtstag machen. Gefällt er dir denn?«

»Ach, Ulrich, was habe ich denn gerade gesagt?« Eva hatte einen Kloß im Hals, der von ihrer Rührung und Liebe zeugte. Aber wenn sie etwas tiefer in sich hineinhorchte, war da auch noch etwas anderes: Furcht vielleicht.

30.

Die folgenden Tage vergingen wie im Flug. Das Wetter meinte es gut mit ihnen, sodass Eva und Ulrich die meiste Zeit draußen verbringen und Berlin zu Fuß erobern konnten. Von der Siegessäule, die im Volksmund Goldelse genannt wurde, marschierten sie durch den Tiergarten bis zum Brandenburger Tor, den ehemaligen Prachtboulevard Unter den Linden entlang, der auch jetzt noch, dreizehn Jahre nach Ende des Krieges, ein Bild der Zerstörung bot. Sie wanderten am Spreeufer entlang und besuchten auf der Museumsinsel das Bodemuseum, fuhren mit dem Bus bis hinunter in den Grunewald, um im Schlachtensee ein erfrischendes Bad zu nehmen. Ulrich zeigte ihr die Freie Universität, an der er ab Herbst studieren würde. Seine finale Note als Rechtsanwaltsgehilfe erfuhr er erst Ende des Monats, dass er jedoch bestanden hatte, wusste er bereits. Dr. Brinkmeier hatte da so etwas läuten hören, erzählte Ulrich. Am Nachmittag besuchten sie das gerade neu eröffnete Café Kranzler am Kurfürstendamm, schon jetzt eine Institution und ein Symbol des Wiederaufbaus des zerstörten Deutschlands. Zu allen Orten und Gebäuden konnte Ulrich eine Geschichte erzählen, die irgendwie immer mit dem Nationalsozialismus, dem Krieg, der deutschen Schuld, der Teilung und der jungen

Sozialdemokratie zu tun hatte. Eva schwirrte schon der Kopf bei all der Politik. Aber sie sagte nichts, versuchte weiterhin, sich dem Rhythmus und dem Treiben dieser schier endlosen Stadt anzupassen, die sie dennoch mehr und mehr erschöpfte. Von allem gab es hier zu viel: von den Menschen, den zerbombten Gebäuden, Soldaten, vollen U-Bahnen, Bettlern und Studenten.

Sie saßen am Leopoldplatz im Wedding und hatten sich eine Gulaschsuppe bestellt. Es war Samstag. Zwei Tage waren sie nun schon durch die Stadt gestromert, einer blieb ihnen noch, als Ulrich ihre Veränderung bemerkte. »Du bist so still geworden. Ist alles in Ordnung?«

Eva stierte in ihre Suppe, konnte sich aber nicht aufraffen, den Löffel in die Hand zu nehmen. Mit dem Daumen drehte sie an dem Ring an ihrem Finger – eine Geste, die sie sich sofort angewöhnt hatte. »Ja, schon, warum nicht? Ich glaube, ich bin einfach müde.«

Ulrich nahm ihre Hand und drückte sie. »Diese Stadt fordert einen ganz schön, was? Ich war die ersten Wochen auch nur k.o.«

Eva nickte, wusste aber, dass es nicht das allein war. Die beiden vergangenen Tage waren intensiv gewesen – in jeder Hinsicht. Sie hatten viel gelacht, viel gesehen, sich viel geliebt … erstaunlicherweise aber hatten sie über nichts gesprochen, was diese Stimmung hätte vereiteln können. Die Saline war mit kaum einer Silbe erwähnt worden. Ebenso wenig die Klage gegen Ulrichs Onkel. Eva hatte es bewusst vermieden, und Ulrich hatte von sich aus auch nichts gesagt. Und je länger Eva hier war, desto größer war ihr Wunsch, nach Lüneburg zurückzukehren. Wenn sie ehrlich war, begann sie diesen Moloch schon jetzt zu hassen.

»Ich kann hier nicht leben, Ulrich. Ich werde nie hier leben können.« Erschrocken darüber, wie dieser Satz aus ihr herausplatzen konnte, riss sie die Augen auf und begann am ganzen Körper zu zittern.

Ulrichs Miene versteinerte sofort. »Was meinst du damit, du kannst hier nicht leben? Geht es denn darum? Ich dachte, wir verbringen hier zunächst ein paar unbeschwerte Tage!«

Eva fasste sich an die Stirn. Jegliche Spannung schien aus ihrem Körper zu weichen. Nur mit Mühe kamen die in ihrem Kopf geformten Worte aus ihrem Mund. »Doch. Natürlich. Und das haben wir ja auch. Die Zeit mit dir ist wunderschön …«

»Aber?«

Ulrich hatte die Brauen zusammengezogen. Warum kam es ihr so vor, als müsse sie sich rechtfertigen? »Aber denkst du nicht auch an unsere Zukunft? Wie soll das weitergehen … mit uns?« Eva fühlte, wie sich ihre Augen mit Tränen füllten.

»Eva, wir lieben uns. Ich weiß das. Du liebst mich, und ich liebe dich. Was kann stärker sein als Liebe?« Ulrich hatte sich nun ganz nahe zu ihr vorgebeugt und sah sie eindringlich an.

»Ich weiß nicht, Ulrich, aber vielleicht hat diese Liebe einen Preis, der für uns beide zu hoch ist. Wenn ich nicht hier leben kann, wo hat dann unsere Liebe ihren Platz?«

Ulrich lehnte sich zurück und fuhr sich mit der Hand über das Gesicht. »Selbst wenn ich wollte, Eva, ich kann nicht zurück nach Lüneburg. Ich kann dort nicht Jura studieren. Das ist einfach nicht möglich. Du aber kannst hier Französischkurse nehmen. Wir könnten ins Grüne ziehen, nach Dahlem, wo es leerer ist und dörflicher, wahrscheinlich sogar dörflicher als in Lüneburg. Curt geht es besser. Der Saline geht es besser. Das hast du selbst gesagt. Bestelle einen neuen Geschäftsführer und du bist frei! Die Hürden, die es im Mai noch gab, sind weg. Wo also ist das Problem?«

Eva stand so abrupt auf, dass der Tisch wackelte und die Terrine mit der Suppe überschwappte. »Ulrich. Ich. Will. Hier. Nicht. Leben. Was ist daran so schwer zu verstehen?«

Nun hatte auch Ulrich sich erhoben. Beschwichtigend hob er die Hände. »In Ordnung, Eva, in Ordnung. Lass uns nicht schon wieder streiten, sondern wie zwei erwachsene Menschen darüber reden. Es gibt nichts, das wir heute entscheiden müssen, okay? Lass uns die letzten vierundzwanzig Stunden, die uns noch bleiben, genießen, ja? Ich wollte doch noch einmal mit dir nach Mariendorf auf die Trabrennbahn.« Er fasste in die Innentasche seines Sakkos und holte zwei Eintrittskarten hervor.

Seufzend schüttelte Eva den Kopf, fast schon wieder mit einem Lächeln. »Ach, Ulrich, du bist wirklich der unmöglichste und wunderbarste Mensch, den ich kenne. Ich weiß gar nicht, wie …«

Doch da versiegelte Ulrich ihr die Lippen schon mit einem Kuss. »Pst, mein Engel, kein Wort mehr. Jetzt verjubeln wir erst mal unser nicht vorhandenes Vermögen, und der Rest findet sich.«

Ulrich zahlte und die beiden verließen das Lokal. Die Suppe blieb unangetastet zurück.

31.

Lüneburg, fünf Wochen später

»Sehe ich gut aus?« Eva blickte in den Spiegel der Blende auf dem Beifahrersitz und bauschte ihre Haare nach oben. Sie sprach wie eine Bauchrednerin, bewegte kaum den Mund, um den braunen Lippenstift höchstens minimal zu beanspruchen. Ihre blauen Augen waren mit schwarzem Eyeliner betont, die brünetten Locken locker hochgesteckt und mit einem Dutzend Klammern befestigt, ohne dass es streng wirken durfte. Zum gegebenen Anlass hatte sie sich eine dunkelbraune taillenhohe Marlenehose mit Trägern gekauft, zu der sie eine cremefarbene Bluse mit Puffärmeln trug. Und sie war um kurz nach sechs aufgestanden, damit jetzt, zwei Stunden später, auch wirklich alles saß.

Lothar wandte den Blick nicht von der Bundesstraße, aber Eva sah sein Schmunzeln auch so. »Das fragst du mich jetzt zum dritten Mal. Du siehst fantastisch aus. Wie oft soll ich es noch sagen?«

Eva unterdrückte den Impuls, auf ihrer Unterlippe zu kauen. »Wie weit ist es noch?«

»Etwa eine halbe Stunde.«

277

»Dann ungefähr noch dreißig Mal.«

»Du siehst toll aus. Toll. Toll. Toll. Umwerfend. Kann ich mich jetzt wieder auf den Verkehr konzentrieren?«

»Na gut.« Auch Eva betrachtete die Fahrbahn, an deren Rändern Bäume und Büsche in hohem Tempo an ihnen vorbeizogen. Langsam färbten sie sich bereits wieder gelb und rot. Der Herbst nahte. Man spürte es noch nicht an den Temperaturen, aber man konnte es am Licht erkennen. Es wurde klarer, durchlässiger, nicht so dick wie Sommerlicht.

Drei Wochen lang hatte sie sich auf diesen Termin vorbereitet. Es sollte die erste Kooperation der Saline Lüneburg mit einem regionalen Kosmetikunternehmen werden, das mit natürlichen Inhaltsstoffen und dem Verzicht auf Tierversuche warb. Sehr modern! KosmoPharm. Gerade mal zehn Monate am Markt, und damit eine große Chance und zugleich ein großes Risiko. Aber das Unternehmen brauchte Salz – für jedes einzelne Produkt. Denn Salz war das beste und unverzichtbarste Schutz- und Feuchtigkeitsmittel, das man sich für die Haut wünschen konnte. Und was konnte das für ein Meilenstein sein, wenn es Eva gelang, die Firma von ihrem Salz zu überzeugen! Ganz einfach gesprochen konnte es Durchbruch und Neubeginn in einem sein. Nach Evas Erkundigungen hielt sie es für realistisch, den Umsatz der Saline mit diesem Kunden um fünf Prozent zu steigern. Am Anfang. Wer konnte wissen, wie sich das entwickelte.

Jürgen Kettler, der Geschäftsführer von KosmoPharm, hatte anfangs zurückhaltend auf Evas Vorstoß reagiert, jedoch auch nicht desinteressiert. Als sie dann aber die Sprache auf ihren »Prokuristen« Lothar Möreke vom Bankhaus Möreke gebracht hatte, wurde der Mann deutlich zugänglicher. Das hatte Eva geärgert, sie jedoch in ihrer Rechnung auch bestätigt. Eine junge Frau war bei weitreichenden Geschäften ein

Unsicherheitsfaktor, ein gestandener Mann ein Garant für deren Gelingen. Schwachsinn, fand Eva, aber nun gut. Ein Anfang.

Hinter Evendorf bog Lothar links ab gen Süden. »Hast du mal wieder was von Ulrich gehört?«

Eva zuckte innerlich zusammen. Viel war es nicht, was sie seit Berlin mit ihm ausgetauscht hatte, aber die Frage war ja auch, was Lothar genau meinte. »Hm?«

»Ob du was von Ulrich gehört hast.«

Eva entschied sich für eine direkte Gegenfrage. »Was willst du denn wissen? Dass es fünf Enteignungsverfahren gibt, weißt du wahrscheinlich. Plus die Klage wegen der Zwangsarbeiter.«

Lothar setzte zum Überholen eines schwarzen Peugeot an. Als er wieder auf seiner Spur war, sagte er: »Ja, unschwer, das nicht mitzubekommen. Ich wohne ja noch in dem Haus, das vermutlich bald zurückfällt. Nein, ich meinte, wie es ihm geht … euch …«

Eva schluckte. Wenn sie das so genau hätte sagen können. »Er hat seine Prüfung mit Auszeichnung bestanden, wenn du das meinst.«

»Das überrascht wohl niemanden. Und wird er wirklich Jura studieren?«

Eva musterte Ulrichs Cousin von der Seite. Sie war ihm aufrichtig dankbar, dass er diese Fahrt mit ihr unternahm und ihr mehr als jeder andere zur Seite stand, aber was sollte die Fragerei? »Was denn sonst? Er hat doch nichts anderes.«

Lothar setzte den Blinker. »Das kann man so und so sehen, immerhin hat er doch dich, oder?« Bevor Eva antworten konnte, fügte er hinzu: »Wir sind da.«

Nachdenklich stieg Eva aus dem Mercedes. Diese Andeutungen gefielen ihr nicht. Was wollte Lothar ihr wirklich sagen? Worauf wollte er sie aufmerksam machen? An diesem Dienstagmorgen hatte sie ganz sicher andere Sorgen, als sich um den Zustand ihrer Verbindung zu Ulrich zu kümmern. Sie

279

brauchte ihre volle Konzentration für die KosmoPharm und das Gespräch, das jetzt folgen würde. Ganz zu schweigen von dem Termin um vierzehn Uhr bei Dr. Martens.

»Weißt du, Lothar«, sagte Eva auf dem Weg zum Haupteingang des zweigeschossigen Gebäudes, das relativ idyllisch, umgeben von Kiefern und Wacholder, am Ortsausgang der Kleinstadt lag. »Ich glaube, am Ende ist man sowieso immer allein. Und jetzt lass uns bitte den Pott nach Hause bringen.«

Zwei Stunden später hatte Eva rasende Kopfschmerzen, ließ sich aber vor Jürgen Kettler und seinem Chefpharmazeuten Dr. Winfried Lange nichts anmerken. Der Konferenzraum war vollkommen verqualmt, und jetzt wurden auch noch Zigarren und Whiskey aufgetischt. Wie konnten die Vorsitzenden eines Hautpflegekonzerns sich freiwillig diesem Mief aussetzen? Lothar war da hartgesottener, denn er zog die fingerdicken gerollten Tabakblätter genüsslich der Länge nach unter seiner Nase entlang und lobte das Aroma. Und auch sie selbst rang sich ein Lächeln ab, so gut es eben ging. Die Gespräche waren nicht unbedingt einfach, aber doch erfolgreich verlaufen. Ohne Kopfschmerzen hätte Eva wahrscheinlich gesagt: gigantisch erfolgreich! Das war zum Teil natürlich Lothar zu verdanken, der seine Rolle als männlicher Verbündeter vorbildlich spielte. In der Sache aber, und auch in kokettem Verhandlungsgeschick, stand Eva ihm in nichts nach. Das schien auch Jürgen Kettler nicht entgangen zu sein, der sie auf unangenehme Art an Rainer von Seefeldt erinnerte, was ihr aber, so fand sie, im Ergebnis eher zum Vorteil gereichte. Bereits ab Dezember würde die Saline vorerst monatlich 500 Kilo Gewerbesalz, also letztlich getrocknete Rohsole, nach Bispingen liefern. Wenn alles gut lief, konnte jederzeit erhöht werden. Für Eva grenzte es noch immer an ein Wunder, dass niemand vor ihr auf diese Idee gekommen war.

Mit einem Glas des goldbraunen Whiskeys in der Hand kam Kettler zu ihr und setzte sich neben sie auf das Sofa. Mindestens eine Handbreit zu nah. »Kompliment, Fräulein Benningsen. Sie sind nicht nur apart, sondern offenbar auch eine tüchtige Geschäftsfrau, wie ich heute feststellen durfte. Es ist mir eine Ehre, mit dem legendären Lüneburger Salz unser Unternehmen weiter auszubauen.«

»Ganz meinerseits, Herr Kettler. Auch ich bin froh, einen ebenbürtigen Partner für unsere Kooperation gefunden zu haben. Im Vorfeld ist man ja immer etwas unsicher, nicht wahr?« Evas Lächeln war zuckersüß, während das auf Jürgen Kettlers Lippen erstarrte. Man sah ihm förmlich an, wie impertinent er die Bemerkung fand. In seiner Welt durfte eine Frau so nicht mit einem Mann reden.

Eva lächelte weiter und erhob sich. »Sie entschuldigen. Ich brauche mal ein wenig frische Luft.« Sie wedelte mit der Hand durch die im Raum hängenden Rauschwaden. »Es ist entsetzlich stickig hier drinnen! Den Kooperationsvertrag wird Ihnen meine Mitarbeiterin dann zeitnah zuschicken, nicht wahr?«

Kettler erhob sich ebenfalls, ein wenig steif. »Ich freue mich sehr. Für Rückfragen stehen ich oder Dr. Lange jederzeit zur Verfügung.«

Mit einem lang gezogenen »Uff!« ließ Eva sich in den Sitz des Mercedes sinken. »Ich hätte es da drinnen keine Minute länger ausgehalten.«

Lothar lachte. »Nicht? Das war doch sehr spaßig!«

»Spaßig? Na, du hast ja eine komische Vorstellung von Humor. Kettler ist ein selbstgefälliger Schnösel. Ich hoffe nur, er versteht was von seinem Geschäft.«

Lothar hatte den Wagen gestartet und war bereits wieder auf die Hauptstraße abgebogen. »Alle Männer wollen Frauen unterbuttern, wusstest du das nicht?« Als Eva nicht reagierte, fügte er hinzu: »Scherz beiseite. Das war ein grandioser Termin, Eva. Du warst fantastisch. Und mal ehrlich: Wir haben sie genau da, wo wir sie haben wollten. Was willst du mehr? Wo gehobelt wird, da fallen Späne. Sagt man das nicht so?«

Eva hatte die Stirn gerunzelt und rieb sich die schmerzenden Schläfen. »Aber ist es nicht schrecklich ungerecht? Wieso behandelt man mich herablassend und wie ein dummes Mädchen, nur weil ich eine Frau bin? Das kann doch nicht sein. Ich meine, ich bin erst seit ein paar Monaten gesetzlich berechtigt, ein eigenes Konto zu eröffnen. Und wenn ich verheiratet wäre, müsste ich meinen Mann um Erlaubnis fragen, ob ich arbeiten gehen darf. Wahrscheinlich hätte ich sogar für diesen Termin eine Vollmacht gebraucht. Stell dir das einmal vor!« Eva hatte sich fast in Rage geredet, hörte aber auf, da ihr Schädel erneut zu brummen begann.

»Zum Glück bist du ja nicht verheiratet.«

»Ja, zum Glück!«, entfuhr es ihr eine Sekunde zu schnell. Eine Weile fuhren sie schweigend über die Landstraße, aber so ganz ließ Eva das Thema noch nicht los – das ganze Thema. »Wie stellst du dir das eigentlich alles so vor?«

»Was genau meinst du?«

»Nun ja … also …« Eva räusperte sich.

»Du meinst wegen der Klagen gegen meinen Vater?«, fragte Lothar ganz ruhig.

»Wenn ich ehrlich bin, ja. Das ist doch für dich sicher auch nicht leicht. Also in vielerlei Hinsicht. Bist du Ulrich böse, weil er … weil er das alles angestoßen hat?«

Nachdenklich strich Ulrichs Cousin mit seiner rechten Hand leicht über das Lenkrad. Lothar hatte definitiv die Hände eines Klavierspielers. Seine ruhige, bedachte Ausstrahlung hatte etwas Wohltuendes. »Nein, ich bin ihm nicht ›böse‹. Er ist mein Cousin, eigentlich fast mein Bruder, und das bleibt er auch, egal, wie das alles ausgeht. Ich glaube, die Frage ist sogar eher, wie er zu mir steht. Ulrich ist manchmal ein rechter Hitzkopf …« Er lachte kurz auf. »Wem sage ich das? Du kennst ihn besser als ich. Und ich bin nicht sicher, ob er mich nicht für all das mitverantwortlich macht, was mein Vater angeblich getan hat.«

Eva richtete sich auf dem Beifahrersitz etwas auf. »Aber damit hattest du doch gar nichts zu tun.« Sie nagte an ihrer Unterlippe. Jetzt durfte sie das. Der Lippenstift hatte seine Schuldigkeit getan.

»Das stimmt, aber immerhin arbeite ich in der Bank, habe Prokura. Und ich wäre nicht auf die Idee gekommen, jemanden wie Arno Blumberg ausfindig zu machen.«

Eva hielt sich die Hand vor den Bauch. Ihr war flau im Magen, und sie wusste nicht, ob es wegen der Zigaretten bei KosmoPharm war oder weil sie Hunger hatte oder wegen noch etwas anderem. Ihr war seit ein paar Tagen häufiger mal übel. »Aber trotzdem. Wenn ich Ulrich richtig verstanden habe, kann es durchaus sein, dass ihr das Haus zurückgeben müsst – immerhin dein Geburtshaus. Und im schlimmsten Fall verliert dein Vater sogar seine Existenz, muss womöglich ins Gefängnis. Das kann dich doch nicht kaltlassen!«

»Wer sagt, dass es mich kaltlässt?«

Eva blickte nun nach links zu Lothar. In seinem Gesicht war keinerlei Anspannung oder Ärger zu erkennen. Sein Haar saß nach wie vor tadellos gescheitelt. Auf seiner hohen Stirn zeigte sich keine Spur eines Runzelns. Er war die Ruhe selbst, zumindest äußerlich. »Entschuldige, wenn ich so neugierig bin. Aber machst du dir denn keine Sorgen? Um deine Eltern? Um dich?«

Lothar zögerte einen Moment, ohne jedoch den Blick von der Fahrbahn zu nehmen. »Weißt du, Eva«, hob er schließlich an, »es gab so ein paar Lektionen in meinem Leben, die habe ich gelernt … was nicht immer einfach war. Aber eine davon war, dass es Dinge gibt, die man nicht ändern kann und die nicht dadurch besser werden, dass man sich ein ums andere Mal darüber grämt. Im Gegenteil. Ich habe gelernt, wenn man so will, mit dem Unabänderlichen umzugehen und das Beste daraus zu machen. Und glaube mir …« Nun sah er doch kurz zu ihr herüber und lächelte. »Damit fahre ich besser!«

»Pass auf!«, rief Eva, die aus dem Augenwinkel beobachtete, wie sich ein Laster auf der Gegenfahrbahn näherte, während Lothar einen halben Meter über den Mittelstreifen geraten war.

Sofort riss er das Lenkrad herum und fing den Mercedes wieder ab.

»Puh!«, machte sie und griff sich an den Hals.

»Siehst du, das meine ich damit«, sagte Lothar gelassen, aber doch auch ein wenig gepresst. »Man sollte sich von einer schönen Frau nicht ablenken lassen, auch wenn sie noch so nah scheint. Das könnte einen in Teufels Küche bringen«, fügte er sibyllinisch hinzu, und Eva war nicht ganz sicher, ob diese Bemerkung allein auf den Straßenverkehr bezogen war.

»Danke, Lothar«, sagte sie dann spontan.

»Ich gucke jetzt nicht«, erwiderte er, »aber für was jetzt?«

»Für alles! Für heute – ohne dich hätten wir den Auftrag nicht in der Tasche, das weißt du selbst. Für deine Offenheit …« Sie zögerte. »Und vermutlich einfach dafür, dass du bist, wie du bist!«

»Alles klar!«, erwiderte er. »Das nehme ich gern an.« Sie näherten sich Lüneburg von Süden her und hatten soeben die Stadtgrenze passiert. »Wollen wir noch schnell zusammen einen Happen essen? Es ist dreizehn Uhr, gute deutsche Zeit für ein Mittag.«

Eva zögerte. Wenn sie ehrlich war, hatte sie große Lust, die Zeit mit Lothar noch ein wenig zu verlängern, aber andererseits war da wieder ihr flaues Gefühl und der Termin um vierzehn Uhr. »Ein andermal gern, Lothar. Heute passt es leider nicht.«

»Kein Problem«, erwiderte er. »Lass ich dich an der Saline raus oder möchtest du nach Hause?«

»Lieber nach Hause.«

»Und, Eva«, sagte Lothar, als er den Wagen am Lambertiplatz zum Stehen brachte. »Ärgere dich nicht über Männer wie Kettler. Sie haben es nicht verdient. Was du heute geleistet hast, könnte so mancher Mann nicht. Du warst fantastisch, Eva …«

Eva schluckte. War Lothar eine Spur rot geworden? Sie ganz bestimmt. »Ich danke dir«, sagte sie und stieg hastig aus.

Das Sprechzimmer von Dr. Martens war gut gefüllt. Eva war nur froh, dass sie keine der Frauen kannte. Was hätte sie denn sagen sollen, warum sie hier war? Nervös saß sie auf einem der Plastikstühle und hob kaum den Blick. Frauen kamen und gingen, viele von ihnen in unterschiedlichen Stadien ihrer Schwangerschaft. Ihre Gesichter wirkten oftmals angespannt, und Eva konnte nicht sagen, ob sie sich auf die bevorstehende Veränderung in ihrem Leben freuten oder ihnen eher etwas bange war. Für sich selbst hatte Eva sich diese Frage noch nie gestellt. Einerseits war es das Selbstverständlichste von der Welt, als Paar auch eine Familie zu gründen und Kinder zu bekommen. Andererseits hatte sie ihre eigene Mutter durch eine Geburt verloren. Aber so oder so war es für sie noch viel zu früh, ernsthaft darüber nachzudenken.

»Fräulein Benningsen?« Die Sprechstundenhilfe tauchte, eine Karteikarte in der Hand, im Wartezimmer auf. Eva erhob sich und folgte ihr. Ihre Handinnenflächen waren feucht und kalt. Die Helferin wies ihr den Weg ins Sprechzimmer. »Der Doktor kommt gleich«, sagte sie und schloss die Tür hinter ihr. Eva sah sich in dem Raum um. Aquarellbilder von heimischen Singvögeln hingen an den Wänden, das Rotkehlchen, die Kohlmeise, der Fink. Gegenüber stand ein Regal mit vielen dicken Büchern. Fachliteratur, vermutete Eva, und vielleicht

Nachschlagwerke. Sie wusste nicht, ob sie sich schon setzen sollte, also blieb sie stehen. Der Boden unter ihr begann zu tanzen. Das Muster des Teppichs war in einem unruhigen beigebraun gehalten, was ihr Schwindel verursachte. Sie schaute weg. In diesem Moment öffnete sich schwungvoll die Tür und Dr. Martens betrat den Raum. »Fräulein Benningsen, nehmen Sie doch Platz. Entschuldigen Sie, dass ich Sie habe warten lassen.«

Die Kehle wie zugeschnürt, setzte Eva sich. Ihr war übel. Der Arzt ließ sich ihr gegenüber nieder. Er wartete. Vielleicht wollte er, dass Eva sich entspannte. »Es ist ja noch gar nicht so lange her, dass Sie das erste Mal bei mir waren, nicht wahr?« Er schaute in ihre Patientenakte. »Ein knappes Jahr. Sind Sie noch mit Ihrem Freund zusammen?«

Eva nickte. Was sollte Sie auch anderes sagen?

»Schön, schön«, fuhr der Arzt fort. »Das ist schön. Und wie geht es Ihnen sonst?«

»Was meinen Sie genau?«, brachte Eva mühsam hervor.

Dr. Martens nahm seine Brille ab und lächelte sie freundlich an. »Eine einfache Frage: Wie geht es Ihnen sonst? Sind Sie zufrieden? Essen und schlafen Sie gut? Was macht die Familie? Sind alle gesund?«

Eva wandte den Blick ab und starrte kurz aus dem Fenster. Sollte sie dem Arzt erklären, dass sie just an diesem Vormittag das Geschäft ihres Lebens abgeschlossen hatte und wie ungerecht sie es fand, dass Frauen in der Berufswelt einfach nicht ernst genommen wurden? Aber sie vermutete, dass es nicht das war, was er hören wollte. Und wenn sie ehrlich war, stand ihr der Sinn auch nicht nach politischen Diskussionen. »Na ja, gut ... so weit. Vielleicht haben Sie von dem Grubenunglück in Grasleben gehört ...« Sie wartete auf ein Zeichen des Arztes. Als dieser nickte, fuhr sie fort. »Mein Bruder war vor Ort und erlitt schwere Verbrennungen. Aber ich finde, er macht seine Sache gut.«

Der Doktor wirkte ernsthaft betroffen. »Das tut mir sehr leid zu hören. Ich vermute, das erhöht auch den Druck auf Sie, oder? Wenn ich das richtig einordne, gehört Ihnen doch die Saline und Ihre Mutter ist ja früh verstorben …«

»Die Saline ›gehört‹ mir nicht. Streng genommen nicht mal meinem Vater, aber ja, der Rest stimmt«, erwiderte Eva knapp. Sie schätzte die Fürsorge des Arztes, aber sie wollte endlich wissen, woran sie war.

»Fräulein Benningsen. Ich denke, Sie sollten sich die kommenden Monate etwas schonen. Die Urinprobe, die Sie vorgestern abgegeben haben … Sie sind schwanger, Fräulein Benningsen. Herzlichen Glückwunsch.«

»Was?« Eva hatte das Gefühl, alles Blut aus ihrem Körper würde direkt in ihren Kopf schießen. Sie meinte, ihr Schädel müsse gleich platzen vor Druck und Hitze. »Was?« Ihre Hand zitterte. »Hätten Sie vielleicht ein Glas Wasser?«

Der Arzt stand auf, ging zu einer Karaffe und schenkte ihr ein. »Möchten Sie sich kurz hinlegen?« Er zeigte auf die Pritsche an der Wand. Eva schüttelte den Kopf und trank das Wasser gierig aus. Dr. Martens setzte sich wieder. »Wissen Sie, viele Frauen sind erst einmal bestürzt, wenn sie erfahren, dass sie ein Kind erwarten. Natürlich bedeutet das eine große Veränderung, die mit Fragen und Unsicherheiten verbunden ist. Aber … das legt sich. Die Natur hat uns so ausgestattet, dass speziell der mütterliche Körper Hormone ausbildet, die sie das große Ereignis voller Glück und Liebe erwarten lassen. So wird es auch bei Ihnen sein.« Als Eva nicht reagierte, sah er sie forschend an. »Sie wollen das Kind doch, oder?«

Eva zog die Lippen zwischen die Zähne und sog die Luft scharf durch die Nase ein. »Habe ich denn eine Wahl?« Sie wusste, dass ein Schwangerschaftsabbruch mit einer Gefängnisstrafe geahndet wurde. Auch darüber hatte sie sich schon genug empört.

»Nun ja, wie soll ich das sagen, ohne meinen hippokratischen Eid zu verraten. Sie wären sicher nicht die erste Frau, die die bevorstehende Veränderung nicht annehmen kann oder will, und auch nicht die letzte. Wenngleich ich Ihnen aus medizinischer und ethischer Sicht von gewissen Angeboten dringend abraten muss! Und überhaupt bitte ich Sie, sich erst einmal ein wenig Zeit zu geben. Viele Frauen, die hier so wie Sie vor mir sitzen, zumal, wenn sie noch ledig sind, brauchen einen Moment, bis sie die Neuigkeit verdaut haben, und können dann doch vor Glück nicht geradeaus schauen.« Dr. Martens schmunzelte, aber Eva war nicht sicher, ob er seine Worte wirklich so meinte oder ihr nur Mut zusprechen wollte. Vielleicht beides. »Gibt es denn …?«, hob er an, »… ist eine Hochzeit geplant?«

Am liebsten wäre Eva in schallendes Gelächter ausgebrochen, aber ihr fehlte die Kraft. Stattdessen stand sie auf. »Und wie geht es nun weiter?«, fragte sie.

»Lassen Sie sich einen Termin in zwei Wochen geben. Sofern sich keine Beschwerden einstellen, ist dann die nächste Kontrolle fällig.« Er sah noch einmal in die Krankenakte. »Ihren Angaben nach sind Sie in der siebten Schwangerschaftswoche. Die ersten zwölf sind immer etwas kritisch. Leiden Sie unter Morgenübelkeit?«

Eva schüttelte den Kopf. »Nicht wirklich.«

Dr. Martens setzte seine Brille wieder auf und erhob sich ebenfalls. »Das ist gut. Wir sehen uns dann in zwei Wochen.« Er reichte ihr die Hand und Eva gab ihm ihre. »Auf Wiedersehen, Fräulein Benningsen, und alles Gute!«

Mit einem gemurmelten Gruß verließ Eva das Sprechzimmer. Sie brauchte Luft. Und sie brauchte Helga.

32.

Nachdenklich rührte Helga nun schon seit zwei Minuten in ihrem Kaffee schwarz. »Ich weiß wirklich nicht, was ich sagen soll.«

Eva griff nach der Hand der Freundin. Die unnötige Rührerei machte sie nervös. »Da sind wir schon zwei.«

Eva war direkt von Dr. Martens' Praxis ins Rathaus gerannt und hatte Helga atemlos gebeten, alles stehen und liegen zu lassen und mit ihr ins Harlekin zu gehen. Diese hatte sich nicht lange bitten lassen, war kurz zu Dr. Siemers ins Büro, um ihm Bescheid zu geben – »ein Notfall!« –, und war dann mit der Freundin in das Bistro geeilt.

»Du musst mit Ulrich sprechen, Eva. Egal, wie ihr im Moment zueinander steht. Er ist der Vater, und du hast nicht das Recht, ihm das vorzuenthalten.«

Genau das war der Punkt, über den Eva seit zwei Stunden brütete. Helga hatte recht: Ulrich war nicht irgendwer, und sie durfte ihm die Nachricht nicht verheimlichen. Andererseits: Was passierte, wenn sie ehrlich war? Er musste sich förmlich gezwungen sehen, nach Lüneburg zurückzukehren. Würde sie damit nicht wissentlich seine Karriere zerstören? Das hätte sie sich nie verzeihen können. Und was wäre das für ein Fundament für eine junge Familie gewesen? Nein. Es fühlte sich nicht richtig an. Genauso wenig, wie sie selbst nach Berlin gehen konnte. Ulrich hätte in absehbarer Zeit kein Einkommen mehr gehabt. Sie hätte mit dem Baby zu tun. Die Voraussetzungen waren damit noch unglücklicher als zuvor. Und dann kam ja noch dazu, dass zwischen Ulrich und ihr ohnehin schon ein ungelöster Konflikt stand, so groß wie der Mount Everest. Eva knetete sich das Kinn.

»Ich weiß«, sagte sie schwach.

»Du weißt es«, sagte Helga und musterte die Freundin, die wie ein Häufchen Unglück vor ihr saß. Blass und hilflos. »Aber du denkst etwas anderes?«

»Ich könnte es wegmachen lassen. Es gibt diese Engelmacher«, unternahm Eva einen schwachen Versuch.

Helga haute mit der flachen Hand auf den Tisch. »So weit kommt es noch!«, rief sie so laut, dass sich ein paar Köpfe zu ihnen umdrehten. »An so was denkst du nicht mal, Evchen, wirklich«, fuhr sie etwas leiser fort. »Das arme Baby kann doch nichts dafür.«

Eva strich sich über den flachen Bauch. Irgendwo da in ihr drin war ein winzig kleiner Krümel, dessen Herz bereits schlug. Er war nicht mal so groß wie ihr Daumennagel, und doch hatte er bereits ein Herz, das schlug. Ein Mensch wuchs in ihr heran, nährte sich von ihr, bildete seine Organe aus, hatte ein Leben vor sich. Eva seufzte, und ob sie es wollte oder nicht, schon jetzt dachte sie, dass sie dieses Wesen beschützen wollte, spürte das warme Gefühl, das sie bei dem Gedanken an ihr Baby durchströmte. »Nein, kann es nicht. Das ist wahr«, sagte sie.

»Du musst es ihm sagen, Eva, versprich mir das.«

Eindringlich sah Eva Helga an. »Zwing mich nicht, etwas zu versprechen, was ich nicht halten kann. Du weißt, wie es zuletzt um uns stand.«

»Trotzdem«, erwiderte Helga energisch. »Tust du es nicht, wird er dir das nie verzeihen.«

Eva nickte. »Aber tue ich es, werde vielleicht *ich mir* das nie verzeihen.«

Die nächsten zwei Tage wurden für Eva zu einem regelrechten Albtraum. Nicht nur, dass sie genug an der Last ihrer Schwangerschaft zu tragen hatte und sich einfach nicht dazu durchringen konnte, Ulrich davon zu berichten. Die letzten Telefonate waren zu kühl und kurz gewesen. Die Briefe zwischen ihnen kamen förmlichen Statusberichten gleich.

Am Donnerstagmorgen dann wollte ihr Vater das Haus im Schlafanzug verlassen, um in die Saline zu gehen. Im Schlafanzug! Als Eva ihn zurückhielt und ihn auf seinen Aufzug aufmerksam machte, sah er sie verständnislos an. »Was hast du denn? So gehe ich doch immer. Sitzt die Krawatte nicht richtig?« Eva rief sofort Dr. Lübke an, der auch kam und sie sorgenvoll betrachtete. »Ich gebe deinem Vater jetzt ein Beruhigungsmittel, aber ich fürchte, Eva, das ist erst der Anfang.« Er hatte ihr ein Blatt mit einer Uhr vorgelegt. »Ich habe deinen Vater gebeten, das Ziffernblatt aufzuzeichnen.« Eva betrachtete fassungslos die einzelnen Zahlen zwischen 1 und 12, die sich auf der rechten Seite drängelten, während die linke Seite leer war. »Was bedeutet das?«, hatte sie bestürzt gefragt.

»Wir werden das beobachten müssen, aber ich bin ziemlich sicher, Eva, dass dein Vater unter einer bereits leicht fortgeschrittenen Demenz leidet. So etwas gibt es, auch bei noch relativ jungen Menschen wie deinem Vater.«

Sie eilte daraufhin allein in die Saline, nur um dort vom Finanzamt die Ankündigung einer Neugruppierung der Speise- und Gewerbesalze vorzufinden. Es stand also zu befürchten, dass ausgerechnet die Afrikabeutel unter die Kategorie Speisesalz fielen und damit eine neunzehnprozentige Salzsteuer fällig wurde – eine Katastrophe, gelinde gesagt. Sie bat Frau Gerstenberger, so hieß nämlich jetzt Fräulein Meinert, die im Juni einem gesunden Jungen das Leben geschenkt hatte und nach dem gesetzlichen Mutterschutz bereits seit August wieder halbtags am Platz war, die zusätzlichen Kosten zu ermitteln.

Gegen Mittag ging sie nach Hause, ließ die Soße auf dem Herd anbrennen, weil Karla wegen ihrer Mathe-Hausaufgaben auszurasten drohte und ihr Vater sich – vielleicht wegen der Beruhigungsmittel – eingenässt hatte.

Der Freitag begann nicht wirklich vielversprechender, da Eva eine halbe Stunde mit Erbrechen über der Kloschüssel zu tun hatte. Als sie dann etwas später in die Saline kam und Frau Gerstenberger ihr aufgeregt erzählte, dass ein Wechsel in Höhe von 12 000 Mark geplatzt war und sie nun die ausstehenden Rechnungen nicht mehr überweisen konnte, brach sie weinend zusammen.

»Nicht aufregen, Fräulein Benningsen, wir kriegen das schon hin. Mit dem neuen Geschäft mit KosmoPharm allemal. Machen Sie sich doch nicht so große Sorgen. Soll ich Ihnen einen Tee kochen?«, versuchte die Buchhalterin, sie zu trösten, und Eva musste sich auf die Zunge beißen, um ihr nicht direkt die ganze Wahrheit zu sagen.

»Vielen Dank, Fräulein … Frau Gerstenberger, es geht schon. Es ist nur alles grad ein bisschen viel«, beruhigte sie die Buchhalterin, um sich dann in das Büro ihres Vaters zurück-zuziehen. Sie musste nachdenken. Es war kurz nach neun. Wenn sie Glück hatte, würde sie Ulrich noch erwischen, bevor er in die Kanzlei ging. Sollte sie es versuchen? Helga hatte ja recht. Sie durfte ihm doch seine Vaterschaft nicht verschweigen. Sie kannte Ulrich fast ihr ganzes Leben. Sie waren Freunde gewesen, dann ein Liebespaar. Wann war das alles so sehr in Schieflage geraten, dass sie nun überlegte, einen solchen Verrat an ihm zu begehen?

Eva wischte sich eine Strähne aus dem Gesicht. Ihre Frisur saß heute ohnehin nicht. Sie liebte ihn doch, oder? Bei der Frage fasste sie sich automatisch wieder an den Bauch. Sein und ihr gemeinsames Leben wuchs da in ihr. Natürlich liebte sie ihn. Das sagte ihr die Gänsehaut, die sie überkam, wenn sie nur an ihn dachte. Dieses Gefühl der inneren Verbundenheit. Sie fühlte sich … zugehörig. Aber war es nicht auch der größte Ausdruck von Liebe, den eigenen Egoismus zu überwinden? Nicht aus Bedürftigkeit etwas einzufordern, was der andere vielleicht nicht zu geben bereit war? Aber wie sollte sie denn wissen, was Ulrich bereit war zu geben, wenn sie ihm nicht die Chance einräumte, es selbst zu entscheiden? Sie *durfte* diese Nachricht nicht für sich behalten.

Mit wachsenden Kopfschmerzen wählte sie kurz entschlossen die Nummer der Vermittlung und ließ sich mit dem Berliner Anschluss von Frau Keller verbinden. Eva biss sich auf die weiß hervortretenden Knöchel ihrer geballten Faust. »Komm schon«, murmelte sie, »nimm ab.« Aber nach fünfmaligen Tuten nahm das Fräulein vom Amt den Anruf zurück. »Es tut mir leid, aber offenbar ist niemand zu Hause.«

»So ein Mist!«, rief Eva, sprang auf und lief ein paarmal im Kreis um den Schreibtisch. Sie hätte jetzt einen Cognac vertragen können, aber den Alkohol verbot sie sich für die nächsten Monate selbst. »So ein verfluchter Mist!«

Ihr Blick fiel auf den Wechsel, den Frau Gerstenberger ihr in die Hand gedrückt hatte. Das ja auch noch! Es war Freitag. Sie musste unbedingt noch vor dem Wochenende mit der Bank sprechen. Die Rechnungen mussten beglichen werden. Irgendwelche Gerüchte, dass die Saline nicht mehr zahlungsfähig war, konnte sie keinesfalls gebrauchen. Hastig griff sie ihren Mantel, eilte die Stufen hinunter, durch die Saline an den Pfannen vorbei nach draußen. Sie spürte die fragenden Blicke der Mitarbeiter, aber dafür hatte sie im Moment keine Zeit.

Lothar, dachte sie nur, Lothar würde ihr helfen. Vielleicht als Einziger.

Mit erhitztem Gesicht stand sie kurz darauf unten am Empfang und trommelte mit den Fingern auf den Tresen. »Bitte, versuchen Sie, ihn zu finden. Es ist wirklich dringend!«

Die Dame am Informationsschalter wusste offenbar nicht recht, wie sie mit der aufgebrachten Frau umgehen sollte, wählte aber halbherzig ein paar Nummern, um sich zu erkundigen, wo der Junior im Haus unterwegs war. Zum Glück war Eva auf die Gnade der – anscheinend neuen – Mitarbeiterin jedoch nicht länger angewiesen, denn just in dem Moment, als diese bedauernd die Achseln zucken wollte, betrat Lothar mit Schirm, Hut und Aktentasche den Schalterraum. Er sah Eva sofort und eilte auf sie zu. »Eva, was für eine schöne Überraschung an so einem grauen Tag«, sagte er, um dann sogleich die Stirn zu runzeln, als er ihr gerötetes Gesicht und die müden Augen sah. »Was ist los? Ist etwas passiert?« Er führte sie am Ellbogen ein Stück vom Empfangstresen weg.

»Können wir reden?« Eva sah sich um und spürte, wie ihr die ersten Tränen in die Augen schossen. »Wo wir ungestört sind?«

Ohne ein weiteres Wort bugsierte Lothar die junge Frau hinauf in den ersten Stock, einen mit geschmackvollen Kunstwerken behängten Flur entlang in sein Büro. Erst da wurde Eva bewusst, dass sie noch nie in der Geschäftsführungsetage der Bank gewesen war. Kaum hatte Lothar die Tür hinter den beiden geschlossen, ließ Eva sich auf einen schwarzen Ledersessel sinken, stützte den Kopf in die Hand und fing haltlos an zu schluchzen. Lothar sagte die ganze Zeit über kein Wort, blieb neben ihr stehen, seine Hand auf ihrer Schulter, reichte ihr nur einmal ein Taschentuch. Erst, als die Schluchzer langsam abebbten, nahm er in einem zweiten Sessel Platz und beugte sich zu ihr. »Das klingt aber gar nicht gut«, sagte er, und Eva schüttelte den Kopf. »Hat es mit deinem Vater zu tun?« Eva nickte und schüttelte gleichzeitig erneut den Kopf. »Auch«, schluchzte sie.

»Mit Ulrich?«

»Auch!« Und wieder erbebte ihr Körper.

»Also so richtig Weltuntergang?«

Aus rot verweinten Augen sah Eva auf und suchte Lothars Blick. »All das, aber es ist noch viel schlimmer.« Sie zog den unverkennbar geplatzten Wechsel mit den Stempeln des Bankhauses Möreke aus der Tasche und reichte ihn Lothar. Der verkniff die Lippen.

»Ich bin schwanger, Lothar!«

* * *

Eva war leichter ums Herz, als sie später nach einem ausgiebigen Spaziergang durch den Park zu Hause ankam. Nicht weniger verzagt vielleicht, aber doch ruhiger. Immer wieder schaffte es der ältere der beiden Möreke-Söhne, wenn sie denn Ulrich überhaupt als solchen bezeichnen durfte, ihr Wege aufzuzeigen, für sie da zu sein und ihr das Gefühl zu geben, dass alles doch längst nicht so schlimm sei.

Und dies mit einer aufrichtigen Fürsorge, die Eva manchmal die Kehle zuzuschnüren drohte. Er war so gut zu ihr und er durfte keinesfalls den Eindruck haben, dass sie ihn womöglich ausnutzen wollte – niemals würde sie das tun. Und das hatte sie ihm auch gesagt, doch Lothar hatte nur beschwichtigend die Hand auf ihre Schulter gelegt und ihr versichert, dass er das wisse und ihr trotzdem beistehen werde, ohne Hintergedanken, ohne zweifelhafte Absichten.

Aber er hatte ihr auch das Versprechen abgerungen, zunächst einmal mit Ulrich zu sprechen, bevor sie irgendeine weiterreichende Entscheidung traf.

Und genau das würde sie jetzt tun. Sie wartete, bis es endlich siebzehn Uhr war – an einem Freitag hoffentlich eine Zeit, zu der Ulrich zu Hause war. Wenn nicht, würde sie es zur Not auch in der Kanzlei versuchen.

Sie ließ sich erneut verbinden und hörte schon nach dem zweiten Klingeln die bekannte Stimme: »Keller.«

Eva begrüßte die Vermieterin mit trockener Kehle, tauschte ein paar Nettigkeiten mit der Wirtin aus, bis diese von sich aus sagte, dass sie Ulrich direkt holen werde. »Passen Sie gut auf sich auf, Kindchen«, meinte sie noch, und Eva wäre am liebsten direkt in Tränen ausgebrochen. Wenn sie doch nur gewusst hätte, was das genau bedeutete.

Eva schlug das Herz bis zum Hals, als sie im Hintergrund leises Lachen und sich nähernde Stimmen hörte. Sie hatte noch immer keine Ahnung, was sie sagen sollte. Welche Wahrheit. Dass sie Ulrich liebte? Dass sie ihm nicht im Wege stehen wollte? Dass sie ein Kind von ihm erwartete? Jede einzelne stimmte, und doch passten sie nicht zueinander. Das Lachen kam näher, es war das fröhliche Glucksen einer Frau. Wahrscheinlich die anderen Untermieter, die sich langsam auf den Freitagabend vorbereiteten. Sie hörte eine Männerstimme: »Nun hör doch mal auf, Süße, ich muss kurz telefonieren.«

Eva wurde schlagartig heiß und kalt. Das war nicht *eine* Männerstimme. Das war Ulrich.

»Aber mach nicht zu lange, ja?«, hörte Eva eine spielerisch schmollende Frau. »Ich warte draußen auf dich.« Das weibliche Lachen entfernte sich und jemand nahm nun den Hörer klappernd in die Hand. »Wolf«, meldete sich die bekannte Stimme, die nun nicht länger erhitzt verspielt, sondern schon wieder geschäftsmäßig nüchtern klang.

»Hallo, Ulrich«, stotterte Eva, die noch nicht in der Lage war, ihre Gedanken zu sortieren. Welche Szene hatte sie da soeben verpasst? »Ich … also … ich wollte mich nur einmal kurz bei dir melden, um dir … ein schönes Wochenende zu wünschen.«

»Eva?« Lag da etwas Alarmiertes in der Tonlage? Eva war sich nicht sicher. »Eva! Wie schön … Ich … ich hatte nur nicht mit deinem Anruf gerechnet.«

Nein, den Eindruck hatte Eva auch. In ihrem Kopf war alles weiß. Als wären alle Worte herausgefallen. »Ja, ich, wie gesagt … wer war das denn da gerade?«, presste sie mühsam hervor.

»Oh, das … das war eine Kollegin. Wir hatten heute in der Kanzlei einen kleinen Umtrunk und wollen jetzt, na ja, du weißt schon … das Übliche.« Ulrich bemühte sich um einen unbeschwerten Tonfall, aber Eva nahm ihm den nicht ab. Aus dem Hintergrund hörte sie erneut die Stimme der »Kollegin«. »Böser, böser Wolf – wo bleibst du denn?«

Ganz offenbar hatten die beiden schon etwas getrunken und wollten sich weiter amüsieren. Dann sollte es so sein. Das Blatt in Evas Kopf blieb sowieso leer. Sie wusste, dass sie jetzt nichts mehr sagen konnte. Keine Wahrheit und auch keine Lüge. Sie wollte nur raus aus der Situation. Manchmal übernahm das Leben selbst die Führung. »Ist gut, Ulrich, ich wünsche dir viel Spaß. Wir hören uns.«

Und damit legte sie auf.

33.

Oktober 1958

Ulrich warf den bereits völlig abgegriffenen Briefumschlag auf den Beifahrersitz des Opel Kapitän – netterweise eine Leihgabe seines Chefs – und setzte sich hinter das Steuer. Wie oft hatte er Evas Brief gelesen und sich jedes Mal wieder ungläubig die Augen gerieben? Ein Dutzend Mal? Fünfzig Mal, hundert?

> *»... und so habe ich beschlossen, Lothars Antrag anzunehmen ...«*

Was war denn das für ein hanebüchener Schwachsinn? Hatte er irgendetwas verpasst in den letzten fünfzehn Jahren? Irgendwelche Zeichen übersehen? Was, bitte schön, hatte sie plötzlich bewegt, seinen Cousin zu heiraten? Das stank doch zum Himmel!

Ulrich dachte an das letzte Telefonat mit Eva. Sie konnte doch wohl nicht ernsthaft deswegen an seiner Liebe zweifeln? Weil er mit einer Kollegin ein Glas Sekt getrunken und ein wenig geschäkert hatte? Nein, das passte nicht zu Eva! Und Eifersucht passte nicht zu ihrer Beziehung.

»… möchte ich dir bei deinen Plänen nicht im Weg stehen …«

Sicher, sie hatten ihre Differenzen gehabt, aber das war doch kein Grund, sich mal eben so einem anderen an den Hals zu schmeißen – noch dazu seinem Cousin! Und genau das war der Punkt, über den Ulrich tagelang fieberhaft nachgedacht hatte, ohne zu einem rechten Schluss zu kommen: Was genau hatte Eva motiviert, so übereilt einen solchen Entschluss zu fassen? Was war der Grund? Er konnte, wollte einfach nicht glauben, dass sie stumpfsinnig alle rationalen Argumente aufgelistet hatte und zu dem Ergebnis gekommen war, dass diese Lösung die für alle »beste« sei. Eine Ehe war nicht das Resultat einer Liste. Wo blieb das Herz? Und Eva war auch nicht die kühl kalkulierende Frau, die taktisch ihre Fäden spann. Was also hatte sie wirklich bewegt?

Um genau das rauszufinden, hatte sich Ulrich an diesem Freitag, dem 10. Oktober auf den Weg nach Lüneburg gemacht. Freudlos lachte er auf, während er die Stadtgrenze bei Tegel in nördlicher Richtung hinter sich ließ. Er wäre wohl das, was man einen Überraschungsgast nannte. Pikanterweise hatte Eva die Hochzeitskarte ihrem Brief beigelegt. Nicht als Einladung, versteht sich. Eher wohl, um die Ernsthaftigkeit ihres Vorhabens zu unterstreichen. Daher wusste Ulrich, dass die standesamtliche Trauung um vierzehn Uhr stattfinden würde. Die Feier danach sollte um sechzehn Uhr auf dem Gut Zu den acht Linden in Bardowick beginnen. Wenn er halbwegs gut durchkam, musste er etwa um diese Zeit dort sein. Egal, was danach passierte, ob er vom Hof gejagt oder in Polizeigewahrsam genommen wurde – Eva sollte ihm in die Augen sehen, wenn sie ihm erklärte, dass sie ihn nicht mehr liebte und die ganzen Jahre ein einziger großer Irrtum gewesen waren. Wenn sie ihm erklärte, oder es zumindest versuchte, wie sie auf die vollkommen aberwitzige Idee gekommen war, seinen Cousin zu heiraten.

Entschlossen drückte Ulrich aufs Gaspedal, und der Opel schnurrte vorwärts durch die grüne Landschaft.

34.

»Autsch! Du tust mir weh!«, rief Eva, als Helga nun schon zum dritten Mal versuchte, eine widerspenstige Haarnadel in eine hochgesteckte Locke zu schieben, und dabei erneut ihre Kopfhaut traf.

»Na, das ist ja auch kein Wunder, so wie du zappelst«, erwiderte Helga nicht weniger aufgebracht.

Seit bekannt geworden war, dass Eva Lothar heiraten würde, hing der Freundschaftssegen zwischen den beiden Frauen beträchtlich schief. Helga – bodenständig und pragmatisch, wie sie war – verstand einfach nicht, wie Eva Ulrich das gemeinsame Kind verschweigen konnte. Und sich stattdessen auch noch in die Arme seines Cousins warf! Ja, Eva war sich sogar sicher, dass Helga es nicht nur nicht verstand, sondern ihr auch gehörig übel nahm. Fast schon hatte sie gefürchtet, dass sie Ulrich hinter ihrem Rücken die Wahrheit sagen würde – aber das wagte sie dann wohl doch nicht. Oder besser: Dazu war sie wiederum zu loyal der Freundin gegenüber.

»So, fertig«, meinte Helga schließlich, und Eva betrachtete sich im Spiegel. Weder ihr cremefarbenes Seidenkleid mit der Schleife vorn noch der rosa Lippenstift, das dezente Rouge oder die nun kunstvoll um ihren Kopf gelegten Haare konnten verhehlen, dass das, was ihr da entgegensah, nicht unbedingt an eine glückliche Braut erinnerte. Unter der Schminke wirkte Evas Gesicht blass und ausgemergelt – trotz der elften Schwangerschaftswoche hatte sie erst ein knappes Kilo zugenommen und ihr Bauch war noch immer vollkommen flach, nur etwas hart. Ihre Augen, die in all den Farben des Meeres so hell leuchten konnten, lagen glanzlos in den Höhlen.

»Gut, dann kann es wohl losgehen. Wir sind ohnehin spät dran.«

Eva stand auf, nahm die helle Spitzenstola, die sie passend zum Kleid extra im Handarbeitsladen erstanden hatte, vom Bett und sah zu Helga. »Bist du bereit?«, fragte sie. »Denk dran, du bist meine Trauzeugin.«

Etwas hilflos zuckte Helga mit den Achseln. »Muss ich ja wohl.« Sie wischte sich mit der Hand über die Augen. »Du siehst bezaubernd aus«, presste sie hervor. Eva drückte kurz die Hand der Freundin und verließ dann schnell das Zimmer. Sie wollte sich jetzt nicht ihr Make-up ruinieren. Und Tränen würden noch genug fließen an diesem Tag – und sicher nicht alle vor Glück.

Die beiden Frauen schritten die Treppe nach unten, wo die gesamte Familie Benningsen bereits versammelt war. Und wenn es eine Sache gab, die Evas Herz doch einen Freudenhüpfer machen ließ, dann, dass Curt an der Seite seines Pflegers Pierre, der ursprünglich aus Angola kam, den Weg nach Lüneburg in sein Elternhaus gefunden hatte. Sie wusste, wie schwer ihm dieser Gang gefallen sein musste. Allerdings war ihr auch nicht entgangen, wie ihr Bruder, auf eine Krücke gestützt, immer wieder verschmitzte Lächeln mit Pierre austauschte, ihre Schultern sich berührten, eine Hand kurz über den Arm des anderen strich.

Ihr Vater schien diese zarte Liaison nicht zu bemerken, aber vielleicht konnte er es auch nicht mehr. Nach außen hin sah man ihm die Krankheit nicht an. Er war noch immer der stattliche, große Mann, der Anzüge mit Haltung zu tragen verstand, womöglich ein wenig geduckter um die Schultern. Aber weder die grauen Schläfen noch sein scharfer Blick verrieten, dass in ihm immer mehr das Kind das Ruder übernahm. Ihr Vater, der noch vor einem Jahr auf den Tisch gehauen hatte, als Eva ihre Pläne zur Modernisierung der Saline geäußert hatte, war in den letzten Monaten regelrecht »niedlich« geworden.

»Püppi, was hast du dich hübsch gemacht! Wohin genau gehen wir denn jetzt? Ich weiß noch, als deine Mutter und ich fünften Hochzeitstag hatten und ins Wellenkamp gegangen sind. Ohhh, sie hat allen Männern den Kopf verdreht.« Etwas in seinem Blick flackerte. »Du siehst genauso aus wie sie. Wo ist sie überhaupt?«

Karla nahm ihren Vater an der Hand. Eva hatte mit ihr abgesprochen, dass sie an diesem Tag für seine Wunderlichkeiten zuständig war. »Na komm, Papa, zieh dir die Schuhe an. Mama braucht noch einen Moment.«

Kurz nickte Eva ihrer Schwester zu und ging dann zu Curt hinüber. »Liebster Bruder, ich danke dir«, flüsterte sie ihm ins Ohr.

»Für die beste älteste Schwester der Welt würde ich jeden Schwur brechen«, flüsterte Curt zurück und umfasste Pierre von hinten. »Und Dinge ändern sich. Das ist wohl so im Leben, nicht wahr?«

Eva hauchte ihrem Bruder einen Kuss auf die Wange. »Geht es dir gut?«

Statt einer Antwort ergriff Curt ihre Hände und sah sie aus seinen grünen Augen ernst an. »Die Frage, Schwesterchen, sollte doch wohl eher sein, ob es dir gut geht? Ich kann nicht verhehlen, dass mich die Nachricht überrascht hat.«

Eva sah zu Boden und zwickte sich durch das Kleid in den Oberschenkel. *Keine Tränen, jetzt keine Tränen.*

»Eva?«, fragte Curt, und Eva meinte, einen Anflug des Erkennens in seinen Augen zu sehen, als sein Blick prüfend an ihr hinabglitt.

Eva schniefte und lachte. »Wie du schon sagtest, die Dinge ändern sich. Das ist wohl so im Leben, nicht wahr?«

Sie erkannte Lothar schon von Weitem. Kerzengerade stand er dort vor dem Rathaus, gekleidet in einen hellbraunen Anzug mit weißen Nadelstreifen, eine weiße Rose im Knopfloch, die Haare wie immer glatt gescheitelt und gegelt. An seiner Seite stand Johanna, seine Mutter, einen halben Schritt vor ihrem Mann, Georg Möreke. Der Privatbankier, der bereits wusste, dass er sein Wohnhaus würde verlassen müssen. Es war noch nicht öffentlich, aber Lothar hatte es ihr erzählt. Initiiert durch den verhassten Neffen Ulrich, dessen Verlobte sie in seinen Augen bis vor Kurzem gewesen war. Die aufsässige Salinentochter und Geliebte des Verräters.

Hoch erhobenen Hauptes schritt Eva auf das Rathaus zu. Er würde es nicht wagen, ihr eine Szene zu machen. Er hatte den Rückhalt nicht mehr. Und zudem war es sein leiblicher Sohn, der sie ehelichte. Nicht Ulrich. Sie hielt sich ihre kleine weiße Tasche vor den Bauch und strich unbemerkt darüber. *Ich sorge für dich. Es wird dir an nichts fehlen.*

Mit einem Mal umfangen von einer tiefen Ruhe setzte Eva die nächsten Schritte. Sie sah in Lothars angespannt ernstes Gesicht. Sie wusste, dass er es für sie tat. Weil er sie liebte.

Bilder von Ulrich kamen ihr in den Kopf, mit jedem Schritt. An ihrem Platz an der Elbe. Als sie die Graureiher sahen. *Wusstest du, dass diese Vögel mit dem Phönix verglichen werden?* Schritt. Der Phönix, der wiederauferstand aus der Asche. Sie dachte an Berlin und das Lied von Charles Trenet. »La mer«. *Du bist wunderschön, Eva.* Schritt. Und an ihre Worte, schon in Leidenschaft versunken. *Nimm mich!*

Und das hatte er getan.

»Du bist wunderschön, Eva!« Lothar empfing sie mit der Weichheit und Vorsicht, die sie bereits von ihm kannte. Sie schmiegte ihren Kopf an seine Schulter. »Und du siehst so … staatsmännisch aus!«, erwiderte sie, letztlich um irgendetwas zu sagen, das dem Gefühl der Dankbarkeit nahekam und das des Verrats nicht entlarvte.

Hand in Hand beschritten sie das Standesamt, während die Glocken von St. Michaelis läuteten.

* * *

Während die Trauung im engsten Familienkreis stattgefunden hatte, erwarteten Eva und Lothar an die achtzig Gäste zum Empfang im Gutshof Zu den acht Linden. Eva war das nicht ganz recht gewesen; sie sah aber ein, dass der Sohn des Privatbankiers Möreke, noch dazu, wenn er künftig mehr Verantwortung übernehmen musste, sollte der Ruf seines Vaters zu großen Schaden nehmen, nicht ohne einen »gesellschaftlichen Akt« heiraten konnte. So waren der Bürgermeister und der Oberstadtdirektor geladen, der Polizeipräsident, natürlich Hotelchef Albrecht Richter – und Eva hoffte nur, dass Gisela nicht wie selbstverständlich ebenfalls im Schlepptau ihrer Eltern auftauchte.

Von ihrer Seite hatte sie noch Dr. Bäumler von der South Shipping und ein wenig contre cœur auch Kettler von KosmoPharm eingeladen. Dazu natürlich ihre wichtigsten Mitarbeiter aus der Saline.

Auf der Fahrt zum Gut hatte Lothar ihr einmal kurz die Hand auf den Oberschenkel gelegt, woraufhin sie zusammengezuckt war. Er hatte daraufhin eine Entschuldigung gemurmelt und die Hand sofort zurückgezogen.

»Nein, nein, das ist schon gut. Ich bin nur ein wenig …
nervös.«

Das war sie wirklich. In den vergangenen acht Wochen hatte
sich ihre gesamte Welt einmal um hundertachtzig Grad gedreht.
Und das in einem Tempo, das Eva kaum Zeit zum Luftholen
gelassen hatte. Ehe sie sichs versah, war sie nun werdende
Mutter und Ehefrau des Cousins ihres bisherigen Freundes. Sie
hatte die Entscheidung mit Bedacht getroffen. Und ihr Herz
zum Schweigen ermahnt. Aber es schlug in ihrer Brust hart
gegen ihre Rippen, klagend, schmerzhaft. Sie hoffte nur, dass
ihr ungeborenes Kind das nicht hörte. Es sollte sich nicht schuldig fühlen, noch bevor es überhaupt den ersten Atemzug getan
hatte. Es sollte sich überhaupt *nie* schuldig fühlen.

Um die ankommenden Gäste draußen zu begrüßen, war es
zu frisch. Also postierten sich Lothar und Eva am Eingang zum
Festsaal. Die Tische waren bereits mit weißen Tüchern eingedeckt und das Geschirr für die Kaffeetafel stand blitzend darauf.
Im Hintergrund erklang leise Klaviermusik. Lothar hatte sich
den Pianisten gewünscht.

Während sie die Gäste begrüßten, Glückwünsche ent-
gegennahmen und ein paar Worte wechselten, kam Eva sich
vor wie eine falsche Königin. Die ganze Prozedur hatte etwas
so Förmliches und Zeremonielles an sich, dass Eva sich nicht
gewundert hätte, wenn jemand sie gleich mit Eure Hoheit
angesprochen hätte. Zudem wurden ihr die Beine lahm und
die Wärme machte sie müde. Hilfe suchend sah sie zu Lothar
auf, dessen Miene plötzlich versteinerte. In diesem Moment
nahm auch Eva wahr, dass es im ganzen Saal totenstill geworden war. Jegliches Murmeln und Getuschel waren erloschen.
Sie folgte Lothars Blick – und stieß einen spitzen Schrei aus.
Die Augen unbeirrt auf sie gerichtet, schritt Ulrich durch den
Korridor, der sich vor ihm öffnete. In der Hand hielt er einen
Strauß gelber Blumen, Rosen und Lilien waren auf jeden Fall

darunter, und einen abgegriffenen Umschlag, den Eva sofort als ihren Brief erkannte. »Ulrich …«, hauchte sie nur und war sich nicht sicher, ob sie sich auf den Beinen würde halten können. Schützend legte sie ihre Hand vor den Bauch, und Ulrichs Blick zuckte kurz an die Stelle, bevor er wieder aufsah.

Lothar wollte einen Schritt auf den Cousin zumachen, doch Eva hielt ihn zurück. Ihre Kehle war staubtrocken. Sie starrte Ulrich an, der nun einen Meter vor ihr zum Stehen kam. »Guten Tag, Eva.«

»Ulrich … ich«, stammelte Eva nur.

»Ja, Eva, du! Genau deswegen bin ich hier.« Er sah sich im Saal um, erkannte ein paar der Gesichter. Alle schienen noch zu geschockt, um etwas zu unternehmen. Selbst sein Onkel rührte sich nicht von der Stelle. Eva merkte nur, dass Curt an ihre Seite getreten war. »Wo du doch schon so freundlich warst, mir das Datum deiner Vermählung mitzuteilen, dachte ich, ich schau mal vorbei und lasse mir von der Braut persönlich erklären, welcher Teufel sie geritten hat, um mir nach all den Jahren und vier leidenschaftlichen Tagen in Berlin dann plötzlich den Dolch zwischen die Rippen zu stoßen.« Ulrichs Augen verengten sich zu Schlitzen. »Du hast *mir* die Liebe geschworen und heiratest jetzt meinen *Cousin*? Den Mann, dessen Anwesenheit du noch nicht mal wahrgenommen hast, wenn er neben dir stand? Eva Benningsen, erkläre mir das. Ich glaube, das bist du mir schuldig. Und wenn ich mir den armen Tropf an deiner Seite so anschaue, dann ihm wohl auch!«

»Ulrich!«, unterbrach Lothar ihn hart.

Doch Ulrich ließ sich nicht beirren und hielt den Blick weiter auf Eva gerichtet. Eva erkannte eine Härte darin und einen Schmerz, der ihr das Herz zu zerreißen drohte.

»Ulrich … Ulrich …. Du, du verstehst das nicht!«, rief Eva schließlich verzweifelt aus.

»Nein, natürlich verstehe ich es nicht. Deswegen bin ich ja hier. Erkläre es mir. Denn *du* solltest es ja verstehen. Warum verrätst du unsere Liebe?«

Einen Moment lang war Eva versucht, ihm die Wahrheit ins Gesicht zu schreien: *Weil ich ein Kind von dir erwarte! Weil ich deine Karriere nicht zerstören will! Weil ich keine Last für dich sein möchte. Weil Lothar da ist und du es nicht sein kannst.* Doch im letzten Moment riss sie sich zusammen.

»Es ist ... kompliziert«, sagte sie schwach. Inzwischen erhoben sich erste Rufe aus dem Publikum. »Lass gut sein, Ulrich! Verschwinde, du hast schon genug Schaden angerichtet!«

Ulrichs Blick wurde nun weicher. »Es ist nie kompliziert, Eva. Es ist immer ganz einfach. Deswegen eine ganz einfache Frage: Liebst du ihn?«

Verzweifelt sah Eva von Ulrich zu Lothar, der den Blick abgewandt hatte.

»Liebst du ihn?«

»Ich ... ich«, stammelte sie wieder.

»Siehst du, das habe ich mir gedacht.« Ulrich nahm den Blumenstrauß und warf ihn ihr vor die Füße. »Sie sind genauso schön und genauso falsch wie du, Eva. Ich wünsche dir alles Gute!«

Mit diesen Worten wandte er sich ab und schritt langsam den Flur entlang nach draußen.

Eva stiegen Tränen in die Augen. Hektisch sah sie sich um. Sie wollte loslaufen, ihm hinterher, doch eine Hand hielt sie zurück. Sie wusste nicht, wem sie gehörte. Vielleicht Curt. Sie versuchte, sich loszureißen, aber auch das gelang ihr nicht. Und auf einmal stand Helga vor ihr und drückte sie einfach an sich. Eva schluchzte und weinte, dass die Tränen ihr die Bluse durchnässten, aber das war egal. »Sch, sch«, machte Helga immer wieder. »Sch, sch.«

Und Eva weinte, während die Gäste einander beklommen ansahen und nicht genau wussten, was zu tun war. Jemand wies den Klavierspieler an, einen Swing anzustimmen. Eva versuchte, Lothar auszumachen, und sah nur, wie er betreten zu Boden schaute. Auch ihn hatte sie mit ihrer Reaktion sicher schrecklich beschämt. Was war nur in sie gefahren, dass sie ausgerechnet die Menschen am meisten verletzte, die sie doch so liebte? »Helga«, sagte sie schluchzend, »ich bin ein grottenschlechter Mensch. Ich habe das alles nicht verdient.«

»Red keinen Unsinn«, erwiderte die Freundin und drückte sie noch einmal fest an sich. »Du bist überhaupt kein schlechter Mensch.«

»Aber ich liebe Ulrich.«

»Ich weiß.«

»Warum habe ich dann Lothar geheiratet? Das ist doch nicht richtig.« Eva konnte sich überhaupt nicht beruhigen. Unter dem Schluckauf verstand man ihre Worte kaum.

»Du hast gedacht, dass es das Beste für euch alle ist.«

»Und wenn es das nicht ist?« Eva nahm den Kopf von der Schulter der Freundin und blinzelte sie aus rot geweinten Augen an.

»Dann wird das Schicksal euch schon noch eine zweite Chance geben.« Helga sah die Freundin an und fasste ihr unter das Kinn. »Aber jetzt wird hier und heute erst mal zu Ende geheiratet.«

35.

Am nächsten Morgen saßen Lothar und Eva sich schweigend am Frühstückstisch gegenüber. Eva hatte den ganzen Abend über immer wieder Lothars Nähe gesucht. Nicht, dass er sie abgewiesen hätte. Eher war es so, als hätte er sie beschwichtigen wollen: *Du musst das nicht tun, Eva, es ist schon in Ordnung.* Dadurch hatte sich Eva noch elender gefühlt.

Als sie dann nach einer insgesamt recht tristen Feierlichkeit früher als erwartet ins Bett gegangen waren, hatte sie versucht, sich an ihn zu schmiegen, wollte, dass er ihren Körper spürte. Doch auch hier hatte er keinerlei Anstalten gemacht, sich ihr zu nähern oder ihre Nähe auch nur anzunehmen.

Er hatte gerade sein Ei geköpft, als er schließlich zu sprechen begann. »Eva, bevor wir uns direkt in Missverständnisse verwickeln, lass mich vielleicht eins ganz deutlich sagen …«

Eva wagte nicht aufzuschauen. Während ihre Hand zu zittern anfing, wirkte Lothars ganz ruhig.

»Wir wissen beide, dass unsere Trauung keine Liebeshochzeit war … zumindest nicht von deiner Seite …« Er hob kurz eine Augenbraue. »Wir wissen das, und es war von Anfang an in Ordnung, ja?« Nun sah er Eva eindringlich an, und sie bemühte sich, ihm nicht weiter auszuweichen. »Vielleicht weißt du es noch nicht, aber es ist nicht so, dass nur *ich dir* helfe …«

Eva holte Luft, um etwas zu sagen, doch Lothar hob die Hand. »Nein, bitte, lass mich das aussprechen … Ich weiß nicht, ob ich es später noch könnte.« Er lächelte sie an, und sie legte ihre Hand auf seine. »Du hilfst mir auch, Eva. Auf unsere Bank kommen schwierige Zeiten zu. Auf meinen Vater und meine Mutter kommen schwierige Zeiten zu. Es wird mir helfen, dich an meiner Seite zu wissen. Es wird mir helfen, für ein Kind da sein zu dürfen. *Du* wirst mir helfen, denn du gibst mir Kraft, Eva. Dein Lachen, deine Klugheit, deine Aufrichtigkeit …« Eva stöhnte auf, doch Lothar ließ sich nicht beirren. »Wir beide werden füreinander einstehen, uns mit Respekt und in tiefer Verbundenheit begegnen. Das haben wir schon immer getan, Eva. Und wer weiß, wenn die Zeiten wieder leichter werden, wenn nicht mehr so viel Druck auf unseren Schultern lastet, vielleicht merken wir dann, dass wir uns guttun, dass unsere Ehe deinem Kind guttut, dass wir längst eine Familie geworden sind … Vielleicht ist dann etwas zwischen uns gewachsen, das auch den Namen Liebe verdient hat.« Er wischte sich über die Augen und lächelte sie matt an. »Wenn ich ehrlich bin, ist es sogar das, was ich mir wünsche …« Er machte eine Pause und wirkte plötzlich sehr erschöpft. »Aber es kann auch sein, dass dem nicht so sein wird. Dass die Dinge sich so verändern, dass wir andere Entscheidungen treffen möchten.« Er machte eine Pause und legte den Eierlöffel aus Schildpatt zur Seite. »Und wenn es so weit ist, Eva, wenn einer von uns merkt, dass das Leben ihn in eine andere Richtung zieht, wenn es neue Wege bereithält, dann möchte ich, dass wir ehrlich zueinander sind. Das ist das Einzige, Eva, worum ich dich bitte, dass du immer ehrlich mir gegenüber bist. Dass du nicht aus falscher Rücksicht oder aus Gewohnheit etwas tust, was deinem Herzen widerstrebt. Es würde daran zerbrechen. Und das möchte ich weder erleben, noch möchte ich sogar der Grund dafür sein. Denn das habe ich nicht verdient. Niemand hat das. Auch du nicht. Kannst du mir das versprechen?«

Eva waren bei Lothars Worten erneut die Tränen in die Augen gestiegen, und sie musste schwer schlucken, um den Kloß im Hals loszuwerden. »Aber wie du sagst, wir wissen ja noch gar nicht, ob …«

»Versprich es mir einfach, Eva, ja?«

Eva schloss die Augen und dachte an jenes Versprechen, das sie vor wenigen Monaten Ulrich abgerungen hatte: *Ich liebe dich, Ulrich Wolf … und egal, was das Schicksal mit uns vorhat, versprich mir, dass du das nie vergisst.* Er hatte es damals versprochen.

»Ja, das verspreche ich dir.«

Lothar zog die Hand unter ihrer weg und sah sie liebevoll an. »Das ist gut, Eva. Dann lass uns jetzt endlich frühstücken. Du musst langsam mal was auf die Rippen bekommen!«

Eva atmete tief durch und sah aus dem Hotelfenster nach draußen. Die Sonne hatte sich ihren Weg durch die Wolken gebahnt und ließ die gelben und orangefarbenen Blätter an den Linden in hellem Licht erstrahlen. Eva lächelte und fühlte sich zum ersten Mal seit Wochen ein wenig leichter. Lothar hatte recht. Sie würden einander Halt geben in rauen Zeiten. Sie würden ihrem Kind gute Eltern sein. Sie würden respektvoll und aufrichtig miteinander umgehen. Er würde die Geschicke der Bank, sie weiterhin die der Saline leiten und den Betrieb in ruhigere Gewässer manövrieren. Sie wären für ihre Familien da und für ihr Kind. Mehr konnte sie im Moment doch gar nicht verlangen. Sie legte eine Hand auf ihren Bauch und biss in ihr Brötchen.

Für dich, mein kleiner Engel, für dich.

Anmerkung der Autorin

Lüneburg und seine Saline spielen in der Geschichte des Salzes eine herausragende Rolle. Von der erstmaligen Nennung im Jahr 1000 bis zum Ende des 16. Jahrhunderts war das Lüneburger Salzwerk nicht nur der größte Salzproduzent Nordeuropas, sondern auch der älteste und größte europäische Industriebetrieb der damaligen Zeit. Die hohe Sättigung der Sole sowie das vergleichsweise oberflächennahe Vorkommen haben maßgeblich zu diesem wirtschaftlichen und politischen Ruhm und Reichtum beigetragen.

Im Zuge von Globalisierung und Industrialisierung verlor das Salz der Hansestadt jedoch ab dem 18. Jahrhundert zunehmend an Bedeutung, und die Saline wurde 1980 geschlossen. Heute befindet sich in der ehemaligen Produktionsstätte das Salzmuseum.

Die Rahmendaten dieses Romans sind also historisch verbürgt. Und dennoch handelt es sich bei dem vorliegenden Text um ein rein fiktionales Werk. Auch wenn im Verlauf Figuren, insbesondere Politiker wie Willy Brandt und weitere mit ihren realen Namen auftauchen, sind andere, die eine größere Rolle im Buch spielen und damit stärker fiktionalisiert werden mussten, mit neuen Namen versehen, so etwa der niedersächsische Ministerpräsident, der Oberbürgermeister oder der Oberstadtdirektor Lüneburgs. Bankdirektor Möreke oder die Familie Benningsen hat es in dieser Form ohnehin nicht gegeben. Auch die sechs Stelen, das Denkmal für die Opfer des Nationalsozialismus, wird man in Lüneburg vergeblich suchen.

Anderes, wie etwa die Afrikabeutel, hat es tatsächlich gegeben. Die Geschichte, die sich darum rankt, ist jedoch ebenfalls erfunden. Das Gleiche gilt für den Umgang mit den Lecksteinen.

Den Großbrand im Bergwerk Grasleben hat es ebenfalls gegeben, jedoch in meinem Buch bereits 1958, also ein Jahr früher als in Wirklichkeit.

Diese »Ungenauigkeiten« sind dem Umstand geschuldet, dass ich einerseits sehr dicht am echten Zeitgeschehen bleiben wollte, andererseits die Erzählzeit des Buches aber andere Spannen vorgab.

Historisch versierte Leser:innen mögen mir das verzeihen.

Danksagung

Mein ganz besonderer Dank gilt an dieser Stelle dem Salzmuseum Lüneburg, insbesondere der Museumskuratorin Hilke Lamschus für ihre wertvollen Tipps und die tolle Unterstützung während meiner Besuche im Museum.

Unverzichtbar für dieses Buch waren auch die wunderbaren Hinweise und historischen Bilder von Udo Schenk. 13 Jahre hat er die Geschicke der Saline maßgeblich gesteuert, bevor sie 1980 geschlossen wurde, und ohne sein Expertenwissen hätten etwa die Afrikabeutel keinen Einzug in dieses Buch gehalten.

Mein Dank gilt ferner dem Team von Amazon Publishing, insbesondere Katrin Bussac, die von Anfang an an den Reiz dieser Geschichte geglaubt hat. Band 2 habe ich ihr zu verdanken.

Kanut Kirches und dem VLG Verlag & Agentur danke ich für ihr besonnenes Lektorat. Ohne beide wären die Verwandtschaftsbeziehungen heillos durcheinandergeraten.

Und ich danke Ihnen und euch, liebe Leserinnen und Leser, die ihr hoffentlich auf den Geschmack gekommen seid, um mit

Eva, Helga, Ulrich und Lothar ein Thema wiederzuentdecken, das so reich ist an allem, was das Leben ausmacht und auch heute noch »weißes Gold« genannt wird: das Salz.

Claudia Seidel

Folge der Autorin auf Amazon

Wenn dir dieses Buch gefallen hat, folge Claudia Seidel auf Amazon. Dann erhältst du eine Benachrichtigung, wenn die Autorin ihr nächstes Buch veröffentlicht. Um der Autorin zu folgen, gehe bitte folgendermaßen vor:

Desktop:

1) Suche auf Amazon.de oder in der Amazon App nach dem Namen der Autorin.
2) Klicke auf den Namen der Autorin, um auf die Autorenseite zu gelangen.
3) Klicke auf den »Folgen«-Button.

Smartphone und Tablet:

1) Suche auf Amazon.de oder in der Amazon App nach dem Namen der Autorin.
2) Klicke auf einen Titel der Autorin.
3) Klicke auf den Namen der Autorin, um auf die Autorenseite zu gelangen.
4) Klicke auf den »Folgen«-Button.

Kindle eReader und Kindle App:

Wenn du dieses Buch auf einem Kindle eReader oder in der Kindle App liest, wird dir automatisch angeboten, der Autorin zu folgen, nachdem du die letzte Seite des Buches gelesen hast.

Zeitfracht Medien GmbH
Ferdinand-Jühlke-Straße 7
99095 Erfurt, Deutschland
produktsicherheit@kolibri360.de

Druck:
CPI Druckdienstleistungen GmbH
im Auftrag der
Zeitfracht Medien GmbH
Ein Unternehmen der Zeitfracht - Gruppe
Ferdinand-Jühlke-Str. 7
99095 Erfurt